SHADOWS IN DEATH
by J.D.Robb
translation by Hiroko Kobayashi

闇より来たる使者
イヴ&ローク 52

J・D・ロブ

小林浩子［訳］

ヴィレッジブックス

日が沈むと、闇の帳《とばり》が落ちる、それは白昼にも現れる
その闇は短いが、とても長く恐ろしく見える
——ナサニエル・リー

私たちを父子とするのは血肉ではなく心である

——フリードヒ・シラー

Eve&Roarke
イヴ&ローク
52

闇より来たる使者

おもな登場人物

● **イヴ・ダラス**
ニューヨーク市警（NYPSD）殺人課の警部補
● **ローク**
イヴの夫。実業家
● **ディリア・ピーボディ**
イヴのパートナー捜査官
● **イアン・マクナブ**
電子探査課（EDD）の捜査官。ピーボディの恋人
● **ライアン・フィーニー**
EDD警部
● **シャーロット・マイラ**
NYPSDの精神分析医
● **アーサ・ハーヴォ**
NYPSD鑑識課の毛髪・繊維分析のスペシャリスト
● **ナディーン・ファースト**
〈チャンネル75〉のキャスター
● **ガーラ・モデスト**
〈モデスト・ワイン&スピリッツ〉創業家の娘
● **ジョージ・トゥイーン**
ガーラの夫
● **ローカン・コップ**
殺し屋
● **ジョージ・アバナシー**
インターポールの警部
● **ブライアン**
ロークのダブリン時代の知り合い
● **ケイリー・スカイ**
バーのエンターテイナー
● **シニード・ラニガン**
ロークの生母の双子の妹

1

警官を妻にして以来よくあることだが、殺人のおかげでまたしても楽しい時間がだいなしになった。とはいえ盛大な文句があるとすれば、それはワシントン・スクエア・パークの凱《がい》旋門《せんもん》のそばで、みずからの血の海に横たわっている女性のほうだろう。

しかも元犯罪者（前科なし）であるロークには、警官を愛したときから自分がどんな状況に足を踏み入れようとしているのかわかっていた。いっぽう洒落《しやれ》たスポーツウェア姿のこの女性は、自分が腹を切り裂かれて素晴らしい春の夜を終えることになるなど夢にも思わなかったにちがいない。

自分たち夫婦は劇の最終幕を楽しむ機会を失ったかもしれないが、この女性は残りの人生を楽しむ機会を失ったのだ。

そして、花々が咲き匂う心地よい二〇六一年五月の夜に、ロークはもうひとつの劇を見つめていた。

舞台の中央では、我が警官と被害者が犯罪現場用の強烈なライトの光を浴び、物見高い群衆の目から死者を隠す薄いカーテンには、ひとつに重なった二人のシルエットが映し出されている。

制服警官たちが築いたバリケードが野次馬の接近を阻《はば》み、物売り、カップル、散歩者、旅行者、大道芸人、犬を連れた者たちは目を凝らして死を見つめている。

ロークは邪魔にならないよう下がり、この道徳と死を扱う劇の主役――イヴ・ダラス警部補――が役目を遂行するのを見守った。

細く強靭《きょうじん》な体を革のジャケットとブーツに包んだイヴは、死体のかたわらにしゃがみこんでいた。そばには開いた捜査キットがあり、まぶしいライトを受けて茶色のショートヘアが輝いている。

「被害者の身元はプリンス・ストリート在住のガーラ・モデスト、三十三歳と判明した」

「ガーラ・モデストだって?」

ロークが問いかけると、イヴは顔を上げ、琥珀《こはく》色の〝警官の目〟を細めた。「被害者を知ってるの?」

「いや。兄のほうなら少し知っている。〈モデスト・ワイン&スピリッツ〉。その女性は後継者のひとりだ――たしか三代目だったと思う。同族経営の国際企業で、本社はトスカーナにある」

「興味深いわね。六年前に結婚、夫はジョージ・トゥイーン。四歳の息子がひとり」イヴは計測器を取り出した。「死亡時刻《TOD》、二二一八時。死因《COD》は、現場で目視したかぎりでは腹部に垂直に走る二十センチの創傷と思われる」

マイクロゴーグルを装着し、大きな傷口に顔を近づける。「下腹部を深く突き刺してから、そのまま上方へ切り裂いたように見える。検死官の確認を待つ」

しゃがんだ姿勢のまま、イヴはやや体の向きを変えた。「防御創や攻撃によるほかの傷は見当たらない。ハンドバッグは回収されていないが、被害者はジョギングかジムへ向かうような服装をしている。左手には大ぶりのダイヤの指輪、リング部分にもダイヤがちりばめられている。ダイヤらしきピアスが左耳にふたつ、右耳にひとつ。さらにスポーツタイプの腕時計《リスト・ユニット》もはめたままである。強盗の仕業とおぼしき痕跡《こんせき》はない」

つづいて、被害者のウォームアップ・ジャケットについているポケットのジッパーをあけた。「リンク」それを証拠品袋に入れてから、ランニングパンツのポケットに手を伸ばした。「IDカード」

イヴは腰を上げて死体の反対側にまわり、そちらのポケットをあけた。「非常ボタン《パニック》。どうやらパニックを起こす暇《いとま》もなかったらしい」

「我らがピーボディのご到着だよ」ロークは妻に教えた。「マクナブも一緒だ」

　イヴの捜査パートナーが、恋人にして電子探査課《EDD》の捜査官であるイアン・マクナブとともにバリケードのほうへ駆けてくる。

　ピーボディはドレスアップし——ピンクのコート、その下にはピンクのチューリップが咲き乱れたワンピース——、マクナブはピンクのバギーパンツ、どぎつい緑のエアブーツ、その両方の色を取り入れたジグザグ模様のシャツという彼流のパーティウェアで決めているところをみると、外出中に呼び出しを受けたのだろう。

　二人は制服警官にバッジを提示し、立入禁止エリアにはいった。黒髪に赤のハイライトを入れ、華やかなカールをつけたピーボディは、まっすぐイヴと死体のもとへ向かってきた。

「すみません、ダラス。イーストサイドのクラブにいたので着くのが遅くなりました」

　イヴはピーボディのいでたち——細いヒールのパーティシューズから髪型まで——にさっと目を走らせた。「ファースト巡査とネイディア巡査が最初に現着した。彼らと話し、目撃者になりそうな者たちの聞き取りを開始して」背後をちらっと振り返って付け加える。「マクナブもいることだし、セキュリティ画像を調べてもらいましょう」

「わかりました」

「そのまえにコーティングしてこの人をひっくり返すのを手伝って。被害者はガーラ・モデスト」イヴは作業しながら説明し、要点を伝えた。

うつ伏せにしても創傷その他の傷は見られなかったが、ランニングパンツの腰に小さなポケットがあるのを見つけた。「スワイプキー」記録のために、イヴは声に出した。「〈ボディ・アンド・マインド・フィットネスセンター〉」と読み上げ、証拠品袋にしまう。

イヴは捜査キットを閉じ、コミュニケーターを取り出して遺留物採取班とモルグに連絡した。

振り返ると、ロークがブラックコーヒーのカップを差し出してきた。

「どこで手に入れたの？」

「商売熱心な屋台で。まあ、警察のコーヒーとおいしいコーヒーの中間くらいの味だろう」

ひと口飲んで、イヴは肩をすくめた。「たしかに中間くらいだわ。ありがとう。先に帰ってて。目撃者や夫から話を聞きたいし、被害者が通ってたジムにも寄りたいから」

「きみの車をこっちにまわしておくよ――僕は自分の車を手配する」

イヴはそこそこおいしいコーヒーにまた口をつけ、ロークを眺めた。

その顔、人生の奇跡そのものの顔、しかも間違いなくイヴのものである顔。肩先まで垂らした艶やかな黒い髪、やはり艶やかな黒い睫毛《まつげ》と限りなく青い瞳、その目がこちらをじっと見つめている。口元は独創的な天使がとりわけ気前のいい日に彫ったかのようだ。平面と鋭角が結合した容貌《ようぼう》は、詩人のロマンスと大胆不適な堕天使のセクシーさを併せ持つ。

仕上げに甘やかなアイルランドの響きを加えれば、極上の賜物《たまもの》のできあがり。

「いつだって役に立つわね」

あの完璧な口元がゆるんだ。「自分の役割を果たさないとね。車が到着するまで僕にできることを探そう」ロークはあてもなくバリケードの向こうの群衆を眺めた。「マクナブはもうすぐセキュリティ画像を手に入れて戻ってくるだろうから……」

ロークが目を細めた。その目に何やら暗い光が宿った。

「どうしたの？」イヴはすぐさま首を巡らし、同じ方角に目を凝らした。「何が見えた？」

「昔の知り合い」

重ねて尋ねる暇も与えず、ロークはすばやく、軽やかに歩き去った。

「まったく、もう」制服警官を手招きして遺体に付き添わせ、ロークの後を追おうとしたとき、ピーボディが小走りに戻ってきた。

「被害者が倒れるところを見た者が何人かいました。それから、自分とここで落ち合うはずだったと訴える男性がひとり。かなり打ちひしがれてるので、浮気相手だったんじゃないかと思います」

「そっちを先にするわ」

ロークはいったい何をしているのか、イヴにはそれが気になった。

ロークは人込みを縫って進んでいた。もともと機敏でなめらかな動きはお手の物だ。昔なら、今頃は他人のポケットから盗んだもので自分のポケットを膨らませていただろう。

だが機敏に動きつつ、目を光らせ、感覚を研ぎ澄ませても、あの顔はどこにも見つからなかった。

過去からやってきたあの忌まわしい影。明かりの向こう、群衆、きらめく噴水、空っぽのベンチを眺めながら、あいつはわざと姿を見せたのだとロークは思った。

挑発。中指を立てたようなもの。あいつは人込みに紛れて消え去ることが可能な距離を測ったうえで、姿を見せつけたのだ。

いいとも、あの外道《げどう》がどうしても勝負したいというなら、相手になってやろうじゃないか。

「いいか、ダブリンの路地裏時代と同じわけにはいかないぞ」ロークは低くつぶやき、引き返しはじめた。

証人のマーロン・ストウは涙を流し震えていたので、イヴはベンチまで連れていった。見たところ年齢は三十代半ば、身長は百八十センチに少し足りないくらい、薄茶色の豊かな髪と茶色の目をし、無精ひげを生やしている。

「あなたはミズ・モデストとここで待ち合わせていたのね？」

「噴水のそばで。十時十五分までには着くようにすると言っていました。遅くても十時半には着くと」

黒いパンツに黒い薄手のセーター、黒いブーツという恰好《かっこう》を見ると、一緒に走るつもりではなかったようだ。

「どうして待ち合わせたの？」

マーロンは頬の涙をぬぐった。親指に青い絵の具の染みがついていた。「僕たちは親密な関係だったんです。出会ったのは去年の夏。ガーラは僕の絵を買ってくれた。歩道に作品を展示していたら、トスカーナで描いた絵を彼女が気に入ったんです。ガーラは――彼女の家族は――トスカーナ出身で、故郷を思い出すと言って。それから何度か足を運んでくれて、画廊にも来て、それで……恋に落ちました」

「あなたはミズ・モデストと交際し、深い仲になった」

「僕たちは恋に落ちたんです」マーロンは強調した。「ここで会って、ただ座って話をすることもあれば、一緒に僕のロフトに行くこともあった。結婚していることは知っていた、ガーラが話してくれたから。僕たちはたがいに嘘《うそ》をつかなかった。彼女に幼い息子がいることも知っています。夫と別れたかったけど、息子がいる。彼女は夫と別れたがっていて、弁護士にも相談したんです。でも……」

そこで、顔を両手で覆った。「最後に会った日にこれで終わりにしようと言われました。二人ともそれはわかっていた……最初からわかっていたんだ、こんなことは続けられないと。彼女は誰よりも息子のことを考えなくてはならなかった。夫婦の仲を、家庭を修復する努力をしなくてはならなかった」

「だけど、今夜あなたと会うことには同意した」

「僕が会ってほしいと頼んだから。一緒にいるためじゃなく。ただお別れが言いたかった。彼女に贈りたいものがあったから」

「贈りたいものとは？」

マーロンは持っていたバッグを開き、茶色い厚紙に包まれたものを取り出した。「絵です。彼女が最初に買ったものと対になるような。最初で最後の贈り物になるはずだった」

「あなたは傷ついたし、腹も立ったでしょうね」

首を横に振りながら、また目に涙を浮かべる。「僕はガーラを愛していた。彼女が人妻で子供がいることも知っていた。彼女は嘘をつかなかった。できない約束はしなかった。それに……」マーロンは深く息を吸いこんだ。「僕を愛していることも知っていた。一緒にはなれないけど、僕のことを愛していた。僕が今夜ここで会ってくれと頼まなければ……」

そう言って取り乱しはじめたので、イヴはピーボディになだめるよう目で合図した。

「マーロン」ピーボディは隣に腰を下ろした。「自分を責めてもなんにもならないでしょ。でも、あなたの協力が捜査の助けになるかもしれない。あなたが今夜ガーラと会うことを知ってた人はいる?」

「いないよ。僕たちは用心していた——用心してつきあっていた。人に知られてはいけない関係だったし……」両方の手のひらの付け根で顔をこする。「二人だけの秘密だった。ガーラの話では、夫にはジムへ行くと言って出かけるということだった。ちょっとひとりでトレーニングしてくると。普段からやっていることだから怪しまれることはないそうだ。ここに来ることを彼女が誰かに話したとは思えない。僕は誰にも言わなかった」

「連絡はどうやって取り合ってたの?」

「テキストメッセージだけ」

「最後に彼女と会って、別れを告げられたのはいつのこと?」

「つい先週だよ。彼女が僕の部屋に来て、そう言った。僕たちは最後の愛を交わした。そして今日、絵が仕上がったから、彼女にメッセージを送って、贈り物を渡したいからここで会ってほしいと頼んだ。きちんとお別れも言えるし」

「ここで会ってたとき、ガーラのことをじっと見てる人はいた？　あなたたちが見張られてると思ったことは？」

「ないな。こんな気持ちのいい場所だろう？　ここに来ると、いつもほっとするんだ」

「彼女があなたの部屋を訪ねたときはどう？」イヴは彼の注意を自分のほうに引き戻した。

「外に誰かいなかった？　不安を覚えさせるような人とか」

「いなかったよ。僕のロフトはヴィレッジにあって、一階は画廊になっている。僕はそこで働き、自分の絵を展示し、絵画レッスンをやっている。ガーラが来るのは週に一度だけ。二度のときもあったけど、たいがい家を抜け出せるのは週に一度で、息子が子守《ナニー》と出かけるか、友達と遊ぶ約束《プレイデイト》があるときだけだった。僕たちに与えられた時間はたった一時間か、せいぜい二時間だった。僕たちは一生分に値する愛を交わした。自分たちの時間が限られているとわかっていたから」

「彼女が危険を感じたとか、脅されてると言ったことはあった？」

「ない、ない。そんなことはなかった」

「夫とは喧嘩《けんか》してたの？」

今やもう無意識のように、マーロンは目尻をぬぐった。「そんなことはないよ。口論になったとは聞いてない。夫の関心はビジネスに集中していた。それと、ほら、体裁だよ。どんな夫婦に見えるかとか、よく一緒にイベントに出席するとか。ガーラはトスカーナに戻りたがっていた。息子を連れて、僕も一緒にそこで暮らす。僕たちはその日が来るのを夢見た。それがただの夢だとわかっていてもね」

マーロンは絵の包みをイヴに差し出した。「これを持っていってくれないか？　僕にはとても眺められない。こんなものいらないよ。つらすぎる」

「ピーボディ、ミスター・ストウに預かり証をお渡しして。ひとまず証拠品として預かっておきます」

「僕はもういらないんだ」彼はまた泣きだした。「売ることもできない。あなたたちが持っていてくれ」

「われわれにはそういうことは許されてないのよ。でも、何か方法を見つけましょう。ピーボディ捜査官が預かり証を渡して、あなたの連絡先をうかがいます」

ロークの姿を目の端にとらえながら、イヴはピーボディに絵を手渡した。「それがすんだら帰っていいわ。乗り物を手配しましょうか？」

「いや、いいよ。歩いていける。歩くよ」

「このたびは本当にお気の毒でした、ミスター・ストウ。捜査の参考になりそうなことを何か思いついたら、わたしかピーボディ捜査官に連絡してください」

イヴは腰を上げ、ロークのもとへ急いだ。「何があったの?」と強い口調で訊《き》く。「怒ってるわね。恐るべきロークが怒ってる」

ロークはイヴの腕を取った。「散歩しよう」

「そんな場合じゃないでしょ――」

「ついておいで」ロークはイヴの腕をつかむ手に力を加え、犯行現場から引き離した。「ローカン・コップ」と話を切りだす。「そいつを調べたほうがいい。ダブリン出身、たぶん僕より三つか四つ――五つかもしれない――年上だ」

「昔の友達?」

「まるでちがうな」明かりを避けて、暗がりで立ち止まる。「そいつは僕の父親の手下だった。盗みの技は三流だが凶悪さにかけては一流だったから、強要や脅迫を駆使して金を取り立てた。そっちを穿鑿《せんさく》するのはまたの機会に譲るとして、きみはやつのことを調べたほうがいい。それと、身辺に気をつけたほうがいい」

ロークはイヴの両肩に両手を置いた。「くれぐれも気をつけるんだ、イヴ」

「なぜ?」

「あいつは機会さえあれば僕を一瞬で殺すだろうが、それより僕の大事な人を殺すほうが喜びも大きいだろう。あいつは殺し屋なのさ、昔からずっと」

「あなたはその男をわたしの事件現場で見たのね」

「見たよ。あいつはわざとそうした。いや、かならず僕の目に留まるようにしたんだよ、あのろくでなし野郎は」

ロークはふたたび園内に目を走らせたが、あの顔を見かけることはないとわかっていた。今夜は無理だ、と。

「言っておくが、あいつがあの女性にナイフを突き刺すところを見なくても、僕にはやつがやったとわかる。この事件の犯人はあいつだよ」

「どうして彼女を狙ったの？　その男はあなたがここに来ることを知るはずがないのに」

「それはあいつにとってラッキーな運命のいたずらにすぎない。あいつは殺し屋なんだよ、イヴ、趣味と実益を兼ねて。殺しを請け負うのは主にヨーロッパだが、アメリカでの仕事もこれが初めてではないだろう。ともあれ、あいつがこれまで仕事でニューヨークに来たことがあるかどうかは知らないし、僕の目をすり抜けられたとも思えない。だが、今は確実にここにいるんだ」

イヴはすべて了解した。ロークが怒るどころではなく激昂《げっこう》することはめったにないから、その話を受け入れ、重く受け止めた。「人相風体を教えて――今夜見た男の」

「身長百八十センチを超えるがっしりした体つきで肩幅が広い。薄茶色の髪はトップノット式に頭頂で束ねている。肌の色は白く、ひげは生やしていない。黒いパンツとシャツに赤いジャケット。やつは自分の姿が見えるように人陰から出てきて、まっすぐ僕を見つめた。にやりと笑って」

ロークはイヴの腕をさすり、その手をまた肩に戻した。「あいつは僕にとってきみがどういう意味を持つか知るだろう。たとえ今は知らなくても、それを突き止めようとするだろう」

「彼はなぜあなたを特別に憎むの？」

「特別に？　あいつはパトリック・ロークの非嫡出子だと自称していた。僕より年上だから、自分は長男だとね」

「事実なの？」

「そうは思えないが、ありえないことではない。しかし、親父は僕よりあいつのことをとても気に入っていたから、もし実の息子なら引き取って一緒に暮らしていただろう。いずれにしても、今はどうでもいいことだ。あいつがこの公園にいたとき、裕福な女性が腹を切り裂かれたのは絶対に偶然ではない。腹や喉を切り裂いたりはらわたを抜き出したりするのは、ローカン・コッブの大好きな気晴らしなんだ」

「わかったわ、彼のことを調べる。広域手配《BOLO》もかける」

拒むすきも与えず、ロークは両手でイヴの顔を包んだ。「そして、きみも気をつけるんだ。くれぐれも注意してくれ」

「そうする」と答えたのは、ロークがその言葉を聞きたがっているから。「あなたもね」

「あいつがすぐさま僕を狙うことはないよ――それじゃ面白くもなんともないからね。さてと、連絡したい人たちがいる」

「この件について、もっと詳しく話し合わないとね」

「あとでじっくり話そう。きみの車が来たようだ」ロークは凱旋門のほうへ手をやった。

「うちで待っているよ」

ゆっくりと去っていくロークの後ろ姿を見つめながら、イヴは彼の不安が自分にもうつったのを感じていた。

結婚というやつは、本当にややこしい。

「警部補《LT》」マクナブがエアブーツの足取りも軽く、金色の長いポニーテールを揺らしながらやってきた。「セキュリティディスクを手に入れたよ。犯行の場面も確認した」

「殺したところが写ってるの？」

「イエスでもありノーでもある。つまり、犯人は防犯カメラのアングルを知ってて、自分の顔が写らないようにしてたってこと。写ってるのは、被害者がやってきて、それから男性らしき人物──百八十センチ、八十五キロくらい、黒いパンツ、黒いパーカーのフードをかぶった人物が、被害者のほうへ近づいていったところ。カメラはその人物の後ろ姿しかとらえてないから、年齢や人種はわかりようがないし、性別も断定できない」

マクナブは遺体を袋に入れているモルグ・チームのほうを振り返った。耳たぶに並んだ色とりどりのピアスがきらめく。「そいつはパーカーのポケットに両手を入れ、うつむいたまま小道を歩いていき、被害者の前に割りこんだ。彼女は立ち止まる。犯人が右腕をさっと振りあげてから戻すところが見えるよ。犯人は歩きつづけ、彼女はふらふらと二、三歩進み、血をどっと噴き出しながら倒れる。それから彼女のほうに二、三人駆け寄ってくる。ひとりが彼女を仰向けにさせる。悲鳴があがりはじめる。その頃にはもう、犯人はカメラの撮影範囲からはずれていた」

「ディスクを持ち帰って、詳しく調べて。コピーがほしい。すべてのカメラのすべての画像記録」

「了解。ダラス、犯人は彼女を待ち伏せてたにちがいないよ。そいつが被害者のほうへ向かっていく様子が、なんていうか、目的ありげだった。だから無差別じゃない。そんな感じがしないんだ」

マクナブはサーカスの演者のような恰好をしているかもしれないが、警官としての直感は信頼できる。

「そうね、わたしも無差別とは思わない。ピーボディ」イヴは合流したパートナーに声をかけた。

「目撃者の何人かと話をしたほか、目撃者から話を聞いた巡査二人とも話をしました。みんな被害者が倒れるまで何も見たり気づいたりしてないんですが、被害者が倒れたとき、黒いパーカーを着た男が去っていくのを見たという者が二人います。パーカーを着てフードをかぶっていたこと、男性だと思われるということ以外は説明できませんでした」

「その証言はセキュリティ画像と一致する。マクナブ、ディスクを調べるとき、男を探して――あなたが説明した背恰好の男で、白色人種、三十代後半から四十代前半、薄茶色の髪を頭のてっぺんで結んでて、赤いジャケットを着てる。そういう男を見つけたらフラグをつけておいて」

「あいよ。そいつが容疑者？」

「おそらくね。名前はローカン・コッブ、ダブリン出身。群衆のなかにその男がいるのをロークが見つけた。プロの殺し屋ですって」

「まだダラスのそばにいたほうがいいなら、俺のポータブルでディスクの見直しを開始できるよ」

「そうして。移動しましょう。ピーボディ、被害者の夫ジョージ・トゥイーンを調べて。彼に知らせにいくわよ」

「これが契約殺人なら」とピーボディが言いかける。

「依頼者候補のトップは配偶者ね」

車は予定どおり歩道寄りに停《と》まっていた。イヴは運転席についたが、すぐにはスタートさせなかった。「コップについても念入りに調べ、広域手配をかける。でもまずは、これから会う人物のことを教えて」

マクナブが後部座席に乗りこむかたわらで、ピーボディは助手席につき、傍目《はため》も気にせずパーティシューズを脱いだ。「トゥイーン四十二歳、〈モデスト・ワイン&スピリッツ〉の流通部長。勤続十六年。犯罪歴は今のところ見つかりません。六年前にガーラ・モデストと結婚――どちらも初婚でした。息子のアンジェロは四歳です」

イヴは車を出し、ほど近いところにあるモデスト／トゥイーン宅をめざした。

「夫妻は五年前にニューヨークの邸宅を購入しました。トゥイーンはニューヨーク本社勤務で、純資産は九〇〇万ドル弱です」

「妻の純資産はその十倍以上でしょう」イヴは記憶のページをめくった。「立派な動機になるわね、しかも妻は浮気までしてた」

「その関係は解消しました」というピーボディの指摘には、ただ首を横に振った。

「妻は浮気をしただけじゃない。マーロン・ストウが嘘をついてないなら、浮気相手を本気で愛した。夫が殺しを手配するには少し時間がかかる、それだけのことよ。彼女が関係を解消したら、それで問題は解決するの？　別れたという確証はある？　彼女は何もかも打ち明けたと思う？　そうは思えない。どっちにしても、彼女の気が変わって画家の愛人のもとへ戻り、巨万の富とともにイタリアへ帰らないという保証はないでしょ」

目的地付近の路肩にあいていた隙間にイヴが車を押しこむと、ピーボディはしぶしぶパーティシューズに足を入れた。

「俺はこのまま作業を続けるよ」後部座席のマクナブが言った。「オート《A》シェフ《C》のフィジーが飲めるとなおいいね」

「どうぞ」

愛嬌《あいきょう》たっぷりに付け加える。「チップスもあったりするのかな」

「ACに何がはいってるかなんて知らないわよ」探すのはマクナブに任せて、イヴは車を降りた。

街を半ブロック横切るために歩きだすと、ピーボディは堪《こら》えきれずに顔をゆがめた。

「なんでそんなバカみたいな靴を履くの？」

「素敵な靴です！　今夜はダンスに出かけました――デート・ナイトだったので。デート・ナイトのダンスには素敵な靴が必要なんです。事件捜査の靴になるなんて知りようがないじゃないですか」

ピーボディは小さくうめいた。「もういや」

「ぶつくさ言わないの」

「つくづくいやになります。ところで、ロークはそのコッブという男をアイルランド時代に知ってたんですね？」

「ダブリンの少年時代に。詳しい情報を手に入れるけど、コッブはロークに姿を見せた。見つけてほしかったのよ。ロークの話では、彼はもともと殺しが好きで、それを生業《なりわい》にしてるとか。詳しい情報を手に入れる」そう繰り返すと、イヴは目的の邸《やしき》の正面で立ち止まり、印象を感じ取ろうとした。

三階建ての白レンガの邸宅は優雅で落ちついた魅力があった。セキュリティライトは淡い緑の光を発しているものの、玄関の両脇にあるライトはどちらも消えていた。

帰宅する者を迎えるはずのライト。

窓から漏れる明かりもないところをみると、被害者の帰りを――もうそれは叶わないことだが――起きて待っている者はいないということだ。玄関の両側にある窓には彩色された木箱が置かれ、花々が咲きこぼれていた。

イヴはかぐわしい花の香りに迎えられてドアまで進み、ブザーを押した。

〝みなさん今夜はもうやすんでおられます。お名前と連絡先を残してください。お急ぎのご用でしたら――〟

「ニューヨーク市警治安本部《NYPSD》」イヴはコンピュータをさえぎり、バッジを掲げた。「ジョージ・トゥイーン氏に警察が話をしたいと言ってると知らせて」

〝緊急の理由を教えてください〟

「あなたの回路が緊急事態になりたくなければ、ミスター・トゥイーンにＮＹＰＳＤが来てると知らせなさい。さっさとバッジをスキャンして、言われたとおりにしてよ」

スキャナーの光がバッジを読み取った。

〝身分はダラス、警部補イヴと確認されました。少々お待ちください〟

「この憎たらしいやつ、大嫌い」

「ダラスの家にもその憎たらしいやつがあるじゃないですか。ほら、門にもあるし、それから——」

「だからって好きになれるわけじゃないの。なかは真っ暗ね」イヴは本題に戻した。「妻がジムに出かけたきり、そうね、一時間たってもまだ帰ってきてない。それなのに明かりを消してベッドにはいる？」

「たしかに、おかしいですね」ピーボディはうなずいた。「たとえば夫婦喧嘩してるとしても、変です。家の者が出かけてるなら、せめて玄関の明かりぐらいつけておきますよね。それをしないのはどんなときか」

「帰ってくる者がいないとき。些細《ささい》なことだけどね。すごく些細なことだけど」

家のなかの照明がつき、花々で飾られた窓辺が明るくなった。ロックを解除する音が聞こえた。

応対に出たのは、紺色のローブをはおった五十がらみの女性だった。黒い髪が乱れて顔に降りかかっている。暗褐色の目は恐怖と不安をたたえていた。

「あなたが警察のかたですか」

「そうです」イヴはもう一度バッジを提示した。「ミスター・トゥイーンにお話があるのですが」

「ええ、セキュリティシステムが知らせてくれました。わたしはこの家のハウスキーパーです。失礼しました、どうぞおはいりください」

　その口調にはイタリア風アクセントがあり、素足の爪は真っ赤に塗られている。

　エントランスの両端には細長いテーブルがあり、ほっそりした紫色の花を活けた細長い花瓶が置かれ、細長い鏡がその姿を映し出していた。床には金砂色のタイルが張られていた。

「どうぞ、こちらの客間でお座りになってください」ハウスキーパーは手振りで案内した。

「コーヒーかお茶はいかがですか」

「われわれはけっこうです。お名前をうかがってもよろしいですか」

「もちろん。エレナ・リナルディと申します。この家のハウスキーパーです。どうぞおかけください。ミスター・トゥイーンにお知らせしてきます。旦那《だんな》様もミズ・モデストも眠っておられます。こんな時間ですから」

「ミズ・リナルディ、ミスター・トゥイーンとミズ・モデストに最後に会うか話すかしたのは何時ですか」

「それは……たしか夜の九時だったかと。ええ、わたしが自室に引き取る前ですから九時頃です。どうぞおかけください」リナルディは繰り返すと客間から出ていった。

「被害者が出かける前ですね」ピーボディがつぶやく。

「そうね」イヴはいわゆるフロント・パーラーと呼ばれる表側の客間を見まわした。

ふんだんな花々――この家には花を愛する者がいる。そして気品漂うクリーム色のソファ、光沢のある青緑色《ピーコックブルー》の椅子、柔らかな輝きを放つゴールドのテーブル。大きな楕円《だえん》形の鏡を囲む装飾フレームにもゴールドが使われ、その下の白大理石のマントルピースには春らしい花やキャンドルが飾られていた。

絵はイタリアの風景画を選んでいる。赤い瓦《かわら》屋根とスタッコ仕上げの壁を持つ家々や大聖堂のドーム。ゆるやかな丘陵と点在する農家。これはトスカーナだ――訪れたことがあるからわかる。ローマのスペイン階段の絵を見てもそれとわかるように。

イヴはトスカーナを描いた絵のひとつに近づいた――なだらかな丘、背高のっぽの木、紫の実をつけたブドウ畑、曲がりくねった小道の先にある民家は、淡いピンクのスタッコ壁の足元まで花々が押し寄せている。

そして片隅に、画家のサインがあった。
M.Stowe。
「素晴らしい作品ですね」ピーボディが感想を述べる。「もうひとつの絵は包みのまま発送しておきました。ダラスは行ったことがあるんですよね」

「まあね」

「この絵のような感じでした?」

「ええ、このとおりだった。ここは被害者の部屋ね。ここは彼女の部屋よ」

「どうしてそう思うんですか」

「格式と優雅さがある。花に、絵画——特にあの作品。飾られた写真は?」そちらを手で示す。「息子、彼女と息子、でも夫のものはない。彼女の家族らしき人々、でも夫はそこにいない。埃《ほこり》を払うダスターにも女性らしさを感じる」

眉をひそめながら、ピーボディは室内を見まわした。「ほんとですね。何もかも女性らしい。飾り立ててはいないけど、女性らしさを感じます」

イヴは絵のほうへ手を振った。「ストウの絵に向き合う椅子、脇のテーブルにはタブレットがのってる。あの椅子に座って読書なり仕事なりをしながら、ふと顔を上げるとあの絵が見える。恋人に思いをはせる。故郷に思いをはせる。客間なのよ」イヴは言い足した。「でも、客を迎えてないときは彼女の部屋なの」

足音が聞こえ、イヴは向き直って、ジョージ・トゥイーンと会う心構えをした。

2

体つきは中肉中背、イヴは相手を観察した。後ろに撫でつけた髪は淡い金色、小麦色の肌、深くくぼんだ青い目は眠そうで、ハンサムではあるが精悍《せいかん》というより柔和な印象を与える。

身につけているのは、かすかに光沢のある黒のゆったりしたパンツ、白のプルオーバー、黒の室内スキッド。

顔には不安ではなく腹立ちの表情を浮かべている。

「こんな夜中に警察に起こされるのは初めての経験だから、まずは身分証を拝見させてもらおう」

顔立ちと同様、なめらかで物柔らかな声だと思いながら、ピーボディとともにバッジを差し出す。

「ダラス警部補、ピーボディ捜査官です」イヴは言った。「申し上げにくいお知らせがあるのですが、ミスター・トゥイーン。遺憾ながら、奥様のガーラ・モデストは亡くなりました。お気の毒に存じます」

「冗談はよせ」トゥイーンは手振りを交えてその話を払いのけた。「妻は階上《うえ》で寝てる」

「こちらに降りてくる前に確かめたのですね？」

「わかってることを確かめる必要はない。きみたちが間違ってるんだ」

「ミスター・トゥイーン、奥様は今夜外出されましたか」

「それがきみたちにどんな関係があるのか知らないが、そうだよ、妻はジムに行った。寝る前にそうすることはときどきある。トレーニングすると寝つきがよくなると言ってね」

「何時に帰宅されましたか」

「知らないな。私は頭痛がしたから痛み止めを飲んでベッドにはいった。片頭痛持ちなのでね。ガーラはそれを知ってるから、ジムから帰ってくると客室で寝ることが多い」

「つまり、奥様が家を出てからお顔を見ていないということですね。外出されたのは何時ですか」

「知るもんか」苛立《いらだ》ちもあらわに、不安や恐慌のかけらすらなく、トゥイーンは声をとがらせた。「十時頃だろう」

「十時十八分に、ミズ・ガーラ・モデストはワシントン・スクエア・パークで腹部を刺されて死亡しました。遺体の身元は正式に確認されました」

「それはありえない」異議を唱えはじめた相手にかまわず、イヴはリンクを取り出した。

被害者が写っている現場写真を呼び出し、相手に見えるように掲げる。「こちらはあなたの奥様ですか」

トゥイーンは画像を見つめ、じっとにらみつけてから背を向け、椅子まで歩いて腰を下ろした。「どうしてこんなことに?」顔を隠すように額に手を当て、うつむく。「ガーラ——ガーラは襲われたのか?」

勧められるのを待たずに、イヴは椅子に座り、ピーボディにもそうするよう手で合図した。「奥様に危害を加えたがる人物に心当たりは?」

「誰がそんなことを望む? どういうわけだ、ここはきわめて安全な地域なのに。ジムまではほんの数ブロックしかない。非常ボタンだって携行してる。誰が妻にこんなことをするんだ? 誰がやったんだ?」

トゥイーンは額に当てた手を下ろした。涙を見せるまではいかなかったものの、悲痛な表情は浮かべている。

「加害者の身元はまだ判明していません。目下セキュリティディスクを分析しているところです。奥様が公園に行くつもりだったことはご存じなかったのですね?」

「公園?」トゥイーンは顔をそむけた。「妻はジムに行くと言った。なぜ公園に行ったのかはわからない。新鮮な空気でも吸いたかったのかもしれない。わからないよ」

「奥様が公園で人と会う約束があったこともご存じなかった?」

「人と会う約束だと? 相手は誰だ? そいつが妻を殺したのか?」

「いいえ、奥様が会う予定だった人物は容疑者ではありません。奥様が浮気していたことはご存じでしたか、ミスター・トゥイーン」

「なんてことを言うんだ!」怒りがほとばしり、見せかけにしろ顔に浮かべていた悲痛な表情を覆い隠した。「きみは妻を侮辱してる、私の息子の母親を」

「浮気をしていた証拠はあります。あなたはご存じなかったとおっしゃるのですね?」

「きみは厚かましくもそこに座り、私の妻が殺されたと言ったその口で、妻を娼婦《しょうふ》呼ばわりするのか?」

「娼婦は不適当な言葉ですね、ミスター・トゥイーン。わたしはそうは申しておりません」だけど、あなたは彼女のことをそう思ったのね、とイヴは胸のなかでつぶやいた。「あなたがたの夫婦仲についてはどう形容されますか」

「私の結婚生活についてきみと話し合うつもりはない」トゥイーンはテーブルに手をついて

立ち上がった。「もう帰ってもらおう」

「お力落としは承知しておりますが、定められた手順のひとつとして必要な質問なので。あなたの奥様の命を――あなたの息子さんの母親の命を奪った人物を見つけ出すために」

「お水をお持ちしましょうか」ピーボディは子犬のような目と、いたわるような口調を用いた。「ひどいショックを受けたのですものね。どなたか連絡してほしいかたはいらっしゃいますか？」

「いや、いい。ひとりになりたい。私にはこれに対処する時間が必要だ。頼むから帰ってくれ」

「わかりました」ものわかりのよい警官にさっと変身し、ピーボディは腰を上げた。「おいとまする前に、セキュリティ画像記録《フィード》のコピーを頂戴《ちょうだい》できるとありがたいのですが。そうすれば今夜ミズ・モデストが家を出られた正確な時間が突き止められます。どんな情報でも犯人を見つけ出す手がかりになりますから」

「わかった、わかった」トゥイーンはポケットからリンクを引っぱり出し、コードを打ちこんだ。「管理ドロイドに知らせておいた。彼がセキュリティルームに案内し、あとのことを引き受ける。用が済んだら、きみたちを送り出すよ」

「ご協力ありがとうございました」イヴは言った。「改《あらた》めてお悔やみ申し上げます。捜査の参考になりそうなことを何か思いつかれましたら、どうかわれわれにご連絡ください」

話しながら、イヴは何気なく部屋を見まわした。「素敵なお宅ですね、ミスター・トゥイーン。奥様がご自分の国を愛していたことも伝わってきます。素晴らしい絵ですね」

ストウの作品のほうへ近づくとき、トゥイーンの目に怒りや嫉妬《しっと》の光ではなく、会心の笑みが浮かぶのが見えた。

帰宅してまず確かめたのはサマーセットの居所だった。ロークはまっすぐ邸内コンピュータまで行った。「サマーセットはどこにいる?」

〝お帰りなさい、ローク。サマーセットは自分の居住区にいます〟

ひと安心し、状況を知らせたい者たちには帰りの車中で連絡しておいたので、そのまま階上へ向かった。

自分やイヴの仕事部屋《オフィス》は素通りし、プライベートオフィスまで進む。

掌紋と声帯認証を使って、厳重に閉ざされたドアをあけた。

「照明オン」と命じて室内にはいり、プライバシースクリーンの向こうに広がる街を眺めながらグラスにウイスキーを注《つ》いだ。

そしてひと息入れて、心を落ちつかせた。

イヴなら自分の身は自分で守れるし、きっとそうするだろう。とはいうものの……。

しかし、今はあれこれ心配している余裕はない。

サマーセットは無事に自分の部屋にいるし、コップの件については朝になってから話し合おう。

アイルランドにいる身内は、優秀な人材を選んで警備にあたらせている。

コップがこれまで彼らのことを知らなかったとしても、今となっては彼らについてとことん調べようとするだろう。

朝になったら事態を知らせて話し合いたい者はほかにもいるが、さしあたり調査すべきことがあるのだ。

ロークは未登録の機器——コンピュガードに探知されない機器のコマンドセンターまで行き、プレートに手のひらを置いた。

「ローク。操作開始」

明かりが点灯し、黒い機器を背景に宝石のようにきらめいた。

〃操作開始……〃

ウイスキーのグラスを手に、席につく。

「コップ、ローカンに関するすべてのファイルを呼び出し、壁面スクリーンに表示」

〃承知しました。作業中。表示中……〃

ロークは日頃からコップの動向を追跡していた。周到であり、手段も持っている男は敵の動向を追いつづける。コップも周到な男だから現時点で自分を襲うことはないと考えていたが、それが思い違いだとしたら、その考えにいつまでも固執したりしない。

画面をスクロールして目を走らせながら、ロークは記憶を新たにした。データの中には自分で集めたものもあれば、インターポール、CIA、MI6、イギリスの国家犯罪対策庁《NCA》、アイルランドの犯罪およびセキュリティ部門《CSB》などの機関から見つけ出したものもある。世界じゅうの警察がコップに関するデータを持っていて、彼が殺しを請け負うことを認識しているか、あるいはその容疑をかけていた。

コップは十代の終わりに、迂闊《うかつ》にも地下の賭博《とばく》場の手入れで逮捕されたことがあり、違法な武器の所持でも捕まっている。

その十八か月の服役期間を有効に使い、殺し屋としての人脈をつくったのではないかとロークはにらんでいる。コッブが釈放されてまもなく、賭博場での一斉検挙の際に警察に密告した男が、喉を掻《か》き切られてセーヌ川に浮かんでいた。

趣味と実益と仕返しを兼ねたのだろう。コッブ流の三位一体だ。

刃物は昔からずっと愛用の武器だが、弱い相手や攻撃できない相手を手始めに殴ったり蹴ったりして楽しむこともある。気分転換に首を絞めることもある。

コッブは接近戦で殺すことを好む。これまで彼が爆弾や長距離兵器を使用した記録はない。

「あいつは血が好きなんだ」ロークはつぶやいた。「そのにおい、その感触。命が失われていくときの目。それがあいつの糧《かて》になっているんだ。コンピュータ、どんな偽名でもいいから最新のIDを表示しろ」

〝承知しました。作業中。表示します……コッブ、ローカン、二〇二〇年九月一日ダブリン、アイルランド生まれ。髪は茶色、目は薄茶色、身長百八十三センチ、体重八十六キロ。住所不定。職業コンサルタント〟

「コンサルタントだって？　そうとも呼べるか。そのＩＤは一年くらい前のものだ。ほかにも持っているだろう。そっちを探してくれ」

ロークは袖まくりし、ポケットから革紐《かわひも》を取り出して髪を後ろで束ねた。

そして仕事に取りかかった。

イヴはピーボディとともにトゥイーン邸をあとにし、車を停めた場所へ向かった。「彼は演技があまりうまくないわね」

「ほんとですね。涙ひとつ浮かべられなかった。涙をこらえようというふりさえしなかったんですよ。泣くのを我慢する人もいます」ピーボディは続けた。「でも、あれは我慢じゃないですよ」

「我慢じゃなかった」イヴはうなずいた。「その対極の歓喜も表さなかったけどね。トゥイーンはただ契約が履行されたことに満足しただけ。彼は妻がどこにいるのか、会いにいけるのか、死ぬときは苦しんだのかも尋ねなかった。つまり妻はもう存在してないということ。あのハウスキーパーと話をしたほうがいいわね」

「朝いちばんに連絡します」

「被害者の家族にも連絡しなきゃ――彼はその件にも触れなかった」イヴは時刻を確認して、首を振った。「被害者の身元は朝まで伏せておけるはずだから、今夜のうちじゃなくてもほかの者の口から伝わることはないでしょう」

「ニューヨークにもアパートメントを持ってますよ」ピーボディが手のひらサイズのコンピュータ《PPC》の情報を読み上げる。「でも、本宅はフィレンツェにあって、被害者の兄はローマにいます」

「イタリアは今いったい何時なの？」

「えーと」

「いいわ。家に着いてから調べる」

イヴは車のドアをあけた。後部座席のマクナブはズズッと音を立ててフィジーを飲んでいた。

「黒いパーカーの人物の画像をいくつか見つけたよ。ダラスの自宅のコンピュータにも送っておいた。赤いジャケットのほうも頭出ししておいた。やつは赤いジャケットのときは顔を見せるのを気にしてなかった」

マクナブは身を乗り出し、前にいる二人のあいだにPPCを差し出し、静止画を見せた。

群衆の中にコップブが立っている。パンツの前ポケットに親指を引っかけ、にやついていた。

「やつは撮影範囲から出たり入ったりしてる。どこにカメラが設置されてるか、どこが死角になるかを承知してるのは間違いない。顔のほかにジャケットとパンツの特徴も使って、やつが撮影範囲にはいった時間を追うことはできた。最後に姿を確認できたのは〇〇三〇時だよ」

「よくやった。家まで送るわ。ピーボディ、もし被害者の家族がニューヨークにいたら、彼らの住まいで八時に待ち合わせする。その場合は知らせるわ。もしイタリアにいたらリンクで対応するから、モルグで落ち合いましょう。朝いちでハウスキーパーに連絡して、セントラルまで来てもらって。マクナブ、被害者のリンクから引き出せるものはなんでも手に入れて」

「ダラス、作業しながらこのコップって男のことを調べたんだけど、いろんな意味で危ないやつだね」

「その件について、ピーボディに説明しておいて」

「トゥイーンも危ないやつよ」ピーボディがマクナブのほうを向いて言う。「ちがう意味でだけど、危ない」

「その件について、マクナブに説明しておいて」

イヴは彼らのアパートメントがある通りの角に車を寄せた。「降りて。八時ちょうどよ、ピーボディ、あっちかこっちで」

「了解です」

「ああ、そうだ。ACには六種類のチップスがあったよ」マクナブはそう告げながら車から降りた。

「すごい、すごい。ほら帰って」

ドアがバタンと閉まるなり、イヴは路肩から車を出した。バックミラーをのぞくと、二人が手をつないで歩いていくのが見えた。

そして車内には塩と砂糖のにおいが充満している。窓をあけて空気を入れ替えながら、イヴは自分も糖分を欲していることに気づいた。ダッシュボードのACにペプシをオーダーし、それからコンピュータにローカン・コッブの検索を命じた。

それでアップタウンまでの道中の時間を有効に使えた。あの男は驚くほど多彩な偽名を持ち、ここ三十年連続して数々の犯罪の嫌疑をかけられていた。

少年時代から悪の道にはいり、手始めに暴行、住居侵入、強盗、動物虐待などを繰り返し、要注意人物となっていく。少年院に何度も入れられたのち、腕を上げて捕まらないようになる。

都市戦争後《ポスト・アーバン・ウォー》のダブリンは不安定だった。警察内では腐敗がはびこっていた。

軽い罰が二度あり――武器の違法所持で十八か月の服役――四十八時間の拘留も何度かあったものの、保護観察処分を言い渡された記録は見つからなかった。精神鑑定や強制的なカウンセリングの記録もない。

母親のモーナ・コッブも主として無許可の売春と違法薬物所持で服役していた。記録上の父親はいない。だが、関係者リストの上位には、パトリック・ロークという人物がいた。

コッブは二十代のときに自分の適性に気づいて犯行を重ねたが、いずれも立件にはいたっていない。疑わしいと見なされただけで、証拠が不充分だったり、目撃者が証言を取り消したりした。あるいは目撃者が死亡した。

盗みについては発覚しないほど抜群にうまくなったのか、さもなければ殺しに専念するためにやめたかのどちらかだろう。

さまざまな法執行機関の見解によれば、その後ほどなくコッブは殺人をビジネスとして請け負うようになった。

そして現在、そいつはイヴの縄張りにいる。そればかりか――事実にしろ思い込みにしろ――イヴの夫のへの恨みを晴らそうとしているらしい。

イヴは門を通過し、元ダブリンのドブネズミが建てた優雅な城塞《じょうさい》へ向かった。

塔や小塔、胸壁、石造りの巨大な建物が、奇抜なシルエットを夜空に浮かび上がらせている。とりわけ素晴らしいのは、何十もの窓にきらめく明かりが歓迎してくれていることだ。愛ゆえに――それは人を愚かにすると信じて疑わないが――イヴはコップを見つけ出して収監するまで、ロークをこの奇抜な城塞に閉じこめておきたいと思った。

そしてまた愛ゆえに――それは人生を共にする相手を知り尊重することとイヴもわかってはいるが――ロークは隠れたりしないだけでなく、コップを収監する作戦に加わりたがるだろう。

わがチームのエースにして、専門コンサルタントでもある民間人には、骨の折れる仕事が待っている。

車を停めると、イヴはファイルバッグをつかんだ。少し眠る前に、何より優先させるべきは事件ボードと事件簿を作成することだろう。とはいえ、ロークとの話し合いも優先事項であることには変わりない。

何はともあれわが家にはいっていくと、なかは静まり返っていた。ホワイエには霧のようにすうっと現れるサマーセットも潜んでいない。ここでも話し合う必要があると思っていたが、ロークが説明してくれれば助かるとも思っていた。

階段をのぼりながら、睡眠を取るまでにまだ二時間ほど余裕があると考えた。けれど、オフィスのそばまで来ても邸内はひっそりしていて、隣にあるロークのオフィスも明かりが消えたままだった。

ロークが先に寝てしまうなんて、およそ考えられないことだ。一瞬、冷や汗がにじむようなパニックに襲われ、コップがロークを待ち伏せている姿が頭に浮かんだ。邸内コンピュータまで走り、手を伸ばしかけたとき、ロークがやってきた。

「なんなのよ、もう」心臓がでんぐり返るなんて実際にはありえないかもしれないが、どんな感じがするものかは今わかった。「バカ」

埋め合わせのため、イヴはロークの顔を両手でつかみ、激しいキスをした。

「やあ、おかえり」ロークはイヴの髪をさっと撫《な》でてから、顔を下げて額どうしをくっつけた。「無事に帰ってくれて嬉しいよ」

「わたしも。コーヒーがほしい」

「夜も遅いと言いたいところだが、言ってどうなる？　被害者の夫とは話せたのかい？」

「ええ」イヴは自分のコマンドセンターまで行き、ファイルバッグを置いた。それからオートシェフでコーヒーを淹《い》れた。「見かけも言動も疑わしい人に会った瞬間、有罪だとピンと来るなんてなかなかないわよ」

コーヒーを手に、イヴは歩きまわった。「家の中は真っ暗、玄関の明かりも消えてた。夫は妻がジムに出かけてすぐ、頭痛がしたので痛み止めを飲んで休んだと言った。それからわたしたちの頭がおかしいんじゃないのと言った。妻は上で眠ってるから。客室で。都合のいいことに、夫が頭痛のときは邪魔したくないからですって。

あいつは驚いたり悲しんだりっていうふりさえできなかった。演技しようとしたのかもしれないけど、できてなかった。被害者が浮気してたことを告げると、それは侮辱だと怒って、わたしたちに出てけと命じた。妻がどういうふうに死んだのかも、今どこにいるのかも、いつ会いにいけるのかも尋ねなかった。息子や妻の家族に知らせることについても、ひとことも口にしなかった」

イヴはコンソール画面に寄りかかった。「被害者が寝てた男は画家なの。彼女はその男が描いた絵を客間に飾ってた。わたしが素晴らしい絵ですねって言ったとき――ほんの一瞬だけど――あいつは会心の笑みを浮かべた。本物の感情を見せたのはそのときだけ。きっと今あの部屋にはいったら、その絵はなくなってるわよ。あいつはコップを雇って彼女を殺させた。わたしはなんとかしてそれを証明しないと」ロークを見つめながら、イヴはコーヒーを飲んだ。「あなたの知ってることが、わたしの仕事をやりやすくしてくれる」

「そう思いたいね。こんな時間だが、きみは事件ボードと事件簿をまとめておきたいんだろうな。ボードは僕が引き受ける――きみの好きなやり方はもうわかっているから。それぞれの作業をしながら、僕は自分にできることを教えるとしよう」

「いいわね」イヴはコマンドセンターの操作を開始した。

イヴがCGよりも現物を好むことを知っているので、ロークは予備機の前に座って写真をプリントアウトした。

「この地上にローカン・コッブのことを知らない警察機関や情報機関がたとえあるとしても、僕は聞いたことがない。やつの活動範囲はヨーロッパが中心だが、あえてほかの地域の仕事を請け負ったことも何度かあった。昔からずっと住所不定で、どれひとつ警察に突き止められたことはない。おそらく次の仕事までのあいだ潜伏する隠れ家がいくつかあって、それらに費やす金も惜しまないだろう。やつは贅沢《ぜいたく》な暮らしに憧れていた。やつの報酬ならそれを手に入れるのは可能だ」

イヴは作業の手を止め、ロークのほうを見た。「彼の報酬を突き止めたの?」

「具体的な数字はまだだよ。だけどここ十五年かそこらの、やつが実行したと思われる殺しを調べたら、どれもが金持ちや著名人とつながっていた。ギリシャ副大統領——裕福でさらなる野望の持ち主でもある——の妊娠中のガールフレンドの喉を掻き切る仕事は、はした金では引き受けないだろう」

イヴはいぶかしげに目を細めた。「そんな事件、わたしが調べたときには彼のファイルに載ってなかった。目立つはずなのに」

「未登録の機器を使ったんだ。かの政治家はギリシャではその事件を葬ってしまう金も影響力も持っていたが、インターポールの追及は厳しかった。僕が見つけたことやこれから見つけることのなかには、きみが使えないものもあるかもしれないが、知っておいたほうがいいと思って」

きわどい境界線上を歩くのだから、微妙なバランスを保っていかなければならない、とイヴは思った。「コップの口座は見つけられる？」

「見つけるよ」

「彼がニューヨークの仕事を引き受けたのは、あなたがいるからだと思う？」

「いや、それはないな。もしそうなら、姿を見せずになんらかの方法で僕のところへやってきただろう」

「ところが彼は自分の姿を見せつけた」

事件ボードの配置をしながら、ロークは振り返った。「そう、見せつけた。そして僕は今、やつの思惑どおりになっている。やつのことを考え、僕にとって大事な人たちのことを心配している。だが、最後に悔やむのはやつのほうだ」

「わたしが必ずそうしてやる」

ロークはほほえみかけてきたが、その目は笑っていなかった。「じゃあ、僕の考えを話そう。トゥイーンについてのきみの判断は正しいと思う。となると、トゥイーンにはコップを推薦できる情報提供者がいるということだ。妻の浮気はいつ始まったんだい?」

「去年の夏」

「時間は充分あったわけか。愛人を持つ者たちは自分では賢く用心深く行動していると思いがちだが、そういうことはめったにない。トゥイーンは妻の浮気を知る——そっちでも、浮気の証拠を手に入れるために人を雇ったことが判明するだろう——離婚のリスクは冒せない。金を持っているのは彼女のほうなんだし、離婚なんかしたら、同族企業内での自身の立場が危うくなる。すると、どう考えても、妻には死んでもらわなければならない」

「トゥイーンのような人間ならね。わたしも事情はそういうことだと思う。それに……妻は浮気をして彼を侮辱した。妻が浮気に走った理由なんて、彼は考えもしないでしょう。浮気されて悲しいとは思わなかった。侮辱されたと思った——しかも相手は画家だと? 俺をコケにするのもいいかげんにしろってとこね」

イヴはさらに続けた。「イタリアよ。コップの活動範囲はヨーロッパが中心だと言ったわよね。だからトゥイーンのコネ——彼に情報を提供した者——がイタリアにいる可能性は高い」

「ありえるね。プロの殺し屋にとって、その種の取引は単純明快だ。依頼人は莫大な遺産を受け取る立場にあり、コップはおそらくそれを加味した報酬を要求する。やつがニューヨークでこの手の仕事を一〇〇万ドル以下で引き受けるとは思えない。しかも最低でもその半分は前金としてもらうだろう。それがたぶん基本料金で、経費は別払いだな」

同じようなことを考えていたので、イヴに異論はなかった。それでも……。

「じゃあなんで、お金もらって仕事もすんだのに、さっさと去っていかなかったの？　なんでわたしたちが着いたとき、まだあの公園にいたの？」

ロークは何気なく髪に手をやり、革紐を引っ張ってポケットに入れた。そして、そこにあったボタンに手が触れた。甘い感傷とお守りがわりの気持ちから持ち歩いているイヴのグレーのボタンだ。

「やつの監視はずっと続けてきたが、実際に知っているのは少年時代のコップだ。少年のころのコップは警官をマヌケだと見なしていた。腐敗した警官以外はね。当時のダブリンに腐敗していない警官が多かったという意味ではないが。あの頃、やつはよく、犯人は現場に戻るという常套句《じょうとう》を地でいっていた。働く警官を眺めるのが好きで、優越感に浸っていた。自分がまずいことになると、必ず人のせいにした、わかるだろ？」

「あなたのせいにされたの？」

「一度や二度じゃなかった」ロークはまたほほえんだが、今度は目も笑っていた。「といっても、やつが正しかったことも何度かあったかもしれない。かつて僕が知っていた少年、仲間じゃなく顔見知り程度だったが、その子は若き大道芸人だった。本人の芸はたいしたことなかったが、犬がいた。みすぼらしい子犬で、芸をして少年の帽子に投げこまれる硬貨を増やしてやっていた。コップはその硬貨目当てに少年を追いかけたが、子犬に思いきり嚙《か》まれて追い払われた」

「賢い犬ね」

「まあ、それもコップが仕返しに戻ってくるまでだがね。子犬は八つ裂きにされた。やつはそれを自慢したんだ。雨にぐっしょり濡れても五キロに満たないような犬を殺したことを。親父はどうしたかって？　面白い冗談だと思っただけだ」

「あなたは告げ口したのね」

「そうだよ。あの少年と子犬は地元に定着し、みんなに好かれていた。警察《ガルダ》にさえね。だから噂《うわさ》が広まって警官がやってきた——知らん顔を決めこまない警官が来て、やつを責めた。やつは戦利品としてその子犬の耳を持っていたから、うまく言い逃れることはできなかった」

そこでロークは肩をすくめた。「全然関係ないことだけど」

「そんなことない。関係あるわ」

「それはともかく、やつは刃物が好きでよく使った。自分の仕業を調べる警官たちを眺めるのが楽しいというのも事実だろう。きみは僕の知っていることだけじゃなく、考えも知りたいようだから言うが、やつは自分の楽しみのために殺人課の警官が到着するのを待っていたんだと思う。それがたまたまきみだった。そして僕も一緒にいた。やつは僕に姿を見せずにいられなかったんだ」

その意見にも異論はなかった。「コップが報酬を受け取って立ち去るとは思ってないのね？」

「まだゲームは始まったばかりじゃないか」ロークは戻ってきて、向かい合うように座った。「それに、やつにとっては単なるゲームじゃない。僕が死ぬのを眺めるのはやつの念願なんだ。以前、一度だけやつに殺されそうになったことがある――少年時代の話じゃないよ。その当時は何度もそんな目に遭った。僕がこの家を建てていた頃、ニューヨークでのビジネスが成功しはじめたころだ。僕はしょっちゅう旅をした。事業利益を拡大するためと言っておこうか」

イヴはあの美しい目をまっすぐ見つめた。「そうとも言える」

「僕は南フランスにいた。美術品の取引のためとしておこう。取引が成立した夜――あとで知ったが、さる名家の家長が自分のヨットのなかで喉を掻き切られた数時間後だった――我々は偶然出会った」

立ち上がって、水のボトルを手に取り、蓋《ふた》をひねった。「場所は活気のあるバーで、そこで商談を終えた僕は一杯やっていた。そうしたら、やつがはいってくるのが見えた。人の出入りには注意しておいたほうがいいからね、たとえ取引が成立したあとでも」

「そういうときは特にかな」

ロークはまたほほえんだ。「そういうときは特にだね。やつはまっすぐ近づいてきて、まるで気の合う仲間に出会ったかのような顔で僕の前に座る。そして、ビジネスで成功した話は聞いてるから、昔なじみに一杯奢《おご》ってくれないかと言った」

「あなたは旧交を温めたい気分じゃなかったでしょうね」

「さっさと消えろと言ってやったが、やつはそれを快く受け入れなかった。さんざん悪態をついたあげく、僕は運がよかっただけで昔から弱虫だったと言いだした。自分はパトリック・ロークの本物の息子だ。だけど異母兄弟であることにはちがいないから、テーブルの下に隠し持っているナイフでおまえの腹を切り裂いたりはしないと――それがただの脅しじゃない証拠に、やつはそのナイフで僕をつついた。ただし、英ポンドで五〇万支払ったうえ、やつがパトリック・ロークの実の息子にして跡継ぎであることを認めて、ロークという名前を捨てるならという条件をつけてきた」

「そんなこと？」イヴはつまらなそうに言った。「で、あなたはどうしたの？」

「それは実に面白い申し出だが、断るしかないなと言ったよ。そして、今度また僕に近づこうとしたらこの程度じゃすまないぞと付け足し、テーブルの下で構えていたスタナーで撃ち、バーの床でのたうち回るやつを置き去りにした。パワーを最大にしてあいつをこの世から抹殺してやればよかったんだが、取引が成立したばかりだったし、警察沙汰《ざた》はなんとしても避けたかったからね」

「そりゃそうでしょう」イヴはつぶやいた。

「殺人があったことはホテルに戻ってから知った。あれこれ考え合わせ、匿名で通報し、やつの名前と特徴を告げた。警察はやつの犯行だと立証できなかったが、聞いた話では、やつはフランス流の厳しい取調べを長々と受けたようだ」

「それ以来近づいてこない？」

「僕はあの夜からやつの動向を追跡している――念入りにとまではいかないけどね――が、やつのことはあまり考えなかった。だが、そう、あれ以来なんの動きも見せていない。やつは金のために人を殺す。金目当てじゃないときは、弱い者を狙う。やつは僕のことを弱虫だと思っていた」

「あなたが弱気になったことは一度もない」ロークが何も言わず見つめ返してくると、イヴは首を振った。「わたしはあなたの弱みじゃないのよ、ローク。あなたの強力な武器よ」

「ダーリン・イヴ、きみはその両方であり、それ以上のものだよ」ロークはイヴの手を取った。「僕はきみに身を隠してくれとは頼まない。きみが僕に頼まないようにね。二人ともそう頼みたい気持ちはやまやまだが、二人ともたがいのことを知り抜いている。そして二人ともこれを乗り越えなくてはならないことを知っている」

「あなたにあいつを殺させるわけにはいかないわ」

「そのチャンスはコートダジュールのあの活気のあるバーで逃した。これだけはきみに約束しよう。やつが僕の手にかかって死ぬようなことがあっても、それは冷酷な殺人ではない。きみと出会う前ならそうだったかもしれないがね。それより僕はやつを刑務所にぶちこみたい。やつが僕の愛するものから遠く離れた場所で、コンクリートの檻《おり》のなかにいるところを思い浮かべたい。やつには僕と僕のお巡りさんのせいで檻にぶち込まれたのだと悔しい思いをしながら、むしろいつまでも生きながらえて苦しみ続けてもらう。僕はそう望むよ」

イヴは重ねられた手を裏返し、ロークの手を握り締めた。「いいわね。わたしはあなたを苦しめる道具になんかされない。安心して」

「やつは僕がきみと一緒にいたら、きみを利用すると思うだろう。きみが僕にとってどういう存在かやつにはわからないだろうが、だからといってきみを殺すことをやめることもないだろう」

「彼はすでにミスを犯してる。あなたに姿を見せるべきじゃなかった。トゥイーンが殺し屋を雇ったことは、わたしにもすぐにわかっただろうけど、コップだってすぐに姿を消すことはできた。ところが、彼は今もわたしたちの縄張りにいるのよ、ローク。そしてガーラ・モデストを殺した報いを受けることになる。彼女は今やわたしの事件だから。わたしたちのね」とイヴは言い直した。

「僕たちの」ロークはイヴの手を握り返した。「事件ボードの出来はどうかな?」

「あなたは有能な補佐官よ。よくできてる」

「じゃあ、今夜はここまでにして少し眠らないか? 暗闇のなかで妻と静かなときを過ごしたい。それに猫も、あいつはとっくに僕たちのベッドで寝そべっているだろうが」

「イタリアは今何時?」

ロークは腕時計《リスト・ユニット》をちらっと見た。「朝の八時頃だ」

「八時なら大丈夫ね。被害者の両親をつかまえたいの。彼らがイタリアにいるなら今連絡して、ついでにどんな人たちか感じをつかみたい」

「フィレンツェにいるよ。ほかのことを調べているあいだに確認しておいた」

「手間が省けた。さっそく連絡して、ピーボディにもその件でメッセージを送って、それで今日は終わりにする」

「いいだろう。僕も自分のオフィスでいくつか用事を片づけられる。待ってるよ」

リンクに向かう前に、イヴはロークの後ろ姿を見つめた。

「コーヒーはもう飲むんじゃないよ」

それで胸のつかえが下りた。コーヒーを飲みすぎないように注意できるくらいなら、ロークの精神も乱れてはいないのだろう。

3

コーヒーの香りで眠りから覚めたイヴは片目をあけ、ロークを見つけた。寝室に射しこむ仄明《ほのあ》かりのなか、腰にタオルを巻いた姿でオートシェフ《AC》の前に立っている。寝起きに眺めるには悪い姿ではない、とイヴは思った。とてもいい。

「南半球を買い占めるリンク会議に遅れちゃうんじゃないの？」

すかさず、ロークはコーヒーのお代わりをプログラムした。「それならもう少し遅い時間にずらしておいた」

カップを手にしたロークが近づいてくると、イヴの腰のあたりで丸まっていたデブ猫がだるそうに転がり、四肢を伸ばした。

半裸の夫がベッドまでコーヒーを運んでくれるのは、結婚生活に与えられた素敵な特典と言える。イヴは起き上がり、カップを受け取った。「ぐっすり眠れた？」

「ああ、眠れたよ」イヴの髪をさっと撫でてから、ロークはクローゼットまで行き、なかにはいった。

イヴはギャラハッドとしばらく見つめあった。「ぐっすりではないと思うけどね」そうつぶやいてはみたものの、ベッドから降りてシャワー室へ向かった。

自分にできる最善のことは――そして唯一確実なことは、捜査に取り組み、一心に励み、ロークを苦しめる棘《とげ》を取り除くことだ。

棘じゃない。ほとばしる熱いシャワーに打たれて完全に目が覚めると、イヴは訂正した。棘というより、この場合はナイフだ。

ガーラ・モデストの死について、まだ知らないことがあるとすれば、検死官から新たにわかったことの説明を聞き、セキュリティ画像は再度くまなく目を通し、マクナブと検討しあうことだ。

モデスト一家――被害者の両親、兄、兄嫁――は、午前中にニューヨークに着くことになっているから、彼らと話をして、トゥイーンとの夫婦仲について知っていることを率直に語らせよう。

それからあのハウスキーパーとも話をしたい。

シャワー室から出ると、いつものように迅速さを優先して乾燥チューブの温風を選んだ。

住み込みの使用人というのは、みずからの経験（サマーセット！）から知っているが、驚くほど家内の事情に通じているものだ。

乾燥チューブから飛び出し、ドアの内側に掛けてあったローブをつかむ。

コップについての情報はどんなものでも調べあげたい。それには部長の力添えが必要になることもあるだろう。マイラにも相談したい。あの一流プロファイラーの精神分析医にコッブとトゥイーンについての意見を聞きたい。

それだけ？ イヴは自分に正直になった。コッブを阻止して檻に閉じこめるためなら、どんな助けも借りるだろう。

寝室に戻ると、すでにビジネス界の帝王スーツに着替えたロークは華麗なネクタイを華麗に結んでいた。

「今日は素晴らしい天気に恵まれるそうだよ」そう伝えるロークのかたわらで、ギャラハッドが朝食にかぶりついていた。

イヴは実利と実践を追求するつもりでいたが、頭ではなく心の声にしたがった。ロークのそばまで行き、その顔を両手ではさんだ。「あいつを捕まえるわ」

「一ミリも疑ってない」

「よかった」

イヴは自分のクローゼットへ行き、パンツを適当に選んだ。パンツとサポート・タンクトップを身につけてから、素晴らしい天気になることを考え、半袖のシャツとジャケットをつかんだ。シャツを着ているとき、ロークがクローゼットの扉口までやってきた。「それは僕を楽しませようとしてわざとやっているのかな?」

「何がよ?」イヴはベルトに手を伸ばした。

「そのジャケットはあのパンツとペアになっている――それから、そのベルトは戻して」

「なんで? パンツは黒、ジャケットも黒、ベルトも黒でしょ」

ロークはジャケットを奪い、ハンガーに掛け直した。「そのパンツはインディゴだよ」

別のジャケットを選ぶロークの背後で、イヴは目を剝《む》いた。

「好きなだけ目を剝けばいい」振り返りもせず言う。「インディゴ――ちなみに、黒ではなく藍《あい》色のことだ――に合わせるなら、グレーがかったセラドン――」

「セラドンですって? 何それ、伝染病みたい」

「グリーンだよ――この場合はグレーがかったグリーンだ。このジャケットのように」ロークはそれを取り出した。「しかもインディゴのボタンがついている。そのシャツを脱いで」

「悪いけど、クローゼット・セックスの時間はないのよ」

ロークは自分でシャツを脱がせ、イヴを引き寄せて抱き締めた。「あったらいいのに」

今度はイヴがロークを抱き締めた。「わたしもそう思う」

「だが、クローゼット・セックスは予定にはいってないから、クローゼットは本来の用途で使おう」体を離し、ロークはちがうシャツを選んだ。「白できりっとした感じを加える」

「さっきのシャツは白だったわよ」

呑《の》み込みの悪い生徒を指導する辛抱強い教師のような物腰で、ロークは最初のシャツを掲げた。「これはクリーム色だ。こっちは?」と二枚目のシャツを掲げる。「白だ。そしてこのベルトは?」白いシャツをイヴに放って、ベルトを選び出した。「インディゴ、きみのパンツと同色の。きみは仕事場にセルドンのブーツを履いていくのは嫌がるだろうな。残念だ、それがあれば完璧な装いになるから。だけど……」ロークはブーツの棚に移動した。こんなにたくさんブーツを持っているなんて、イヴにとってはバカバカしいかぎりだった。

「これなら見た目も申し分ないし、きみの考える適切な服装の範疇《はんちゅう》にもはいるだろう」

イヴはそのブーツを受け取った。「インディゴ?」

「よくできました」

ロークは頭をポンポンと叩くのに相当するキスをし、着替えるイヴを残して出ていった。

わざとやったわけじゃないんだけど、と考えながらイヴは白いシャツとインディゴのベルトを身につけた。妻の服装をいじくりまわすことで、彼の気分は少し軽くなったようだった。

イヴはブーツ——クローゼットの妖精がいつのまにか加えた新しいアイテムだ——を履き、ジャケットをつかんだ。

ロークはまたACの前にいて、朝食をオーダーしていた。イヴは素晴らしい日和にオートミールが出てこないことを願った。武器用ハーネスを取り上げて装着する。国際的暗殺者のことを考え、護身用武器《クラッチ・ピース》とアンクルホルスターも用意した。

シッティングエリアのテーブルにはすでにコーヒーポットが置かれていたので、二人のカップにコーヒーを注いだ。

ロークは保温プレートを二枚運んできた——毛づくろいをしていた猫がすかさず目を光らせる。

オートミールじゃない、イヴは心のなかで快哉《かいさい》を叫んだ。ふっくらしたベリーらしきもの、なんらかのオムレツ、そして何より嬉しいベーコン。

「今日の方針については、シャワーを浴びながら何か考えてあるんだろう。教えてくれ」

イヴはオムレツを切り分けた。なかに緑色のやつがはいっている。やっぱりね。「まずはモルグに行く。それからホイットニー部長とマイラに相談したい——ホイットニーはアルファベットについて知恵を貸してくれるし、マイラはコッブとトゥイーンについて的確な意見を聞かせてくれる」

「アルファベット？」

「FBI、CIA、NCA、CSB等々。ゆうべ遺族に通知したあとであなたにも伝えたように、モデスト一家がニューヨークに向かってるでしょ。彼らに異存がなければ、セントラルに来てもらって話したい」

緑色のやつはアスパラガスだった。それと……「エンドウ豆？」

「春だからね」それで説明がつくというように、ロークは言った。

説明にはなっていなかったが、なんとなく感じはわかる。

「知らせを聞いた遺族の反応については聞いてなかったな」

「トゥイーンなんか比べものにならないくらい悲しんでた」今でもあのショックと悲しみと苦しみの声が耳に残っている。「話をしたのは父親だけ。彼はなんとか気持ちを立て直すと、みんなでこっちに来ると言った——息子とその家族も一緒に。みんなこっちに来たいって、娘と会いたい、葬儀の手配をしたい、わたしと話したいって」

「トゥイーンのことは何か言ってなかった？」

「彼に連絡したほうがいいかとか、孫はどうしているかと尋ねたわ。わたしは連絡するのはニューヨークに着いてからのほうがいいかもしれないって答えた。できればセントラルまで来て、わたしと話をしてほしいと言った。そうすれば現時点で伝えられることをすべて教えるからって」

ロークはうなずいた。「絆《きずな》の強い家族なんだろうな。ゆうべも言ったように、兄のほうを少し知っている——ステファノという。抜け目のないビジネスマンで、博識だ。たしかテニスが好きで、かなり入れこんでいた。その縁で妻と知り合った。彼女はプロのテニスプレーヤーだったが、二人目の子供ができたとき引退した。今はコーチをやっている」

情報はどんな些細なものでも助けになる。

「両親について標準検索で見つからないもので、わたしが知っておいたほうがいいことはある?」

「すぐには思いつかないが、見つけられるし、あちこち訊いてみるよ」

「それはそれとして、あのハウスキーパーと話をしたい——主人のいないところで。彼女はトゥイーンを呼びにいったあと戻ってこなかった。ということは、トゥイーンは彼女に自分の部屋にいろと命じたのね。訃報《ふほう》を知った彼女の反応をわたしに見せたくなかったのかも」

イヴはベーコンを食べ、こそこそ近づいてくるギャラハッドにロークが冷ややかな一瞥《いちべつ》をくれるのを待った。

ギャラハッドは毛づくろいを再開することに決めたようだ。

「あなたのほうの予定は？」

「無理のない延期や変更がきかなかった案件を片づけ、僕自身の情報源にあたってみる。ブライアンとも話をしたい」

ブライアン・ケリーはロークの昔なじみで、ダブリンで〈ペニー・ピッグ〉というパブを経営している。

「ブライアンはコップを知ってたでしょうね」

「もちろん知ってたよ。たがいに相手を嫌っていたが、大したつきあいがあったわけじゃない。それでも、ブライアンにやつの動向に注意してもらっても損はないだろう。アイルランドのクレアには人を何人か送りこんで、向こうの家族を見張らせている」

「向こうの家族ですって？」イヴは音を立ててフォークを置いた。「まさか、ローク、コッブはあなたの家族も狙うと思ってるの？」

「危険は冒したくない。だから警備をつけている。ここ数年、やつが僕の動向を逐一追っていた可能性は低い。そこまでする意味がない。やつはおそらく僕に家族がいることも知らないだろう。僕だってずっと知らなかったんだから。だが、その気になればたちまち調べ上げることは間違いないな」

「現地の警察に話してみる」イヴは言いかけた。

「まだいいよ。家族にはこの件で不安にさせたくない。というか、現地の警官が僕に心配事があることを漏らしてしまうのを避けたい。そうなればやつの思うツボだ。僕の言うことを信じてくれ」

「信じる」とはいうものの、安心はできなかった。イヴは頭のなかで現地の警察について調べておくことを予定に加えた。彼らとは一度協力しあったことがあり、相応の評価も下していた。

「それにスクールのこともある。〈アン・ジーザン〉はまもなくオープンするし、そちらに問題を持ちこみたくないんだ」

「警官をつけて見張らせるわ、〈ドーハス〉も」と、女性のための避難所《シェルター》のことを思い浮かべて付け足した。「信用できる者は把握してる」イヴは反論の余地を残さなかった。

「もちろん、そうだよね。助かるよ、やつはそういう場所で問題を起こすのは簡単だと思うかもしれないし、おのれの楽しみのためだけに誰かに危害を加えるかもしれないから」

「じゃあ、その件は決まり。あなたの情報源が誰だろうと、わたしの守るべき線をどれほど越えていようと、わたしは気にしない。あなたが見つけ出したことはなんでも知りたいの」

「教えるよ。心配はまったくいらない。僕はきみがどんな人間か知っているよ、警部補、仕事でどれほど優秀かも知っている」イヴを見つめながら、ロークはイヴの顎《あご》の浅いくぼみを指先で撫でた。「だが、いつも以上に身辺に気をつけてほしい。僕が愛する女性のことをくれぐれも大事にしてくれ。僕からきみを奪うことは、やつにとってこのうえない喜びだろうから」

「わたしたちに捕まったら、彼もそうそう喜んでばかりもいられないわよ。約束する」

イヴは立ち上がり、リンク、コミュニケーターなどの必携アイテムを揃《そろ》えた。それから少し考え、抽斗《ひきだし》を探って小剣《スティレット》とそれを納めるリスト・シースを取り出した。それを手首に装着すると、ロークのほうを向いて、とどめの刃が飛び出すスイッチを入れてみせた。

ロークは笑顔で応じた。「これはどうも」

「NYPSDの警察官としては、あなたに同様の武器を携行したほうがいいとは言えない。でも、あなたに愛され、あなたを愛してる女としては、そうすることを勧める」

「その点については心配いらないよ」

イヴはジャケットをはおり、ロークのそばまで戻り、行ってきますのキスをした。「セラドンとインディゴねえ」

ロークはイヴを引き戻し、お返しのキスをした。「よく似合っている。僕のお巡りさんのことを頼んだよ」

「任せておいて」

「僕は彼女なしでは生きていけないんだ」妻が去ると、ロークはつぶやいた。腰を上げ、かなり重い猫を抱き上げて、エレベーターへ向かう。

何をするより先に、腰を下ろしてサマーセットとじっくり話したかった。

これまでの人生の大半を父親代わりになってくれた男はキッチンのテーブルにいた。いつもどおり厳《いか》めしい黒のスーツ姿で、コーヒーを飲みながらタブレットで今日のニュースを読んでいる。

なかにはいっていくと、サマーセットは顔を上げた。猫を床に下ろしてやると、猫はまっすぐサマーセットのもとへ行き、彼の脚に体をこすりつけた。

「騙《だま》されちゃいけない。そいつの朝食はすんでいる」

サマーセットは手を伸ばし、骨張った長い指で猫の額を掻いてやった。「きみもすませたようだね。コーヒーは？」

「ありがとう。だが、もう充分飲んだ」

ロークはテーブルまで行き、サマーセットの向かいに座って単刀直入に切りだした。「ローカン・コップ」

「二度と耳にしたくなかった名前だ。やつがどうした？」

「ニューヨークにいる。ゆうべ女性を殺した。イヴがその事件を担当している」

サマーセットの炯々《けいけい》たる黒い目は、まじろぎもせずロークの目を見据えている。「コップの仕業だとどうしてわかった？」

「やつを見たから。やつが自分の姿を僕に見せつけたから」

詳しい説明を加えるあいだ、サマーセットはギャラハッドが膝に乗るのを許し、その背を撫でながら耳を傾けた。

「警部補は被害者の夫がコップを雇ったと確信している」諸事情を勘案し、サマーセットはうなずいた。「そして、そのつながりからコップの行方を突き止めるつもりだね」

「簡単《イン・ア・ナットシエル》に言えば、そういうことだ」

「ナッツの殻《ナットシエル》と言えば、コップはその夫とちがって簡単には潰《つぶ》せないだろう」

「ああ」

「きみが集めてきた、やつに関する情報は警部補と共有したのか？」

「もちろん」

「それは役に立つな。私は今でもある種のグループや機関に知り合いがいる。昔の友人や朋《ほう》輩《ばい》に連絡して、何か情報がないか尋ねるのは造作ない」

「グループね。イヴはアルファベットと呼んでいる」

サマーセットはほほえんだ。「政府は頭字語が好きだから」

「公式な政府機関以外でも」

笑みをたたえたまま答える。「そう、それ以外でも。きみが許可してくれるなら、イヴァンナに話してみるが。彼女も情報源を持っている」

ロークは少し考え、サマーセットの昔なじみにして目下の……交際相手である女性は、きわめて安全だと判断した。男というのは、自分の父親代わりが恋人を見つけることについてはあまり深く考えたくないものなのだ。「そうだね、この場合、あらゆる方面に手を伸ばすのは得策だと思う」

「彼女と話してみるよ。ほかの連中にも午前中に連絡する」

「今日は門から一歩も出ないでくれると安心できる。というか、ここ数日は」

サマーセットは眉を吊り上げた。「私には買い物があるし、ほかの用事もある」片手をあげて、ロークを制した。「私がこれまで講ずべき措置を怠ってきたとでも思っているのか、坊や。自分の身を守ることもできない、あるいは私にはコップのような悪党は手に負えないとでも?」

「相手はプロの殺し屋なんだよ、しかも凄腕《すごうで》の」ロークは強調した。「あなたが措置を怠ったとかいう問題じゃない。だけど、あなたに何かあったら、僕が措置を怠ったことになるんだ」

高い鼻の狭い穴から息を吸いこみ、サマーセットは椅子に背を預けた。「賢い手を使うものだ、褒めないわけにはいかないな。だが、私は隠れるつもりも路上で殺されるつもりもない。きみもそうだろう。もっとも、きみも警部補と一緒に邸にこもるというなら別だが。みんなでジンラミーでもするか」

不意に疲れを覚えたにもかかわらず、ロークはほほえんでいた。「いつも僕の勝ちだった」

「ズルをしたからだ」

「あなたはいつもそう言うけど、証明することはできなかった。くれぐれも用心してくれ」

「ああ、きみも用心するんだ」

サマーセットは身を乗り出し、黒い目を光らせた。「あいつはきみのことを知らない。自分では知っているつもりだが、これまで一度として知ったことはない。今はきみを知ろうとするだろう。きみに目を凝らすが、それでも見えるのは表面だけだ。きみの富と評判を妬《ねた》む、そこには闇と光の対照がある。そしてきみの自由を羨《うらや》む、やつが選んだ人生には本物の自由がないから。しかし、コッブがありのままのきみを見ることはない、きみの本質を理解することはない。それがきみの強みだ。というより、強みのひとつだ」

「僕にはありのままのやつが見える。やつの本質を知っている」

「そう、そのとおり。あいつは複雑な人間ではない。警部補も今ではもうあいつの本質を見抜いているだろう。獲物のことを知悉《ちしつ》した彼女は危険だ」

「危険な女性だよ。いくつか手配することがある」ロークは腰を上げ、サマーセットの手に自分の手を重ねた。「あなたが僕にとってどんな存在か忘れないでくれ、自分を大事にしてほしい」

「きみもそうしてくれ」

ひとりになると、サマーセットは座ったまましばらく猫を撫でていた。「なあ、おまえ、我らが子供たちの安全を守るために、我々にできることをしような」


イヴはダウンタウンへ向かう車中で、ロークが編集したコップに関するファイルの音声を聴《き》いていた。

サマーセットの読みどおり、モルグに着くまでにイヴは獲物のことを知悉していた。

モルグの白く長いトンネルにはエアフィルターが取りつけられているものの、死臭を完全に遮断するのは無理だった。主任検死官の部屋をめざして進んでいくと、背後からドタドタという足音が響いてきた。

ピーボディは妙な赤のハイライトを入れた黒髪を短いポニーテールにしていた。ドタドタの発生源はピンクと白のストライプの柔らかいゲル・スキッドで、ダンスシューズにやられた痛みがまだ残っているせいでその靴を選んだのだろう。ピンクの魔法のコートの下には、茶色のパンツと、ピンクの縁飾りがついた茶色のブレザーを着ている。そしてシャツは、たぶんクリーム色だろう。

ピーボディはあくびを噛み殺した。

「マクナブはまっすぐセントラルに出勤しました。セキュリティ画像記録《フィード》をやり終えたら被害者のリンクに取りかかるそうです」

「よしよし。被害者の住まいにある電子機器の押収令状は請求してある――トゥイーンのものもね」

「彼にとっては気に入らないでしょうね」

「わたしとしては一日を始める気分が上向く」

イヴはドアを押しあけた。

遺体のそばに立っていたモリスはY字切開を終えるところだった。

ピーボディは真っ青になり――セラドンという色かもしれない――顔をそむけて壁をにらみつけた。

「ずいぶん早いね」そう言うと、モリスは音楽を――たぶんイタリア・オペラだろう――消音にした。

防護ケープの下は、鮮やかなブルーの粋なスーツと淡い黄色のシャツで、その両方の色を取り入れた細いストライプのネクタイを締めていた。長いブレイドヘアはケープの背中まで届き、黒い髪に黄色の紐が編みこまれている。

モリスが手際よくモデストの胸を開くと、ピーボディは吐き気をこらえるような音を漏らした。

「若く美しい女性だ」イヴが検死台に近づくと、モリスは説明を始めた。「筋緊張《きんきんちょう》も素晴らしい。肉体や顔面に施術の痕《あと》は見られない。薬毒物検査のため血液と組織のサンプルをラボに送っておいたが、常用の痕跡も見られない」

「致命傷から何がわかる?」

「すばやく、容赦ない。刃はこの下腹部に、深く突き刺さった」モリスは向きを変えて、トレイから測定器を取り出した。

測定器が下腹部に滑りこむ様子はスクリーンに映し出されているが、イヴは遺体の傷を計測しているモリスの手元をのぞきこんだ。

「深さは十五・九センチ、幅は……四・三ミリ」マイクロゴーグルをつかんで、モリスはふたたび遺体の上にかがみこんだ。「それは刃先の幅だから、おそらくスティレット・タイプのナイフだろう。突き刺したあと、ナイフは臍部《さいぶ》まで引き上げられた。見事に彼女のはらわたをちぎっている」

モリスは上体を起こした。「腹部では多くの内臓器官が活動し、ほかの器官とつながっている。損傷、ショック、失血により、彼女は一分か長くても二分以内に死んでいただろう。そしてありがたいことに、死ぬ前に意識を失っていた」

「被害者には傷口付近に軽い打ち身があった。ナイフの柄が当たったため？」

「私もそう思う。つまり凶器の刃渡りはさっき言った十五・九センチになる」

遺体を映したスクリーンでは傷が拡大されているが、マイクロゴーグルを装着したモリスは被害者の上に身をかがめた。

「犯人はナイフを柄まで突き入れた。凶器が見つかったら、ボタンで刃が飛び出すタイプのものだと判明するはずだ。犯人は柄を被害者の腹に押しつけ、スイッチを入れて刃を腹に送りこんでから上方へ引き上げた」

「手際がいい」イヴは言った。

「ああ、恐ろしく手際がいい。二秒もあれば事はすむ」

「被害者が結婚したゲス野郎は、彼女がいつどこにいるか知ってたのよ」イヴは検死台から下がり、そのまわりを歩いた。「被害者のリンクを調べれば、密会相手とのやりとりが見つかるでしょう。夫は妻の浮気を知ってた。妻が関係を解消したことも知ってたけど、それは彼にとってはどうでもよかった。殺し屋を雇い、妻の情報を伝えた」

イヴは遺体を振り返った。「犯人は時間より早く現場に行き、彼女がやってくるのを待ち受ける。彼女を見つけると、そばに寄っていく。誰か犯人を見かけた者がいても、凱旋門をくぐって進んでいき、彼女にぶつかり、そのまま歩きつづけたように見えるだけ。だけどその二秒間に、その衝突のあいだに、ナイフが差しこまれ、彼女を切り裂いた。犯人は進みつづける。彼女はふらふらと二、三歩進む。地面に倒れたとき、注目は彼女に集まる、犯人にではなく」

「犯人は凱旋門から出ていきました」気分はほぼ回復していたが、ピーボディは慎重を期して検死台から距離を置いたままにした。「マクナブは黒いパーカー姿のままの犯人を何度か見つけました。彼は最初に現着した巡査が保存する前に、現場に戻ってきています。赤いジャケット姿で。死体には近づかず、歩きつづけて噴水をひとまわりしました」

「もう犯人を特定できたのか？」

「そう」イヴはモリスのほうを向いた。「相手が何者なのかはわかってる——プロの殺し屋。わたしたちが見つければいいのはそいつと、そいつの刃渡り十五・九センチのスティレット。たぶん、こんなやつ」

イヴは右手首をひねり、ボタンを押して刃を飛び出させた。

いくらか目を丸くしたものの、モリスはそばに寄って、それをしげしげと眺めた。「そう、こんな感じのやつだ。これは捜査用の新しい装備かい？」

「今回にかぎってはね」イヴは刃を引っこめた。「彼女の夫――ジョージ・トゥイーン――からあなたに連絡があるかも。自己防衛のために、ここに来るとか段取りがどうとか騒ぐかもしれない」

「心に留めておこう」

「遺族――被害者の両親や兄からはきっと連絡がある。もうすぐニューヨークに着くはずなの」

「彼女をきれいに整えておくよ」

「ありがとう」イヴは立ち去りかけて、足を止めた。「マーロン・ストウという人物から連絡があったら、彼女に会わせてあげて。こっそりね」

「愛人か。つまり、きみはそいつが不埒《ふらち》な男だとは思ってないんだな」

「愛人あるところに愛がある。浮気は浮気にちがいないけど、そのせいで死なせることはない。でも、わたしがそう言ったとはロークに教えないで」

「誰にも言わない」

トンネルを引き返していくと、ピーボディは警戒しながらイヴの手首を見た。「わたしはそういうやつを装着しなくてもいいんですよね?」

「お好きにどうぞ」

「ナイフの使い方、格闘においてのですが、それなら知ってますけど、どうも好きになれません。鋭利なものを体に突き入れるやつは。モリスが死体を切るところを思い出して」

「ナイフはじかに使うものだからよ。持ち主の手の延長として」

「だからなんでしょうね」

「これが解決するまでクラッチ・ピースを携行しなさい」

「わかりました」

車に乗りこむと、イヴはしばらくシートに背を預けた。「これからコップについて知ってることを教える。そのなかには現時点では情報源を明かせないものもある。ホイットニーと話して、わたしがその情報にアクセスできるようにさせるつもりだけど、わたしのパートナーには暗中で捜査させたくない」

ピーボディはあっさりうなずいた。「つまり、警部補は知ってることをわたしに教えてくれるけど、正式にその情報にアクセスできるまで記録には残さないということですね」

「そのとおり。ホイットニーの力でもわたしたちにアクセスさせることができなかったら、とりあえず手元にあるものは使うけど記録には残さない。それで納得できる?」

「警部補はこれまで正義に反することをわたしに頼んだことはありません。正義と規則は必ずしも一致しない。だから規則は変更できるけど、正義は変わらないんです」

ピーボディを自分のパートナーにした理由は要するにそういうところにあるのかもしれない、とイヴは思った。

「これでよし、と。セントラルに着いたら例のハウスキーパーに連絡して。リナルディだったかしら。本署まで来てもらいたいの。ナニーともそのうち話さないとね。それからマイラと会う手はずを整えて。向こうの都合に合わせるから。わたしはホイットニーと会えるようにする」

イヴは車をスタートさせ、パートナーに彼女が知っておくべきことを伝えはじめた。

4

本署《セントラル》の駐車場に車を入れると、ピーボディがこちらを向いた。「じゃあわたしたちは、世界じゅうの警察機関や情報機関が束になってかかっても逮捕できずにいるプロの殺し屋を追うんですね」

「正解」

「了解です」二人は車を降り、エレベーターへ向かった。「その悪党はロークに対して、執念にも似た遺恨を抱いてるんですね」

「それも正解」

「わたしたちが悪党を追ってるあいだ、警察の保護を受けてほしいとロークに頼んでも無駄ですよね」

イヴは苦りきったまなざしを投げた。「無駄」

「了解の了解。でも、マイラと話すのはどうですか？　ロークがダラスに事情のあらましや詳細を伝えて、ダラスがマイラと相談することはわかってますけど、それは人を介しての話になりませんか？　ロークが直接マイラと話せば、なんていうか、直通になるんじゃないかと」

イヴはまたもや〝無駄〟と答えようとして、考え直した。「それはいいかも。それがいいわ」捜査官としてだけでなく、個人的にもいい方法だと思う。「説得できるかどうか試してみる」

「わたしたちはたかが悪党に仲間を愚弄《ぐろう》させるつもりはありません」エレベーターに乗りこみながらピーボディは言った。「絶対に」

「絶対の事実よ」

とはいうものの不安はあった。不安なあまり、エレベーター内が混んできても、人を押しのけて降りてグライドに切り替えることさえ思いつかなかった。

「ホイットニーと会う手はずもわたしがやります。マイラとハウスキーパーも」ピーボディが言った。「遺族から連絡があったら教えてください。わたしも合流しますから」

「いいわね、助かる」イヴは息を吐き出した。「ありがとう」

「仲間ですから」ピーボディは繰り返した。

ようやく無理やりエレベーターを降りると、イヴはまっすぐオフィスへ向かった。オートシェフでコーヒーを淹れてから、いつもの作業に没頭して不安を押しやった。

事件ボードを設定し、事件簿を作成する。耳慣れたピーボディの靴音に、顔を上げた。

「ハウスキーパーはすでにこちらに向かってます」

「ずいぶん手早くすんだわね」

「というか、連絡したときはすでにこちらに向かってました――タクシーに乗ってるところを捕まえたんです。なんだか顔も声も怒ってるようでした」

「そう。着いたらラウンジに案内して」

「ホイットニーは会議がありますが、一時間後には体があきます。マイラは十一時から十五分ないし二十分時間が取れるそうです」

イヴは椅子の背にもたれた。「どんな手を使ってあの業務補佐《アドミン》の防御を突破したの？」

「わたしはあのアドミンに気に入られてるんです。なんとなく。それで、このプロファイルは優先させたほうがいいと言いました。対象者は警察と警察関係者をターゲットにしてるようだから、と。つまり、マイラも」

「抜け目ないわね」イヴは座り直して、うなずいた。「まったくの嘘ってわけでもないうえ、抜け目ない」

「抜け目なさの代表から学びました。マクナブの進捗《しんちょく》状況を確認してきます。ハウスキーパーが到着したら知らせますね。そうだ、ご参考までに。ジェンキンソンと彼のネクタイは出勤してます。目をそらしておいたほうがいいですよ」

「いやでも引きつけられるの。懲りない目なのよ、痛い思いをするのはわかってるのに、引きつけられるんだから」

イヴは事件簿を仕上げ、それからトゥイーンの金銭面の調査に取りかかった。ほんの上っ面を撫でたところで、ロークから着信があった。

〝きみは間違いなく興味を持つだろうが、ジョージ・トゥイーンは小口の隠し口座を保有している――隠蔽《いんぺい》工作はお粗末で、違法すれすれの行為だ。二週間前、彼は五〇万ユーロをアンドラ公国にある非課税の匿名口座に送金した。追加の五一万五〇〇〇ユーロはゆうべ二三〇〇時に送金された。アンドラの口座に関するデータもまもなく手にはいるだろう〟

「あなたならきっと手に入れるでしょ」

そうつぶやくと、イヴはその情報を事件ボードと事件簿に加えた。

つまりトゥイーンは二週間前にコップを雇ったのね。イヴは頭のなかで言いながら、立ち上がってコーヒーのお代わりを取りにいった。報酬の半分を前金として払う。コップは殺した証拠を送る——報《しら》せを受けた警官たちが現場に到着したあと、公園に戻ってきてリンクで撮ったビデオか写真を。トゥイーンは残金を支払う。端数の一万五〇〇〇ユーロはたぶん経費の分だろう。

トゥイーンは一〇〇万ユーロ少々で浮気した妻を抹消し、おそらく彼女の莫大な財産の大半を相続する。そして彼女のひとり息子のたった一人の親であり保護者である。そのひとり息子には十中八九すでに信託財産が設けられており、さらに孫を愛する裕福な祖父母がいる。彼らは妻を亡くした婿に気前よく接することだろう。

トゥイーンにしてみれば手堅い投資だ。

イヴは事件ボードの前まで行き、トゥイーンのＩＤ写真を眺めた。

「今日が終わるまでに檻に入れてやる。神に誓ってもいいわよ、このゲス野郎」

インターコムが鳴った。「ミズ・リナルディが到着されました。ラウンジに案内します」

「すぐ行く」

イヴはコーヒーを持ってオフィスを出た。大部屋《ブルペン》を通り抜けながら、イヴの目は——やはり懲りてなかった——ジェンキンソンのデスクのほうへ注がれた。

そして痛めつけられた。ウイルス性の有毒なオレンジの地にクジラがいっぱい描かれたネクタイに。紫のクジラたちはニヤニヤしながら、大量のプルトニウムを摂取した結果としか思えないような青い水を噴き上げていた。

「わけがわからない」イヴはどうにか声を出した。

ようやく目をそらしたものの残像に悩まされながら、ラウンジへ歩いていった。リナルディはテーブルにつき、両手を組んで握り締めていた。ピーボディは自販機の前にいた。イヴはテーブルに近づき、リナルディの向かいに座った。

「あの警部補さんね」イヴが切りだす前に、リナルディは言った。「ゆうべお会いしたと思うけど。思い違いかしら？」

「いいえ、そのとおりです。あなたはミズ・モデストと親しい仲だったんですか」

リナルディは指をほどいて片手を口に当て、その手を胸まで下げた。「胸が痛んでしかたないのよ。ガーラのことはよく知ってました。ガーラと呼ばせてもらってたのは彼女が十五歳のときから知ってたためです。わたしがご両親のお邸で働くことになったときから。彼女は愛らしかった。若く美しくて。彼女はニューヨークに移り住むことになったとき、こっちに来て働いてくれないかとわたしに頼みました。誰か故郷の人間にそばにいてほしかったんです、わかりますか？」

「わかります」

ピーボディはリナルディの前に水を置き、自分の前にはダイエット・ペプシを置いて腰を下ろした。

「ありがとう。わたしは彼女のママでも姉でもないけど、まあ叔母のようなものかしら? 彼女には恋しい故郷の人間がそばにいる。母国の言語で、心からの言語で話せる者がいる」

「ミスター・トゥイーンはイタリア語を話さないの?」

「話しますけど」リナルディは片手をあげ、左右に揺らした。「家庭では英語を話したがるんです。アンジェロはとてもかわいい坊やで、利口でいたずら好きだけど、かわいいんです。そして、パパより上手にイタリア語を話します。あら、これは重要なことじゃないわね」

リナルディはレースの縁取りのついた白いハンカチを取り出し、流れる涙を押さえた。

「重要じゃないことはひとつもないんですよ、ミズ・リナルディ。彼女が外で恋愛関係を持っていたことはご存じでした?」

片手をさっと胸に戻し、目に涙をためて答える。「いいえ、知りませんでした。ひょっとしたらと思うことはあったけど、それを尋ねる立場にはありませんから。ガーラが話してくれていたら、わたしはじっくり話を聞き、沈黙を守っていたでしょう」

「ひょっとしたらと思ったのはなぜ?」

「気分の浮き沈みがあったから。些細なことですが、目の光ですね。ガーラは恋をしてる、だけど相手はシニョール・トゥイーンじゃないと思いました。彼との愛はガーラが身ごもったときから褪《さ》めはじめ、たぶんこちらに移ってきたあとは完全に消えていたでしょう」

「あなたは彼女のことをよく知っていた。結婚生活が破綻《はたん》しだした理由もわかりますか」

「彼はガーラに働いてほしくなかった。そんなことは結婚前にも、子供ができる前にも言わなかった。ガーラは仕事を愛していたし、聡明《そうめい》で知識も豊富で仕事熱心でした。でも、夫は文句を言いどおしで、しまいにはガーラも仕事を――なんて言うんだったかしら――削減《カットバック》する？　とにかく仕事を減らしました。彼はガーラをいつでも利用できるようにしておきたかったんです、社交上のつきあいとか……イメージを保つために。それはガーラが肌身で感じて、わたしにこっそり教えてくれたことです」

「彼が虐待することはありました？」

「暴力をふるうということですか？　いいえ、なかったと思います。ガーラはそんな仕打ちには耐えられなかったでしょう。でも、言葉の暴力ならありました。怒鳴ったりとかではなく、ただ静かに……水が岩を穿《うが》つように、じわじわと心を蝕《むしば》んでいく感じです」

リナルディは水を取り上げて口をつけ、もうひと口飲んでからテーブルに置いた。「彼は冷たい心の持ち主なんですよ。結婚する前はそんなふうには見えなかった。ガーラが身ごもる前も。彼は花を贈り、ガーラに商才があるのを喜んでるようで、誇らしさや愛情を表現しました。でも、それは偽りだったと思います。彼は生まれつき冷たい人間だから。

今日、というか今朝、わたしがまだ朝の仕事を始める前に、ガーラはアンジェロと一緒に部屋にいるとばかり思いこんでいたときに、彼はわたしをオフィスに呼びつけ、ガーラが死んだことを伝えました。わたしが驚き、動転し、どうしていいかわからなくなっているときに、ガーラが殺されたと、夜、出先で強盗に襲われたと告げた。わたしが泣いているのもかまわず、もうわたしは必要ないと告げたんです」

「あなたを馘首《クビ》にしたんですか」ピーボディが憤って尋ねた。

「推薦状を用意してやるし、三週間分の給料を払うが、明日の朝までに出ていかなければならないと言いました。荷物をまとめ、あれこれ手配をする日は今日しかありません。彼は息子と二人きりで悲しみに暮れたいだけだと言うけど、その目に悲しみはなかった、わかりますね？　わたしがやっていた仕事はドロイドにやらせるそうです、アンジェロのナニーの仕事も。彼女も暇を出されたんです」

息子を孤立させるつもりだ、とイヴは思った。

「わたしは母親を亡くしたばかりの坊やのそばにいさせてほしいと頼みましたが、いいから出ていってくれと言われました。これはおかしいです。こんなときに、愛情深い夫、父親はそんなことしません。わたしはあなたがたのことを思い出しました。ゆうべ邸にいらしたときのことを。それで何もかもあなたがたに打ち明けたくなったんです」

「来ていただいてよかったです」

「わたしが憤慨するあまりミスター・トゥイーンを困らせようとしてると思われるかもしれませんが、どう考えてもこれはおかしいです。わたしはガーラのためにこの国に来ました。彼女の息子のためなら、ここに留《とど》まるつもりです。シニョール・トゥイーンが愛情深いよき父親でいてくれるなら、それに越したことはありません。でも、今朝の口ぶりには愛も悲しみもショックもなかった。彼は……彼がガーラを殺したのかもしれない。わたしはそれを恐れます、アンジェロのことが心配でならないんです」

「彼は息子に危害を加えると思いますか」ピーボディが問いかけた。

「それは考えたことがありません。彼がガーラに危害を加えることも考えたことがなかったから。今は不安になりました。坊やはまだ幼いんです。坊やを守っていただけますか？」

「全力を尽くします」イヴは安心させるように言った。ミズ・モデストのご家族がニューヨークに向かっています」

リナルディは目を閉じ、何やらイタリア語でつぶやいた。「聖母マリアに感謝します。この祈りを聞き届けてくれる聖母マリアに感謝します。ご家族のみなさんと話ができるようにお願いするつもりでしたが、あなたがたがお話しされますね。わたしで力になれることがあれば教えてほしいと、伝えていただけますか」

「わかりました」

「こちらに滞在する場所はあるんですか」

リナルディはピーボディのほうを見た。「出ていくときが来たら、泊めてくれる友人がひとりいます。どうすればいいか、ここに残るか国に帰るか決めなくてはなりませんが、アンジェロの今後を知るのが先です。坊やが安全であることを確認してからでなくては。ガーラもきっとわたしにそうしてほしいでしょう」

「ご友人の連絡先を教えていただけますか」

「はい。わたしにできることなら、どんなことでもします。ソフィアのためにも――アンジェロのナニーです――そうします。彼女はアンジェロをそれはかわいがっていて、わたし同様、とても胸を痛めてるんです」

「大変助かります。連絡先をいただいたら、出口までお送りします」

「ピーボディ捜査官がわれわれの連絡先をお渡しします」イヴは付け加えた。「何か思い出したり思いついたりしたら知らせてください」

イヴは自分のオフィスに戻った。そろそろレオ地方検事補を引っ張りこむ頃合だ。イヴはトゥイーンをとっちめてやりたかった。

「レオです。裁判所に向かってるところなのよ、ダラス」

「こないだ確認したときは、歩きながらでも話せたわよね」

レオはふわふわの金髪を押し戻した。「たしかにその能力はあるけど。モデスト、ワシントン・スクエア・パークで刺殺され、あなたが事件を担当してる。それで?」

「夫は殺し屋を雇った」

「なぜそれがわかったの?」

「なぜなら、わたしにその能力があるから。目撃者の証言から殺し屋はコッブ、ローカンと判明した――そいつを調べて」

「その情報は持ってない」

「今、手に入れた」

「目撃者の名前は?」

「ローク」

レオのしっかりした足取りが少し乱れた。「それはだいぶ面倒ね。ロークがどうして殺し屋を知ってるの?」

「ダブリンにいた少年時代の知り合い」

「友達？　仲間？」

「どっちでもない。その反対とも言える」

「面倒の度合がちょっぴり軽減された」

「短縮バージョン」と宣言し、クラクションや広告飛行船の騒音が聞こえるなか、イヴは要点を説明した。

「そいつはロークに自分の姿を見せつけた——面白いわね」

「トゥイーンが計一〇〇万ユーロ超を二度に分けて同一口座に送金したという情報がある。一度目は二週間前、二度目はゆうべで被害者が死亡してから約四十分後。たった今ハウスキーパーから事情を聴いたんだけど、彼女は今朝、トゥイーンからクビを言い渡された。息子のナニーもクビになったんですって。これから報告書にしてあなたに送る。言っとくけど、トゥイーンを連行するには充分揃ってるわよ」

「だったら連行しなさいよ。わたしにも加わってほしいなら、二時までは裁判所にいる、二時以降なら時間を作れる。令状はもう少し待ちましょう。あなたが彼を少し締めあげるまで。もしくはせめて遺族との話がすんで、なおかつホイットニーの力でどこまでそれ以上のデータを入手できるか確かめるまで。わたしはボスに話してみる。あなたは自分の上司と話して」

「了解」イヴは時刻を確認した。「ちょうどいい時間だわ。わたしは一四三〇時までにトゥイーンを連行する。妻を殺すのに一〇〇万ユーロ出せた男なら、弁護士団を雇うのにも大金を出せるわね」

レオは笑みを浮かべ、ふわりと髪を払うと裁判所の階段をのぼりだした。「わたしたちが二人とも凄腕でよかったこと。もう行くわよ」

満足して通信を切ると、イヴは椅子を回転させて事件ボード上のトゥイーンを見つめた。

「今日じゅうにケリをつけてやるわよ、ゲス野郎」腰を上げたとき、ピーボディがやってきた。

「今の事情聴取を報告書にして」イヴは命じた。「レオが午後から来てくれる。トゥイーンはそれまでに連行すればいいわけ」

「ハウスキーパーとナニーをそんなふうに解雇するなんて、バカじゃないですか？」

「バカというより傲慢《ごうまん》よ。ま、どっちにしても同じことだけど。ナニーに連絡して、ここで供述してもらえるか訊いてみて」

「了解です。マクナブがモデストのリンクから彼女とストウとの交信記録を見つけたので、報告書を送るそうです。一昨日に各々二度ずつメッセージを送信してます――会いたいという申し出、同意、場所と時間の確認」

「上出来。トゥイーンは妻のリンクをじかに調べたか、妻が浮気しだしたときからハッキングしてたのよ。その報告書を事件簿に加えておいて。わたしはホイットニーに会ってくる」

「うまくいくといいですね」

部長の執務室にはグライドで行くことにし、ゆっくりと方針を考えた。トゥイーンはなんとしても潰す。あの傲慢で欲の深い卑怯《ひきょう》者を潰すくらい楽勝だ。そうしてあいつを絞りあげれば、コッブを裏切ってこっちに寝返らせることもできる。

けれどコッブの頭が空っぽじゃない場合は——国際捜査の網をすり抜けてきているからには、そこそこの知恵があると見なさなくてはならない——トゥイーンが何を知っているにしろ、それでカタがつくとはいかないだろう。

コッブの逮捕は何より優先される。あいつを檻にぶちこむためならどんな力でも借りるつもりだ。

リンクに着信の合図があり、画面にガーラ・モデストの父親が現れた。

「ダラスです。折り返しのご連絡ありがとうございます、ミスター・モデスト」

遺族と会う手配が整った頃にはホイットニーの執務室の応接エリアに到着していた。業務補佐《アドミン》に通され、奥の部屋のドアをノックしてから、ドアをあけてなかにはいった。

ホイットニー部長はデスクについていた。肩幅の広い男で、浅黒い肌と黒い目を持ち、短く刈った髪には白髪《しらが》が交じっている。

背後には彼が奉仕し保護する街が広がり、その高層ビルは朝日に照り映えている。

壁面スクリーンを消すと、ホイットニーはイヴのほうを見た。

「警部補」

「部長、お時間を作っていただきありがとうございます」

「会議が続いていたから、きみの第一次報告書には目を通していないんだ。ワシントン・スクエア・パークで刺殺事件があったことは知っている」

「被害者はガーラ・モデスト、ワイン企業の相続人です」

「〈モデスト・ワイン&スピリッツ〉か？」

「そうです」

ホイットニーはうなずいた。「続けてくれ」

「まだ状況証拠の段階ですが、夫のジョージ・トゥイーンが殺し屋を雇って殺させたとにらんでいます。動機は――動機の一部は妻の浮気です。死亡を知らせにいって事情を聴いたとき、トゥイーンはすぐバレるような嘘をつきました。彼は隠し口座を保有しており、そこから二度引き出しました。一度目は二週間前に五〇万ユーロ、二度目は被害者が死亡した四十分後に同額プラス少額の追加料金。二度ともアンドラの匿名口座に送金されています」

イヴはひと息おいた。「アンドラの口座についてはまもなく詳細がわかるはずで、民間の専門コンサルタントとしてロークをその情報入手に従事させています」

「不実な妻を処分するにはかなりの出費だな」

「不実で裕福な妻です。被害者には夫の何倍もの財産があったんです、部長。夫婦には四歳になるひとり息子がいて、トゥイーンはその子のただひとりの親であり保護者です。彼は今朝住み込みのハウスキーパーとナニーを解雇しました。ピーボディが今ハウスキーパーの聴取録を作成しています。ハウスキーパーは先程みずから出向いてきました」

「愛人については？」

「マーロン・ストウ、画家です。モデストは関係を解消しましたが、ゆうべ彼とワシントン・スクエア・パークで会うことには同意しました。ストウが彼女のために描いた絵が仕上がったから。その絵は二人が初めて出会ったときに彼女が買い求めた絵の対になるものです。ストウはゆうべ名乗り出てきて、わたしに二人の関係について話しました。その話に嘘は感じられませんでした、部長。それに暴力行為歴もありませんでした。何より、彼には殺し屋を雇う手段がありません」

「殺し屋の仕業なのはたしかなのか？」

「百パーセントたしかです。ローカン・コッブ、目撃者の証言とセキュリティ画像から特定でき――」

ホイットニーは指を一本立てて制した。「その名前には聞き覚えがある。どこで聞いたのだろう」

「地上に存在するアルファベット機関の大半はその名を知っています。その男は数々の国で数々の殺人の容疑を受けています。拠点はヨーロッパで、アイルランド人。ロークが――」

「あのクソッタレ野郎！」

その怒りに満ちた罵倒《ばとう》と、デスクを押しやって立ち上がる動作に、イヴは思わず気をつけの姿勢を取って黙りこんだ。ホイットニーが平静を失うことはめったにないが、今は恐ろしい形相で窓辺まで行き、きらめく高層ビル群の前に立った。

「その忌まわしい名前は知っている」大股で歩きだし、勢いよくドアをあけた。「フィーニー警部を呼んでくれ。ただちに」と命じ、叩きつけるようにドアを閉めた。

「家宅侵入で三人が死んだ。アダム・ソロメンと妻のエレン、十六歳の息子サディウス。妻と息子は喉を切り裂かれた。ソロメンは拷問のすえ腹を切り裂かれ、血を流したまま放置された。フィーニーと私が事件を担当した」

「部長とフィーニーが？　パートナーだった頃ですか」

「いや、そのあとだ。あれは二十年くらい前かな、フィーニーは殺人課で、私は組織犯罪対策課にいた。私はソロメンを転向させたんだ。彼はコリン・ボズウェルという男のもとで働いていた。ボズウェルはニューヨーク、ロンドン、ダブリンで展開する組織の親玉で、人身売買、違法麻薬、みかじめ料を資金源にしていた。ソロメンはやつの会計士で、私の情報提供者でもあった。私はボズウェルのニューヨークでの非合法活動を立件することに取り組み、フィーニーと協同した」

いくらか落ちついたホイットニーは冷蔵庫まで行き、水のボトルを二本取り出し、一本をイヴに投げ渡した。「殺し屋のひとりも負傷し、血痕を残した。はいれ！」ノックに応《こた》えて声を上げる。

フィーニーがはいってきて、イヴにうなずいてみせた。「ダラス。部長」

「ローカン・コッブの野郎だ」ホイットニーは言い、水をがぶりと飲んだ。

フィーニーはとまどい、バセットハウンドのような垂れ目を細くして、白髪交じりのぼさぼさの赤毛をかきあげた。

そして記憶がよみがえったらしい。「ゆうべのワシントン・スクエア・パークの刺殺の件か？　マクナブが電子機器に取り組んでるが、僕はまだ詳しいことは知らないんだ。犯人はコッブなのか？」

「この男に説明してやれ」ホイットニーはイヴに指示し、デスクに戻るとコンピュータに向かって作業しはじめた。

「ガーラ・モデスト、殺し屋の仕業」イヴは話しはじめ、ホイットニーに報告しおえたところまで詳細を伝えた。

ホイットニーのほうを見ると、コンピュータ画面に目を走らせ、にらみつけている。彼は指をくねらせて先を続けろと合図した。

「ロークはわたしと一緒に現場にいました。二人で観劇していたとき、わたしは一報を受けたんです。ロークは群衆のなかにコッブを発見した。コッブは彼に自分の姿を見せつけ、それから消えた。ロークはコッブをダブリンの少年時代から知っていました。コッブのほうが二、三歳上で、パトリック・ロークの息子だと自称していた。ロークが知るかぎりでは、パトリック・ローク自身はその事実を認めたことはなかったんですが。しかしコッブは彼の……組織で働いていた。コッブがロークに恨みを抱いていたことは明白です。ロークは認知された息子であり、しかもコッブが犬を切り裂いたことを告げ口したのだから」

「犬を切り裂いた？」フィーニーが聞き返した。

「そう、どこかの少年の犬を。少年が持っていた小銭欲しさにぶん殴ろうとしたとき、その犬に追い払われた腹いせに。ロークはそれ以外にも、何年も経ってからコッブと対立したことが一度あると言っていました」

フィーニーはしわの寄った茶色い上着のポケットに両手を突っ込んだ。「きみはそいつがロークを狙うと思ってるんだな」

「狙おうとはするでしょうね。コップはバカではないけど、なんたって根深い恨みがあるから。彼はパトリック・ロークを崇《あが》めていた。ロークはその男を拒絶した、そこまでではないとしても、父親であることを認めようとしなかった。彼はロークの父親代わりになった人物でさえ狙おうとするでしょう」

「サマーセットか」フィーニーはうなずいた。「それにきみもだ」

「ええ、ロークもそう思ってる。敵に報復したかったら、敵が愛する者を殺す。本人を殺すのはそのあとでいいけど、まずは苦しみを味わわせてやる。彼のプロファイルについてこれからマイラに相談してみるけど、これまでに知りえたところではそういう考え方をしそうな男ね。わたしが知らなかったのはあなたと部長がかつてコップと渡り合ったことがあるということ。まだそこまで遡《さかのぼ》って調べてないのよ」

「あれからもう二十年にもなるかな、ジャック?」

「ああ、もう二十年にもなる。私はどこまで話したかな?」ホイットニーは鼻柱をつねって考えた。「殺しの相棒のところだ。トーマス・アイヴァン」

「大男のトム・アイヴァン。とてつもない大男で、とてつもないバカで」

「とっくの昔に死んでいる」ホイットニーがあとを引き取った。「現場に残された血痕から身元が判明し、行方を追った。あっけなく見つかったよ。自分の部屋に身を隠していたんだが、傷口が化膿《かのう》して死にかかっていた」

ホイットニーはあとを説明するようフィーニーに手を振った。

「病院に運び、医者があらゆる手を尽くしたが、細菌が全身にまわっていてどうにもならなかった。あのバカは靴下で傷口を押さえ、ダクトテープで留めてたんだ。だが、やつからコッブの名前を聞き出せた。やつはこう言った。殺しはすべてコッブがやり、おまけに俺の肝《かん》臓《ぞう》まで刺した。仕返しに思いきり殴りつけてやったが、あのガキは――コッブは当時二十歳かそこらだった――笑いながら去っていったと」

「ソロメンの死亡時刻から三十分も経たないうちに通報があった」ホイットニーが付け加えた。「匿名の通報だった。我々はコッブが安全な場所まで逃げてから、まだ現場にいるアイヴァンを逮捕させようとしたのだと考えた。アイヴァンはコッブに刺されたとき財布も盗《と》られたにちがいないと言った。財布がなくなっていたからと」

フィーニーが冷蔵庫を指さした。「あそこに甘い飲み物ははいってるかい？」

「私の妻のことを知らないのか？」

「ハハハ。なるほどな」しかたなくフィーニーはイヴの水を取り上げ、ひと口飲んでから返した。「コッブはアイルランドですでに前科があった。我々はダブリンの警察に発破をかけた。行き詰まった原因か？　こっちの手元にあるのはこれまた前科持ちの死んだ男の言葉だけだ。アイヴァンは自分を雇った人間を知らなかった。あるいはボズウェルを裏切れなかったのかもしれないが。おまけに当時のダブリンはひどい時代で、汚職が横行してた。警官の多くがボズウェルや彼のような人間から金をもらっていた。犯罪人引渡令状は取れなかった。コッブがアイルランドから出た記録はなく、ソロメン家殺人事件が起こった時間帯にコッブは自分たちと一緒にいたと誓う証人も現れたんだ」

「やつが三人を殺したことはわかっていたが、やつに手出しすることはできなかった」ホイットニーは前方をひたと見つめている。過去を振り返っているのだろう、とイヴは思った。

「私は強引にソロメンに密告させた。彼は報いを受けた。妻と十六歳の息子を巻き添えにして。大男のトム・アイヴァンも報いを受けた。コッブは報いを受けなかった」

「あなたはやるべきことをやっただけじゃないか、ジャック」フィーニーがなだめる。「ソロメンはボズウェルのようなダニ野郎と契約したときも、やつを裏切ったときも、何もかも承知のうえでやったんだ」

「あの息子はバスケットボールの選手で、天文学者になりたがっていた。彼の部屋には天体望遠鏡があった、太陽系の模型も」

「そういうことはずっと抱えてなんていけないぞ」フィーニーが諭しはじめた。「我々は常にそれを抱えて生きていくんだ、ライアン。そうでなければバッジを持つ資格がない。あいつはこの二十年間働きづめだな」ホイットニーはコンピュータ画面を指先で叩いた。「そしてまた我々の縄張りにいる。何が必要だ？」とイヴに訊いた。

「アルファベット機関が保有している彼に関するファイルならなんでも」

「入手できるようにしよう」

「ロークをこの捜査に参加させ、彼に武器を支給する許可も」

ホイットニーが眉を上げると、イヴはそっと一歩踏み出した。「正式にという意味です。彼はターゲットになるでしょうから、身を守る手段を合法的に持つべきです」

「手段ならすでにいくらでも持っていると思うが、話を通しておくよ」

イヴはフィーニーのほうを向いた。「あなたから可能なかぎりの時間と援助がほしい」

「言うまでもないことだ」

「午後になったらトゥイーンを連行し、令状とチームを用意して、彼がここにいるあいだに家宅捜索する。電子機器をすばやく調べて、彼とコップのあいだで交わされた通信の内容、彼がコップを見つけた方法、連絡した方法を知りたい。それに――」

「何を調べたらいいか逐一説明しないといけないと思ってるのかい、嬢ちゃん」

「そうじゃなくて、わたしは——」リンクがメッセージの着信を知らせた。「ちょっと待って」

リンクを取り出し、メッセージに目を通し、首を振った。「傲慢で欲の深いやつめ」イヴはつぶやいた。「ロークが知らせてくれたんだけど、トゥイーンは妻がストウから買った絵を今売り出したそうよ。ゆうべ妻の死を報せにいったとき、通された部屋に飾ってあったその絵にひとこと触れたら、トゥイーンのやつ、会心の笑みを浮かべてた。彼はそれを描いた画家のことも、絵についての経緯《いきさつ》も知っていた。自分の家にそれを置いておくのは癪《しゃく》だけど、焼き捨てることもしなかった。それを売って、殺しの代金を少しでも回収しようとしたのかもね」

イヴはリンクをしまった。「正午に被害者の家族がやってくる。こっちの話がすんでから対面するために、モリスが遺体を整えておいてくれるわ。今朝の時点で、主任検死官宛てにトゥイーンからの連絡はなかった」

「気にするふりさえしなかったんだな」フィーニーが決めつけた。「きみが持ってるデータを送ってくれ。僕は令状が来るのにそなえて電子チームを編成しておく」

「了解」イヴはホイットニーのほうに向き直り、責任のことを考えた。彼はそれを正しく理解しているから。誰にも果たすべき責任がある。「部長、われわれはあいつを倒します」

「期待しているよ」

5

イヴは駆け足で殺人課に戻った。大部屋《ブルペン》に飛びこんでいき、声を張り上げる。「ピーボディ！」そしてオフィスへ向かった。

そこにたどりつく手前で呼び止められた。

バクスターが急いで追ってくる。「すまない、警部補《LT》、時間がないのはわかってるんだが、坊やと俺は前例に従わないといけないんだ」

「じゃあ、従いなさいよ」

「メリーランドのどんづまりにある田舎町まで行くんだが、シャトルとレンタカーを使う承認がほしい。そのとんでもない田舎町にはシャトル便が運航してないから」

イヴはバクスターが差し出したタブレットに手をやり、指で自分の名前を殴り書きした。

「理由は？」

「ある男が殴り殺され、ユニオン・スクエアのそばにある瀟洒《しょうしゃ》なイタリアンレストランの裏手の商業用リサイクラーに放りこまれた。その男の公式死亡時刻の約十分後に、おんぼろの赤い52年型マッスルマン・クーペが猛スピードで走り去っていくのを見たという証人がいる。殴殺された男は不正取得した商品の運び屋として知られていた。そいつの商売仲間のフランキー・ナリーってやつがそのとんでもない田舎町に住んでて、おんぼろの赤い52年型マッスルマン・クーペを本人名義で登録してある」

「早く行って、捕まえたら」イヴはそう助言すると、オフィスにはいっていった。

ピーボディはコーヒーのマグを二つ手にして、立ったまま待っていた。「思いきって淹れてみました」

「この場合はいい判断だった」イヴはコーヒーを受け取った。「おんぼろ椅子のほうにして。今は他人を思いやる暇がないから」と言ってデスクの椅子に座ると、ピーボディは尻を噛む客用の椅子にそうっと腰を下ろした。

「二十年前ホイットニーとフィーニーは家宅侵入および三重殺人事件の合同捜査をおこなった。ソロメン一家――アダム、エレン、サディウス。事件ファイルを調べて頭に入れておいて。複数犯のうちコップだけが逃げおおせた」

「コップ？　本当ですか？」

「本当。わたしはこの一件を書き上げて、事件ボードを更新する。ファイルを入手して、詳細をつかんで。ファイルはマイラにも送っておいて、すぐにね。ホイットニーはアルファベット機関に働きかけてくれる。彼には個人的な思い入れがあるから、結果はすみやかに出るでしょう。それから、トゥイーンは妻の客間に掛かっていたストウの絵を売りに出した」

「時間を無駄にしませんね」

「モデスト家は正午に来る。会議室を押さえておいて」

「ダラスも時間を無駄にしませんね」

無駄にしている余裕などない、とイヴは思った。そして被害者の家族のことを考え、少しでも気が楽になるようにしてあげたいと感じた。

「会議室にここのコーヒーを運んで」

「はい！」

「それにおしっこみたいな味がしないお茶も。わたしのオートシェフ《AC》にマイラのお茶がはいってる。わたしがマイラと話してるあいだにレオに連絡して――裁判所にいるはず――トゥイーンを逮捕するのに充分な証拠が揃ったことを知らせてほしい。捜索令状のことも忘れずに――あらゆる電子機器の押収も含まれるわよ。あなたのコーヒーは持っていっていいから、ただちに取りかかって」

椅子に左右の尻たぶを噛まれたピーボディは、そうっと腰を上げた。「マイラとの話が長引く場合にそなえて、どの会議室かメッセージを送っておきます」

「それは助かる。この新しい情報があるから長引くかもしれないものね」

イヴはホイットニーとフィーニーから聞いた話の要点を書き出し、コピーをロークに送った。それから古い事件ファイルを掘り返して、写真をプリントアウトした。被害者たち、犯行現場、大男のトム・アイヴァン、そして二十歳のローカン・コップ。

若きコップをじっくり眺め、わかってはいたものの、客観的に見てロークと似ているところがまったくないことを確認した。二十歳のコップはハンサムで、好青年とさえ言えるだろう——その目を考慮に入れなければ。

単に気にしていないだけなのか、あるいはまだその術《すべ》を身につけていないのか、彼は殺人者の目を隠していなかった。

イヴは写真を全部ボードに追加した。

腕時計《リスト・ユニット》にちらっと目をやってから、コリン・ボズウェルについて検索し、詳しく調べるのは後回しにした。彼はすでに死んでいたのだ——十五年前に刺されたうえ棍棒《こんぼう》で殴られ、ダブリンの川に投げこまれていた。

ボズウェルのような男なら敵の数は増えつづけたにちがいない。もしかしたら、コップがのし上がるために親玉を抹殺したのだろうか。

ロークにメッセージを送ろうと思ったが、やっぱり直接連絡することにした。もしボイスメールになっていたら、そのときは――

「警部補」

彼の顔がスクリーンに現れると、イヴはほっとしたことを自分でも認めた。無事だった。もちろん無事に決まっているけれど、それを確かめてもべつに損はない。

「メモを送っておいた」

「そうだね、届いているよ。でもまだ目を通す機会がなくて」

「コッブは二十年前にニューヨークにいた。コリン・ボズウェルという男の下で働いてたようよ」

「ボス・ボズウェル。おやおや、知っている名前だな」

「そうだと思った。コッブとニューヨーク出身の用心棒が、ボズウェルの会計士とその妻と十代の息子を殺したの。会計士はホイットニーの密告者もつとめてた」

「そうなのか？　つながりや影はいたるところに存在する」

「ホイットニーとフィーニーはその事件の捜査を担当した。わたしのメモを読んで。ボズウェルについての情報がもっと必要になるかもしれない。あなたが知っていることや、事件ファイルを調べてもわからないこと。あなたはこの捜査に投入され、武器を支給されることになったから」

ロークは声をあげて笑った。「それはリンク越しにコメントするような問題じゃないと思うな」

「支給する装備は防衛のみに使用してもらう」イヴはきっぱり言った。「わたしは午後にトゥイーンを連行して取り調べる」

「何時頃？」

「一四〇〇時から一五〇〇時のあいだ。レオが一四〇〇時まで裁判所を出られないんだけど、彼女を同席させたいのよ。例の絵の売買に目を光らせておいて」

「その必要はない。もう買ったから」

「あなたって人は――」

「いい絵だよ」ロークは悪びれずに言った。「その価値がわからないようなやつが所有すべきじゃないと感じた」

「感傷的な言いぐさね」

「そうかも。だけど、昨日も言ったように僕はガーラの兄を少し知っている。事件が解決したら、彼はその絵をほしがるかもしれない。妹が大切にしていたものだから」

感傷的な意見にも、ときには反論しづらいことがある。

「わかったわ。これからマイラに相談する。あなたも時間を作って彼女に相談してみたらどうかな」

ロークは首をかしげた。彼は簡単に心を読ませるような男ではないが、疑惑の目を向けられたときはすぐにわかる。

「なんのために?」

「コッブの考えを見抜くために。あなたの洞察力のために。わたしを通して話すより、じかに話したほうがいいから。事件ボードには三人の顔が加わったのよ、ローク。そのうちのひとりは未成年だった。もう二十年も昔の話だけど、彼らにも正義がもたらされるべきでしょ。マイラはあなたの発言から、突破口になる何かを聞き取るかもしれない。それが彼女の仕事だから」

「よし、わかった」

「もう行かなきゃ。じゃないとあの恐ろしいアドミンに叱《しか》られちゃう。また何か進展があったら連絡する」

「僕もそうするよ」

嘘をついたわけではない、イヴは自分に言い聞かせた。ロークにマイラと話すようにうながした職業上の根拠は何かと訊かれれば、事件ボード上の四人の被害者をまっすぐ指さす。たとえ個人的な動機がともなうとしても、それは職業上の根拠を否定するものではない。たとえ少し後ろめたさを感じるとしても、それを気にしてはいけない。

イヴはすぐにマイラのオフィスへ向かった。約束の時間ぴったりに着いたのに、それでもマイラのアドミンには叱られた。

「新しい事件のことだけでなく、部長が携わった古い事件にも関わりがあると言ってくれればよかったじゃないですか」

「予約をお願いしたときには、そんなことになるとは思ってなかったのよ」

「先生は予定をすべてキャンセルしました。あなたには必要なだけ時間を割けます」そう言うとイヤホンをタップした。「ダラス警部補がお見えになりました」

「お通りください」アドミンはイヴに言った。

マイラはデスクにつき、眉間にしわを寄せてスクリーンに目を走らせていた。ミンクのように艶やかで豊かな髪にはゆるいウェーブがかかっていて、顔をふんわりと包んでいる。口紅《リップダイ》はポッピングピンク。たぶん春をたたえているのだろう。あるいは白い（クリーム色ではなく）スーツの下に着たブラウスの色に合わせているのかもしれない。

淡いブルーの美しい目を上げて、マイラはイヴを見た。

「ソロメン家事件を復習していたの。二十年も経つと記憶に霞《かすみ》がかかって」

「じっくりやってください」とイヴは言ったが、その霞が早く消え去ることを願った。

「わたしはプロファイルに協力したの。クリントン・ジョーンズは当時退職して、自分のオフィスを構えていた。とても優秀な精神分析医だった」

マイラは立ち上がり、オートシェフのほうへ歩いていく。まばゆい白の靴、つま先と細く高いヒールにはブラウスやリップダイと同じ色があしらわれていた。

服装にそこまでこまかく気を配れる人がいることには、いつも愕然《がくぜん》とさせられる。

マイラはお気に入りの花の香りのするお茶をプログラムするのだろうと思っていたが、案に相違してコーヒーの香りが漂ってきた。しかも上等なコーヒーだ。

「あなたのブレンドを少しストックしてあるのよ」マイラはわけを話した。「二人とも今はコーヒーの気分じゃないかしら」

「喜んでいただきます」

「座ってちょうだい。部長はおつらいでしょうね。彼があの三人の死にどれほど責任を感じていたか思い出すわ」

「部長にとってソロメンは我が事だった」

「ええ」マイラは美しいカップにはいったコーヒーを運び、イヴの向かいの青いスクープチェアに腰を下ろした。「そして今、あの三人を殺した男が戻ってきて、また犯行を重ねた」

マイラはコーヒーをひと口飲み、脚を組んだ。「現在の事件から始めましょう。あなたの報告書を読ませてもらったけど、被害者の夫を潰すことに確信があるようね」

「確信はあります。トゥイーンは傲慢で、自分のことしか考えない卑怯者です。それに状況証拠はすでに彼の腰まで積み重なっています」

「トゥイーンは自負心《エゴ》の強い男よ。妻の浮気は彼を侮辱した。裏切り行為そのものより、プライドや男としての能力を傷つけられたことが彼には許せなかった。しかも妻が選んだ相手は社会的にも経済的にも自分とはちがう階層の男だった——それもまた侮辱ね。エゴは彼に顕著な特性だから、彼に顕著な弱点とも言える」

「取調室で彼のエゴをつつくのは簡単そうですね」

マイラはほほえんだ。「ええ、あなたの得意分野ね。離婚は彼の選択肢になかったというのも理解できる。妻の死は彼のエゴと地位を守る——それどころか地位が上がる。妻を許すことや夫婦仲を修復しようとすることは、とうてい考えられなかった。彼女は夫を侮辱した。夫婦仲を修復しようとしても、彼女はやがて離婚に踏み切ったかもしれない。彼女はあの絵によって、あの侮辱をしきりに思い出させることによって、その受け入れがたい可能性があることを表示した。彼女を殺す以外に何が考えられる?」

「同時に、彼は卑怯だから妻と真っ向から対決しない」

「そう、卑怯よ」マイラはうなずいた。「本人はそれも作戦のうちだと、狡猾《こうかつ》な手段だと思っているかもしれないけどね。彼女が浮気をやめたからといって何も変わらない」マイラは先を続け、またコーヒーに口をつけた。「殺し屋を雇うことについては？　効率的だし、間違いなく金を投じる価値があると見なしたでしょう。あとであらゆる恩恵を受けるのだから」

「妻の財産、息子、息子の財産——というか、それを管理する権限。妻の家族からの支援」

「それが全部手にはいる。そして彼はハウスキーパーとナニーを追い出し、息子の感情を完全にコントロールできるようにしたうえで、自分の要求にかなう使用人と入れ替える」

マイラは片手をあげてから、また下ろした。「一見したところ狡猾なようだけど、やり方が雑ね」

「彼は妻がどこで、どうやって殺されたのかという具体的なことを尋ねなかった。いつ会いにいけるのかとも訊かなかったし、検死官にもまだ連絡していない。玄関の明かりも消したままで、妻の帰りを待っていたふりさえしなかったんです」

「やり方が雑ね」マイラは繰り返した。「彼のなかでは妻のことはもう片づいていた。無駄なことに手間暇かけるのは彼の性に合わないのよ。葬儀の手配は妻の家族に譲って、必要なときだけ顔を出し、悲しんでいる姿を見せたら、さっさと先に進むでしょう。被害者との結婚は目的を達成するための手段にすぎなかった。息子もそう。妻の死もまったく同じこと」

「動機は嫉妬や怒りじゃないですね。ゆうべ会ったときには、そのどちらも感じられませんでした」

「ちがうわね、嫉妬や怒りはもともとなかったから。エゴと前進。彼のエゴはなだめられた。さらに前進するための鍵は息子よ」

マイラはひと息入れて、コーヒーを味わった。「彼がコップに連絡を取った方法について、何か考えはあるの？」

「まだありません。調べているところです」

「コップね」マイラはつぶやいた。「ローカン・コップ。ソロメン事件のファイルに一次プロファイルが載っているから、簡単に触れるだけにするわね。証拠が示すところによれば、殺人についてアイヴァンは事実を語っていた。三人ともナイフによる刺創で死んだから。アイヴァンは刃物を使わなかった。用心棒としての彼の武器はもっぱら拳《こぶし》で、たまに鈍器を使うこともあった。妻と息子はいずれもベッドの上で殺されていたけど、二人とも防御創が――手に切創があった。妻とソロメンは同じベッドで寝ていた。コップとアイヴァンが侵入してきたとき、妻は目を覚ましたのかもしれない。検死官の報告書によれば、妻の口元には痣《あざ》ができていた――口を手でふさがれた痕。最初に死んだのは妻よ」

「最大の脅威――大人の男――は、アイヴァンが頭部を殴打して封じた。同時に、コッブが手際よく妻を殺す――妻が目覚める前、あるいは完全に目覚める前に。コッブは妻が悲鳴をあげようとするくらいには目を覚ましてから殺すことを選んだ。次は自分が殺されることを相手にわからせたかったから」

「殺しを楽しむ者にとって、眠っている女性を殺すのは不満でしょう。コッブの年齢や経験の浅さも検討したけど、ホイットニーとフィーニーが調べあげた彼の背景を考えて、クリントンは満足を得るためだと判断し、わたしも同意したの。

息子の部屋は邸内の反対側にあったから、物音が聞こえたとは考えにくい」マイラは話を続けた。「それでも、彼も喉を切りつけられたときには目を覚ましていた。母親とはちがって、死は徐々に訪れた。ひと思いにではなく何度も切られた。彼は苦しんだ、わざと苦しむようにされたから」

イヴの頭には被害者たちの顔が浮かび、犯行現場の模様が再現されていた。

イヴにはすべて見えた。完璧な白いスーツ姿でコーヒーを飲んでいるマイラを見るのと同じくらい、はっきり見えた。

「アイヴァンは標的を押さえつけ、妻はもう死んでいる。だからコッブにはじっくりと息子を殺す余裕があったんですね」

「ええ。ソロメンは一時間近くもさんざん殴られたあげく、何か所も切りつけられた傷痕があった。そのどれもが死には至らず、最後の攻撃――あなたの現在の被害者と同じように腹を切り裂かれた――が致命傷になった。ソロメンは拷問のあいだ縛りあげられ、猿轡《さるぐつわ》をかまされていて、殺しの指令には情報を引き出すことは含まれておらず、彼を罰し、家族もろとも殺すことが目的だったことを示していた。アイヴァンはコリン・ボズウェルに長年雇われていた忠実な手下で、ボズウェルが彼の抹殺を命じた兆候も証拠もなかった」

イヴは事件ボードに留めた若きコッブの写真を脳裏に浮かべた。

そして理由が見えた。どうしてアイヴァンを刺したかが見えた。

「コッブは刺したいから刺したんです。流れる血、その楽しさ、その高揚感。どうしてやめられます？　アイヴァンは野蛮でマヌケだ。自分のほうがずっと頭が切れる。アイヴァンはたぶん考えなしに報酬の少なくとも一部を財布にしまっていたんでしょう。だからそれを盗った。それから逃げた」イヴは考えをめぐらした。「たとえ体に穴があいていようと、アイヴァンは腕っぷしが強いから。コッブは逃亡し、プロとしての殺しの実績とともにアイルランドに戻った」

イヴは意見を求めてマイラを見つめた。「あなたの考えと一致しますか」

「完全に一致する。コッブの場合はトゥイーンのようにエゴに突き動かされるわけじゃないけど、エゴは要因のひとつになっている。彼は早いうちから天職を見つけた。そして法律が意味を失い、権威が失墜し、暴力が手段となる時代と場所で成長した。あなたの報告書には、彼はパトリック・ロークの息子だと思いこんでいると書かれていたわね」

「ええ、実の息子だと。長男だから正当な継承者になるんでしょうね。わたしには信じられませんけど」

マイラは片方の眉を上げた。「どうして?」

「実際に似たところがまるでありません——コッブの髪と目は薄茶色で、体つきもロークよりがっしりしてるし、肌の色も濃い。容貌《ようぼう》や特徴が何ひとつつながらないんです」

「そうね。でも遺伝には変異があるし、事件ファイルにコッブのDNAは載っていない」

「自分にはほかに息子がいるという確信があって、しかもその息子が自分を崇め、父のようになりたいと願っているとしたら、パトリック・ロークなら認知したでしょう。彼のエゴとして」イヴは強調した。「だけど重要なのは、コッブがそう思いこんでいることであり、ロークを障害と見なして憎悪の対象にしたことです。父親がしじゅうロークを叩きのめしていたという事実に、コッブは満足しただけじゃなく、ロークが実の息子ではない証拠のようにとらえたんだとわたしは思います。サマーセットがロークを引き取ったときでさえ、パトリック・ロークはコップを息子と認めたり、一緒に暮らしたりしなかった。申し分のない代わりができたのに、彼はコップを受け入れなかった」

「憎悪の対象をロークに絞る理由が増えただけね」

「理由はほかにもあります」

イヴは少年とその犬の話をマイラに伝えた。

「犬を殺した件についての情報にざっと目を通したんですけど、わたしの報告書には載せないでおきます」

驚いた様子もなく、マイラは同意した。「いいわよ。今のはここだけの話にしましょう。わたしも自分の報告書には載せないわ」

「数年後、ロークはフランスのとあるバーでコップと偶然出会いました。コップはロークのテーブルに来て、向かいに座った。ロークの腹をナイフでつつき、お金を――大金をねだったけど、それより彼は自分がパトリック・ロークの息子であることをロークに認めさせたがった。そしてロークにその名前を捨てさせて、自分で使おうとしたんです」

「そうねえ、お金を要求したのは、そのときまでにロークはかなりの富を築きはじめていたからでしょう。でも本当の狙いは？　承認させること、その名前を使うことを認めさせること。それはもう執念ね」眉をひそめて、マイラは身を乗り出した。「病的なまでの執念よ」

「ええ。それはわたしたちも感じています」

「ロークはどう反応したの?」

「彼はスタナーを持っていました——違法の。コップのことは熟知していたので、それをテーブルの下に隠し持っていた。要するに、消え失せろと言ってからスタナーを発射し、床でのたうつコップを残して店を出ました」

「なるほど」情報を咀嚼《そしゃく》しながら、マイラはさらにコーヒーを飲んだ。

「つまり、そのときコップに二つの動機が生まれた——少年時代にもいくつもあったでしょうけど。ロークは彼を負かし、屈辱を与えた。最初のプロファイルに加えさせて。彼は仕事で大きく成功するために腕を磨き、コネを増やしてきた。彼は自分の楽しみと利益のために人を殺す。いい暮らしをし、よく旅に出る。友人はいないが、コネは持っている。忠誠心はなく、生き甲斐《がい》もない。あるのは仕事だけ。高度な技術を持ち、成功もしているが、ロークが成し遂げたような成功には、これまで手が届かなかったしこれからも決して届かない。コップは仕事をして生き延びるために影に身を置かなければならない。ロークは光のもとで生き、家族と友人もいる。そして今もなおパトリック・ロークのひとり息子だと認識されている」

その鮮明なプロファイルは——すでにイヴの頭のなかでも構築されていたが——なおも腹

の奥をひやりとした手で締めつけてくる。

「その感情は嫉妬の一語では表せません。嫉妬と執念と憎悪と敵意が入り混じっている。そこに恐怖が加われば——恐怖も必ずあるはずだから——決定的です」

マイラはうなずいた。「わたしはコップの生涯をかけた目的はロークを抹殺するか、それが無理でも彼に取って代わることだと判断するわ。彼はなぜニューヨークに舞い戻ってきたの？　ヨーロッパを拠点に首尾よく仕事をこなし、オーストラリア、東京、インドでも殺人の容疑をかけられている。それでも彼は、明らかに自分の腕をふるうまでもない仕事をこのニューヨークで引き受ける。ロークが暮らし、ロークの事業の本拠があるこのニューヨークで」

そこまでは考えていなかった、とイヴは心のなかで認めた。もしかしたら、そう考えたくなかったのかもしれない。

「彼がモデスト殺しを引き受けたのはニューヨークに、ロークのもとに来られるからということですか」

「その可能性はある。ここ三年間でロークにどんな変化があった？　結婚した。警官と結婚する、しかもあなたほどの地位にいる警官と。コップは最初のうちそれを賢い隠れ蓑《みの》だと思ったかもしれない。でも、ちょっと調べる気になればもっと深く知ることができる。ロークはただ警官を妻にしたのではなく、心から愛する女性を妻にしたのだと。それはコップが決して手に入れられない素晴らしいもの。ロークはここで本物の家族を築いただけでなく――わたしはデニスとわたしもその一員だと思っているわ――アイルランドにいる家族も見つけた」

「ロークは彼らに見張りをつけました」

「それは賢明ね。今のところコップがそちら方面へ行くことはないけど、その恐れはあるから。ロークは驚異的な成功をおさめた企業組織を地球内外に構築したばかりか、慈善事業にも力を入れてきた。避難所《シェルター》――その性質からシェルターについては目立たないようにしているけど、コップはやがて知るでしょう。恵まれない子供たちのためのスクールをまもなくオープンすることも」

イヴはカップを脇に置き、立ち上がって歩きだした。「そういうことは考えました。でも、蓋をしてきたんです。しっかり蓋をしておけば、うまくいくだろうと。わたしたちにわかっているかぎりでは二十年ぶりにコップがニューヨークに来たことを知って、その蓋が少しずれました」

「ロークがゆうべ犯行現場に居合わせることは、コップは知りようがなかったし、予期してもいなかったでしょう」

「ええ、でもロークを見かけて、誘惑に打ち勝てなかった」

『やあ、俺だよ』」マイラはそう言って、片手をあげた。「『それは俺がやったんだ、たっぷり報酬をもらってね。おまえも、おまえの大事な仲間も、みんな無料で殺《や》ってやるよ』コッブは人生の大半を殺し屋として、一度も罰せられずに過ごしてきた。ロークは彼から逃げおおせたけど、今度こそそうはいかない、長年の目的を達成する潮時だと彼は考えている。彼はあなたが阻止するまでニューヨークに留まるでしょう」

「必ず阻止します」

「ロークはどうしてる？」

「対処しています、対策を講じて。彼は――」イヴは言葉を切り、立ち止まって目元を押さえた。「彼は心配しています。自分のことじゃなく、自負心《エゴ》があるから。わたしのことを、仲間のことを」

「そしてあなたは彼のことを心配している、自分のことじゃなく。エゴがあるから」

マイラは立ち上がり、そっとイヴの腕を取った。「どちらの場合もそのエゴはたしかな根拠に裏打ちされている。あなたたちは危険を承知し、その危険に対処する術を身につけている。イヴ、あなたには並外れた能力があり、バックにはＮＹＰＳＤがついている。ロークには並外れた能力と計り知れない資源がある。別々のときのあなたたちは、手ごわい相手。その二人が組んだら？　わたしならあなたたちが負けるほうには賭《か》けない」

「ロークはゆうべコップを見かけて動揺しました。彼が落ちつきを失うなんて、めったにないのに」

「過去からの亡霊。誰でも動揺するでしょう」

「ホイットニーも動揺しました」イヴは息を吐き出した。そのことを声に出して言うと、呼吸が楽になった。「ええ、わたしも動揺したんです。わたしが知ってるなかで最も強靭《きょうじん》な二人の男が動揺するのを見て」

　力が抜けて椅子にふたたび腰を下ろすと、イヴは顔をこすり、髪をかきあげた。「ロークを少しだけ騙したんです。まるっきり騙したわけじゃありません。その根幹をなすのは真実だから。でも、ロークを騙してあなたと相談することに同意させました」

　マイラもふたたび腰を下ろし、ふたたび脚を組んだ。「だったら、うまく騙したのね」

「もともとはピーボディが言いだしたんですけど、名案です。ロークがコップについて知ってることをわたしを通さず、自分の口からあなたに話したらどうかと勧める」

「それは絶対確実な真実ね。きっと役に立つでしょう」

「でも、デリケートな部分もあるんです。わたしは彼にそうしてほしい――というか、あなたに望んでるんです……」

「わかるわ。わたしから連絡しましょうか？　今夜早い時間なら都合がつくけど、ロークがそのほうがリラックスできそうなら、あなたの家に行くわよ。またはわたしの家でもいいけど。どちらにしても、ここよりかしこまった感じがしないでしょ」

「ええ。本当にありがとうございます。もう戻らないと。被害者の家族がやってくるので」

「わたしはプロファイルを書き上げて、当事者全員に送っておくわ」

「わかりました」イヴは腰を上げた。「ずいぶんお時間をいただいてしまって、感謝しています」歩き去りかけて、足を止めた。「あなたにもミスター・マイラにも油断してほしくない、危険は承知したままでいてほしいんです。といっても、コップがあなたがたを狙うとは思えませんが。彼にはあなたがたがファミリーだということは理解できないでしょう。彼にはそれがわからないんです」

「コップの理解力の欠如、ロークとあなたに対する認識不足は、あなたが彼を阻止する武器になるわ」

イヴはそれをあてにして、頭のなかで考えをあれこれめぐらしながら、グライドを使って殺人課に戻った。

デスクについている捜査官はカーマイケルとサンチャゴだけだった――サンチャゴはコンピュータに、カーマイケルはリンクに向かっている。そうか、バクスターとトゥルーハートはメリーランド州に行っているのだ。ジェンキンソンとライネケは――大部屋《ブルペン》のボードによれば――捜査に出かけている。

会議室の準備をしていたピーボディが報告する。「サンチャゴ、カーマイケル――両カーマイケル――シェルビー巡査は、EDDと連携して捜索および押収をおこないます。出動予定時刻は一四〇〇時。目のこまかい櫛《くし》を持参して」

「目のこまかい櫛ってなんのこと?」

「目のこまかい櫛で髪を梳《と》くように、隅々まで徹底的に調べるってことです」サンチャゴが教えた。

「ふうん、その何ひとつ見逃さない櫛とやらを持参して。モデスト殺害事件。夫は一四三〇時ごろ取調室に入れられて、言い逃れできずに妻を殺すのに殺し屋を雇ったことを白状することになる。事件ファイルを読んで」

下達しておかなければならないことはまだあるが、全員そろったところで説明しよう。

イヴはオフィスに行き、トゥイーンの取り調べに必要なファイルを用意した。マクナブから報告が届いていたので、そのメッセージを追加した。例の絵を売り飛ばしたこと、隠し口座と送金のことも追加した。

コミュニケーターが鳴った。

「モデスト家のみなさんが到着されました。第二会議室にご案内します」

「すぐ行く」

そのまえにレオにメッセージを送った。

〝捜索チームの編成がすんだ。一四〇〇時出動予定。同時に巡査二名を派遣してトゥイーンを連行させる。弁護士を要求するだろうから、ゆっくり来ても尋問に間に合うわよ。令状を請求して〟

第二会議室まで行ってなかにはいると、ピーボディが遺族にコーヒーかお茶を勧めていた。

男性が二人、女性が二人。年配の女性――被害者に年を取らせた感じ――は人目も気にせず泣いている。若いほうの男性――黒い髪、グリーンの瞳、イタリア語でつぶやく声は柔らかい――がなぐさめていた。

年配の男性――銀髪、高い鼻、石像のような顔――は表情ひとつ変えないが、若い女性の手をしっかり握っていた。息子の嫁だろう、とイヴは思った。金髪でブルーの瞳――目がついている者なら誰でもとびきりの美人と呼ぶにちがいない。

目下、話をしているのはその嫁だった。

「ご親切にどうも。義母《はは》とわたしにはお茶を。夫はコーヒーがいいわね、クリームを少し添えてください。義父《ちち》にはブラックでお願いします。ありがとう」

イヴはテーブルに近づき、一同の視線を浴びた。「ダラス警部補です。この度は誠にお気の毒です。ご心痛のところわざわざお越しくださり、感謝しております」

「犯人を見つけてくれるの？」アンナ・マリア・モデストがむせび泣きながら訊いた。「わたしのかわいい娘にこんなことをしたモンスターを見つけてくれるの？」

「パートナーとわたしはもちろん、ニューヨーク市警治安本部《NYPSD》も一丸となって、娘さんの命を奪った人物を見つけ出すことに全力を尽くします。ここまでいらしてお話ししてくださるのは、われわれの捜査の助けになります」

「アンジェロ、孫のアンジェロにはもう母親がおりません」

「お母さんがいるじゃないか」ステファノが母親のこめかみにそっと唇を押しつけた。「テレーザもいる。ガーラの代わりには誰もなれないけど、僕たちはみんなアンジェロを大事にするよ」

「きみには定評がある」アントニオは黒い目をイヴにさっと向けた。人の上に立つ者の声で話す英語は正確かつ完璧で、かすかにイタリア風アクセントを帯びているだけだった。「その定評のとおりなら、きみはガーラをわれわれから、娘の子供から、夫から、この世界から奪ったやつを見つけるために必要なことはなんでもするらしい。だが、どうやって？　そいつは一瞬にして娘を殺し、そして消えたんだぞ」

「われわれはあらゆる手がかりを追っています、ミスター・モデスト。娘さんに危害を加えたがるような人物に心当たりはありますか」

「まさか！」モデストはあいているほうの手をテーブルに叩きつけ、コーヒーやお茶のカップが飛び上がった。「これは通り魔殺人なんだ、わかっているのか？　犯人は娘のことなど知りもしない。娘がその場にいたから襲っただけだ。私の娘は誰にも害をおよぼさない。愛情深く優しい娘だった。あの子は良き妻であり、良き母であった。これは犯人が何も考えずに殺した事件だ」

　イヴは思案した。彼らの協力が必要なら、わけを話さなければならないだろう。「われわれは犯人には考えがあったと思っています。あなたがたの娘さんは、あなたがたの妹さんは特定のターゲットにされたと見ています」

「どうして？」ステファノの呆《あき》れたような声が響いた。「父の言うとおりだ。ガーラは心優しい、善意に満ちた人間だった。ガーラを亡き者にしたいと願う人物なんて、僕にはひとりも思いつかない。もし心当たりがあったら、ためらわずあなたたに教えているよ」

「それは信じます。妹さんが不倫をしていたことはご存じでしたか」

ふたたび、アントニオがテーブルを叩きつけ、怒りに顔を染めた。「よくもそんなことが言えたものだな」

「ミスター・モデスト、これは捜査の段階で明るみに出た事実なんです」そう言いながら、イヴはテレーザの顔から目を離さなかった。「あなたは知っていたのね」

「わたしは……」

「真実よ。あなたは義理の妹さんに正義をもたらしたいでしょ？　彼女のことが好きだったのよね？　今、彼女を守るための武器は真実なんです」

テレーザは目を閉じ、それから両手で顔を覆った。「ごめんなさい。ごめんなさい」夫のほうを見て、涙をこぼしながらイタリア語で話しかけた。

それで堰《せき》が切られたように、家族がいっせいにイタリア語でしゃべりだした。

「英語でお願いします！」イヴは片手をあげた。「われわれは彼女が話さなくてはならないことを聞く必要があるんです。知っていたのね」イヴは繰り返した。「ガーラから聞いていたんですね」

「そうです。ごめんなさい。そうなんです。彼女は不幸でした。どうかわかってあげてください」

「わたしがここにいる目的は彼女を裁くことではなく、彼女のために闘うことなの。話してください」

6

「わたしは仕事と買い物でニューヨークに来たんです。うちの子たちとアンジェロを会わせるためもあって。わたしたちは、ガーラとわたしは仲がよかった。本当の姉妹のようでした。うちの子たちも来るのを楽しみにしていました」

「それはいつのことですか」イヴは尋ねた。

「去年の晩春。ガーラは不幸せそうでした。隠そうとしていたけど、姉妹だからわかるんです。わたしはそれに気づいて、問いつめました」

テレーザはひと息入れ、つかのま目を閉じた。元プロのテニスプレーヤーだったということの女性は、運動選手らしいがっしりした体つきをしている。

その目には涙が光っていたが、意志の力で塞《せ》き止めていた。

「ガーラは夫の愛情を感じなくなったと打ち明けました。彼女は働きたかったけれど、夫はそれを許さなかった」

「だが、あの子は……」アントニオは気持ちを静めようとした。「娘はしばらく仕事から離れて、アンジェロを育てることに専念したいとわれわれに言ったんだぞ」

「わかっています。たぶんですけど……」テレーザは義父の握り締めた手を撫でた。「たぶん、ガーラがそう言ったのはジョージの評価を下げないためだと思います。でも、彼女は仕事を恋しがっていました。家族を、故郷を恋しがっていたんです。ジョージはますます冷たくなり、ますます——制限するようになった気がすると言っていました。彼がガーラに望むのは、彼の妻として社交的な催しやビジネス・ディナーに同伴することだけだと」

テレーザはなんとかイヴにほほえみかけた。「彼女はご存じのようにとても美しく、魅力的でビジネスについての知識も深かった。それはジョージにとって利点でした。ガーラもたぶん自分の価値と役割には気づいていたと思います。でもそれは彼にとっての利点です。

ガーラはアンジェロをトスカーナに連れていきたいと思っていました。息子にママの故郷を見せてやりたいと。でも、ジョージはそれを許そうとしなかった。彼は四六時中働き、妻にはほとんど時間を割かなかった。ガーラは孤独で、家族と故郷を恋しがっていました。気を許せる友人もいなかった。夫が望むのは顧客の妻たちとのつきあいだけ——彼女たちをランチに連れていったり、ガーラが主催するパーティに招いたりするだけでした」

「ガーラはなぜわたしに言わなかったの？　わたしはあの子の母親なのに」

テレーザはアンナ・マリアのほうを向いた。「お母さまをがっかりさせたくなかったんです。お母さまはガーラが早い結婚をすることに反対でした。ジョージのことをもう少し知ってからのほうがいいと思っていらした。それでもガーラが望むので、賛成なさった。お母さま、あなたは正しかったんです。ガーラはお母さまが正しかったとわたしに言いました。けれど、もう彼と結婚してしまい、息子までできた。だから、お母さまやお父さまには黙っていてほしいとわたしに頼んだんです。あなたにさえ言わないでほしいと。ごめんなさい、ミ・アモーレ」

「僕が怒ると思うかい？　きみは僕の妹との約束を守ってくれた。不幸せなガーラに心の慰めを与えてあげるために」

「わたしは一緒に帰ろうと言ったの。坊やをイタリアに連れていくのに協力するからと。でも、ガーラは首を縦に振らなかった。夫の息子を彼から奪うことはできないと言って。そしてその後……」

テレーザは胸に手を当ててさすった。「お願い、お水をいただけますか？」

「お持ちします」ピーボディが腰を上げ、水のボトルを並べておいた場所へ歩いていった。

「彼女にはあなたがいてよかったですね。なんでも話せる人がいて」

「ありがとう。お気遣いいただいて。あれはその数週間後でした。ニューヨークから戻ったあと、わたしたちは密に連絡を取り合うようになりました。わたしはできるかぎり毎日ガーラと話したり、メッセージを交換したりするようにしたんです。彼女はいい人に出会った、その人は画家だと打ち明けました。ガーラは彼が描いた絵――彼女の故郷の絵――を買った。彼女はよく散歩やジョギングをしていました――感情のはけ口として。そして散歩の途中で彼にばったり会ったんです。二人はたちまち打ち解けた。二人は親密になった。そして、ガーラは幸せになった。愛を見つけたんです。結婚の誓いを破るのが悪いことだとはわかっていたけれど」

テレーザが言葉を切って水を飲んでいるあいだも、家族は口をはさまなかった。

「ガーラは離婚も考えました。いったん実家に戻って、その画家に心残りがあるかどうかを確かめようかとも。それからまた結婚の誓いを、夫とのあいだにできた子供のことを考えたんです。画家と一緒になれば心は満たされるけど、簡単に結婚生活を終わらせることはできない、家庭を壊すことはできない。家庭を修復しようとつとめなければいけないと。ガーラはみんな話してくれました。それから一週間か二週間後に――たぶん二週間後に、彼女は情事を終わらせた。恋人と一緒に泣いたと聞いて、わたしも彼女と一緒に泣きました」

テレーザは目を閉じた。「わたしがガーラと一緒に泣いたのは、彼女が選択を誤ったと思ったから、心の声に従ったほうがいいと思ったからです。でも、彼女には言わなかった。あのとき言えばよかった」

懸命に涙を押し戻し、水をもうひと口飲んでから、テレーザは義父のほうを向いた。そして、イタリア語でそっとささやいた。アントニオは首を振り、テレーザを引き寄せると、嫁のこめかみに唇を軽く押しつけた。

それからアントニオは座ったまま背筋を伸ばし、黒い目を爛々《らんらん》と光らせてイヴを見据えた。「きみはその画家が棄てられた腹いせに娘を殺したと考えているのか」

「いいえ、ちがいます。娘さんは当夜その画家の求めに応じて、彼に会うため現場に出かけました。ですが――」父親の顔が怒りに燃えるのを見て、イヴは機先を制した。「彼が会ってほしいと頼んだのは、別れを告げて贈り物を渡したかったから。二人が初めて会ったときに娘さんが購入した絵と対になる絵です。彼はみずから名乗り出て、あなたの義理の娘さんが今、裏づけた話をわたしに語ってくれました。彼は贈りたかった絵を持っていた。彼の悲しみはあなたがたに負けないくらい本物だったと思います。そのうえ、われわれが入手した証拠は、彼が娘さんの死に関与しているという容疑を裏づけるものではありません」

「ジョージだわ」夫とはちがい、アンナ・マリアの顔は真っ青になった。「彼には冷酷さがある。ガーラにはそれが見えなかった。ガーラにはわからなかったけど、彼は冷酷な男よ」

「娘さんが死亡されたとき、彼が現場にいたことを示す証拠はありません。あらゆる証拠が彼は自宅にいて、その夜は一歩も家を出なかったことを示しています。しかしながら、われわれは彼をとことん取り調べます。ミスター・モデスト？」

「なんだ《シ》ね？」

「義理の娘さんは約束を守るかたです。あなたはいかがですか」

「約束したらそれを破ることはない」

「ここでみなさんに約束していただきたいと思います。ここにおられるガーラを愛するみなさん、彼女に正義をもたらしたいと願うみなさんに、これからお話しすることは他言しないと約束してほしいのです。どなたもこの捜査を妨害するような行動を取らないと」

「約束しよう」アントニオはテーブルを見まわした。「警部補はモデスト家から誓約を得た。それが破られることはない」

「ピーボディ、コップをスクリーンに表示して。ローカン・コップ」ピーボディが立ち上がって準備しているあいだに、イヴは説明を始めた。「その名前にどなたか心当たりはありませんか」

「そういう名前の人物は知らない」アントニオが言うのに合わせて、家族は全員首を振った。「そいつが私の娘を殺したのか」

「そうです」

「なぜだ？　その男にガーラを殺すどんな理由がある？」

「それが彼の仕事だからです。ローカン・コッブ」スクリーンに表示されたコッブのＩＤ写真を手で示す。「プロの殺し屋。われわれは彼が現場にいた証拠をつかんでいます。どなたかこの男を見たことがありますか」

「一度もないな」ステファノが言った。「そいつは金で雇われて殺すのか？　誰がそんな依頼を――」

ステファノは急に言葉を途切らせ、母親と同じく、真っ青になった。

「何か思いつくことでも？」イヴは訊いた。

「いや、たいしたことじゃない。あれは冗談だったんだから」

「あれ、とはなんのことですか」

「ジョージは会議やプレゼンテーションでローマに来ていた。立て続けの会議と長いプレゼンを終えて、僕は彼を飲みに誘った。彼はマフィアが必要になったらどこで探せばいいんだ、とつまらないジョークを飛ばした。うちより安い金額を提示する競合他社がいたので、彼は冗談交じりに言った――なんて言ったんだったかな――やつらを永久に消してくれる黒いリムジンに乗った男たちが必要だと。

長くつらい一日が終わってふざけたい気分だったから、僕もジョークを返した。うちの会社が使えるのはベラコア――サルヴァドーレ・ベラコアだけだって」

父親がため息をつくと、ステファノは両手をあげた。「わかってるよ、パパ、すごくつまらないジョークだってことは」

「ベラコアとは何者ですか」

「元マフィアの一員です」ステファノが説明する。「彼は年寄りで、すでに引退し――長年過ごした刑務所もとうに出所した。彼はサルディニア島に豪華な別荘を持っているという話だ。それに――これを僕はジョージに教えたんだが――自分もそのひとりだったから殺し屋を知っていて、どう探せばいいかも知っているようだ。噂では、引退後は殺しのブローカー業務をしているらしい。そういったことを僕は全部ジョージに教えた。僕がその考えを吹きこんだのか？」

「彼にはすでにその考えがあったことは間違いありません。その会話をした日にちを特定できますか」

「三月だった、三月の第三週。正確な日付は確認できる」

「今のお話で充分です。少々失礼します。ピーボディ、あとを続けて」

イヴは会議室を出て、ロークに連絡した。

「三月の第三週以降のトゥイーンの口座をチェックして。支払いを探してるの、コンサルタント料みたいなやつ。たぶん偽装されてるだろうけど、支払った相手はサルヴァドーレ・ベラコア」

「ブローカーのベラコアか。僕でも思いつけたはずだが、彼は生きていれば百十歳なんだ。ちょっと待ってくれ」

画面が待機中の青になったので、イヴは歩きだした。だが、ロークはすぐに戻ってきた。

「三月二十四日、ベラコアに一万ユーロが振りこまれている」

「嘘でしょ、偽装工作もしなかったの？」

「口座名義はベラコアの農場だ——オレンジ、オリーブ、レモンなんかのね。少し時間をもらえれば、それがブローカー業務の隠れ蓑であることは調べがつくよ。お役に立つかな？」

「あなたのアイルランド製の尻ぐらいすごく素敵。そのファイルを送って。またあとでね」

通信を切るなり、イヴは言った。「捕まえたわよ、ゲス野郎」

会議室に戻ると、ピーボディがガーラについて尋ねているところだった。

「妹がその話を僕にしたのはアンジェロが生まれたあとだった」ステファノは目をこすった。「ビジネスの自分の相続分を息子に譲って信託財産にしたいと言い、僕にその信託管理人になってほしいと頼んできたんだ。金銭、株式、不動産などの財産は、家族、慈善事業、ハウスキーパーのエレナ・リナルディ、アンジェロのナニーのソフィア・グリナルディへの特定遺贈をのぞいて、夫と息子で分けることになっていた」

「彼女は自分と夫の両方の身に何かあったときのために、息子さんの後見人を指名していましたか」ピーボディは訊いた。

「ああ、テレーザと僕だよ。うちには子供が二人いる、アンジェロのいとこだ。ガーラはもちろん、息子を家族のそばに置きたかったんだ」

「彼があの子を手元に置くことはないわ」アンナ・マリアは鋼《はがね》のように冷えきった声で言った。「あの男がこれに関与しているなら、ガーラの子を手元に置くことはない」

「みなさんにお願いがあります」イヴは呼びかけた。「これからあなたがたの娘さんに、妹さんに会いにいってください。トゥイーンには連絡を取らないこと。もし向こうが連絡しようとしてきても、今は応じないでください。ガーラと会われたあとで、ニューヨークのアパートメントに行っていただけたら、捜査の参考になるものが見つかるかもしれません。わたしはその情報がほしいんです。わたしから新たにお伝えすることができたら、そちらへ伺います」

「ロークが〈リージェント〉にスイートルームを用意してくれた。アパートメントは家族全員で滞在するには少し狭いから」

「ロークが?」

「我々は知り合いなんだ」ステファノが言う。「お悔やみの連絡をくれて、そのときにあなたたちは信頼できると保証していた。あなたと、あなたのパートナーや部下はガーラのために正義を勝ち取ってくれると」

「あなたがたも信頼できます。乗り物を用意しましょうか」

「いや、あるからいいよ」

イヴは腰を上げた。「ピーボディ捜査官が出口までご案内します」

アントニオが立ち上がった。「私にもご親切に感謝することはできる。ありがとう。だが、今は親切はどうでもいい。捜査に邁進《まいしん》してもらいたい」

「お約束します」モデスト一家が去ると、イヴはスクリーン上のコップを見つめた。「あなたにも約束するわ」

殺人課にもどり、ピーボディにオフィスに来るよう合図した。

「いい家族ですね」ピーボディが感想を漏らした。「彼らがついてるなら、坊やのことも安心です」

「わたしたちがドジを踏まないかぎり、坊やはディナータイムを家族と一緒に過ごせる。トゥイーンは三月二十四日にサルヴァドーレ・ベラコアに一万ユーロ支払ってた」

「しかたない、わたしの尻を蹴ってください。自分で悪運を招くようなことはしたくないけど、これじゃあんまり簡単すぎます」

「コッブは薬缶《やかん》にいる別の魚よ」

「別の問題と言いたいなら、別の薬缶の魚です」

「どっちにしても意味不明ね」イヴはデスクにつき、手のひらの付け根でこめかみを押さえた。

「大丈夫ですか」

「少し頭痛がするだけ。彼らが何かひとつでもちがう行動を取ってたら、ガーラはまだ生きていた。でも、そんなこと言ってもしかたないし、それに誰かひとりがちがう行動を取ったとしても、彼女はやっぱり死んでたかもしれない。シャワー中に転んだりなんかして」

ピーボディはオートシェフのほうへ行き、メニューをタップして、警部補がないがしろにしないはずのものをプログラムした。

「ペパローニ・ピザを食べますよ。二人ともおなかが減ってるし、あのゲス野郎を倒すには冴《さ》えた頭と集中力が必要ですから」

「今の事情聴取の内容を書き上げないと」

「わたしがやります」

「あなたには児童サービスに連絡し、誰かマヌケじゃない者に書類を迅速に処理させ、わたしたちがあのゲス野郎をぶちこんだとき、息子が無事家族に引き取られるようにして」

「それもできます」ピーボディはピザをひと切れ載せた皿とペプシをイヴのデスクに置いた。それから客用の椅子をにらみつけ、自分のピザは立ったまま食べることにした。

「ベラコアのほうはイタリア人でも、インターポールでも、誰でもいいから腕利きに任せられる。どちらにとっても有意義な交換よ」イヴはホイットニーから着信がなかったか確認した。

まだ届いていない。

ピザを食べ終え、もうひと切れ食べてもいいかなと考えたとき、レオから着信があった。

「弁護側の要求で明日の十時まで休廷になった。これから令状を請求して、セントラルに向かうわ」

「了解」イヴは応答した。「逮捕令状は殺人の共謀罪、第一級殺人よ」

「たしかなの？」

「びくともしないくらいね。着いたら、わたしのオフィスで打ち合わせしましょう。こてんぱんにやっつけてやるわ」

完全にとは言えないまでも頭痛が消え、イヴは椅子を回転させた。「逮捕状を執行してあいつを連行するために、女性の巡査を二人用意して」

「女性限定ですか」

「あのゲス野郎は女性を利用してキャリアや社会的地位を上げ、私腹を肥やした。あげくに、その女性の腹を切り裂かせた。女警官だと？　あいつはそれを侮辱だと取る。小さなことだけど、わたしは今、度量が小さいの」

「すぐ手配しますけど、先にこれを食べておかないと。ピザのかけらだけでその場に臨んだら、暴れちゃうかもしれません。トゥイーンとは全力で闘うんですよね？」

「そのとおり。わたしたちは司法取引をもちかけるから」

咳《せ》きこんで、ピーボディは拳で胸を叩いた。「危うくピザの最後のひと口を詰まらせるところでした。司法取引をしたいんですか？」

「まずは地球外での二回連続の終身刑を提示して、それを同時執行の三十年で仮釈放の可能性ありの刑に減らすチャンスを与える――もしトゥイーンがコップを裏切るだけじゃなく、コップの逮捕につながる情報を渡すならという条件付きで。あいつはゲス野郎だし、一生を檻《おり》のなかで過ごすべきよ。だけどあいつは卑怯者でもあるし、三十年で檻から抜け出せて、なかなか快適な余生を送れるかもしれないと思ったら？　応じるでしょ。わたしたちがコッブを捕まえるか、トゥイーンが終身刑に服するかのどっちを選ぶかの問題」

イヴはペプシを飲んだ。「しかも追加訴因については言及してないの。三十年の懲役に次いで、アルファベット機関が彼を追及するかもしれない。わたしはそれで我慢するわ」

イヴは椅子を元の位置に戻した。「さあ手配して」

勢いよくキーを叩いて報告書を仕上げ、ブローカーへの支払いとその時期、家族が知っていた被害者の遺言の詳細、情事とその結末についての裏づけを追加した。

報告書を送信したところで、レオがはいってきた。

「ピザのにおいがする。なんでわたしはここに来る途中で屋台のホットドッグにがっついちゃったのかしら？　でも、まともなコーヒーを飲む余裕はまだある」

「わかったわよ。座って。デスクの椅子をどうぞ」腰を上げて席を譲り、ペプシを置いたままなのを思い出して取り戻した。

イヴはベラコアのID写真を事件ボードに追加しながら、レオにざっと説明した。

「おやまあ、びくともしないって言ったのは本当だったのね。彼もその支払いについては釈明できないでしょう。アンドラの匿名口座の持ち主はまだ判明してないのよね？」

「手にはいるものなら、ロークは必ず手に入れるわ。三回の支払いの時期をつつかれたら、あのゲス野郎はぐうの音も出ない。捜索チームがさらに何か見つけ出すことはわたしが保証する。あいつは傲慢なやつで、誰かが調べるなんて本気で考えもしないの。なんてったって、自分は頭痛で寝込んでたんだから。捜査の過程で私立探偵《PI》への支払いが見つかってもわたしは驚かない。法人口座を使って隠蔽し、勘定を会社につけたかもしれない。ロークはそれを突き止める手段を持ってるけど、もしそういう事実があるなら、捜索チームが見つけるでしょう。わたしは彼の口を割らせる。そしたら、あなたが取引して」

レオはピンストライプのスカートについた糸くずを指先で払う仕草をした。「わたしに取引してほしいの？」

「わたしはコップがほしいの」

「地上にある法執行機関の大半もそう望んでる——ちょっと調べてみたのよ」

「だったら、ニューヨーク市地方検事補が国際的な暗殺者を倒すのに一役買ったら素敵じゃない？」

レオはコーヒーを飲みながらほほえんだ。「悪くはないわね。同時執行の刑、五十年で仮釈放の可能性あり」

「三十年。トゥイーンをその気にさせたいの。檻の外で暮らす人生があると彼に思わせないと」

「なかなか面白い意見ね。三十五年。ダラス、彼は自分の妻であり、自分の幼い息子の母親を街中の公園で殺させたのよ。それより減らすことはできない」

「三十五年」イヴは同意した。「三十五年経っても出られないだろうけど。あいつはマヌケよ。必ずヘマをする。たとえ三十年もったとしても、ガーラの家族が仮釈放の聴聞会で反対意見を述べることは間違いない。そして四十年務めることになる――それより長くなるかも、余罪があるから。あいつは国際銀行を利用して殺し屋を雇ったの」

「あなたって聡明なのね」

「だからわたしは大儲《おおもう》けできないの。あいつはたとえ出所できたとしても、身分も財産も失ってぼろぼろよ。ガーラの息子は家族が引き取るでしょう。彼女が愛した故郷の善人たちの手で育てられる。わたしたちはコップを捕まえて、彼女に正義をもたらす。それがわたしたちの仕事」

「それがわたしたちの仕事ね。ここで少し仕事させて。トゥイーンの逮捕手続きが終わって弁護士が到着したら、彼をとっちめましょう」

「この部屋を使って。わたしは捜索チームに指示してくる」

意外ではないが、大部屋《ブルペン》にはEDDの警部とマクナブがいた。

「ホイットニーは煩雑な手続きに取り組んでる」フィーニーが言った。「僕じゃなくてよかった、あれは面倒だ。就業時間が終わるまでにはきみにデータを送れると言ってたよ」

「よかった。あなたとマクナブには邸内の電子機器以外にもやってほしいことがあるの。金銭に関するデータ――PIか探偵事務所への支払いが見つからないかと思って。トゥイーンはおそらく自分専用の金庫を持ってるでしょう――そういう男だから。それをあけて。彼がコップとのやりとりに私用リンクを使わなかったとしたら、クローンリンクを金庫にしまってるはず。彼のオフィスの電子機器を担当するのは誰？」

「それには二人つけた。カレンダーとロスコだ」

「彼らに金銭関係とクローンを調べさせて。サンチャゴ、両カーマイケル、シェルビー、こっちに集まって」

チームに指示を与えていると、イヴのリンクが鳴った。表示された相手を見て「そのまま待機」とチームに命じる。「ダラスです」

「ダラス警部補！　シニョール・トゥイーンが逮捕されます！　警察が門まで来て、彼女たちが――」

「知ってるわ、ミズ・リナルディ。わたしが行かせたの」

「まあ！　わたしはどうしたらいいでしょう？　彼はわたしを怒鳴りつけて、弁護士のミスター・ミルトン・バークレーに連絡しろと命令するんです」

「言われたとおりにしていいのよ。その弁護士にミスター・トゥイーンはコップ・セントラルに連行されたと教えたあげて。坊やは、えーと、アンジェロはどうしてるの？」

「お昼寝の時間です。ナニーと一緒に階上《うえ》にいます。あの子は母親がどこにいるかも、ナニーとわたしが辞めなければならない理由も知りません」

「ステファノ・モデストの連絡先は知ってる?」

「はい。もちろん、知ってますけど――」

「彼に連絡して、状況を説明してあげて。迎えにきて、アンジェロを彼が泊まってるホテルに連れていってくれるわ」

「まあ! 神に感謝《グラッツィエ・ア・ディオ》します!」

「警察は捜索令状を携行してるから、玄関まで来たらなかに入れてあげて。未成年の子供が後見人の手に渡ったら、あなたとナニーはいつでも出ていっていいのよ」

「ナニーのソフィアに教えます。二人でアンジェロの荷物をまとめます。本当に何から何までありがとうございます、ダラス警部補」

「仕事ですから。また連絡するわ」イヴは通信を切った。「ピーボディ、トゥイーンが勾留《こうりゅう》され、未成年の子供は法定後見人が引き取ることを児童サービスに知らせて。何かほかに質問は?」とチームに訊いた。

「全員了解です」サンチャゴが言った。

「出動」

イヴはオフィスに戻り、大声でレオに呼びかけた。「彼にはすぐ飛んでくる弁護士がついてる。ミルトン・バークレー」

「ちょっと待って」レオは検索するためPPCを操作した。「へーえ。一流だけど、企業弁護士ね。刑事事件専門じゃない。つまり、トゥイーンは刑事弁護士を持ってないか、知らないってことね。バークレーがたぶん連れてくるでしょ」

「デスクを使いたい」

「もうすぐ終わるわ。三十五年の取引の許可が下りた。やり方は心得てるわよ」レオは言い足した。「あなたやピーボディと一緒にどうやるかもわかってる。あなたには法律家としてのわたしのたわごとをこき下ろしてほしい」

「法律家をこき下ろすなんて、お安いご用よ」

レオはイヴに向かって人差し指をトントンと振りかざしながら腰を上げた。「ブルペンでデスクを探すわ」

自分のデスクに戻り、イヴは取調室に持参する書類を追加した。ファイルの中身を見直していると、ロークがはいってきた。

「あら、あなたの顔が見られるとは思ってなかった」

「近くで用があるんだが、今は少し時間があるんだ」ロークはオートシェフの前まで行った。「コーヒーでもどう？」

「それ、本気で訊いてるの？」

ロークは二杯プログラムした。「ガーラ・モデストはトスカーナのキャンティ地方に農家を所有していた。一万平米の土地に、菜園、小さなワイン畑、管理人の小屋、美しい眺望付き。トゥイーンはそこを売りに出した」

「まったくどうしようもないやつね」

「彼はさらに管理人たちに三週間で明け渡せと言った」

ロークは狭い窓まで歩き、外をのぞきながらコーヒーを飲んだ。「さらに、被害者がフィレンツェに持っていたフラットも売りに出した。被害者には画学生の若いいとこがいて、現在そこに住んでいる。彼女の立ち退きまでは一か月だ」

「そんなの全部阻止してやるわよ」

「きみならやるだろう」ロークは窓の外を眺めたまま、つぶやいた。「そう、きみならやる。金と地所、昔はなんとしてもそれを自分のものにしたかった。今はそれがビジネスになり、楽しみや面白いゲームになった。だが一時は生き抜くために、それを切実に必要とした。しかし、必要と欲には大きな違いがある、そうじゃないか？」

「そうね」彼がそれを必要としているから、イヴは立ち上がり、そばに寄って、背後からロークを抱き締めた。「わたしはトゥイーンを捕まえたのよ、ローク。信じて」

「ああ、信じるよ」ロークはイヴの手を握った。

「わたしはコップも捕まえる。わたしたちはコップを捕まえる」イヴは言い直した。

「やつにとっては、殺しがビジネスであり、楽しみや面白いゲームなんだ」

イヴには感じ取れた。ロークのわだかまり、怒り、悲哀が混然となって膨れ上がっていくのを。

「だからって、あいつとあなたが似てるわけじゃないわ」

「僕たちは同じような路地や貧民街の出で、子供時代は同じ男によって生殺与奪の権を握られていた。そしてしばらくのあいだ、僕たちは並行した道を進んでいた」

「バカバカしい《ボロックス・トゥ・ザット》。あなたはお金のために人を殺したことがあるの？」

「ない。そんなことは、そんなことだけは一度も考えなかったと言える」

ロークは振り向き、イヴの額に唇をつけると身を離した。「コップが三週間前にアムステルダムにいたことは断言できる。高級売春宿や、人気のあるセックスクラブやその手の商売に興味を持っているビジネスマンが、警察の話では押し込みに失敗した強盗に殺された。その建前の裏では、コップが重要容疑者になっている」

「建前の裏ではね」

「不運なビジネスマンは顔面をさんざん殴られたうえ、複数の刺し傷があった。どれも喉を切り裂かれたあとにつけられた傷だ。捜査官たちは殺したあとで押し込みが失敗したように偽装したとにらんでいる。死亡時刻の一時間後にコッブはその高級売春宿を訪れ、被害者がよく友人や顧客に配っていたVIPパスを使って、二人の女性従業員からサービスを受け、高級ワインのクリスタルをあけた」

「ずうずうしいやつ」

「昔からずっとそうだ。警察はやつがどうやってその街にはいり、どうやって去っていったかまだ突き止めていない」

「またしても壁のなかのレンガのひとつにすぎないってことね。その事件の主任捜査官の名前が知りたい」

「調べてあげるよ」

「トゥイーンは目下、殺人の共謀罪と殺人罪で逮捕されるところ。弁護士もしくは弁護士団との相談が終わったら、彼を取調室に入れる」

「仕事が早いね、警部補」

「あなたはステファノ・モデストに連絡したのね」

「したよ。それが……妥当だと思ったから」

「妥当どころか、この悲しみを乗り越えなきゃいけないときにあなたが示してくれた親切に、彼も家族も感謝してたわ。ステファノの妻は情事のことを知ってて、義妹のために秘密を守ったの。わたしはそれを聞き出したけど、ストウの供述と完全に一致してた。どんなことでもいいから、わたしはトゥイーンがコップについて知ってることを全部手に入れる」

「きみは僕のことを心配している」コーヒーを脇に置き、ロークはイヴの肩をつかむと軽く揺さぶった。「心配はやめろ。きみにはなすべき仕事がある」

「〈結婚生活のルール〉は適宜あなたのことを心配するよう義務づけている」

その言い方にロークは笑った。そして肩から手を離し、イヴの顔を包んでキスした。情熱的な長く深いキスだ。

「民間の専門コンサルタントが勤務中の主任捜査官と親しく交わるのはルール違反です」今度はイヴがロークの顔を両手で包んだ。「どうせならもう一度」

お返しのキスがすんでも、ロークはそのまま動かなかった。「きみは僕の心の拠《よ》りどころだ」そう言って、ようやく体を離した。「ここに残って、きみがこのとびきりのゲス野郎を絞りあげるところを見物したいが、今日は予定がかなりはいっていたのを後ろにずらしたからこれからやらないと」

「帰ったらハイライトシーンを教えてあげる」

「楽しみにしている。少し遅くなるかもしれない。だいぶ遅れるようだったら知らせるよ」

「わたしも」

「そのうちでいいが」ロークは歩きだしながら言った。「例の〈結婚生活のルール〉のコピーを送ってくれ」

ロークがそうしたように、イヴも窓辺までゆっくりと歩いた。車内がのぞけるほどそばをエアトラムが急降下していき、退屈しきった市民の顔やわくわくした旅行者の顔が見えた。眼下の通りや歩道には、車両や通行人が群れをなしている。そのどこかにコッブがいて、歩きながら、あるいは車内か隠れ家のなかで、イヴが愛する男を殺す計画を練っているのだろう。

必ずそいつを見つけ出してやる。仕事で、人生で、この世で何より重要なのは、ローカン・コッブを見つけ出して檻に閉じこめることだ。

トゥイーンは倒す。それは仕事であり、義務であり、正義である。そして彼を利用して、それより大きな目標を達成するのだ。

ピーボディの足音が聞こえてきたが、イヴは振り返らなかった。

「トゥイーンの手続きが終わり、彼は目下、弁護士たちと話し合ってます。ミルトン・バークレーとデニス・ゴッテ。ゴッテは刑事専門弁護士で〈パターソン・アンド・フランクス〉

に所属してましたが、半年前にパートナーになったので、現在の事務所名は〈パターソン、フランクス・アンド・ゴッテ〉になってます。ニューヨークに移り住む前はアトランタにいました」

「ありがとう。向こうの用意ができしだい行くわよ」

7

それからちょうど一時間後、イヴは取調室Aに入室した。

「記録開始。ダラス、警部補イヴ、ならびにピーボディ、捜査官ディィリアは、事件番号H－32108に関し、被疑者の法定代理人同席のうえ、トゥイーン、ジョージの尋問を開始します」

イヴは傷だらけのテーブルに行き、トゥイーンの向かいに腰を下ろした。弁護士たちはトゥイーンの両脇に座っている。「ミスター・トゥイーン、あなたは妻のガーラ・モデストが殺された事件において、殺人の共謀罪と第一級殺人罪の容疑で逮捕されました。この件に関してあなたは権利を告知されましたか、また、あなたは自分の権利と義務を理解しましたか?」

代わりに答えたのはゴッテだ。がっしりした体をした五十三歳の女性で、髪は艶やかなブロンドのショート、その目は大理石のように冷たいブルーだった。

声も目と同様冷ややかで、アトランタ出身の気配はかけらもなかった。

「依頼人は自分の権利を告知され、それを完璧に理解しました。依頼人は妻の痛ましい非業の死への関与をきっぱりと完全否定しており、あなたがたがこんなとんでもない容疑をかけ、悲しみに追い打ちをかけることに弁護士同様ただもう呆れています」

「あっ、そう。だけど、彼の否認はでたらめよ」

「われわれはそんな乱暴な物腰には我慢がなりません」

「この尋問が終わるまで、もっと我慢してもらうことになるけど」

「警部補」バークレー――浅黒い肌、整った顔、白髪交じりのウェーブのかかった髪をした六十歳――が片手をあげた。「私はかれこれ十年近くミスター・トゥイーンの弁護士を務めている。ガーラのことも知っており、彼女の死に、その残酷さにショックを受け、悲しんでいるんだ。あなたにはこの悲劇的な状況を重く受け止めてもらいたい」

「わたしは常に被害者のことを重く受け止めているのよ、ミスター・バークレー。さて、ミスター・トゥイーン、昨夜わたしが捜査パートナーとともにあなたの妻の死を報せにいったとき、妻が浮気をし、その後その関係を解消したことはまったく知らなかったと言いましたね」

「依頼人はまったく知らなかったという供述を変えていません。被害者の不義を依頼人の動機に仕立てようとするのはバカげています」ゴッテは偉そうに指先でテーブルを叩いた。「依頼人の邸《やしき》のセキュリティディスクを見れば、当夜は帰宅した六時三十分以降、彼が外出しなかったことは明白です。彼は――」

「彼が外出したなんて誰も言ってない」イヴはファイルを開き――フィーニー、ありがとう――私立探偵からの写真付き調査報告書を取り出した。

「だけど、去年の十一月十六日に〈オスカー・ジル探偵事務所〉に妻の尾行を依頼した。どうしてそんな依頼をしたの、ミスター・トゥイーン？」

「おまえには関係ない」

「関係大ありなのよ」イヴは中身を広げた。「この報告書はオスカー・ジルがあなたに送ったもののコピーなの。あなたは〈モデスト・ワイン＆スピリッツ〉の経費勘定として、この探偵事務所に八三二五ドル支払った。妻を尾行して写真を撮るために私立探偵を雇うのは会社の経費になると思うの？」

「それは私の財産だ。私の個人的な問題だ」

「正当に発行された令状を使用して入手したものよ」イヴはそれを取り出し、ゴッテのほうへ滑らせた。「まだ質問に答えてもらってないわね、ミスター・トゥイーン」

ゴッテは指を一本立ててトゥイーンを黙らせると、令状に目を通し、調査報告書と添付の写真――ガーラがストウと手をつないで歩いているところ、アパートメントの窓越しに撮られたとおぼしきキスや抱擁をしているところ――をちらりと見た。

ゴッテはトゥイーンに身を寄せ、耳元でささやく。トゥイーンは怒りに顔を染めて、彼女の耳元で何やらつぶやいた。

この弁護士は不満そうな顔をしている、とイヴは思った。最初から穏やかな表情ではなかったが、怒っていることは見ればわかる。

嘘をつかれて嬉しい者はいない。

「依頼人は妻の評判を守り、家族を巻きこまないようにするため、妻の情事を知っていたことを否定したのです」

「つまり嘘をついた」

「彼は妻が殺されたことを知ったばかりだった。彼は――」

「というより、彼は妻が殺されておよそ二十分後にはそれを知ってたの。その令状には自宅の鍵や金庫をあける許可も含まれてる。われわれはあなたのクローンリンクを発見したのよ、ミスター・トゥイーン、ほかのクローンリンクと交わされたメッセージの履歴がいっぱい残ってる。あなたのクローンリンクが受信した最後のメッセージには写真が添付されてた。ピーボディ、そのメッセージと写真、ある?」

「はい、あります」ピーボディは自分のファイルを開いた。「メッセージにはこう書かれています。『完了した証拠だ。約束どおり報酬の残りを送金しろ』そして、証拠として写真が提供されています」

ピーボディはテーブルの中央に写真を置いた。「ご覧のとおり、最初に現着した警察官たちが現場を保存しているところですが、ガーラ・モデストの顔も切り裂かれた腹部もはっきり写っています。あなたは支払ったものを手に入れたんですね、トゥイーン」

「でっちあげだ。警察が仕込んだんだ」

「そうね、NYPSDのメンバーのなかには証拠を仕込んだらどうかと考えた者もいるわ。たとえば、あなたがアンドラの匿名口座に送金した二件の支払いとか。一件目は二週間前、二件目はガーラが殺された夜。このもうひとつの証拠のように——犯罪ブローカーのサルヴァドーレ・ベラコア、報酬をもらって殺し屋を必要とする依頼人に適任者を紹介してる男への支払い。その必要性は今年の三月から生じた。サルディニア島の警察は通称サルに事情を聴く。彼はあなたを売って、自分は助かろうとするでしょう」

ゴッテはコピーをひったくった。「送金先はサルディニア島の農場よ」

「ベラコアの農場、というか彼の隠れ蓑。わたしはたまたま彼の犯罪歴を持ってるんだけど、長いわよ。それよりあなたはクローンリンクでの初期のやりとりを見たほうがいいかも。あなたの依頼人が殺し屋から最初に受け取ったメッセージ。その殺し屋はブレイドって名前を使ってるんだけど、笑わせるじゃない、そいつのお気に入りの武器は刃《ナイフ》なのよ。そのメッセージは四月十九日付けで、一〇〇万ユーロプラス経費の支払条件を設定してある。さっき言った匿名口座にただちに半金を入れて、残りの半金プラス経費はミッション完了の証拠が届いたらただちに送金する」

イヴはさらなるコピーをテーブルに並べ、畳みかけた。

「どうぞ、やりとりの内容を読んで。そこでは雇われた殺し屋が標的の情報を尋ね、それを提供される。殺し屋は妻の愛人も消してほしいなら別料金で引き受けると申し出、依頼人は断る。そのプロの殺し屋はジョージ・トゥイーンによって探し求められ、雇われ、報酬を支払われ——その名前の隠し口座から支払われた証拠がある——犯行の二日前にニューヨークに到着したことが裏づけられてる。そしてそのやりとりのなかで、あなたの愚かな依頼人は妻がマーロン・ストウとワシントン・スクエア・パークで会うこと、その時間、公園内の待ち合わせ場所を殺し屋に教え、その時間にミッションを完了させるよう注文してる」

イヴはファイルごとテーブル越しに押しやった。「妻が愛人と別れようが、愛人と会う理由が最後の別れを告げるためであろうが、そんなことは関係なかった。あなたは妻に侮辱されたことが許せなかった。離婚は選択肢にない――金は妻のほうがごっそり持ってるから。それを手に入れるために残された方法は、妻を亡くした夫になることだった」

「そんなの全部でたらめだ！　証拠は全部捏造《ねつぞう》された。モデスト家がこの女をそそのかしたんだ！　この女に金をつかませたにちがいない。彼らは――」

「静かにして」ゴッテはぴしゃりと言った。「もうひとこともしゃべらないで。われわれは依頼人と話し合いたいと思います」

「そうでしょうとも」イヴは腰を上げた。「参考までに訊《き》きたいんだけど、トゥイーン、あなたの妻がモルグの冷蔵庫に入れられてるあいだに、あなたは妻が所有するトスカーナとフィレンツェの不動産を売りに出したの？　冷淡で、見え透いてるわね。頭も悪い」

「あなたは妻に会いにいこうとさえしなかった」ピーボディが立ち上がりながら言った。

「気にかけてるふりさえできなかった」

「ダラスとピーボディは退室します。記録停止」

廊下に出ると、イヴは壁にもたれた。

「一回戦から全部ぶつけるとは思ってませんでした」ピーボディがさっそく感想を述べる。

「ゴッテの顔を見た？　怒ってたわね。トゥイーンは彼女に嘘をついた、何から何まで嘘っぱちだった。彼女はそれが面白くない。彼の言葉が真実だとわかっていれば弁護したでしょう、それが彼女の仕事だから。だけど、彼は嘘をついた。そして今、彼が有罪であることも、こっちには証拠が山のようにあることも知った。そうなると、いかにうまく取引するかを考えなくてならない。もうひとりのほう、あの企業弁護士は？　彼は驚き、ショックを受け、うんざりしてる。次の対戦が始まる前に役目を降りるでしょうね」

「わたしはトゥイーンを観察するのに夢中で気づきませんでした。彼もショックを受けてましたよ。わたしたちが証拠を全部見つけたことに、彼の家に行って、電子機器を調べ、何もかも見つけたことに心底ショックを受けてました。彼は息子のことはひとことも言いませんでしたね、ダラス」

「そのうち言いだす。今はそれどころじゃないだけ。息子は目的を達成するための手段だもの。最後にはその手段を使おうとするわよ」

観察室のほうを見やると、レオとマイラが出てきた。

「間に合わせてくださったんですね」イヴはマイラに言った。

「充分聞かせてもらったわ。わたしは彼を純粋な社会病質者《ソシオパス》とは呼ばない。状況的ソシオパスね。妻に関して、彼には良心のかけらもない。彼女は悔悟の情や罪の意識を抱くに値しない人間だと思っているから。彼女は死んだ、死んで当然のことをしたから。自分は彼女が所有していたものを手に入れる権利がある。彼が連行されて怒ったのは、そんなことになるとは予想もしていなかったから。なんといっても、自分が直接手を下したわけじゃないんだから。彼はまだ恐怖を感じてないけど、まもなくそうなる。今はどうしてこんなに早く、あなたに何もかもばれてしまったのかを分析しているところ」

「傲慢なやつだからです」

「それはべつに損はないんじゃない?」レオが嬉しそうに言った。「ゴッテは取引を望むでしょう。彼女は自分が真実を何も知らされてなかったことに、猛烈に腹を立ててる。PI、ブローカー、プロの殺し屋ですって? 彼女はこの件で彼のためになんらかの役割を果たす余裕はあったかもしれないけど、今はそれほどでもない。彼を厳しく咎《とが》めてるはず。彼女が解雇されなかったら、取引しましょう。わたしは三十五年まで下げる必要はないかも。二〇ドル賭けてもいいけど、五十年で彼女に手を打たせることができるわね」

「コッブについて知ってることを聞き出せて、五十年で取引できたら、その二〇ドルにロークの超高級ワインをひと箱つけてあげる」

「それは公務員への賄賂《わいろ》と受け取られるわよ」レオは髪をふわりと揺らした。「もらうけど。そういうことなら、誰かフィジー飲みたい人いない? すごくチェリー・フィジーが飲みたくなったわ。わたしがおごる」

「わたしも入れてください」ピーボディが言った。

「最後に飲んだのはいつだったかしら」マイラが考えこんだ。「レモンをお願い」

「わたしはいいわ」イヴは鳴っているリンクを取り出しながら歩きだした。

数分後に戻ってくると、ピーボディのフィジーを横取りしてごくりと飲んだ。「ゲェ。この味はまるで――」

「チェリー風味の発泡水？」

「ちがう。今度わたしが飲みそうになったら止めて。ロークが匿名口座のデータを手に入れた。ローカン・コッブだった」

「どうやってそのデータを手に入れたの？」

イヴは踵《かかと》に体重を載せて体を揺すりながらレオを見つめた。「その件について公式に発表するとすれば、ロークは自分の影響力を使って、その金融機関の特に名を秘す職員から入手した、となる」

レオは自分のフィジーをごくりと飲んだ。「いいでしょう。ボスに状況を報告しなきゃ」

「ホイットニーにはもう報告したんだけど、地方検事《PA》や関係者に知らせるって言ってた」

イヴが黙りこんだとき、取調室のドアがあいて、バークレーが出てきた。「警部補。私は――おや、レオ地方検事補じゃないですか？」

「そうです」

バークレーはうなずき、女性たちをひとりずつ見ていった。そしてまた、うなずいた。

「ガーラ・モデストに正義をもたらすのにふさわしいかたがたのようだ。私は彼女をとても好ましく思っていた。私はもはやジョージ・トゥイーンの弁護士ではない、今回だけでなく今後も」

バークレーは両手をあげ、だらりと下げた。「その件についてはこれ以上言えない。尋ねたいことがあるのだが、捜査官、きみが先程言ったように、私の元依頼人は検死官に連絡を取っておらず、どうやらガーラの葬儀の手配もしていないらしい。なんらかの形で私に手伝えることはないだろうか」

「ご家族が今ニューヨークに来ています」ピーボディが言った。「彼らに任せておけば安心でしょう」

「よかった。それはよかった。私は……私は彼女を好ましく思っていたんだ」そう繰り返すと、バークレーは去っていった。

マイラはその後ろ姿を見つめていた。「死は、とりわけ殺人による死は、長い影を落とすものね。そろそろオフィスに帰らないと。必要になったら、いつでも戻ってくるから」

「ここはわたしたちで大丈夫です。でも、お力添えありがとうございます」

少しして、ドアがまたあいた。「依頼人の供述のために、検事局の代表者を要請します」

「ちょうどよかった。ここにひとりいるの」

レオが一歩前に出て、手を差し出した。「シェール・レオ地方検事補です。尋問を傍聴します」

「話し合いを持ちたいのですが」

「いいですよ。取調室で、記録したうえで行いましょう。あなたの依頼人を含め、当事者全員が話し合いの全容を知ることができるように」

「記録開始」ゴッテの脇を通って取調室にはいりながらイヴは告げた。「ダラスとピーボディは尋問を再開します。ここからレオ、地方検事補シェールが同席します。どうやら弁護士を解雇したようね、トゥイーン」

その傲慢な顔にはいくらか恐怖が横切ってもいるようだった。

「ミスター・バークレーはみずから弁護を外れたのです」ゴッテがきっぱりと言う。「依頼人が尋問に答えて事実や意見を述べることに同意する前に、事情を斟酌《しんしゃく》することを保証していただきたいと思います」

「取引したいの?」鼻でせせら笑い、イヴは座ったまま椅子を揺り動かした。「あなたをぶちこむものは揃《そろ》ってるのよ、トゥイーン、どうあがいても無駄ね。あなたは処罰されるの、厳重に。二回連続の終身刑、仮釈放なしで、地球外のコンクリートの檻に入れられる。取引はそれで決まりよ」

ゴッテはおもむろにテーブルの上で手を組んだ。「取引するのはあなたとではありません、警部補、検事とです。レオ検事補は複雑で長びく公判における費用、リスク、困難さを理解されていることと存じます」

「これも理解していますよ」レオはイヴのファイルを引き寄せて開いた。そして、殺し屋から送られてきたガーラの遺体写真とメッセージのコピーを取り出した。「法廷でこれをスクリーンに表示したら、陪審がどう反応するか」

今度は何気ないふうに、レオはファイルをめくった。「あなたの依頼人がPIを雇って妻を尾行させ、その料金を不正な手段で支払ったことも理解している。大局から見れば些細《ささい》なことだけど、陪審は舌打ちするでしょう。あなたの依頼人がイタリアのマフィアと関係があることで知られ、犯罪ブローカーの役割をしていた既決重罪犯に連絡し、プロの殺し屋を紹介させたことも――ちなみに、その支払いにも不正な手段を用いた――理解しています」

レオはイヴのやり方と同じように畳みかけたが、その口調にはかすかに南部のアクセントがあった。

「さらに、あなたの依頼人はこの殺し屋と連絡を取り合い、一〇〇万ユーロプラス経費を支払って、四歳の息子の母親である妻の腹を縦に引き裂いて殺させた。その殺害においては、妻が何時にどこにいるかという情報を殺し屋に与え、犯行を手助けした」

レオはファイルを閉じ、その上で手を組んだ。「ほかにもまだまだあるけど、まあ、これで充分でしょう」

「妻に裏切られた夫である依頼人に陪審員の同情を集める方法はいくつかありますし、仮に有罪と宣告されても、減刑は可能でしょう。ここで折り合いがつけば、被害者の家族や幼い息子は裁判による精神的苦痛やスキャンダルを避けることができます」

「被害者の家族には会ったわよ」イヴは口をはさんだ。「彼らは裁判になるのを喜ぶと思うけど」

「自分たちの娘に不実な妻という汚名を着せ、彼女の愛人を法廷に引っ張りだして二人の肉体関係について答えさせることになっても?」

あの冷ややかな目が、イヴの目を穴のあくほど見つめた。

「専門家が呼ばれて、私の依頼人の精神状態や一時的な理性の喪失について話し合うことになっても?」

「その一時的っていうのは六週間も続くの?」イヴは言い返した。「あなたはこの人間とは名ばかりの手前勝手な欲張りが、なんと一か月半ものあいだ、一時的に理性を喪失してたと主張して、裁判官と十二人の陪審員を納得させるつもりなの?　一時的にしてはずいぶん長いわね」

「合理的な疑いの可能性は生まれます。陪審の評決を不能にするにはひとりの陪審員がそう思うだけでいいのです。第二審になればさらに費用と時間がかかり、被害者の家族はさらなる精神的苦痛を受けます。いちばん罰したいのは、ナイフを使って彼女の命を奪った者のはずなのに」

「この人も手を下したようなものじゃない」

「でも、彼はやってない」ゴッテは鋭く言った。「それは証明できます。あなたもそれが事実であることはわかっている。依頼人が問題の人物に関する情報を持っているとしたら、それは価値があります。殺人の共謀罪、二つ目の容疑は取り消し、地球の刑務所で二十五年の懲役、二十年で仮釈放の可能性あり」

「だめよ！　なんとかして、レオ」

レオはイヴを手で制し、呆れた目をした。「無理ね。あなたの依頼人は妻殺しを委託し、報酬を支払った。妻殺しの下準備をし、妻が死んだ翌日に――おそらくは支払った報酬を埋め合わせるため――資産を現金化しようとした。罪は両方とも成立する」

「同時執行」

「却下。共謀した殺し屋につながる情報をあなたの依頼人が持っているなら、聞かせてもらいましょう」

「私は免責がほしいと言っただろう」

レオはさっと首をめぐらし、トゥイーンのほうを見た。頭が飛んでいかないのが不思議なほどの速さだった。「わたしはスティーヴって名前のプール係がいるコネティカットの豪邸がほしい。あなたのことは檻に入れる」レオは身を乗り出した。いつでも身にまとうことができる可憐《かれん》な花のイメージは消え去っていた。「わたしはあなたを終身刑二回にする。その檻があるのは気が遠くなるほど地球からはるか離れた宇宙のかなたよ」

「逐次執行」ゴッテが割りこんだ。「十五年ずつ」

「却下。餌《えさ》をくれないならわたしは帰る。あなたたちとは法廷で会いましょう」

「ローカン・コッブだ。彼は――」

「それ以上しゃべらないで」ゴッテは命じた。「餌ならあげる。十七年半ずつ、合計二十五年、わたしの依頼人がもっと餌をあげることに合意する前提で」

「却下。ピーボディ、悪いけどその人物を調べてもらえる?」

「はい。ピーボディは退室します」ピーボディは立ち上がり、部屋から出ていった。

レオは椅子に背を預けた。「わたしの考えはこうよ。まず最初に、あなたの依頼人が嘘つきかどうかを確かめる。彼がすでに嘘をついたことは証明されたけど。この場合、ローカン・コッブがいかにもベラコアが仲介しそうな人物であると判明し、当局がその人物を取り押さえ、本件に関して逮捕・起訴することにつながる情報をあなたの依頼人が提供すれば、それぞれの罪に対して三十年ずつの逐次執行にしてもいいわ」

トゥイーンとイヴが同時に叫んだ。

「それじゃ六十年じゃないか！　終身と同じことだ！」

「それじゃ六十年にしかならないじゃない！　ふざけないで、レオ、ぐうたらなへっぽこ法律家のたわごとを聞いてる暇はないの。この罰当たり野郎はわたしたちの手中にあるのよ」

どちらの文句にも取り合わず、レオはゴッテを見つめつづけた。「ガーラ・モデスト殺害には二人の人間が関与している。わたしは二人ともほしい」

「刑を終える頃には依頼人は百歳を超えているでしょう。そこからの余命は二十年もありません——しかも長い刑務所暮らしの影響は考慮せずにです。それぞれの罪に対して二十五年ずつ、いずれも模範囚の場合は二十年に減刑の可能性あり」

イヴはさっと立ち上がり、毒づいた。「まったく、どっちも役に立たない法律家ね。わたしならそいつをやすやすと差し出してやれるのに」

「それぞれの罪に対して二十五年ずつ」レオは同意した。「いずれも模範囚の場合は二十年に減刑の可能性あり。ただし、その情報が正しいもので、先に述べた条件を満たす場合に限る。もしあなたの依頼人が情報の一部を隠したり偽ったりしたことが判明した場合、この取引は無効になります」

「地球の刑務所」

「その可能性は万にひとつもない。ミズ・ゴッテ、これが法廷に持ちこまれたら、依頼人が一生出られないことはあなたもわかっているでしょう。あなたは裁判官と陪審員を説得して減刑することに一縷《いちる》の望みをかけているかもしれないけど、わたしが申し出た数より減らすことはできない。しかも彼は減刑されるはずの年月の大半を拘置所で過ごし、裁判を待ったり受けたりすることになるでしょう。これよりましな取引は望めないわね」

「五十年も刑務所にいられないよ」

トゥイーンは震えだした。恐怖のせいばかりでなく、苛酷《かこく》な現実が身に染みてきたのだろう、とイヴは思った。

「少し依頼人と二人きりにしてください」

「ダラスとレオは退室します。記録停止。バカじゃないの、レオ」と毒づきながら、イヴは廊下に出た。

ドアが閉まると、イヴは振り向いた。「わたしが女にその気があって、この州で複婚制が認められてたら、迷わずあなたと結婚するわ」

「あら、お褒めに預かって嬉しいわ。二〇ドルちょうだい。ワインのほうもあなたの言葉を信じてる」

イヴはポケットを探って二〇ドル札を取り出し、レオの手のひらに叩きつけた。「あなたってほんとに、ぐうたらなへっぽこ法律家ね」

「おーい」ピーボディが廊下を小走りでやってきた。「ちょうど取調室に戻ろうとしてたんです。コップの顔写真とデータは揃いました」

「この人は五十年をもぎ取った」

「やったー！」ピーボディは拳を差し出した。

「あとはトゥイーンがわたしたちの知らないことを提供できるかどうかね」

「彼は殺し屋の名前を知ってましたよ」ピーボディは指摘した。「スタートは上々ですね」

「スタート地点からフィニッシュ地点まで道中長いわね」イヴは両手をパンツのポケットに突っ込んだ。「フィニッシュはコップを捕らえること。トゥイーンが彼のことをどこまで知ってるかは、その途上にすぎない」

「トゥイーンは実感がわいてきてる」レオが核心を突いた。「自分が直面してることの厳しさをようやく理解しだした。五十年はぞっとするけど、ほかの道を選んだらもっとひどい目に遭う。それに彼の鼻先には、檻のなかで良い子にしてれば四十年に減らせるという人参がぶら下がってる。ゴッテは知ってることを洗いざらいしゃべるか、ほかの道を選ぶかの二択しかないことを諄々《じゅんじゅん》と説いて聞かせてるでしょう。コッブがニューヨークに留まることについて、どのくらい確信があるの？」

「彼の本命はロークよ。それは仕事じゃない、個人的な問題」

「だとしても、彼はロークの本拠がニューヨークだということはとっくに知ってたでしょ。なんで今なの？」

イヴはふうっと息を吐き出した。「ロークはアイルランド人。コッブもアイルランド人」

レオは小首をかしげた。「それで？」

「彼らは――ただの私見だけど、アイルランド人ていうのは……」イヴはポケットから両手を引き出し、宙でぶらぶら揺らした。「迷信深いっていうのとはちょっとちがって、なんだろう――」イライラして、また言いよどむ。「うまい言葉が見つからない。だけどわたしたちにわかってるかぎりでは、コッブは二十年前に初めてニューヨークで仕事をした――たぶんロークに関する情報が得られると判断して引き受けたんだと思うの。そしてまた仕事を引き受けたとき、犯行現場に誰がいたか？　ロークよ。彼にとっては暗示のようなものだったんじゃないかしら。彼はアイルランド人だから、それは暗示なのよ。ローク、ロークの警官、仕事の成功。今こそそのときだ、と天啓のようにひらめいたのね」

「ちょっと怪しいけど筋は通るわね」

「完璧に通りますよ」ピーボディが断言した。

イヴはピーボディを指さした。「フリー・エイジャーだから、そういうのは共感できるんでしょ」

イヴは話をやめた。ゴッテが取調室のドアをあけた。「依頼人は取引を続ける準備ができました。冷えたスプリングウォーターがほしいそうです、炭酸抜きで」

「スライスしたライムを添えて?」

ゴッテは気むずかしい顔でイヴを見つめただけだった。

「わたしが取ってきます。あなたにも何かお持ちしましょうか、ミズ・ゴッテ」

「ありがとう、捜査官。グリーンティーを、甘味料抜きで」

ピーボディが去っていくと、イヴとレオは取調室に戻った。

「記録開始。ダラスとレオはトゥイーンおよびゴッテとの話し合いを再開します」

テーブルの上で手を組んだゴッテは、なおも気むずかしい表情を浮かべていた。「依頼人は幼い息子のためにあなたがたの心に訴えたいことがあります。依頼人の息子はまだほんの四歳です。地球で服役すれば、その無邪気な幼い息子は定期的に父親と触れ合うことができます」

「あの子には私しかいないんだ」トゥイーンの声は震えていた。その目は涙を浮かべようとしてきらめいていた。

「ローカン・コップを雇って妻を公園で殺させる前に、そのことを考えたほうがよかったみたいね」

「それは別にして」ゴッテはイヴに切り返した。

「別じゃない。未成年の子供の母親が死んだのは、あなたの依頼人が報酬を支払ってそうさせたからよ。ベスト・ファーザー賞をもらう資格はないと思うけど」

「彼はそれでもその子の父親であり、法的な保護者なのです」

「ちがう。彼は実の父親であることに固執してるけど、彼はもはや未成年の子供の法的な保護者ではない。監護権はステファノ・モデストと妻のテレーザにある。ガーラ・モデストが遺言ではっきり指定してるから」

「もちろん家庭裁判所に持ちこむことはできるわよ」レオが言い添えた。「でも、あなたも知っているとおり、監護権のほうが強いでしょう。取引はまだ有効よ。条件を呑むのか呑まないのか決心して」

「私はあの子の父親なんだ！」

「彼女はその子の母親だった」イヴは言い返した。「あなたはその子を母親のいない子にした。それでもいい父親だと言える？」

「彼女は浮気した、私を騙《だま》した」

「だから殺したのね」腰を上げながら、テーブルをつかんだ両手に力を入れて身を乗り出す。「取引をほっぽりなさいよ。ぜひそうして。そうすれば傲慢で欲の深い人殺しのあなたを永久に檻に閉じこめられるから。あなたは何度息子の信託財産を調べて、母親を消したあとにそれを横取りする方法を探したの？　わたしたちには見つからないとでも思ってるの？あなたにとっては息子もただの金のなる木にすぎないことも、わたしたちにはわからないと思ってるの？」

トゥイーンの目にさっと怒りが浮かんでから散っていき、イヴは図星をさしたことがわかった。

ゴッテも一瞬の怒りに気づき、トゥイーンの腕を握り締めた。「われわれは記録したうえで提示された条件で取引に応じます」

ピーボディが入室を宣言してはいってきて、水とお茶をテーブルに置いた。トゥイーンは震える両手で飲み物を持ち上げた。

「ローカン・コップについて」イヴはピーボディのほうを向いて言った。「捜査官？」

「ローカン・コップ四十二歳、アイルランド国籍、ダブリン出身。母親はモーナ・コップ六十三歳。父親は不明」

ピーボディはスクロールしていたPPC画面から顔を上げた。「コッブは未成年時の非行歴があり、大人へと成長するにしたがって悪事はエスカレートしていきました。彼は複数の国際法執行機関の要注意人物リストに載っています。本名およびさまざまな偽名で、ヨーロッパを本拠とするプロの殺し屋として知られています。目下われわれは国際法執行機関のデータを集めているところです。ホイットニー部長とEDDのフィーニー警部は二十一年前にニューヨークで起こった、家宅に侵入して成人二人と十代の息子を殺害した事件を捜査しましたが、容疑者であるコッブを逮捕できず、事件も解決に至っていません」

イヴは椅子の背にもたれた。「あなたはどうやって彼を見つけたの?」

「妻はほかの男と肉体関係を結んでいたんだ」

「それは立証された。もう知ってる。先に進んで。どうやってローカン・コッブを見つけて、どうやって彼に連絡したの?」

「ベラコアだよ。ステファノのせいだ! あいつがその名前を教えたんだ。そうじゃなかったら、私がベラコアなんて知るはずがない」

「あなたは共謀者としてステファノ・モデストの名を挙げてるの?」イヴは鋭い口調で訊いた。「彼は殺し屋を探すのに協力してベラコアの名前を教えたということ? 嘘をついたら、減刑はないわよ。覚えておきなさい」

「彼は冗談で言った。そうやってそれを私の頭に吹きこんだんだ。妻はあの画家と寝ているし、おまけにトスカーナに帰りたいと泣きごとを言う。我々がニューヨークに来たのは、私が責任者としてふさわしい者になったからだ。なのに彼女は故郷に帰りたいだの、もうひとり子供がほしいだの、パートタイムで仕事に復帰したいだのと愚痴をこぼした。いつも自分の望むことばかり、あげくにどこかの三流絵描きとの情事を欲した。私のキャリア、私の人生は危機にさらされた。私は自分の身を守らなくてはならなかったんだ」

「彼女は情事を終わらせたのよ」

「毎日あのくだらない絵をうっとり見つめ、泣きごとを繰り返す。彼女はきっとあの男のもとへ戻っただろう。そうなったら私はどうなる？　妻の家族は彼女の肩を持つに決まっている。彼らは常に彼女の味方なんだ」

「だけど、妻の死を悼む夫のことは支えてくれるでしょ」

恐怖を突き抜けて怒りが浮かんだ。「彼女はふしだらな真似をしたんだ！　私は被害者なんだ。だが、彼らは私を追い出そうとするだろう。何十年も働いて、彼らに尽くし、彼女に尽くした私を追い出すだろう」

「だからベラコアに連絡したのね」

「可能性を探るために。彼は私の問題を理解してくれた。彼は紹介できる人物がいると言った。向こうから連絡させてもいいと。どうすればいいかを私に教え、料金を告げた」

イヴはうなずいた。「彼は具体的にあなたにどうしろと教えたの?」

「クローンリンクを手に入れて、確保しておけと。ベラコアには現金で支払うか、農場宛に送金することになっていた。そんな多額の現金は持ってなかった。私はそれだけの金を送るには事前にもっと情報がほしいと言った。そうしたら彼はローカン・コッブのことを教えてくれたんだ」

8

「彼は仲介料もまだもらってないのに、コップの名前を教えたの？」

「私はワインを手土産に下げていった。ボトルは彼がほとんどあけたよ。彼は高齢で、自分の栄光の時代を語りたがる男だった。私は耳を傾けた。やがて、ローカン・コップは自分が仲介したなかでも屈指の殺し屋だと彼は言った。プロとして二十年以上の経験があるとか、初期の訓練はダブリンでアイルランド人ギャングから受けたとか。一〇〇万ユーロプラス経費は高額だが、それだけ払う価値はある。どれほど調べても私までたどりつくことはない、と請け合った。嘘つきめ」トゥイーンは拳で続けざまにテーブルを叩いた。「嘘つきめ」

「コップからの連絡方法は？」

「私はベラコアにクローンリンクの連絡番号を送った。彼は毎日チェックしろと言った。コップが連絡してくるだろうから。もしなんらかの事情でコップに断られたら、ベラコアが別の人間を紹介してくれることになっていた。彼は私がコッブの名前を——本名を——知っていることを相手に知られてはいけないとも言った。万一知られたら、ベラコアも私も喉を切り裂かれるだろうと言って笑っていたよ」

トゥイーンはそこで水を飲んだ。「私はコッブと会いたいと要求したんだが、ベラコアは俺を信じろ、ローカン・コッブと直接会うのだけはやめろと言う。彼は私の妻を殺すが、私のところにもやってくる恐れがあるとね。だから私はせめて話し合いたいと要求した、面接みたいなものだ。そんなのおかしいだろとベラコアは考えたが、私はそれならこの話は終わりだとつっぱねた。向こうが折れて、私にクローンリンクを二台用意しろと言った。コッブに一台目のリンクに連絡させ、話ができるようにする。話がついたら私はそのリンクを破壊し、その後の連絡は二台目のリンクでメッセージをやりとりする」

「それで?」

「最初にベラコアからメッセージが届いた。日時だけが書かれていた。自宅のオフィスでドアに鍵をかけて待っていると、コッブから連絡が来た。ビデオはブロックされていたが、我々は話し合った。彼は私の妻と例の画家の特徴を知りたがった。私は前金を支払う前に彼の経験や実績を知りたかった」

トゥイーンはまた水を取り上げた。顔は青ざめ、汗が光っていた。「コッブは——それを面白がったようだ。私に名前と場所と日にちをいくつか告げ、このリンクを使って検索してみろと言った。彼が待っているあいだに検索すると、どの事件もヒットした。どれもヨーロッパで、みんなこの一年以内に殺されていた。未詳の単独もしくは複数の犯人によって。

我々はもう少し話を続けた。コッブは自分が仕事を引き受けることになったら、前金をどこにどんな方法で送ればいいか知らせると言った。そしてこのクローンリンクを破壊するよう念を押した。私が指示どおりにしなければわかるし、無料で私を殺すと言った。この会話のコピーを作ろうなどと考えたら、彼にはそれがわかるし私を殺すと言った」

「そのクローンリンクは破壊したの？」

「ああ。オフィスのリサイクラーに放りこんで、スイッチを入れた。しかし……」

イヴは脈が速まるのを感じた。「コピーを作ったのね」

「会話をしている最中に作った。私はそれも廃棄しようとした。彼が恐ろしかったことは素直に認める。だが、私は証拠がほしかった。記録がほしかったんだ」

「そのコピーはどこにあるの？」

「きみが持っている」

「わたしが？」

「というより、警察が持っている。逮捕手続きのときに全部取り上げられたから。名刺用ケースを二重底にして、そこにマイクロディスクをしまっておいたんだ」

イヴがそちらを向くより先に、ピーボディは立ち上がっていた。

「ピーボディは退室します。続けて」イヴはトゥイーンをうながした。

「それ以降はメッセージだけでやりとりした。彼が指示を送ってきたので、私は前金を振りこんだ。ニューヨークに着いたという連絡が彼からあったとき、私は――セキュリティが証明しているように――私が自宅にいるときにやってほしい、妻はよく夜にフィットネスセンターに行くから、彼女が出かけたら知らせると伝えた。しかし、妻が例の画家からメッセージを受け取り――私は彼女のリンクを監視していたんだ――あの公園で会う約束をした。私はコップにその時間を知らせた。画家も割引価格で殺してやろうかと持ちかけられたが、私はもうそれ以上払うつもりはなかった。ゆうべ妻は出かけ、やがて……私はそのクローンリンクも一台目のように破壊すべきだったが――」

「証拠がほしかった」イヴはあとを引き取った。

「彼女はきっと私を破滅させただろう。それがどういうことかわかるか?」激しい怒りと恨みに、顔がどす黒く染まった。「私を破滅させた。それもこれも街で出会った男のため、その男がつまらない丘の絵を描いたという理由だけで。彼女は私に対する義務があったのに」

「いいでしょう。コップはあなたに彼女を殺した証拠と、残金プラス経費の支払先を送った」

「私は経費の詳細とそれを証明するものを頼むべきだったが、彼に刃向かったりケチをつけたりしたら、彼はひょっとして……」

トゥイーンは水を飲み干した。「彼は危険な男だ。殺し屋だ。警察は彼を見つけられない。彼を逮捕できない。彼はまんまと逃げおおせ、私は何もかも失うんだ。そんなの正しくない、不公平だ」

取調室のテーブルに額をつけ、トゥイーンは赤ん坊のように泣きだした。

イヴは立ち上がった。「取引がまとまったら彼を監房に連れ戻す警官をドアにつけておくわ」イヴはふざけてレオをにらみつけた。「どうやら取引なんてこっちには必要なかったみたい。ダラスは退室します」

聞こえよがしに言うレオの声が聞こえた。「警官っていうのはまったく、しょうがないわね」

大部屋《ブルペン》に戻りはじめると、証拠品袋を持ったピーボディが急ぎ足でやってきた。「彼が言ったとおりのところにありました。サインして借り出してきました」

「じゃあ、聞いてみましょう」

ブルペンを見まわすと、部下の捜査官たちは全員席についていた。

「宇宙からキラーニンジャが襲来しないかぎり、みんなここにいて」イヴは告げた。「十分だけ待ってて」

オフィスにはいり、証拠品袋を受け取ってディスクを取り出した。「コーヒー」と命じて、マイクロディスクをコンピュータに挿しこむ。「音量最大」

カチッという音がして――レコーダーが作動した。

〝はい。ジョージ・トゥイーンだ〟

〝ブレイドと呼んでくれ。共通の知り合いの話じゃ請負人を必要としてるそうだな〟

これであいつの声がわかった、とイヴは思った。アイルランド訛《なま》りはロークよりきつく、口調も荒っぽい。

〝まあね。あなたの資格について知っておきたいんだ〟

〝ほう、そんなものなら十二分にあるし、俺自身のことを少し話してやってもいいが、その前に、あんたの女房について教えてもらおうか。俺は仕事を受けるときにはまず裏と表を知っておきたいんだ。あんたの女房が財産と美貌に恵まれてることは調べがついた。だがな、ミスター・トゥイーン、彼女を動かすものはなんだ？　彼女が心躍らせるものは？　詳しく説明してくれ〟

その要望に応えようとしているのを聞いて、イヴは悟った。トゥイーンは結婚して子供まで作ったあげく殺そうとした女性について、何も知らないばかりか理解しようともしなかったのだ。トゥイーンが語ったのは彼女の素性、家族経営のビジネス、彼女のイタリア、とりわけトスカーナへの執着――彼はその言葉を使った――についてだけだった。

コップもイヴと同じことを悟ったらしく、もう少し深い情報をなんとかほじくり出そうとし、絵画とフィットネスと家業に興味があること、ハウスキーパーへの愛着、息子への献身を聞き出した。

そうした情報には、妻の浮気、その結果彼を破滅に追いこんでいること、妻の愚痴や文句や気鬱《きうつ》に対する非難が縦横にちりばめられていた。

〝さてと、たしかにどれも興味深い話だったが、もうひとつ訊いておきたいことがある。なぜ自分でその女を殺さないんだ、ミスター・トゥイーン？〟

〝私は人殺しではない！〟

〝いいか、これは覚えておけ、ミスター・トゥイーン、俺に言われたとおりにしなかった場合、あんたが注意深く利口にふるまわらなかった場合、俺があんたの仕事を引き受けたとしても、警察はあんたを人殺しだと思うだろう〟

〝まだあなたを雇ったわけではない。そうだろう？　私はあなたの資格について知っておきたいんだ〟

〝さっきもそう言ったな。いいだろう、こういうのはどうだ。ウルガ・ロミノフ、ブダペスト、昨年六月。ナイジェル・ハリス、ロンドン、昨年十一月。ジュリエッタ・レファージ、カンヌ、二月。もちろんもっとあるが――俺は売れっ子だからね――その三件がおまえの基準を満たさないなら、このビジネスはなかったことにしよう。このクローンリンクを使って検索してみろ。待っててやる〟

「待機時間は飛ばして、音声を再生して」イヴは命じた。

コーヒーを飲みながら残りを聞き、トゥイーンの供述が基本的には真実であることを確認した。

「ピーボディ――」

「検索できました。ロミノフ、ウルガ三十八歳。複数の刺し傷――とどめの一撃として喉を掻《か》き切られてます。六時間を超えると推定される拷問の痕跡《こんせき》あり。被害者はヴァンダム薬品の社員で、高い専門知識と機密情報を持つ化学者でした。六年前に結婚。彼女の妻は外科医で、彼女の失踪届を提出していますが、容疑者ではありません」

「拷問ね。情報を知りたがる者がいた。仕事の関係者かも」

「ハリス、ナイジェル六十一歳。喉を掻き切られて死亡。宝石商。閉店後に店内で襲われた。警察は強盗を阻止しようとしたためとにらんでます。宝石が何点かなくなっていて、ショーケースも壊されてました。十二年前に離婚、元妻は再婚してバースで暮らしてます。相続人である息子は犯行時刻にはパリにいたが、二人のあいだには意見の不一致があった。息子は取り調べを受けましたが、アリバイが成立しました」

「そりゃそうでしょ」

「レファージ、ジュリエッタ四十九歳。人権弁護士。十四年前に結婚、子供は三人。面会を終えて夜遅く帰宅し、自宅のドア先でモデストのように腹部を切り裂かれました。夫と同僚は彼女が東ヨーロッパを拠点とする性的人身売買グループの摘発に取り組んでいたと供述してます」

「わかった、その情報をみなで共有する――それぞれの事件ファイルが必要ね。コップがとんでもない資格証明書をくれたから、それを利用しましょう」

イヴはコーヒーを脇に置き、ディスクを証拠品袋にしまい、それをファイルバッグに入れた。「行くわよ」と声をかけ、ブルペンに戻った。

「コップのファイルをスクリーンに表示して」とピーボディに指示する。「みんな、しっかり聞いて！　目下あなたたちが何に取り組んでいるにしても、全員、これに参加してもらう。ローカン・コップ。彼を映して、ピーボディ。みんなよく見て。われわれの対象はプロの殺し屋で、お気に入りの武器はナイフ。ダブリン生まれ、活動拠点はヨーロッパ、彼は二度目と思われるニューヨークにやってきた。そして一〇〇万ユーロ少々をもらい、この女性を殺した。ガーラ・モデスト、昨夜ワシントン・スクエア・パークで殺された。夫のジョージ・トゥイーンは妻殺しを命じ、報酬を支払い、まもなくオメガ星で二回連続の懲役二十五年の刑に服すことになる」

「彼に吐かせたんですか？」

イヴはサンチャゴにうなずいてみせた。「絞って、ひねって、ひっくり返して、残りも全部吐かせた。もし――」イヴはホイットニーがはいってきたのを見て、話を中断した。「部長」

「続けてくれ」

「もしあの欲深野郎から絞ってひねり出した情報が真実だとわかれば、彼は五十年の服役。

真実じゃなければ終身刑二回。いずれにしても、トゥイーンはまだ目標の半分にすぎない。コッブはこの二十年間、殺しで暮らしを立ててきたとして知られている。われわれは必ずやガーラ・モデストで被害者は最後となるよう全力で事に当たる」

「俺たちはヨーロッパに行くのか」バクスターが考えこんだ。

「まだ緊急出動バッグはつかまないで。あらゆる点から、コッブが今もニューヨークにいて、しばらく滞在するつもりであると考えられる」

「もうひとりターゲットがいるんですか」ライネケが訊いた。

「そう、個人的な標的。ロークよ」

ライネケは目を細めて首を振った。「そりゃ無理だ」

「絶対無理にするのよ。ロークとコッブはダブリンにいた少年時代に知り合いだった。コッブはパトリック・ロークのことを実の父親だと主張し、彼の子分になった」

「家族的類似は見当たらないわね」カーマイケルが感想を述べた。

「見当たらない。それに、その主張を裏づける証拠は今のところ何もない。気にしなくていいわ」イヴは付け足した。「コッブは昔からずっとそう思いこんでるから、ロークのことをライバルであり、障害であり、敵であると見なしている。モデストが殺され野次馬が集まる現場で、彼はロークに自分の姿を見せつけた」

「あの野郎、こてんぱんにやっつけてやる。失礼」バクスターは手を振った。「ロークだったらどうするかなと想像しただけだよ」

イヴも同じことを思った、まったく同じことを、だけど……

「ローカン・コッブを見くびってはだめ。彼は世界じゅうの法執行機関を出し抜いてきたの、思いつくかぎりのアルファベット機関も」

「NYPSDはそうはいかない」ジェンキンソンが言った。

「だが、彼には逃げられたんだ」ホイットニーはそこへやってきたフィーニーにうなずいた。「二十年前。正確には二十一年前の先月のことだ。フィーニー警部と私はやつの事件を担当した。報告書があるから、よく読んでくれ。ドクター・マイラのプロファイルにも、じっくり目を通せ。モデスト事件についても。トゥイーンのことはよくやってくれた、警部補、捜査官」

「恐れ入ります。とはいえ、彼はマヌケでした」イヴは言い添えた。「コッブは指導者になれる器とは思えませんが、鋭い直感を持っています」

「私はこの部署、民間の専門コンサルタントを含めたこの部署とともに、その直感と日夜闘う。コッブは私の管轄に新たな死体を残して逃げおおせることはない」

「ええ、それはありません」

「彼は我らが民間コンサルタントや警部補を脅して罰を逃れることはない」

「やつに脅されたのか、LT」ジェンキンソンが腰を上げ、背筋を鋼鉄のように伸ばした。

「脅してくるだろう」イヴが答えるより早く、ホイットニーは言った。「それがやつのパターンだ」

「クソ野郎、ぶっ倒してやる」怒りに燃えるジェンキンソンの顔は、彼のネクタイよりもまぶしかった。「クソッタレ野郎、クソでも食らいやがれ！　クソ、クソ言ってすみません、部長」

「頼りにしている。あのクソ野郎を倒してくれ」ホイットニーは向き直った。「警部補、私は国内外の警察や情報機関と話し合った内容を伝えようと思ってやってきた。きみさえよければ、ここで説明したいのだが」

「どうぞご遠慮なく」

「きみたちには書面にした報告を配布するが、ここで手短に説明する。私はFBI、国土安全保障省、CIAおよび、ヨーロッパ各国、オーストラリア、南アフリカ、アジアのそれらに相当する法執行機関と連絡を取り合っていた。ティブル本部長にはすでに説明してあり、いくつかの会話にも参加してもらった。ダラス、本部長はこの件に関することならいつでもきみの求めに応じてくれる」

「ご厚意に感謝します、部長」

「ローカン・コップ」ホイットニーはスクリーンをじっと見つめた。「彼のさまざまな偽名は報告書にリストアップしてある。彼は四百四十三件の殺人において、重要参考人もしくは容疑者になっている」

「部長」若くひたむきなトゥルーハートが手をあげた。「今、四百四十三件と言われましたか？」

「そうだよ。二十四年間で。それが彼のプロ歴だということで大方の意見は一致しており、平均で一年に十八人殺している計算になる。情報部員や法執行官《LEO》のなかにはそれより多いと見なす者もいるが、世界じゅうで彼の仕業だと知られている、もしくは大いに疑われている数は四百四十三だ」

カーマイケル捜査官はＰＰＣにメモを取っていた。「地球外はなしですか、部長？」

「ゼロだ。なぜかというと、情報部の話によれば、彼は宇宙の旅を恐れているからだそうだ。近年の彼の報酬は一〇〇万から二〇〇万ユーロプラス経費。ブローカーか信頼できるコネを介して仕事を請け負っている。至近距離からのナイフによる殺し方を好む。噂《うわさ》によると、相当数のナイフのコレクションを持っているようだ。彼はまたモデスト事件でも明らかにしたように瞬殺を好むが、追加報酬をもらえば、じっくり殺したり拷問を加えたりすることも厭《いと》わない。依頼人がターゲットに苦痛を味わわせたいと望んだり、ターゲットから情報を引き出したいと望んだりする場合だ。彼の母親は」ホイットニーはさらに続けた。「まだダブリンに住んでいる。もっとも、無許可で売春をし、その後公認コンパニオンの資格を取って街頭に立っていた頃よりは、はるかに快適な暮らしをしているが、ここ二十年息子からの連絡はないと言っている。当局は母親の口座に半年ごとに振りこまれる金の出所はたどれていない」

「ママの面倒を見てるってことか」バクスターが口をはさんだ。

「そのようだな」

「母親は長年にわたって何度も事情聴取されてきた」フィーニーが説明を加える。「電子機器は押収され、解体された。だが今のところ、コップにつながるものは何も見つかってない。なぜか？　いちばん有力なのは、あの親子はめったに連絡を取らず、取るとしてもなんらかの暗号を用いているという説だ。母親が息子の居所を知ってるとは思えない」フィーニーはイヴを見た。「彼女はいまだにパトリック・ロークとのあいだに子供ができたと主張してる。それ以外はだいたい口を堅く閉ざし、自分の胸にしまってる。旅行するのはたいがい冬で暖かい気候の地域へ行く。コップはダブリンの母親の家付近でも、母親の旅先でも誰にも目撃されてない。報告書にも母親のことは載ってるが、要点はざっとそんなところだ。部長？」

「コッブはヨーロッパ各地で、たいがい事後に目撃されている。ときには髪を染めたり、ウィッグをつけたり。顔認識システムに引っかからない程度の最小限の変装をすることもある。高品質の偽造パスポートや信用証明書を山ほど持っている。我らが専門コンサルタントは、これまでのところアルファベット機関が発見できなかった二件の匿名口座を見つけ出し、コッブのものであることを確認した。彼はおそらくほかにもその種の口座や金庫を持っているだろう。二件の匿名口座の動きは目下監視されている。情報部は彼がいい暮らしをし、よく旅に出ると言っているが、一か所に長く留《とど》まることはないようだ。彼には既知の仲間や友人もいなければ、ただの仕事仲間もいない」

「彼はニューヨークでホテルは使わないでしょう、モデストを殺したあとでは」イヴが発言した。「ロークを殺す方法を考えているあいだは使わないでしょう。口をはさんですみません、部長」

「きみの意見は正しい。我々の聞いているところでは、彼は一泊か二泊以上長くホテルを利用することはめったにないそうだ。長期滞在には家具付きのアパートメントか家を借りるのだろう」

「家ですか」イヴは言った。「彼にはスペースが必要でしょう。モデストだけが目的ならアパートメントを借りるか、ホテルに泊まったかもしれませんが、今は人目につかない自分だけの空間を欲していると考えられます。ロークをあっさり殺したくないから」

「あるいはきみを、だな嬢ちゃん」フィーニーが言った。

「あるいはわたしを。彼にはきっとある程度時間が必要です。人生の目標やら何やらのために。乗り物についてはどうですか、部長？　彼はどうやって足を確保しているのでしょう？」

「彼は運転するのが好きだ。ヨーロッパではよく仕事に車を使うらしい、かなりの距離があってもね」

「自分でコントロールできるから」イヴは推測した。「プライバシーが保てて、自由も利く」

「彼はシャトルも操縦できる。一度シャトルのパイロットを殺して当局の網をかいくぐったことがある。そのパイロットに成りすまし、二十人のビジネスマンをロンドンから会議がおこなわれるプロヴァンスのリゾート地まで運んだんだ。当局が死体を発見し、入れ替わったことに気づいた頃には盗んだ車に乗っていた。その車はヴェネツィア郊外の駐車場に乗り捨てられていた」

「巧妙ですね」イヴは感想を漏らした。「巧妙きわまりない」

「巧妙なやつだ。そういった報告はまだまだある。きみはインターポールのアバナシー警部と連携して捜査を進めてくれ。彼は明日こちらに着く予定だ」

イヴは背骨のあたりがむずむずしたが、気にしないことにした。「共同捜査ですか」

「モデストは我々の街で殺された。コップの次の標的は我々の仲間で、我々の街の住民だ。我々はインターポールを招請したが、捜査の指揮を執るのはきみだ。アバナシーは八年近くコップを追ってきた。あらゆる面で手を貸してくれるだろう。これはきみの事件だよ、警部補。ここにいるのはきみの警官たちだ。最後に、この捜査で超過勤務が発生したらどんな場合でも許可する。この期間中きみにはフィーニー警部をつける。私もできることならなんでも手を貸そう」

「ありがとうございます、部長」イヴはフィーニーのほうを向いた。「イタリアの警察に当たって、ベラコアの電子データ、記録、通信のやりとり、金銭面を確認してもらえる？」

「いいとも。マクナブがほしいかい？」

「彼がいると助かる。カーマイケル捜査官とサンチャゴは過去一週間以内にヨーロッパからニューヨークに到着した乗員ひとりのプライベート・シャトルを調べて。ニューヨーク発のキャンセルとレンタカーも調べて照合すること。バクスターとトゥルーハートは同時期に高級ホテルにチェックインした男性ひとり客を。ジェンキンソンとライネケは最近の一軒家または専用エントランス付きのタウンハウスを。コップはモデスト殺しを引き受けたとき、乗り物や滞在先を予約したはずなの」

総動員体制で捜査に当たる。それでも、やらなければならないことが多すぎる。

「フィーニー、カーマイケルとサンチャゴと一緒にレンタカーを調べてくれる者を貸してくれない？　コッブは車で移動するのが好き、わたしかロークを殺す前にしばらくもてあそびたいなら、わたしたちを運ぶ乗り物が必要になる。たぶん広い貨物エリアがあるバンか全地形対応車だと思う」

「よしきた」

イヴはスクリーンを振り返り、コッブの写真を見つめた。「彼は時間を無駄にしたくない。だから機会は逃さず活かすかもしれない。車を盗む、家を乗っ取る、なかにいる者は誰でも殺して。盗難車、行方不明者も調べないと」

「それは私がやろう」ホイットニーが言った。

「ありがとうございます。ピーボディ、わたしたちは部長の報告書にあるコッブの既知の仕事仲間から始める。さらに深く調べて、彼らの仕事仲間を見つけ出す。ニューヨークとなんらかのつながりのある者、最近ニューヨークにやってきたことのある者、母親がニューヨークに住んでる警察官の元カレの遠い親戚がいる者などなどに注目する。

コッブはダブリンの路地裏で立ちションしてたドブネズミ時代から警察のまわりをうろちょろしてた。どんな警官をどんなときに利用すればいいかを知らなければ、誰もそんなことはしない」

イヴは向きを変え、部下たちを見まわした。「あなたたちは情報提供者《CI》と話し、密告者からたっぷり聞き出して。現在抱えてる事件は優先させ、この事件をどこかに割りこませる。ここでもいいし、自宅でもいいけど、これに取り組むこと。担当してる事件で応援が必要なら手配するから。

カーマイケル巡査、この捜査は制服組の頑張りが重要になる。あなたがローテーションを組んで。人の手が必要なら借りなさい。最後に、あなたたちがつかんだ情報はすべてわたしの耳に届くようにすること。あなたたちが知ったことはすべてわたしも知ってること。捜索開始」

イヴはピーボディの席まで行った。「仕事仲間から始めて。わたしはトゥイーンの尋問と取引の報告書をまとめ、それからモデスト家の滞在先に寄って経過を伝え、ほかにわたしが知っておくことがないか確認する。あとの仕事は自宅でやる」

「トゥイーンの報告書ならわたしがやれます」

「わかってる」

フィーニーがイヴの肩を軽く叩いた。「ちょっときみのオフィスで話せるかな」

「いいわよ。部長、あらためてありがとうございました」

ホイットニーは何も言わずオフィスのほうへ手を振った。イヴは先になかにはいり、ホイットニーがドアを閉めるのを見て、嫌な予感がした。

フィーニーはうなじを掻いている。「きみに追跡装置《トラッカー》をつける」

「絶対いや」

「命令だと思ってくれ」ホイットニーが言った。

「部長──」

「命令だ」ホイットニーは繰り返した。

フィーニーはかろうじて聞こえるため息を漏らした。垂れ下がった目には同情の色が浮かんでいる。「もう一台はきみがロークにつけてくれ」

「彼をスタナーで気絶させる前、それとも気絶させてから?」

今度は肩をすくめた。「成功するならどっちでもいいよ、ダラス。きみたちは二人とも標的なんだ」

「警官は常に標的にされるのよ」

「四百人以上仕留めた殺し屋の標的にされることはそうそうない。あいつが運よくきみたちのどちらかをさらうことができても、我々にはきみたちの居場所がわかる」

フィーニーがしわの寄ったスーツの上着のポケットからトラッカーを取り出すと、イヴは一歩下がって少しだけ抵抗を試みた。

「部長、あなたはそれをつけろと命令できますし、わたしも命令に従います。でも、ロークには命令できません」

「説得してみるんだな」そう助言すると、ホイットニーはイヴとフィーニーを置いて部屋を出ていった。

「こんなの、ふざけてる」

「ふざけてない。ちょっと屈辱だけどな。気持ちはわかるが、これはおふざけじゃないんだ、ダラス」フィーニーはデスクの端に腰かけた。「今日はほぼ一日じゅう部長とともに、情報部からデータ、仮説、推測を入手することに取り組んだ。このクソ野郎は家に忍びこむ方法を知ってる。闇に溶け込む方法も、ナイフを食い込ませる方法も、隠れ家に潜りこむ方法も知ってる」

「そんなこと知ってるわよ。今回はそうはいかないってことを知ってるようにね」

「相手がきみたちだからか？」

「私怨《しえん》だから。個人的な問題がからんでくると、人はミスを犯しやすい」

フィーニーはイヴをしげしげと眺めた。「まったくそのとおりだ」

それはわたしにも当てはまることだ、とイヴは悟った。フィーニーにうまく打ち返された。

「ジャケットを脱いで。シャツの下に何か着てるか？」

「どういうことよ、シャツの下に何か着てるかって。そのくだらない代物をどこにつけるつもり？」

フィーニーはイヴの右の脇の下から十センチくらい横をつついた。

ジャケットは脱いだが、半袖Tシャツは脱がずに袖をまくりあげるだけですんだ。

二人とももののすごくほっとした。

「これは薄くて柔軟で、肌と一体になる」

イヴはフィーニーが場所を選んで貼りつけているあいだ、天井を見上げていた。

「これは水に強い――汗、プール、シャワー。熱や冷気にも強い。はがそうとすると肉も持っていかれる。だからやるな。僕はそれをはがす溶液を持ってる。これは最高級品だ、これより上等なものはないからね。誰が作ったかわかるか？」

考えるまでもない。けれど〈ローク・インダストリーズ〉の製品を身につけているとわかっても、それなら耐えられるということにはならなかった。

唇をすぼめてくっつき具合をチェックしてから、フィーニーはリンクを取り出した。

「ほら、これがきみだ」

イヴは眉根を寄せ、リンクの画面で点滅する赤い光をにらんだ。フィーニーがその光をタップすると、画面にコップ・セントラルが現れ、自分のオフィスの位置が示された。

「きみがアップタウンへ向かえば、この装置はきみを読み取る。シャトルに飛び乗っても、きみを読み取る。とんでもなく遠い中国に着いたら？　きみをとんでもなく見事に読み取る。あの男はとんでもない天才だよ」

「ロークにこれを貼りつけようとして険悪なムードになったら、それを教えてあげることにする」

「だめだな、ダラス、妻の義務を果たせばすむことじゃないか」

「妻の義務って何？」

「あなたのほうが頭がいいし、あなたのほうが強いのはわかってるとか、なんでもいいからおだててやって、だけどあなたのことが心配で心配でおかしくなりそうなの、とか言ってやる。そうすれば向こうも素直に従うよ。彼は心配してるし、きみに心配させて悪いと思ってるから。妻の義務とはそういうやつだ」

なんだかちょっと面白い。「なんであなたが妻の義務を知ってるの？」

「それはな、僕がなんと人生の半分以上そいつと暮らしてるからだよ。シーラはしょっちゅう妻の義務を果たすわけじゃないから、たまにそれをやられるとすぐ効く。毎回だよ」

ふうん妻の義務ね、とイヴは思った。解釈次第では〈結婚生活のルール〉と通じるところがあるかもしれない。

「うまくいかなかったら、あなたに助けを求める。あなたのほうが上手だろうから」

「そうかもな」フィーニーはトラッカーがはいった小箱を差し出した。「説明書もはいってるが、使用法は彼が知ってるだろう。なんたって、自分が作ったんだから。彼に貼りつけてくれ」フィーニーはドアへ向かった。

「待って。妻の義務があるなら夫の義務もあるでしょ。それはどんなこと?」

フィーニーはほほえみ、答えをはぐらかした。「自分で考えてごらん」

この謎は後回しだ。イヴは腕を上げてトラッカーを見つめ、指で触れてみた。穴のあくほど見つめ、指先で撫《な》でてみたが、トラッカーはほとんど見えず、かすかに感じられる程度だった。

なるほど、とんでもない天才だわ。

今さら変更しようのないことは忘れることにして、イヴはデスクについて自分の報告書に取りかかった。

9

イヴがセントラルでの仕事を終えた頃、サマーセットは買い物をしていた。ほかの家事は早めに終わらせていたが、それでもまだ予定より遅れていた。

午前中はほかの家事のためにとっておいた時間をのぞき、ほとんど邸内で過ごして知人たちとコップについて話し合った。家事のあいまに秘密を保てるイヴァンナのアパートメントを訪れ、ランチを取りながら情報を交換した。

ロークがどうしてもと言い張るので、外出には車と運転手を使った――それでも気に入りの店をめぐるときは歩いた。なんといっても、自分には決まったやり方があるのだから。

大量に人が死に、混沌《こんとん》としていた都市戦争時代《アーバン・ウォーズ》には、耐え忍ぶためにルーティンに助けられたのは事実だが、あまり愉快なルーティン《ルーティン》とは言えなかった。

警部補にしょっちゅうルーティンを乱されることは認めないわけにはいかないが、帳尻を合わせる術《すべ》は身につけた。混乱したときほどうまく秩序と平穏を保つのは、自分の務めというばかりでなく、天与の才だとも考えている。

サマーセットはストロベリーを買った――やや小ぶりだが、鮮やかなルビーレッドで糖度も申し分ない。今日はパンを焼く日ではないが、邸に戻ったらショートケーキを作ろうと決めた。このストロベリーのように外の陽気も申し分なかったので、市場をぶらぶら歩いて露店をひやかし、なじみの商人や野菜栽培者と気軽な会話を楽しんだ。

目に留まった花を買い、チーズを試食してから――酸味が強く、濃い味だった――実際家としては贅沢《ぜいたく》だと思ったが、その高価なチーズの小型サイズを購入した。

魚屋にも寄り、サーモンをじっくり眺めた。

「ようこそミスター・サマーセット、ご機嫌いかがですか」

「けっこうだね。あなたはいかがかな、ミスター・ティリー」

「今日の五月の空のように晴れ晴れしてますよ」白い大きなエプロンをしたふくよかな店主はサーモンを指さした。「おうちのかた用ですか、それとも猫ちゃん用？」

「もちろん邸の主人用だよ」

「ということは猫ちゃんですね」ティリーは片目をつぶってみせた。「サー・ギャラハッドはいかがお過ごしで？」

「彼も元気だ。あなたの家の淑女がたは？」

ティリーの家の淑女がたというのは二匹のペルシャ猫のことなので、春のそよ風に吹かれながらしばし猫談義に興じ、それからギャラハッドのサーモンを包んでもらって、サマーセットは店をあとにした。

ストロベリーを買ったときから誰かにつけられていることには気づいていた。敵ながら大したものだが、まだコッブの姿は目につかない。けれど、コッブの——あるいは、コッブが送りこんだ手下の——気配は感じ取れた。

見つけようとしたわけでなく、ただ興味を覚えて、サマーセットはもうしばらく青空市場をぶらつき、人波を縫って行ったり来たりした。

尾行者は見つからなかった。興味が失せると車を呼んだ。

家路につく車中で、サマーセットはロークに連絡した。

「役立ちそうな情報を集めたよ」と話を切りだした。「それと、市場で尾行されていることに気づいた」

「今、どこにいる？」

「邸に戻る車のなかだ。こっちのことは心配いらない。やつは見咎《みとが》められるほど近くに寄ってこなかったが、あの場にいたことはたしかだ。もっとも、きみが私に尾行をつけたなら私の思い過ごしになるが」

「尾行はつけてない。僕をそそのかさないほうがいいぞ」

「きみはどこにいるんだ？」

「〈アン・ジーザン〉だ。ここが終わったらもう一軒寄るところがある。帰るのは少し遅れそうだな。あなたは家に着いたらそこにいてくれ、いいね？」

「ほかに出かける予定もないのでね。気をつけるんだよ、坊や。やつは想像していたより上《うわ》手《て》だ」

「じゃ、またあとで」

通信を切り、ロークは内覧を続けた。作業員たちはさらなる家具を搬入している。教師のなかには教室を自分の好きなように整えている者たちもいた。

校内の空気は爽《さわ》やかで澄みきっている。実際に希望のにおいがしているのか、それとも自分がそれを必要としているだけなのか。あと数日もすれば、ここは若さと喧噪《けんそう》と活気に包まれるだろう。

ロークは短い指示を伝えるため主要スタッフと会うことになっていたが、足は勝手に階段を上り、寮室をさまよったあげく、生徒に植えられるのを待っている花壇がある屋上庭園まで進んでいた。

ベンチに腰を下ろし、街の景色や人間が望めるかぎりの青さの空を眺め、遠い昔に行方不明になった少女たちの記念碑を見やった。その事件のあと、この学校を建てることがかすかな光のように心に浮かび、やがて輝きを増していったのだった。

コップの意のままになっていたら、自分も彼女たちのように行方不明になっていたかもしれない、とロークは回想にふけった。彼から離れるのがもう少し遅かったら、彼の仲間になっていたら、きっと死んでこの世にはいなかっただろう。あの頃コップにそれができたなら、僕を葬っていたことは間違いない。

あの父親も同じだ。使い道がなくなったら息子を葬っていただろう。だが、息子はスリの腕がよかったから助かった。蹴られたり拳で殴られたりすることは避けられなかったが、手先が器用なおかげで息をしつづけることはできたのだ。

いったいなんで、コップはパトリック・ロークのような男を父親にしたいのだろう？　答えは簡単だ。血がつながっていようがいなかろうが、あの二人は一皮むけば似たり寄ったりの人間なのだ。

いいだろう、今になって目的を遂げたいというのなら、今度は逃げも隠れもしない。フランスで出会ったコップをスタナーで攻撃し――息の根は止めなかったが――バーの床に置き去りにしたときより、失うものははるかに大きいけれど。

ここで終わらせなければならない。決着をつけてやろう。

着信の合図にリンクを取り出すと、昔なじみの名前が表示されていた。

「ブライアン」ロークは応答した。「あれから何かわかったか?」

会話を交わしたのち、友人が伝えた情報をファイルにした。主要スタッフとの打ち合わせを終えてから、音楽室に楽器が運びこまれて荷を解かれるのを心躍らせながら見守った。

外に出ると、お抱え運転手が車を横づけする間に通りを見まわした。

コップの気配がないのを確認し、もう一か所の立ち寄り先へ向かった。

車を降りたのは、閑静な通りにあるマイラの美しい邸宅の前だ。玄関の脇には鉢植えがあった。濃い紫や鮮やかな赤の花が大胆に自分を主張し、発泡レースのような葉や淡い緑の蔓《つる》が鉢の縁からこぼれはじめている。

マイラ夫妻のことは敬愛しているが、ロークはこの訪問を義務だと——乗り越えなくてはならないものだと見なしていた。

これがすんだら、早く家に帰りたかった。

ロークは呼び鈴を鳴らしながら道の左右に目をやった。つけられていれば気づいたはずだ。たとえ自分が見逃したとしても、選《え》り抜きのこの運転手が見逃すはずがない。

それでも、ドアがあけられるまで警戒を怠らなかった。

少し乱れた髪と優しい緑の目をしたデニス・マイラがドアをあけた。室内スキッドを履き、ひとつボタンの取れた赤いカーディガンをはおっている。

「さあ、はいって、はいって。嬉しいなあ。きみが来ることはチャーリーから聞いていたんだ」

「あなたに会えるのはいつだって嬉しいよ、デニス」

そして美しい彩りと落ちついた気品をさりげなく漂わせるこの家も、訪れる者をいつも嬉しい気持ちにさせる。

「ビールでもどうだい?」デニスは親しみをこめてロークの背中を叩き、リビングエリアへといざなった。「きみと一緒に飲むならチャーリーも文句は言わない」

「ありがとう、喜んでいただきます」

「座ったら? ビールを取ってくる。チャーリーは……」妻の姿が見えるかのように、デニスはなんとなくあたりを見まわした。「きっと二階で着替えているんだろう。まだ帰ってきたばかりだから。探してくるよ」

デニスがふらふらと去っていくと、ロークは窓辺まで行き、もう一度通りに目をやった。ひっそりとしていて、たまに通る車も静かに過ぎていく。

振り向くとマイラがはいってきた。薄いグレーのパンツに、彼女の目のように淡いブルーの薄手のプルオーバーを身につけている。

「玄関に誰か来たような物音が聞こえて」マイラはまっすぐロークのそばまで来ると、その手を取って、両頰にキスした。「デニスはどこ?」

「僕たちのビールを取りにいきました」

「まあ」手振りでロークに椅子を勧め、自分はソファに腰を下ろして脚を組んだ。「今日ロシェルと話をしたの。〈アン・ジーザン〉では最後の家具の搬入がおこなわれていると言ってたわ」

「そうなんです。僕も今そこから来たところで」デニスがやってくる気配がした。トレイには細長いビールグラス二つ、白ワインのグラス、クラッカーやチーズやナッツやオリーブを盛った皿が載っている。

「ここにいたのか、チャーリー。きみもワインの一杯ぐらいはいいと思ってね。長い一日だったから」とロークに説明する。

「僕がさらに引き延ばしてしまいますね」

「気にするな。うちではきみが来るのはいつでも歓迎なんだ」

「出先から家に帰る途中にお宅があるので、ちょうどいいと」

うなずいて、マイラはワイングラスを取り上げた。「デニスがここにいても平気?」

「もちろんです」ロークはリラックスしろと自分に言い聞かせ、ビールグラスを取り上げた。「いつだって」

「あなたはまだ知らないかもしれないけど、イヴとピーボディとレオがトゥイーンから自白を引き出して、彼の弁護士と司法取引したの。彼は五十年の懲役を甘受し、コップについて知ってることを話したわ」

「ここに着く前に、大まかなことはナディーンが報道していました」

「イヴが彼女に教えたのでしょう」マイラはふたたびうなずいた。「つまり、イヴは被害者の家族と一緒にいるか、自分から公表する気はないということね。初めてローカン・コップに会ったときのことを話して」

その質問は、というかその手の質問はまったく予期していなかった。少し考えて、最初に浮かんだ回答が正しくないことに気づいた。「ダブリンのグラフトン・ストリート、彼は僕を見ていた。そのことはすっかり忘れていました。僕はブライアンとミックとジェニーと一緒に、いつものように旅行者を狙っていた。彼の目つきが気に入らなかったことを覚えているが、彼はそのまま去っていった。たしか翌日だったと思うが、彼はうちに訪ねてきた」

「あなたがいくつのときの話?」

「七歳か八歳だったと思います。ちょうど夕食時で、と呼べるほど大したものではないけど、僕は裏拳をお見舞いされたところだった。食べるものを手に入れるためにまた出かけるのをいやがったから。親父はすでにビールを一、二杯飲んでいて、稼ぎが足りない僕はメグがテーブルに出したものを食べる資格がないと決めつけた。

そのときコッブが訪ねてきて、ドアをあけたメグを押しのけてはいってきた。たやすいことではないんです。メグはひ弱な女じゃなかったから。彼はまっすぐ親父の前まで来た。恰《かっ》好《こう》をつけた歩き方で」今やそのときのことが鮮やかによみがえってきた。「『俺はローカンだ』と彼は言った。『あんたの息子だ、長男ですよ。ここで暮らして、あんたのために働きたい』親父は一笑に付し、彼の襟首とズボンの腰をつかんで持ち上げ、家から放り出した」

「放《アイ》り出した？」マイラはオウム返しに訊いた。

「ええ、持ち上げて投げたんです。彼が階段を転げ落ちていく音が聞こえた。親父はおまえも同じ目に遭いたくなければ、重い腰を上げて自分の食い扶持《ぶち》ぐらいは稼いでこいと言った。だから僕は出かけた。コッブは階段のいちばん下に倒れていた。僕は同じ目に遭ったことがあったから、手を貸して立たせてやろうとした。彼はナイフを取り出して向かってきたが、余裕をなくしていたこともあって、僕は機敏に対応できた。戻ってくると彼は階段の前に居座っていたから、僕は裏にまわって窓からなかにはいった。朝になっても彼はまだそこにいた」

ロークはビールを飲んでひと息入れた。「僕たちの関係は、最初の出会いから改善されることはなかったと言えるでしょうね」

「彼はまたあなたを攻撃しようとしたの？」

「ええ、一度か二度は成功したけど、僕にナイフを突き刺すことはできなかった」ロークはおもむろに肩を持ち上げ、そのまま下ろした。「その現場を見た親父が警告して追い払ったんです。僕は自分の食い扶持を稼いでいたから」

「パトリック・ロークはたとえて言えば彼を引き取ることも、息子として認めることもしなかったのね？」

「仕事は与えたけど、それ以外についてはそのとおりです。親父にはそうする権利があったと思います」

「どうして？」

「つまり、遺伝的なことかな。彼は親父とまったく似てなかった。髪は黒というよりもっと薄い色で、目は青ではなくいわゆるハシバミ色で、体つきは父より小柄でもっとがっしりしている」

「彼の母親は？」

「髪は茶色、もっともたいてい赤く染めていましたけど、目はグレーがかった青。色っぽい女と言えますね。僕は当時、彼女の顔を見るために、あえて彼らの住居のそばまで出かけていきました。あの親子は母親が働いていたパブの上にある部屋で暮らしていたんです。僕が育ったのはあばら家だった」とロークは付け加えた。「でも、彼らの環境に比べたら宮殿のようなものだった。しかしそれでも……」

「それでも？」

「彼女は息子を愛していたと思います。彼にはそういう母親がいた。生き延びるために重要なのは敵を知ることだから、僕は彼をよく知ることにした。噂では、彼女は息子に手をあげたことがなく、息子を褒めちぎっているという。彼女の目にはコップが若きプリンスに映っていたんです」

マイラはイメージが像を結びはじめてうなずいた。「だけど彼はあなたが持っているものをほしがった」

それがすべてではないので、ロークは首を振った。「彼は僕に消えてほしかった。そして僕が持っていたものを手にしたかった。彼の目をのぞきこんでいたら、最初からそれがわかっただろう。彼は僕が邪魔だったんだ。だけど、どうしてあの親父とメグ――言い忘れたが、レンガのような手を持ち、それを惜しみなく使う女です――との暮らしを望んだのかわからない。彼には息子を溺愛《できあい》する母親がいたのに、なぜ食事の席で息子を気まぐれに殴る男をほしがったのか」

「子供が――」デニスが目をぱちくりさせた。「すまない、邪魔して。考えが声に出てしまった」

「声に出しながら考えてみたら？」妻がうながした。

「子供が生まれながらに父親を求めるのは、もし母親がいないなら母親を求めるのは、自然じゃないのかな。代理というか、代わりになるものを探していたのかもしれない。この場合、コップ少年はあの人があなたの父親だと母親から言い聞かされた。彼は生まれつき残酷で、暴力を好む性質だったのかもしれない。私が知るところでは、当時のダブリンは残酷で暴力が横行していたから、性質と育ちと環境が結びついたとも考えられる。ふと思ったんだが、彼は父親だと信じる男に負けまいとしただけじゃなく、父親を超えようとしたんじゃないだろうか。その男に評価され、誇りに思ってもらえるように」

デニスは口をつぐんだがまだ考えているらしいので、ロークは何も言わずに待った。

「そういう人間にとって、母親の愛は弱いんじゃないかな？　そういうのは甘いし、パワーにはならない。しかし、無法者で自分のほしいものは奪ってでも手に入れるような父親から評価され、誇りにされるのは強い。それはパワーであり、親から受け継ぐことができるものだ。とりわけ自分は勇敢だと思いこんでいる臆病者にとってはね」

マイラはほほえみ、デニスの脚をぎゅっと握った。「そうね。あなたは彼のそのパワーを阻《はば》んだ」とロークに向かって言う。「今もなお阻みつづけている」

「親父はもう死にました」

「死んだことでよけいパワーが増す。あ、ごめんよ、チャーリー」

「いいのよ、デニス、まったくそのとおり。死は——暴力による死によって、彼は偶像化される。コッブにとっては達成できない目標であり、誇りと評価を勝ち取る前に盗まれた権利である。いっぽうあなたは、コッブが決して持つことができないものの生きた証《あかし》なの」

ロークを見つめながら、マイラはワインを飲んだ。「彼はあなたの父親の下でどんな仕事をしていたの？」

「そうだな、彼には盗みそのものの才能はなかったし、たとえ四本手があってもスリはできなかったでしょう。彼が重宝されたのは取り立てですね」

「具体的には？」

おかしな気分だ、とロークは思った。この美しく心地よい部屋で、あのつらくみじめな時代のことを回想しているなんて。

「みかじめ料を出し渋る者がいたら、説得するためにコッブが送りこまれたり。あるいは、当然受け取るべきだとみなした儲《もう》けの分け前を払わない者がいたら、コッブが取り立てにいったり。そういった仕事です」

「その仕事を始めたとき、彼はいくつだったの？」

「たぶん十二歳か十三歳でしょう。早すぎると思うかもしれないけど、今とは時代も場所もちがいますから」

「それでも早いわ」マイラは言った。「そして父親代わりの人物から、他人に暴力をふるう役目を割り当てられた。当時でも、あなたの父親のためなら彼は人を殺したかしら？」

「ことによると。いや、たぶんやったでしょう」ロークは訂正した。

「父親があなたのもとにコップを送りこんだことはある？」

「それは絶対なかった。僕は腹を切り裂かれるにはまだ使い道があったし、親父はコップならそれをやりかねないと感づいていたから。僕の才能は別のところにあった。僕は生まれながらの泥棒だったんです」ロークはまた肩をすくめた。「生き延びるためにその才能には磨きがかかった。最初のうちは旅行者や商店を狙い、やがて金持ちが住む家やフラットをターゲットにした。大好きなお二人を怒らせるつもりはないが、それが楽しくなかったと言えば嘘になります」

「誰でも得意なことをやるのは楽しいからね」デニスが感想を漏らす。

「そのとおり」ロークはにっこり笑った。

「あなたの父親は自分の下で働くコッブをどう扱っていた?」

「それなりに遇していたと思います。コッブが親父の定めた期限に遅れず仕事を果たして、納得できる額の金を持ちかえれば」

「そうじゃなかったときは?」

「殴ったり蹴ったり――だけど親父が機嫌の悪いときもそれはあるし、機嫌の悪いことのほうが多かった。しかしコッブが自分の仕事をいやがらずにしているかぎりは、それを超える罰はめったになかった。僕はひどい罰を受けたことがある。自分の稼ぎから少しよけておいたんです。いつの日かこれが充分貯《た》まったら家を出ていけると思えるなら、罰を受けるくらいなんでもなかった」

ロークは言葉を切り、ビールグラスを持ち上げた。

「何か思い出したのね」

「ええ。コッブがひどい罰を受けたときのことを。あれは彼が最初に訪ねてきてから一年かそこら経った頃のことです。彼はその日の上がりを持って戻ってきた。親父を喜ばせる額だったにちがいない、メグに言いつけてコッブにビールを一杯飲ませてやったから。コッブはさもわが家にいるかのような態度で腰を落ちつけ、親父に僕に関する話をした。今となってはどんな話だったか思い出せないし、それが本当だったのか嘘だったのかもわからない。まあ、どっちでもいいことだが。親父はコッブをこっぴどく殴った。不平を言うやつや告げ口するやつには我慢がならなかったんです。僕も殴られたけど、非難の矢面に立ったのはコッブだった」

「コッブはあなたのせいだと思ったでしょうね。それでも、彼にとってその体罰は自分に向けられた関心だった。自分に注意が向けられた。大事にされている証だと思った。そういったことが現在のコッブを作っていった」

「彼は——私は彼のことをロークの父親とは呼べないよ、チャーリー。血のつながりだけで父親は作れない」

それを聞いてロークは何も言えず、うつむいてビールをのぞきこんだ。ただただありがたくて、言葉にならなかった。

「彼はコッブに誇りや評価をにおわせることはあったかい？」

ひと呼吸おいてから、ロークはビールを口にふくんだ。「いくらか評価していたとは思うけど、誇りにしたことはないでしょう。それに親父はコッブに一度ならずこう言った。おまえにはロークの血は一滴も流れてない、もしその名前を使おうとしたらおまえの頭をかち割ってやると。そしてコッブの母親を娼婦《しょうふ》と呼び、もちろん娼婦は何人も抱いてきたが、娼婦にかぎらず、もし相手の腹に自分の種が宿ればわかるに決まっていると言った」

「コップはそれで納得した？」

「ええ、納得したんです」

「彼はなんて呼んでいたのかな？」デニスが首をかしげた。「コップ少年のことを」

「コップ。機嫌のいいときにジャバーと呼ぶこともあった。コップはナイフでジャブを入れるのが好きだったから」

「きみのことは？　これは少々立ち入りすぎかな？」

「大丈夫。おまえとか、ヤング・ロークとか。でも、たいがい彼とメグは僕を〝ダルティン〟とか〝ディアル〟と呼んだ。彼らが知っているアイルランド語の数は片手で足りたし、卑語や悪態ばかりだった。ダルティンは〝ガキ〟、ディアルは〝悪魔〟という意味です」

「コップはその場にいたかしら？　パトリック・ロークが最後にあなたを殴ったとき、彼はそれを目撃した？」

「さあ」ロークは自分が覚えていないことに気づいた。「いなかったと思いますが、はっきりとは言えません。そのへんはなぜか記憶があやふやなんです。親父に殴られた理由もはっきりしません。それまで受けた罰のなかでいちばんひどくて、死ぬかと思いました。サマーセットが見つけてくれなければ、あのまま死んでいたかもしれない。彼は僕を連れ帰って、傷の手当てをしてくれた。僕は……あの本だ。不思議だな、今になって思い出すなんて」

「どんな本?」

「イェーッ。僕は路地に捨てられていた古い本を見つけた。イェーツの詩集です。僕は曲がりなりにもその本が読めるようになろうと自分に言い聞かせた。ジェニーとブライアンが助けてくれました。彼らは僕たちのなかでいちばん読み書きができたから。その本のなかには世界があった。言葉はどれも力強く、美しかった。僕はその本を肌身離さず持ち歩くようにしました。そう、コッブはその場にはいなかった。ほかには誰もいなかった。僕は働きもせず、ひとりでその本を読む練習をしていたとき、親父に見つかったんです。『さあ行こう、人間の子よ! 荒野へ、水辺へ』

『妖精と手に手を取って』」デニスが続けた。「『この世界にはおまえの知らない嘆きの種がいっぱいあるのだから』」

「アイ、まるで魔法だった、その言葉たちは。嘆きの世界については実感としてわかり、そこから逃げ出したらどうなるだろうと想像していたとき、親父に見つかった。彼はその本を取り上げ、働きもしない怠け者だと僕をののしった」

ロークは目を閉じ、記憶の闇と隙間を探索した。「僕は本を取り返そうとした。だってそうだろう、それは僕のものなんだから。僕はそれを盗んだんじゃない、見つけたんだ。彼は僕を殴り倒し、本のページを引き裂いた。僕の胸のなかの何かも引き裂かれた」

ロークは目をあけた。記憶はまるで昨日のことのように鮮やかによみがえった。頭の片隅では——いや、素直に認めよう。本心では——その記憶にきっちりとカーテンを閉じてしまいたかった。

過去が鮮明になるのは痛みを直視するのと同じだ。

これまでは振り返らず前を見つめて生きていくことが何より大切だと信じてきた。それが今は、過去に自分の前に立ちはだかったものを見つめている。

「僕は彼に向かっていった。怒りに我を忘れて、その愚かさにも気づかず——相手のほうが体も力も二倍あったから。親父は力が強かった、それは身をもって知っていたのに、僕は向かっていった。無我夢中で挑んだのがよかったのか、僕は彼を殴ることに成功した——一度だけ。そう、僕の拳《こぶし》は一度だけ命中し、彼の唇を切った」

ロークは笑いだしそうになった。「だけど、その痛快な気分は一瞬にして消えた。彼は本を放り投げ、それから、まあ僕は二度と拳をめりこませることはできなかった。そういうことです」ロークは肩をすくめた。

「そうだったの」マイラは深く息をついてから訊いた。「ダブリンでサマーセットと暮らしはじめてから、コップをまた見かけたことはあった?」

「体が回復して外に出られるようになってから何度か見かけたけど、コップには近づかないようにしていました。コッブが親父の喉にナイフを突きつけて、組織を乗っ取ろうとしたと聞いていたから」

「コッブは彼を殺せたかな?」デニスが訊いた。

「コッブは彼を殺してない――僕も殺してない。親父のギャング団は瓦解《がかい》し、手下たちは散り散りになった。コッブの力では彼らを束ねることはできなかったから。彼は別の組織の門を叩き、しばらくのあいだベルファストに行っていた。その後、彼といわゆる会話を交わしたのは、数年後にフランスのバーで出くわしたときです」

「彼はあなたにナイフを突きつけたのよね」マイラが言った。「今朝イヴと相談したときに聞いたわ。それで間違いない?」

「ええ、そのとおりです。彼が店にはいってくるのが見えた。何をたくらんでいるかはその目に書いてありました。彼は腰を下ろし、僕の腹にナイフを突きつけた――僕に言いたいことがあったから、いきなり突き刺すことはしなかった。会話するふりをしながら、彼は金を渡し、彼が使う正当な権利がある名前を寄こさないと、テーブルの下のナイフが僕の腹を切り裂くぞと脅した。僕はテーブルの下に隠し持っていたスタナーでやつを倒した。まだ息をしている彼を残して、僕は店から出ていった。わかってもらえるといいのですが、あのとき息の根を止めておけばよかったと悔やんでいます」

「コップはあなたを意気地なしだと思う、とどめを刺さなかったから。同時に、あなたは彼を負かした、子供の頃に彼を負かしたように。あなたは彼が切望する名前を持っている」マイラは滔々《とうとう》と続けた。「あなたは彼には太刀打ちできない富と地位を持っている。彼が富を築きつつあるのはたしかだけど、相手に畏敬《いけい》の念を抱かせるのは恐怖を与えたときだけ。彼は恐怖を日々の糧《かて》にしている。ニューヨークにやってきた目的はあなたと対決するためだとは思わない。瀬踏みとか下調べのようなつもりだったのかもしれない。だけどあなたを見てしまった。殺しの仕事を終え、報酬を稼いだあとで、その興奮も冷めやらぬうちに、そこにあなたがいた。彼は思わずにやりとする。『俺だよ、ここにいるよ』彼は声に出さずに言う。『そこにいるのはおまえだろう？　おまえもこうしてやるよ。そうやって俺の権利を主張してやる』彼はきっとここ数年のあなたの動きを追っていたでしょう。傷の痛みを気にするように。そして彼はその怒りと苦痛を糧にして生きている」

「僕の表立った動きを追うことは簡単にできます」

「彼はあなたを殺そうとするでしょう。動機は個人的なものだから、根深い恨みだから彼はミスを犯す。とても個人的な問題だから、あなたもミスを犯すかもしれない」

「そんなことはしません」ロークには確信があった。「彼が狙うのは僕の命だけではないから。サマーセットの命も、イヴの命も——僕のそばにいる人たちの命も狙われるからです」

ロークをじっと見つめ、その確信に揺らぎがないのを見てとると、マイラはワインを飲んだ。「彼はサマーセットが使用人としてあなたのそばにいることがわかり、イヴとの結婚はあなたにとって好都合な偽装だと考えるでしょう。彼には愛というのが理解できない」

「サマーセットは僕の命を救ってくれ、それ以来僕の人生には不可欠な人になっているんです。彼を殺すのはおまけのようなものかもしれないが、コップはそれも享受するだろう。イヴは僕のものです。やつがそれを理解しようがしまいが、イヴは僕にはかけがえのないものなんだ」

ロークは身を乗り出した。「僕は泥棒として生まれた。僕のすべてはその上に成り立っている。盗みが楽しい趣味程度になってからも僕は続けた。それをイヴのためにきっぱりやめたが、僕にはなんの未練もない。そうしなければイヴは僕のものになれなかったし、僕もイヴのものになれなかったから。僕にはなんの未練もない」

コップがそれを知るには、調べを尽くし、適切な人間に適切な質問をすればいいだけだ。理解することはできなくても、知ることはできたはずだ。彼がそれを知ったら、どんな手に出るだろうか」

「イヴを殺そうとするか、まずは拉致しようとするでしょう。だけど彼を阻止するのにイヴより有能な人間をわたしは知らない」

「僕もその意見に賛成だから、ミスを犯さずにすんでいるんです。イヴならコッブの一生を檻のなかで終わらせることができると信じているから。だけど、やつが敏腕なイヴの隙をつき、どんな方法であれ彼女に危害を加えたら、僕はやつを生かしてはおけない」

「彼がイヴを出し抜くことはない、きみを出し抜くこともないよ」デニスが意見をはさんだ。「それははっきりと確信している。きみたちはひとりでも強くて聡明《そうめい》だが、二人一緒になると絶大な威力を発揮する。きみたちはよく似た子供時代を過ごした。きみたちは一緒になる運命だったんだ」

「二つの行き場を失った魂」とロークがつぶやくと、デニスは首を振った。

「いや、失ったんじゃない。待っていただけだ。ビールをもう一杯どう？」

「ありがとう、でもやめておきます。すっかりあなたたちの夜を占領してしまった。あなたがまだ飲みたいのなら別だけど」

「プロファイルを更新するとイヴに伝えておいて。わたしと――わたしたちと――直接話すように勧めたイヴの判断は正しかったわ。今夜はお互いにいろいろ知ることができた。わたしたちの情報が増えるほど、彼をより早く阻止することになるでしょう」

ロークがまだマイラ宅にいる頃、イヴは家路についていた。できることは――というか、やりたかったことはすべてやった。セントラルでの仕事も、ホテルに寄ってモデスト家に進《しん》捗《ちょく》状況を伝えることもすませた。

それだけで、今日一日の気力を使い果たした感じがする。

やらなければならない仕事はまだほかにもいっぱいあるが、その前にひと息入れたほうがいいだろう。少し泳ぐとか、グラス一杯のワインを味わうとか、それからロークと一緒に夕食をとって情報交換するのもいいかもしれない。

ロークにはあの門の内側にいてほしい。家に帰ったら彼がそこにいますように。

ところが、車を門のほうへ向けると袋が目についた――布袋のようなものが門の前に放り出されている。門が開ききらないうちに、イヴは車をバックさせた。

門がまた閉まりだすと、イヴは武器を抜いた。道の左右に目をやってから、静かに車を降りた。

その袋には――よく見たとたん、血痕がついていることに気づいた――口を閉じた紐《ひも》にメモがぶら下げてあった。

あいているほうの手でコミュニケーターを取り出した。「こちらはダラス、警部補イヴ。パトロール警官を二人、わたしの自宅に寄こして。大至急」

コミュニケーターをポケットに戻し、袋のほうへ近づいていく。

血のにおいがする。死臭も漂っている。

メモを指先ではさんで取り上げた。


こーきしんは猫を殺す。

おまえが次だ！


「まともに文字も書けないくせに——えっ、まさか、いやよ、そんなのいや」

イヴは手をコーティングすることも忘れ、袋の口紐を引っ張った。

猫だ、猫、イヴの猫。

その猫——でも、イヴの猫ではなかった——は喉を切り裂かれていた。

憐《あわ》れみとほっとする思いが交錯するなか、イヴは立ち上がり、レコーダーのスイッチを入れ、車まで捜査キットを取りに戻った。

そしてそのとき、彼を見かけた。ロークのときと同じように、彼は自分の姿を見せつけた。

距離は一ブロックしか離れていなかったので、頭をのけぞらせて笑っているのが見えた。

イヴは全速力で走った。向こうも全速力で逃げた。

10

走りながら、イヴはコミュニケーターを取り出した。

その間にコップはひょいと東へ曲がり、セントラル・パークに消えていった。

「容疑者追跡の応援を要請する。対象は白色人種の男性、髪は茶色、頭のてっぺんで結んでいる。四十二歳。身長百八十三センチ、体重八十六キロ。黒いパンツ、黒いパーカー。目下徒歩で追跡中、現在地はセントラル・パーク西八十三丁目。どこに行ったの、あの野郎！」

差は縮まっているはずだ。あいつとの差は縮まっている。やつは全力疾走で勝つタイプではないだろうが、今追いかけっこには有利な位置に身を置いている。あいつは間違いなく追いかけっこを望んでいるのだ。

「容疑者はローカン・コップ」セントラル・パークに飛びこみながらイヴは叫んだ。「敵は武装していると目され、危険である。応援を至急寄こしなさい！　公園警備に知らせ、防犯カメラで容疑者を見つけるよう指示して」

手のなかのコミュニケーターが着信を知らせた。

「応援を寄こしてよ！」

「なんで走ってるんだ？」フィーニーが訊いた。「なんでセントラル・パークにいる？」

「コップを追いかけてるの。いいから応援を寄こして」

「手配はすんだ」

イヴはいったん足を止めた。息を整えるためではなく、相手の位置を確かめるために。心地よい春の宵は人々の足を誘いこんでいる。旅行者、市民、家族連れ、そして子供——大勢の子供たち。のんびり歩く者、ベンチに腰かける者、犬を散歩させる者、ソフトクリームを舐《な》める者、青葉の茂った木陰で抱擁する者。

そこに、怪訝《けげん》そうな顔で黒いパーカーを握っている女性がいた。

そちらへ走っていくと女性が恐怖に目を見開いたので、自分がまだ武器を持ったままだったことを思い出した。

イヴはバッジを取り出した。「警察です、彼はどっちに行ったの？　そのパーカーを落とした男」

「彼は——彼はこれをかなぐり捨てて走っていきました」

「どっちへ?」イヴは証拠のパーカーをさっと取り上げた。「どっちの方角?」

「さあ。たぶん……あっちかな」自信なさそうに北のほうを指さす。

イヴはバッジを留め直し、北へ向かって走りだした。

「彼はパーカーを脱ぎ捨てた」とフィーニーに告げる。「わたしは北へ向かう」

誰かがギターを弾き、誰かが歌をうたっている。腹が破裂しそうな勢いで大笑いしている子供がいる。かと思えば、擦りむいた膝から血が垂れている足を引きずりながらエアボードを抱えている子供もいた。

公園警備員が二人、こちらへ小走りで近づいてくるのが見えた。

イヴは走るのをやめた。あの野郎が消え去ったから。ふいと消えてしまったのだ。

「このエリアのセキュリティ画像がほしい」イヴは嚙《か》みつくように言った。「容疑者を探し出すためにセキュリティフィードが必要なの」

業を煮やして、イヴは武器を戻した。「ここのセキュリティフィードのコピーを送って。それと容疑者らしき者が写ってるフィードは全部。ダラス、警部補イヴ、コップ・セントラル、殺人課。わたしにフィードを寄こし、ビデオの検索と足を使った捜索を開始しなさい。さあ、とっとと始めて」

「それには許可がないと——」

イヴはもう少しでその公園警備員の喉元をつかむところだった。「あなたはここで警邏《けいら》中にワシントン・スクエア・パークで殺された女性のような死体を発見したいの？　探してるのはその犯人なの。そのとんでもない野郎を探してるのよ」

「わかりました、マム。ただちに取りかかります」

「マムなんてふざけた呼び方はやめなさい」怒声を発すると、イヴは歩きだした。

「あいつを見失った」イヴはフィーニーに言った。「うちに帰る」

「自宅で応援と合流してくれ。何があったんだ？」

「あとで詳しく説明する」イヴは苦々しい思いで言った。「犯人の追跡を開始しないと」

北へ向かってから西にまわれば、公園の外に出られる。イヴが彼の立場でもそうしただろう。近くに車を停《と》めてあるか、さもなければ徒歩でコロンバス・アヴェニューまで行ってタクシーを拾うか地下鉄に乗る。

コップはこちらのやり方を見たいのだろう。イヴも相手に見せてやるつもりだった。

来た道を戻りはじめると、NYPSDの制服警官が二人、駆け寄ってきた。イヴはバッジをはずして掲げた。「ついてきて」

歩きながらコミュニケーターで捜索の指示を伝える。範囲は西八十八丁目の南からルーズベルト・パーク――彼は公園が好きらしいから――まで、セントラル・パーク・ウェストからコロンバス・アヴェニューまで。

もしかしたらだけれど、彼は出し抜いてやったことに浮かれているから、注意がおろそかになっているかもしれない。捜索側にとっての幸運が転がっているかもしれない。

自宅の門に近づいていくと、門は大きくあいていて、サマーセットがイヴの車と殺された猫がはいった袋のあいだに立っていた。

「そこで何してるの！　その袋にさわらないで！　まったくもう！」イヴは猛然とダッシュした。「車に乗って。車に乗っててよ」

「ギャラハッドではありませんでした。あの子は邸のなかにいます」

「その袋にさわったのね」

「もちろんさわりました」サマーセットは悪びれずに言い返した。「門が開いてから閉まり、モニターにはここにあなたの車とこれがあるのが映っていた。私は――」

「いいから乗って」苛立ちと怒りから、イヴはサマーセットの尖《とが》った肘をつかんだ。「自分がターゲットなのがわかってるの？」

「あなたもそうなのがわかっているのですか」

「手錠をかけられる前に乗りなさい。本当にやるわよ」

並々ならぬ威厳をもって、サマーセットは車に乗りこんだ。

冷静になれとみずからに言い聞かせ、イヴは遺留物採取班を要請し、こまかい指示を与えながらトランクまで行った。両手をコーティングし、証拠品用の袋と箱を取り出した。

箱を制服警官に放り投げる。「組み立てて」

リバーシブルのパーカーを証拠品袋にしまうと、イヴは血のにじんだ麻袋から猫を取り出した。

「ひどいことしやがって、とんでもない野郎ですね」制服警官のひとりが言った。

無言のまま、イヴは捜査キットからピンセットを取り出し、死骸の毛を何本か抜いて証拠品袋に入れ、綿棒に血を染みこませてそれも袋に入れ、死骸《しがい》を袋に入れ、それぞれの袋にラベルをつけた。麻袋とメモも別の袋に入れた。

箱を受け取り、証拠品を詰め、密封し、ラベルをつけた。

「あなたたちはこの死骸をモルグに持っていって、モリスの手に渡るようにして」

「主任検死官に猫を解剖してもらいたいんですか？」

「今、そう言わなかった？」

「おっしゃいました」

「パーカー、体毛、血、麻袋とメモは科研《ラボ》へ。体毛はハーヴォ、そのほかはベレンスキー行きのタグをつけて。これは最優先事項よ。どれもこれも最優先させること。わかった？」

「はい、警部補」

「あなたたちは徒歩?」

「はい、そうです」

イヴはまたもやコミュニケーターを取り出し、パトロール警官たちを拾う車を要請した。

「現場保存のために、門口で立哨《りっしょう》する者が必要ですか?」

「いらない」そんなことをしても始まらないとイヴは思った。それを言うなら遺留物採取班も必要ないが、万全は期しておきたい。

イヴは捜査キットをトランクに戻し、運転席についた。

サマーセットが染みひとつない白のハンカチを差し出した。

「手に血がついています」

怒鳴りつけてやりたかったが、黙って受け取った。ステアリングを猫の血だらけにしても始まらない。

それより、血だらけのハンカチを丸めてジャケットのポケットに突っ込んでおいたほうが、あとでサマーセットを怒らせることができてすっとするだろう。

車が門を通過するあいだ、サマーセットは両手を組んでじっとしていた。

「ご承知のとおり」と彼は言いだした。「門のセキュリティシステムはあなたの車のIDを読み取りました。ところが門が開閉しても、あなたの車がしかるべきタイミングで正面玄関のモニターに映ってこないので不安になりました。私もリモートで車をガレージまで移動することができません。そこで門のモニターを確認すると、誰も乗っていないあなたの車と、あの袋を見て、私の不安は増すだけだったのです」

「それであなたはあのろくでもない門をあけて、あそこにぼさっと突っ立ってたというわけね。まるでカラスに糞《ふん》を落とされたあげく目をつつかれるのを待ってるカカシみたいに」

「私はただ――」

「あいつが引き返してきたらどうするつもりだったの？　わたしが見つけたとき、あいつはここからほんの一ブロックしか離れてないところにいた。それから公園に逃げこんだけど。引き返して、あなたを切り裂いてたかもしれないのよ」

こわばった首をどうにかめぐらせて、サマーセットはイヴをにらみつけた。「私には自分の情報源があるから大丈夫です」

「あなたの情報源なんかどうでもいい。わたしが戻ってきて、猫の死骸の隣で血を流してるあなたを発見したら、ロークになんて言えばいいのよ」

「私は武装しております」正面玄関に突っ込むような勢いで車を停めるイヴの横で、サマーセットは言った。「思い出していただきたいのですが、私は都市戦争《アーバン・ウォーズ》の時代にこれよりもっとひどい連中を相手にして、生き延びてきました」

「アーバンズはわたしの責任じゃなかった」イヴはドアを押しあけて車から出た。

サマーセットも反対側のドアを押しあけて車から出た。「私はロークになんと申し上げればいいんですか。私が確認を怠ったために、帰宅した彼があのかわいそうな猫の隣であなたが死んでいるのを発見したら」

「わたしは警官よ」

「それは無敵だということですか?」

「経験を積んでるの」

「私もです。私はあなたよりずっと長く生きているのですから」

「じゃあ何?　年寄りならプロの殺し屋を振り切ったり出し抜いたりできるってわけ?」

サマーセットはポケットから小型の光線銃《ブラスター》を取り出した。「これがあれば、年齢を埋め合わせてくれると思います」

「待ってよ、それは違法でしょ!」

「逮捕してください」サマーセットはうながした。「その前に一杯飲みたい。二人とも酒が必要です」

ドアに向かう後ろ姿をにらみながら、イヴは髪を思いきり引っ張った。それからあとに続いて家にはいった。ものすごく酒を欲していたから。

ギャラハッドがとことことサマーセットに近づき、においを嗅《か》ぎ、体をこすりつけてから、イヴのもとにやってきた。しばらくのあいだ、二人と一匹は広々としたホワイエに立ち尽くしていた。

サマーセットが咳払いした。「袋についていたメモを見ました。スペルはひどいものでしたが、あのメッセージの真意は明らかでした。この子が無事なのは知っておりましたが、あなたがどうされているかはわからなかった」

イヴはジャケットを脱ぎ、階段の親柱に放った。「たっぷり飲みたい」

ひとつうなずいて、サマーセットは客間にはいっていく。グラスにワインをたっぷり注ぎ、自分にはウイスキーをスリー・フィンガー注いだ。

「いったいいつからそのポケットにブラスターなんか忍ばせてたの?」

「リーアム・カルホーンが私の監視をかいくぐって邸に侵入し、あなたが私をかばってスタナー光線の前に飛びだしたときからです。ローカン・コップがこの邸に足を踏み入れることは決してありません」

自分がこの出来事に動揺していることにようやく気づき、サマーセットは腰を下ろした。

「あいつはいったいどうやって、わが家に猫がいることを知ったの?」

自分でもそれをじっくり考えたから、サマーセットはグラスを口に当てたままため息をついた。「今日、私をつけていたときに増幅器を使って盗聴したのかもしれません」

「あいつが——なんですって？　何時頃？」今度は自分の髪を掻きむしるだけでは足りない。サマーセットの髪を掻きむしってやりたかった。「わたしはなんで今初めてその話を聞いてるの？　どこでよ？」

「おお、どうか座ってください、そう歩きまわらずに」サマーセットはウイスキーを口に含み、こめかみをこすった。「ロークには伝えました。彼はもちろん、あなたに伝えるつもりだったでしょう。市場で——青空市場で買い物をしていたときです」

「あいつを見たの？」

「いいえ。彼を感じたのです。つけられているときはすぐわかります。近づいてはきませんでしたが、私にはわかりました。だから増幅器を使って魚屋のミスター・ティリーとの会話を盗み聞いたにちがいありません。ミスター・ティリーは雌のペルシャ猫を二匹飼っているので、我々は猫談義をしました。私はギャラハッド用にサーモンを買いました。その後まもなく尾行者は消えていった。私はそれを感じました。

彼はあのかわいそうな猫を惨殺した。誰かのペットだったかもしれない猫を。私がサーモンを買い、猫についてしゃべったせいで」

「彼は最低野郎だからあの猫を惨殺したの。そしてわたしかロークが――先に帰宅したほうが――どう反応するか見たかったのよ。あいつは物陰から出てきた――あの殺人現場でやったように――私に姿を見せつけるために。あいつは笑ったのよ」イヴは付け加えた。「あいつの身振りでわかった。まるで面白い冗談みたいに」

ギャラハッドが膝に飛び乗り、重量級の四肢を伸ばすと、イヴはその体をゆっくりと優しく撫でた。「死骸か体毛が何か告げてくれるなら、モリスとハーヴォはきっと見つける」

サマーセットはポケットから小型装置を取り出した。「ロークが門前に着きました。あなたの科学捜査班も」

「しまった。彼に知らせておくべきだったのに」イヴはワインをもうひと口飲んだ。「まあ、いいわ」

「私も知らせるのを失念しておりました。二人ともそれどころではなかったようですね。座ったままで」イヴが腰を上げる前に言い足した。「私が出迎えます」

やらなきゃならない仕事があるのに、とイヴは思った。でも、こっちのほうが先だ。満足げに喉を鳴らす猫を撫でながら、イヴは椅子の背に頭をもたせ、目を閉じて貴重なこのひとときを味わった。

ドアがあく音がした。

「だけどなぜ遺留物採取班が門口にいるんだ？」ロークが問い質《ただ》している。「『警部補に訊いてください』としか言えないのか？」

「警部補は客間でワインを飲んでおられます。ご一緒にどうぞ。あなたの分もお持ちします」

ロークがはいってきたとき、イヴは背を伸ばして目をあけていた。満足していたはずの猫はさっさとイヴを見捨て、もうひとりの家族のもとへ走った。

「いったい何があったんだ、イヴ？」

「コッブが猫の死骸を門のところに置いていったの――麻袋に入れてメモをつけて」

「猫？　なんで彼はそんな……」ロークは脚のあいだを行ったり来たりしている太ったグレーの猫を見下ろした。「ははあ。彼は市場までサマーセットをつけていった。なんらかの方法でうちに猫がいることを嗅ぎつけたにちがいない」

「猫友達がいる魚屋でサーモンを買ったから」

「増幅器か」ロークは推測した。

「彼は一ブロック先にいた――わたしに姿を見せつけたの。わたしは公園まで彼を追いかけたけど、向こうのほうがかなりリードしてたから見失った。公園警備員にセキュリティフィードを送るように言ってあるけど、彼はとっくに公園から逃げ去ったと思う」

怒りを押し殺しながら、ロークはネクタイをゆるめ、イヴの隣に腰を下ろした。「彼はうちに押し入ろうとしたかもしれない」

「サマーセットは警報器のことは何も言ってなかった。もし鳴ったなら言うでしょ」

「コップが警報を妨害しなかったことにはならない。あとで調べてみよう。メモがついていたって言ったね」

「好奇心は猫を殺す。次はおまえだ。スペルミスだらけだったけど」

「帰宅してそれを見つけたんだね。きみはきっと考えただろう……」

ロークは今や彼の膝を選んだ猫を撫でた。

「わたしはそれほど短絡的じゃないけど、そうね、一瞬考えた」

サマーセットが戻ってきた。「ワインかウイスキー、どちらに?」

「ウイスキーをもらおう」

「あなたがたは階上《うえ》に行って、この件に取り組み、食事をなさりたいでしょうが、イヴァンナと話し合ったことについてお伝えしておいたほうがいいと思います」

「あなたは話したのね、あなたの……女の人に」イヴは恋人に代わるふさわしい言葉が思いつかなかった。

眉を吊り上げて酒を注ぎながら、サマーセットは話を続けた。「イヴァンナはあなたもご存じのとおり、長年秘密調査活動をおこなっていました。彼女には人脈があります」

「そっちはホイットニーがやってるわよ」

「それではうかがいますが、あなたの部長にはコッブのことを調べた情報部員や捜査官と個人的なつながりはありますか？」

イヴはロークにウイスキーを手渡すサマーセットをにらみつけた。「インターポールのアバナシーとかいう男が明日打ち合わせしにくる」

「イヴァンナは彼のことにも触れていました」サマーセットは自分のPPCを取り出し、スクロールした。「ジョージ・アバナシー、ロンドン警視庁《スコットランド・ヤード》出身——あなたも歓迎されると思いますが、殺人課の捜査官でした。七年前にインターポールに出向」

「その情報を打ちこんだの？」

サマーセットは小首をかしげた。「私の暗号を解読してごらんになりますか、警部補？　私がありとあらゆる暗号に携わったのはかれこれ——」

「はい、はい、わたしが生まれる前からでしょ、わかったわよ」

「それはともかく、イヴァンナはアバナシーのことを知っています。彼女はこういったことに詳しいのですが、彼がローカン・コッブの追跡に失敗してもあきらめず捜査を続けてきたことも知っています。年齢は四十八歳、十四年前に結婚し、息子が二人います。妻は四十五歳、有名な植物学者だそうです。息子たちはクリケットとフットボールが得意です。アメリカン・フットボールではなく」と意味を限定する。「本場のフットボールです」

サマーセットは自分のウイスキーのグラスを取り上げた。「よろしければ、アバナシーに知人としてイヴァンナの名をお伝えください。彼女はコップに関する各所の捜査について知っていることを私に話してくれましたので、それを報告書の形にしました。お二人にはコピーをお送りします」

「それは助かるな」ロークが言った。「食事はもうすんだのかい？」

「いえ、まだです」

イヴはこの沈黙が何を意味するかわかった。心のなかでは舌を出したとしても、それが当然だろうと納得はできた。「じゃあ、ダイニングルームで食べましょう。三人で」

「用意してまいります」立ち上がって、サマーセットは出ていった。

「彼は小型ブラスターをあの葬儀屋みたいな上着のポケットに忍ばせてたのよ」

「そうかい。それで？」

「もういいわよ」その件は放っておくことにした——とりあえず今のところは。「マイラとの話し合いはどうだった？」

「食事をしながら双方の話を教えるよ。きみはどちらの話も聞いておいたほうがいい。そうだ、マイラがプロファイルを更新してきみに送ると言っていた」

「よかった。それはいいとして、あなたは大丈夫?」

「確信はないけど」

イヴは手を伸ばし、ロークの手を握った。「わたしはあいつを捕まえる」

「きみを信じてるよ」

「彼はわたしがどんな手に出るか見たがったの。きっと車を使って彼との距離を縮めると思ったでしょうね」

「なぜそうしなかったの?」

「目の前に公園があったから。車に乗ってたら、車を停めて降りる手間があるでしょ。彼は公園にはいるつもりだったのよ、目の前にあったから」

ロークはイヴのほうを向いた。「きみはやつがどんな行動に出るかわかっていたのか」

「だからそう言ってるじゃない。彼は可能なかぎり安易な方法を選ぶ。公園は安易な逃げ道でしょ。パーカーを脱ぎ捨てれば特徴が薄れる——でも、そのパーカーは今やこっちの手にあるし、そこから何か見つかるかもしれない。彼にしてみれば腰に巻いて逃げたほうがよかった。だけど、脱ぎ捨てるほうが簡単だった。防犯カメラにはきっと公園を北へ向かう姿も、急いで公園から立ち去る姿も写ってるわよ。公園に逃げこんでから抜け出す。それから隠しておいた車を使うか、数ブロック先まで行ってタクシーか地下鉄を使う。

猫の死骸はモリスに、猫の毛はハーヴォに、血はディックヘッド《ぐず》に送った。パーカーからはDNAが検出できるかもしれない。ラベルはついてなかったけど、彼らなら何か見つけてくれるでしょ。あの猫をどこでどうやって手に入れたのかも調べがつくと思う。野良猫じゃないはずよ」そう言って、イヴは考えをめぐらせた。


「サマーセットの会話からそのアイデアを思いついたとして、彼が数時間以内に野良猫と出くわすほどついてるとは思えない。彼はニューヨークの地理には不案内だから、どこを探せばいいかわからない。となると、動物の診療所か保護施設かもね。あるいは、どこかの家の窓から見えたとか——それじゃラッキーすぎるからだめね」イヴはその説を却下した。「診療所か保護施設に押し入った。その線を追えば、彼がどこへ行ったかわかるわ」

イヴは立ち上がって歩きはじめた。「彼がサマーセットを尾行してたなら、まずはサマーセットが外出するのを確認する必要がある。つまり、この家を見張ってた。探りを入れていた。それには移動する乗り物が必要よね」

「サマーセットかあのお抱え運転手が尾行に気づかなかったとは思えないが」

「それは保証いたします」戸口からサマーセットが言った。「食事は裏のパティオに用意しました。麗しい宵ですから」

「増幅器は？」

「それはない」ロークは断言し、猫を膝から下ろして立ち上がった。「ここの敷地内や邸内ではありえない。そういったものをブロックする見えない壁をめぐらせてあるから」

「じゃあ、いいわ」イヴはサマーセットのあとについていこうとして、ふと足を止めた。「車のなかは？　車内の会話や物音を拾えるような高品質のやつ」

「恐ろしく性能のいいやつじゃないとだめだが。迂闊《うかつ》だった、ありうるかもしれない。調べてみよう」

「運転手は行き先を知ってたの、それとも車に乗ってからあなたが教えた？」

「私も迂闊でした」家の裏手へ向かいながらサマーセットが言った。「車に乗ってから教えました」

「あなたが立ち寄った場所、話や買い物をした相手を全部知りたい。そこに寄った時間もすべて」

「わかりました」

外に出ると〝麗しい宵〟は言いえて妙だとイヴは思った。夕闇が迫り、パティオや小道には明かりの列ができ、あたりの木々に光をまき散らしている。花々は芳香を放ち、明かりに照り映えている。

テーブルには、透明のカップに入れた小さな白いキャンドル、三人分の蓋付《ふた》きプレート、さっき栓を抜いたワイン、布に覆われたガラス製バスケット——焼きたてのイーストのにおいから中身はパンだとわかる——が置かれていた。

「整えられたテーブルでいただく食事は心が慰められるものです。三人ともこれが必要だと思いまして」

「この蓋の下にほうれん草がいたら、わたしの心は慰められないわ」

けれども、蓋の下にいたのはアスパラガス——イヴがいちばん嫌いではない野菜だ——と、ソースがかかった何かの肉のメダイヨンで、金色の薄い皮をつけたままの小ぶりのポテトにはバターとハーブがまぶされていた。

ワインは断るつもりだったが、心の慰めを考え、あと一杯ぐらいはいいだろうと決めた。

「ジョージ・トゥイーンはたぶん四十八時間以内にオメガ星へ移送される。というか、今からだと三十六時間以内に」イヴは話を切りだした。「ガーラ・モデストの未成年の息子は彼女の家族のもとにいて、今後も一緒に暮らすことになると思う。遺族は彼女の亡骸《なきがら》をイタリアに——トスカーナに連れて帰る。ハウスキーパーとナニーも同行して、そのまま向こうの家で働くはずよ」

ロークはイヴの手を取り、握り締めた。「よくやったね」

「まだ終わってないけど、あなたのおかげもあって、そういうことになったの。彼は、トゥイーンのことだけど、それほど難物じゃなかった。あなたが掘り出したデータがなかったら、もっと扱いにくかっただろうけど」

イヴはメダイヨンにナイフを入れた。肉の正体はラムだった。

「コップは自分で思ってるほど難物じゃない」

「私はあなたを揶揄《やゆ》するつもりは毛頭ありませんが、警部補」

イヴはラムを味わい、サマーセットに冷ややかな一瞥《いちべつ》を投げた。「ほんとに?」

「この場合は」とサマーセットは言い添えた。「ですが、彼は二十年ものあいだ世界じゅうの法執行機関に手を焼かせてきた難物です」

「最初はツキにも恵まれてたんでしょう。でも、いずれにしても腕はたしかね——仕事の腕は。だけどこれは仕事じゃない、個人的な恨みよ。彼はすでにヘマをしてる。犯行現場でロークに姿を見せつけたのは……ほんの出来心、それとエゴ。ニューヨークに居つづけるのは……プライドと怒りのせい。あの猫の件は……傲岸不遜《ごうがんふそん》で、ただのバカだから。

これは喉を切り裂いて、報酬を受け取って、次に移るというのとはちがう。これは憎悪とエゴと宿敵を愚弄《ぐろう》したいという欲求から来てる。そして何よりあいつは——なんて言うんだったっけ——簒奪者《さんだつしゃ》なのよ」

習慣から、ロークはロールパンにバターを塗り、二つに割って、片方をイヴに手渡した。

「すべてそのとおりだ。僕自身もマイラとデニスと話すまでは気づいてなかった」

ロークはあたりを見まわした。きらめく明かり、花々、芝生の絨毯《じゅうたん》。自分のために築いた世界に目をやった。サマーセットのために。イヴのために、とロークは思った。もっとも、最初はこうなるとは知らなかったけれど。

家族のために。そのなかには太った猫もいる。

「僕は忘れていたことを思い出した。時とともに記憶がぼやけたせいか、記憶を押しのけていたせいか、あるいはたんにこれまで考えてみなかったせいなのか、とにかく今まで思い出さなかったことを思い出した。マイラは聞き上手で、どういうわけか的確な質問をして、閉ざされたものを開くコツを心得ている」

ロークはイヴを見た。「きみも知っているように」

「そうね、彼女はコツを心得てる」

「デニスもそうなんだ。そんなわけで、本音を言えば、マイラ宅を訪れるのはきみに対する義務だと考えていたんだけどね、警部補、それが思いがけない打ち明け話に発展したんだ。僕が初めてコッブを見かけたのは」と言って、ロークは二人に語りはじめた。

「彼は最初からあなたを殺そうとしたのね」イヴはつくづくと言った。「彼はそのことを、というより、あなたを殺しそこねたことを忘れてなかった」

「ああ、あいつは忘れないな。僕にとってはただの私生児にすぎなかったが、彼にとってはもっと重要な意味があった。たとえ彼が親父の息子であっても僕は気にしなかった。それどころか、そうであってほしいとまで思ったかもしれないが、彼の母親を見て、それがいかに信じがたい話であるかわかった」

「そのわけは？」イヴは訊いた。

「髪の色や体つきがちがうことに加えて、彼が母親似ではなく父親似である――実の父親に似ている――と思わざるをえなかったから。浅黒い肌、顔立ち、目の色。親父とはひとつも似たところがなかった。だが、彼にとっては大事な問題だったんだ」

「何より大事なことだったのでしょう」サマーセットが意見を述べた。

「そのとおりだよ。よく考えると、そう言ったのはマイラだった。親父が殴ったり蹴ったりするのは、彼に関心があるからだと。彼はそれを切望した。親父が彼をこっぴどく殴った夜でさえ」

話に耳を傾けながら、イヴは自分でも頭のなかで彼のプロファイルを更新していた。

「それがあったから、彼はあなたの命を狙わなかったのね、何年ものあいだ」イヴは断定した。「そんなことをしても、あなたの代わりになれないばかりか、自分の立場も失っていただろうから。あなたに対する恨みはますます募っていった」

「そうなんだろうな。もっとも当時の僕にはどっちでもいいことだった。彼は親父の手下のひとりにすぎなかった。僕は彼に近寄らないようにしていた。相手は凶暴だし、それはすでに身をもって知っていたからね。僕はもっと思い出したことがあるんだが、それがコップに当てはまるかどうかはわからない」

「マイラはどう考えてるの？」

「それはわからないな。あれは親父に死ぬほど殴られて、サマーセットに見つけてもらったときのことだ。今でもまだはっきりとは思い出せないが、何かほかにもあったはずなんだ」

ワインを取り上げ、眉を寄せてグラスをのぞきこんだ。「ここに帰ってくる途中で、何かもっとあったような気がした。今は親父が路地裏で僕を見つけたことがちょっと引っかかっている。僕は本を持っていた」

「本を？」サマーセットが繰り返した。

「あの本は自室の隠し場所に戻しておいたと、僕はずっと思いこんでいた。だけど、僕はそれを持ち出したんだ。働くのを怠けて、イェーツを読む練習をしていた。それをコップに見られたんじゃないか、彼が親父に教えたんじゃないかと思う。僕のことを告げ口して拳骨《げんこつ》を食らったとしても、彼にはその価値があるだろう？

僕は親父と闘ってその本を奪い返そうとした。隠しておいたものを親父に取り上げられるのはしかたないが、あれだけはいやだった。僕は彼を殴り、殴り返されて地面に倒れた。僕は死ぬほど殴られた理由を今日まできちんと思い出せなかった」

ロークはサマーセットのほうを見やった。「そしてあなたが見つけてくれた。僕がようやく意識を取り戻して――あなたは丸一日眠っていたと教えてくれた――あなたとマリーナを見て、何を思ったか知ってるかい？　僕の手を取って連れていってくれる妖精だと思った。それを今日思い出したばかりだったんだ。最初の数日間はあなたにもマリーナにもひどいことを言ってしまったね」

「よしなさい」サマーセットは手を伸ばし、ロークの手を握った。「よしなさい。きみはまだ子供だった。残酷に扱われておびえた子供だった。そのことは忘れるんだ。私をがっかりさせないでくれ」

「あなたをがっかりさせるのは、あの人でなしの拳を受けるより僕にはこたえる。それほどの威力があるんだよ」

サマーセットが見ているのもかまわず、イヴは横を向いてロークの顔を両手で包み、彼の口に唇を押しつけて、そのままじっとしていた。

サマーセットは腰を上げた。「今日、瑞々《みずみず》しいストロベリーを買ったのでショートケーキを作りました。デザートにお持ちしましょう」

そう言って、彼は屋内に消えた。

ロークはイヴの手のひらを自分の唇に押しつけた。それから、さらに心の慰めを求めて、イヴの肩に頭をもたせた。

11

ショートケーキとコーヒーを前にして、彼らは過去を少し忘れ、ほかのことを話し合った。ロークがふたたび過去に触れたのは、階上にあがってイヴのオフィスで二人きりになってからだった。

「きみにお礼を言いたい」

「なんのお礼？」

「早くここに来て仕事に集中したかったのに、サマーセットとディナーを共にしてくれたことに」

「あなたがそうしたがってたし、彼もそうしたがってた。わたしはそこから得るものがいっぱいあった、ケーキもね」けれど、ロークはイヴの両手を取って離さなかった。「彼はあなたの命の恩人よ。それはわたしにとって意味のあること。コッブにとっても意味のあることなのは自明でしょ。サマーセットにはもっと用心してもらわないと」

「まったくだ。彼は用心するだろう。つまり僕たちはみんな用心する」

「それを聞いてほっとしたわ」イヴはファイルバッグを開き、追跡装置《トラッカー》のケースを取り出した。「あなたにこれをつけてもらうから」

「どうして僕が？」ロークはケースをあけるイヴの手元に目をやったらしい。「ああ、それなら持ってる。お断りだ」

「コップはもう四百四十人以上殺してる――わたしはもっと多いと言いたい――そして、やつはあなたに死んでほしいと思ってるの。だから、あなたはこのトラッカーをつけて。わたしはサマーセットの分も要請するつもり」

「サマーセットも同じ反応をするだろう。僕は家庭用ペットみたいに標識をつけられるのはごめんだ」

イヴはフィーニーの助言を思い出した――感情に訴える。ふん、バカらしい。

ジャケットを脱ぐと、イヴはシャツの袖をまくりあげ、指先で腕をつついた。「わたしがこれを気に入ってると思う？　まるで尻と耳の区別がつかない新入りみたいに、フィーニーのなすがままになってこれを貼りつけたられたとき、どんな気持ちだったと思う？　この事件にはNYPSDの威信がかかってる。それというのも、どこかのイカレた野郎がわたしたちを殺して、地獄にいるあなたの父親にハイタッチしてもらいたいからなの。わたしはこれをつける、あなたもつける。そういうこと」

イヴから放たれる熱気に、ロークはその場で燃えてしまいそうだった。一瞬、同量の熱気を返してやろうかと思ってから、くるりと後ろを向いた。

「勝手にしやがれ」ロークはスーツの上着を脱ぎ、ネクタイをはずし、まとめてソファに放り投げた。「このことだけでもコップの野郎の皮をはがしてやれる」

ロークは向き直って、シャツを脱いだ。「長い年月を機智と狡猾《こうかつ》さを頼りに生きてきた僕が、自分の家で警官に標識をつけられるとは不愉快きまわりない。さあ、この屈辱をさっさと終わらせてくれ」

「その不愉快な警官はかつてのパートナーからその屈辱を受けたんだから、わたしに文句言わないで」

使用説明書を参照しはじめると、ロークはイヴの手からケースごと取り上げた。「このくだらない代物が使い物にならなくなる前にもらっておく」

「三秒後に」イヴは低くつぶやいた。「あなたを使い物にならなくしてやる。市警では」ロークがトラッカーを貼りつけ、作動させ、固定するのを見ながら、イヴは話を続けた。「部長、ティブル本部長、EDD、レオおよび検事局、マイラ、そして、今日の午後からはナディーンの豊富な情報源もこれに取り組んでる。もしコップがただの世界を股に掛けたプロの殺し屋だったら、全面的な支援みたいなものを受けられるかもしれないし、予算をもぎ取ることもできるかもしれない。でも、わたしたちは必ずそれを手に入れる、コップは四百四十三人を殺した実績にあなたを加えたがってるから。だから不愉快な警官たちのことで文句を言わないで。彼らは不愉快なこともするから。彼らは全員あなたのために血を流す覚悟なのよ」

イヴは憤然としてワークステーションまで行き、ファイルバッグの中身をぶちまけた。そして寝椅子から猫が二人に警戒の目を向けるかたわらで、事件ボードを更新しはじめた。

「僕は誰にも僕のために血を流してほしくない」

「あなたがどう思おうが関係ないの」

「そのようだね」フィーニーをも納得させる正確さで、ロークはトラッカーを覆うパッチを伸ばした。「過去の記憶を掘り起こしたことと、その記憶の一部のせいで、僕は思った以上にこたえている。おまけに、僕はずっと避けて通ってきたことをやったばかりだ。男だって玉を思いきり蹴られたらぼやく権利がある」

「わたしもこれは気に入らない。でも、玉は持ってない」

「たとえて言うなら、きみは僕が知るかぎり最大にして最強の玉の持ち主だ」ロークはイヴに近づいた。「きみが正当な理由とともに僕の頭に呼び起こす人はみな、僕にとって重い意味を持つ」

「わかってる」

「もしあいつが彼らのうちの誰かに危害を加えるようなことがあれば――」

イヴはさっと振り向いた。「あなたをとらえるチャンスを得る？」

「この世でもどの世でも、絶対にない」

「だったらわたしを信じて、わたしたちが職務をまっとうすることを信じて」

「信じているよ。でなければ、こんなバカバカしいものをつけたりしないだろう？　きみもね。そうだ、サマーセットの分は要請しなくていいよ」

イヴが激怒する前に、ロークはその肩をつかんだ。「きみが身につけているのは僕が開発した製品だ。だから僕が責任を持つ。サマーセットには明日の朝つけさせる。約束するよ」

「わかった」

ロークはイヴの肩をつかんだ手に力を入れ、動けないようにした。「覚えておいてくれ。誓ってもいいが、僕の頭にブラスターを突きつけることができたとしても、こいつを僕につけさせることは誰にもできない。それができるのはきみだけだ」

イヴは自分の腕を指先で叩いた。「同じ言葉を返すわ」

ロークはイヴの両腕を撫でた。「ちなみに、肘だ」

「肘がどうしたの?」

いろいろあったにもかかわらず、ロークは気分が軽くなるのを感じた。「尻と肘の区別もつかない、だ。耳じゃなくてね」

「大してちがわないじゃない。どっちも体の一部だし、どっちも二文字だし。それに、耳には尻みたいにちゃんと穴があいてるわよ」

ロークはイヴの額に自分の額をくっつけた。「イヴ、どうしようもなく愛してるよ」

あれほど燃えていた怒りは、いつのまにか消えていた。イヴはロークに腕を巻きつけた。いやな一日だった。二人とも、とにかくいやな一日だった。

「あなたはもう半裸になってる」イヴはため息交じりに言った。「これじゃ、わたしはまだまだ仕事に取りかかれないじゃない」

ロークの唇を求めて顔を仰向け、その唇を奪った。

ほしい、とイヴは思った。キスはたちまち熱を帯び、たちまち濃厚になった。

二人は奪われ、奪い返した。

そうしてイヴは殺人と喪失の渦中に立ったまま、彼が求めるものを与え、自分がほしいものを手に入れた。

ロークが武器用ハーネスをはずすと、イヴは肩をまわした。落とされたハーネスは床で音を立てた。

その音に誘われるように、二人は手足をからませたまま床に倒れこんだ。

ふたたび熱気が放たれる。今度の熱気は差し迫った欲求を掻き立てた。ロークの巧みな手がすばやくイヴのTシャツを引っ張りあげ、サポートタンクトップも脱がせると、乳房が存在を主張していた。

ロークはイヴを仰向けにし、主張する乳房を貪《むさぼ》り、上半身をなぞるように両手を下げてベルトをはずした。

彼の下で体を弓なりにそらしながら、イヴは心のなかで叫んだ――早く、早く。早くわたしのなかに来て、そこに留まって、何もかも忘れて、と。

二人は競うように互いのズボンを脱がせた。イヴは片手の指をロークの尻に食いこませ、もう一方の手で髪をつかんで引き寄せ、彼の口を夢中で貪った。

「焦《じ》らさないで」イヴはそう言って、ふたたび体を弓なりにした。「焦らさないで」

ロークにもそんなつもりはなかった。この胸を掻き乱してきたすべて、今も渦巻いているかもしれないもの。イヴこそその答えだ。真実はイヴだけ、イヴさえいてくれればいい。

熱い体で鞭《むち》打つように要求するイヴのなかにはいると、ほかには何も存在しなくなった。

激しく脈打つイヴの鼓動のなかに、自分の鼓動が聞こえた。彼女がもたらしてくれるもの、彼女が与えてくれるもの、彼女が奪っていくものに匹敵するものはない。彼女に匹敵する者はいない。

イヴが叫び声をあげると、ロークは野性の興奮を覚え、一気に高みへ連れていった。イヴは身を震わせ、ぐったりしていた。

だから急がず、喉元に優しく唇を押しつけ、鳥の羽ばたきのような脈を聞き、もう一度快感を引き出していった。今度は欲求に勝る愛が二人の喜びを引き延ばし、やがてロークは大きく開かれた心のなかにみずからを解き放った。

イヴは黙って横たわったまま、ロークの背を撫でていた。水面に出て現実と向き合い、対処しなければならないことはわかっている。そうじゃなければいいのにと思うけれど、世の中から目をそむけつづけることはできない。

「もう少しだけ」ロークはつぶやいた。「これが――セックスじゃなくて、この瞬間があるから、僕たちは残りのすべてを経験するんじゃないかな?」

「常にそうだったとはかぎらないけど、今はそうかも。この事件はあまりに身近すぎるわ、ローク。わたしたちはこれが解決するまでぐっすり眠れないわね」

「そうだな。それでも」ロークは体を起こし、まだ足を絡ませたままイヴを引っ張って座らせた。「僕のせいで、僕たちのどちらかはあいつと闘うことになるだろう。二人一緒だったら？　あいつには自分が直面していることの本質がわからない。僕たちのほうが賢いからだけじゃなく、賢いのはたしかだけど、僕たちのほうが人手や手段に恵まれているからだけでもない。これがあるからだ」

ロークはイヴの手を取り、しっかり握った。「これがあるから」

「じゃあ、それを使いましょう」

「僕はあのひどい代物を身につけているだろ？」

「それしか身につけてないけど」イヴは笑おうとして、恐ろしいことに気づいた。「まさか、チェックされてないわよね、わたしたちが今やったこと。つまり、あの動作とか」

ロークはあいまいな返事をしながら立ち上がり、もう一度イヴを引っ張りあげた。

「どうしよう、やっちゃった」

「やっちゃったね、すごくよかったよ。彼らがモニタリングしているとは思えないけど……逐一はね」

「もう、バカ、バカ！　すっかり忘れてた」イヴは手を下げて服をつかみ、身につけはじめた。「頭がごちゃごちゃよ、わたしには仕事があるのに」

「僕たちには、だ」ロークは訂正し、服を着はじめた。「僕は何に専念すればいいか教えてくれ」

「コーヒー」とつぶやき、コマンドセンターへ向かった。「わたしにはコーヒーが必要よ」

「僕たちには」

「そうね、わたしたちにはコーヒーが必要だわ」イヴはコーヒーのポットをプログラムした。「サマーセットが今日の立ち寄り先を送ってくれしだい、制服警官に捜査させる。商人や店員に聞き込みをしてもらう」

イヴは息を吐き出した。「収穫はなさそうだけど——彼が増幅器を使ったから——いちおう確認する。彼については今や広範囲にわたる包括的なデータが揃ってる。あなたの追跡記録や最近のアルファベット機関からの情報に含まれてないものは見込めないだろうけど、彼の既知の仲間についてさらに詳しく調べても損はないと思う。なんでもいいから、データに追加できるものを見つけて。ニューヨークを拠点としてる仲間に重点を置いて」

「了解」ロークは大ぶりのマグ二つにコーヒーを注《つ》いだ。

「彼が仕事をすませたらすぐ帰るつもりでニューヨークに来たなら、ホテルの部屋を予約するかアパートメントを借りるでしょう。ダウンタウンのモデストの住居があるエリア。高級なホテルかアパート、彼は贅沢なのが好きだから。でも、あなたがオーナーじゃないところ、あなたの懐を潤すのは癪《しやく》だから」

「鋭い指摘だね、僕も賛成だ。そしてきみは男性のひとり客を探す。今言ったようにすぐ帰るつもりだったなら、ホテルだろう」

「そうね。それを探すチームを組むけど、あなたがざっと調べてみてもいいわよ。でも彼は考えを変えた、のよね？　仕事がすんでもただちに部屋を引き払わない。それよりも宿泊を延長し、長年の夢を実現させるために、せめてわたしたち二人のどちらかひとりをもてあそびたい。それにはプライバシーが必要になる」

「となると、家が必要だな、一軒家もしくは防音設備のあるタウンハウス。だが、まずは一軒家から当たるだろう。家具付きの。申し分ないベッドや何かを手に入れる時間の余裕はないから」

考えをめぐらせながら、ロークはコマンドセンターの端に腰かけた。「この近辺で探すかもしれない、僕たちの出入りを見張れるように。あるいはセントラルのそばで、きみに目を光らせる。僕の本社のそばという可能性もまだ残っている」

「それは考えてみなかった」

「車も必要だろう。借りることも、なんなら買うこともできる。盗むかもしれないが、リスクが大きい。盗難車の届け出が出される前に目標を達成できるという自信があるなら別だが」

「それを全部調べる。行方不明者も——そっちはホイットニーがやってくれるって。見込みは薄いけど、彼なら家を乗っ取ってそこにいる者を全員殺しかねないものね」

ロークは自分のコーヒーを見つめた。「見込みは薄くないだろう。その公算は大きい。しかし調べるにしても失踪届はすぐには出ないだろう。情報を持っている伝手《つて》さえあれば、ターゲットを絞りこむことができる。その知り合いに頼んで、ターゲットが仕事を持っていれば仕事先に、あるいは友人や家族に連絡させ、身内に不幸があってとか、仕事でとか理由をつけて、しばらく街を出なければならなくなったと言わせればいい。穿鑿《せんさく》好きな隣人には、初めまして、僕は誰それのいとこですとか、友人とか同僚と名乗り、誰それが出張しているあいだ留守番を頼まれたと言えばいい」

「それはしばらく保留しておきましょう」

「しばらく、というのは彼が必要としている時間だ。だが、彼は伝手も必要としている。家は適当に選ぶわけにはいかない。自分の要望を満たし、なおかつ要望に合う借主もしくは所有者が住んでいる家でなければならない」

イヴは目を細め、その思考をたどった。「その家の借主もしくは所有者は自身も悪党であるか、その周辺にいる者か、あるいは悪事の被害者でなければならない。ふん、アホらしい、なんでただで手にはいるものに金を払わなきゃならないんだ？　彼がそういうふうに考えてるなら、捜査範囲を絞れる」

「僕にも伝手があるよ」ロークは思い出させるように言った。「僕は自分にできることをやってみるよ。可能性はもうひとつある。彼の以前の雇い主が貸家を所有している。彼は次の仕事を格安で引き受ける代わりに、その家を一週間か二週間使わせてもらう。そこには信頼関係のようなものがないといけないが、そのほうが手間が省ける。そのほうが危険もない。僕なら、きみの言うように、掘り出せることもある」

「慎重にね」

「いつも慎重だよ、ダーリン」

「わたしたちはプライベート・シャトルを調べてる――彼の通常の移動手段だから。操縦もできるから、パイロットを雇わずにこっちに来たかもしれない。どちらにしても、彼はシャトルを予約し、復路の飛行をキャンセルか延期したでしょう」

「となると、やることはかなりあるね」ロークは腰を上げた。「僕は掘り出すほうから始めるよ。きみはデータのファイルを僕のユニットに送っておいてくれ」

「帰る途中で送っておいた。ローク、もし未登録の機器を使うなら知っておきたい」

「いずれにしても、これには使わない」ロークは自分のマグにコーヒーをたっぷり注いだ。「とりあえず自分のオフィスで作業するが、どこかできみの予備機を使うかもしれない」

「その伝手との会話をわたしに聞かれたくないんでしょう」

「きみが特別聞きたがるような内容じゃないと思うよ。あとで要点だけ説明するし、成果に結びつきそうなものはなんでも教える」

ロークの後ろ姿を見つめながら、それで充分だとイヴは思った。

イヴは操作を開始し、仕事に取りかかった。

サマーセットがすでに今日の訪問先を送ってあったことは意外ではなかったが、その件数の多さには驚いた。

八百屋、チーズ専門店、魚屋《フィッシュモンガー》——モンガーって何よ？——花屋、乾物屋（水物屋もあるの？）等々。

そのリストに制服警官を追跡と聞き込みにまわらせる指示をつけて、カーマイケル巡査に送った。

ホイットニーの報告書に目を通しながら、自分用の覚え書きをメモする。マイラが更新したプロファイルにも同様の処理をおこない、固い文章から具体的な結論を読み解くのに手こずらされた。


ロークを殺したいというコップの欲求はたんなる目標ではない。それは使命であり、彼のアイデンティティの根幹に関わることである。最後の対立以来この欲求をとどめているのは、臆病さと明確な機会の欠如、それに加えてみずからの地位と富を築きたいという野望からにすぎない。

ロークが存在するかぎり、コッブは彼にとって本質的に不可欠な要求を主張できないままである。彼はパトリック・ロークの実の息子にはなれない。ロークが自分の前に立ちはだかることを悟っているからである。

さらに、ロークがこの父親を拒絶し、第三者を父親代わりにしたことは報復を必要とする。ロークは人生で成功をおさめた。その成功の証――ビジネス、家、妻、家族、友人――とともに堂々と暮らし、尊敬を勝ち取るいっぽう、コッブが何よりも望んでいるロークという名前を名乗っている。これは嫉妬《しっと》の種を蒔《ま》く。

コッブは嫉妬を認めることができない。それではロークのほうが上手《うわて》であると、自分にないもの――父親以外にも――を持っていると告白するようなものだから。コッブが認めるのは憎悪だけである。

ローク――少年時代から常に自分を負かしたり出し抜いたりし、それゆえに自分が〝父親〟からの愛と評価を得るのを妨げてきた男――を恐れる気持ちは、その憎悪を増殖させる。

持って生まれた性質、強い欲求から、コップは犯行を終えたばかりの現場で宿敵にして脅威であり、自分の野望をくじく男を見て、これは今ここで使命をまっとうしろという啓示だと判断した。

どれもそのとおりだわ、とイヴは思った。感受性を豊かにしていいなら、とても恐ろしい相手だ。

その対処法は、警官らしく考えること。

コップの使命は、ロークを殺すこと。

けれどその使命こそが、コップの弱点となる。

彼はリスクを負い、猫の死骸の件でミスを犯した。それをいうなら、ロークに自分の姿を見せつけたのがそもそもの間違いだった。あれはエゴだ——それも彼の弱点。あのまま影の存在を続けていたら、ロークを狙うにはもっといい機会に恵まれただろう。だが、彼は自分を抑えきれなかった。

やあ、俺だよ、このクソッタレ野郎、おまえの命をもらいにきたよ。

たしかに、サマーセットに増幅器を使ったのは利口だったけど、それでもサマーセットはつけられていることに気づいていた。

どうして彼はサマーセットを殺そうとしなかったのだろう。彼の目から見れば、ただの痩せっぽちの老人なのに。時間稼ぎ？ それはありそうもない。情報を集めて、習慣を知ろうとした？ それなら考えられる。

彼はそこから猫のことを知り、さっそくその情報を挑発に利用した。

これはパターンなの？

イヴは眉をひそめてファイルに戻り、合致するような例を探した。

「ない、ない、なんにもない」イヴはつぶやいた。「てことは……」事件ボードを振り返る。「新しいパターン。ちがう、新しくないし、通常のパターンでもない。ローク用のパターンなのよ」

立ち上がって、二台目のボードを用意した。コーヒーをマグに注ぎ、二つ目の事件簿を作成しはじめた。

それを頭のなかで熟成させながら、自分も家屋の検索に取りかかった。

リンクが鳴ったとたんひったくると、画面にバクスターが表示されていた。

「何かちょうだい」

「〈パークヴュー・ホテル〉なんてのはどうだい？ ペントハウスのスイート、名前はレジナルド・J・パトリック。イギリスのパスポートとワン・ユニヴァースのクレジット・アカウントを使ってる」

「そのホテルはどこにあるの?」と尋ねながら地図を表示させた。「もういいわ、見つけた。モデストの家からほんの二ブロックのところね」

「こぢんまりした静かな高級ホテルだ。ドアマンはいないが、セキュリティが完備されてる。セキュリティフィードを手に入れて、スタッフと話してみるよ。彼のことは覚えてるはずだ。チェックインは犯行の二日前、チェックアウトは犯行の翌朝だから」

「いいわね、手にはいるかぎりのものを手に入れて。遺留物採取班を呼ぶのも忘れないで」

「部屋はもう掃除がはいった」

「それでも呼んで。それから彼がいつどんな形で予約したか――何日分予約したか調べて。いつ何を食べたか、どんな服装で、いつ出かけていつ戻ってきたか。誰に何を言ったかも聞き出して」

「わかったよ、ダラス。任せてくれ」

「その調子で続けなさい」そう指示したとき、ロークがはいってきた。「セキュリティフィードが手にはいったら、すぐわたしにも送って。よくやった」

もう一度腰を上げて、そのホテルを事件ボードに追加した。被害者の住居からも、被害者がよく行くフィットネスセンターやお気に入りの場所からも近い。恰好のホテルを選んだものだ。

「バクスターとトゥルーハートが彼の泊まったホテルを見つけた。被害者の自宅周辺にある〈パークヴュー〉」

「もうチェックアウトしたんだな。でなければ、きみはドアに突進しているはずだから」

「そうなの。でも、セキュリティフィード、スタッフの供述、支払い方は手にはいるし、部屋もしらみつぶしに調べられる。彼はこぢんまりした高級ホテルを選んだ。地理的条件からか、上質なサービスを望んだからか。きっと両方ね」

「僕もそう思うね」ロークはコーヒーポットのほうへ向かいかけ、二台目のボードに気づいて足を止めた。

そこにはコッブ、ローク自身、パトリック・ローク、コッブの母親、サマーセット、ダブリンとニューヨークの地図、〈パークヴュー・ホテル〉、切断された虎猫の死骸、血まみれの麻袋のほか、ロークの少年時代からの年表も掲示されていた。

「徹底しているな」ロークはつぶやいた。

「そうしなきゃならないのよ。ごめんなさい」

「謝ることはないよ」イヴの肩に手を置いてから、コーヒーポットへ向かった。「ちょっと……落ちつかないけど、謝るようなことじゃない」

「そこにパターンがあるの」イヴは説明しはじめた。

「パターンが?」

「そう、あなた専用のパターン。彼はリスクを負ってる。職業上のリスク。でも、わたしがファイルを調べたところ、報酬をもらう仕事ではそのリスクは最小限に抑えられてる。そりゃ、いくつかミスも見つかったけど、杜撰《ずさん》とまでは言えない。最初の頃は粗っぽいところもあったけど、そこからちゃんと学んでる。そうじゃなきゃ、彼はとっくに死んでるか、檻《おり》にはいってたでしょう」

「なるほど」

「だけどあなたに関しては、終始エゴが前面に出てしまう。彼の使命——マイラは修正したプロファイルのなかで、それを使命と名づけてた——はさらに彼にリスクを負わせ、ミスを誘発させる。

コップが最初に自分の権利を主張しにきたとき、パトリック・ロークは彼を比喩《ひゆ》ではなく家から放り出した。あなたが手を貸そうとすると、コップはナイフを突きつけた。愚かで浅はかな行為よね。今回、あなたは前もって警告されたようなものよね? あのとき、あなたが差し伸べた手を握り、あなたと友達になろうとしてたら、たとえばその後襲うとしても、あなたはもっと無防備になってたんじゃないかしら。彼はあのときから間違えたのよ」

「僕たちはまだ子供だった」ロークは反論しようとした。

「彼はすでに殺人者だった。生まれながらの殺人者だった。本当よ、彼はそういうふうに作られてたの」

ロークはマグを口元へ運び、もう一度言った。「なるほど」

「彼があなたを殺したがってるからそう言ってるんじゃないの。彼がそれで生計を立ててるからでもない。わたしは彼のファイルに目を通し、四百四十三人――モデストを加えると四百四十四人――の被害者を目にした殺人課の捜査官として言ってるの。人殺しの性質は彼の血管を流れ、骨の髄《ずい》まで染みとおり、心の底に巣くってる。殺人が彼を作り、彼にプライドを与えてくれる」

ロークは淡々と述べるイヴの顔を見つめていた――冷静で無表情な警官の目を。警官の目はそうでなければならない。

「なるほど」ロークはようやくうなずいた。「なるほど、そのとおりだ」

「哲学の領域に踏みこんでもいいけど、それはあとにしてパターンに集中しましょう。あなたたちが子供だったころ、彼はあなたを殺そうとしたけど、それが最初で最後にはならなかった」

「ああ。僕のほうが機敏で利口だった。それに僕には仲間がいた」

「あなたに手を出せなかったとき、彼はどうした?」ロークははっと気づいた。「子犬。そして今度は猫だ」

「ほらね。あなたはそのとき少年と子犬をかばった。彼は子犬を殺した。あなたは猫を飼ってる。彼は猫を殺す。まだあなたには手を出せない、あるいはまだその準備ができてない、だけど彼にはあなたを愚弄することができる」

イヴは事件ボードを指さした。「彼はパトリック・ロークにあなたのことを告げ口した。あなたも殴られたけど、彼のほうがこっぴどくやられた。でも、そのとき何が起こった?」

ロークは眉をひそめ、首をひねった。「彼はしばらく僕に近寄ってこなかった」

「そうだったの? というより、あなたのパターンを見守ってたんじゃない? 誰かにお金か脅しを与えて、あなたの行き先や行動を調べさせたのかもしれない」

「あいつならやりかねないな」

「あなたはさっき、自分が本を持って裏路地にいたことを彼がパトリック・ロークに知らせたのかもしれないと思ったでしょ。わたしはそのとおりだと思う。あなたはなぜその時間にそこにいたの?」

「うーん……タイミングのほうはわからないな、記憶があいまいだから。でも、あの裏路地の隠れ場は安全な場所だったんだ、と僕は思っていた。それまでは安全だった。親父は……そこまではやってこなかった。日中はね。彼は……どこかに用があった。くそっ、はっきり思い出せないが、彼はたしか出かけていたはずなんだ――誰かと会っていたんだ。〈溺《おぼ》れるドブネズミ〉だったかな？　たぶんそんな名前の行きつけの店が、あの路地から数ブロック先にあった」

「そこにコップがやってきて、あなたが仕事をさぼって本を読んでるって教えたら、彼はどうする？」

「コップに裏拳を食らわせるか、思いきり蹴りを入れるかだな」それは間違いないとロークは思った。それは間違いないが、しかし……「ああ、そうだな、コップの話が本当かどうか確かめにいくだろう」

「そして、あなたはこっぴどく殴られた。それまででいちばんひどい体罰を受けた。コップはあなたを厄介払いした。自分の望む形ではなかったけど、追い出すことはできた。あなたにはもう家に残る気はなかったから」

イヴはコーヒーが飲みたくてコマンドセンターに戻った。「コップはその後も何度かあなたに迫ろうとしたことがあったと思う。あるいはパトリック・ロークが死んだあと、あなたは富を築こうとしてたから、その計画をだいなしにしてやろうとしたかもしれない。彼はあなたには手出しできなかった。だけど――」

「マリーナか」

イヴはコーヒーを置き、ロークの顔を両手で包んだ。胸が苦しくなった。「話をそこに持っていかないで。あなたには知りようがない。たしかなことは何もわからないのよ。サマーセットにそれを思い出させないで。お願い」

ロークはイヴの目を見つめた。「彼には何も言わない。安心してくれ」

「わたしと一緒にここにいて。これはあなたに対する彼のパターンなの。あなたひとりのためのパターン。フランスの例のバーであなたを見たときもパターンどおりの行動に出た。最初に会った夜、自分を抑えきれず行動に出たように。だけど、彼はあなたに倒された。屈辱を味わわされた。その夜から現在までのあいだに彼が何をたくらんだにしろ、それは未遂に終わった。だけど今度はちがう、パターンが当てはまる。公園であなたに自分の姿を見せつける。人目につかないようにすることも、様子をうかがうことも、待つことも知ってる手練《てだ》れの殺し屋なのに。彼が自分を抑えられなかったのは、相手があなただったから。相手があなただと、彼は杜撰になる」

「きみの考えもきみの事件ボードも、それが正しいことを証明しているようだね。ホテルの部屋を探してすぐ見つかるとは思ってもいなかっただろう。もしインターポールがその関連を突き止めたら、まあ彼らなら突き止めるだろうが、彼はとっくに姿を消していて、今みたいにニューヨークに留まってはいなかっただろうね」

「彼は関連を突き止められても平気よ。何も気にしてないもの。彼が気にしてるのは、今、ここで、ついにあなたを殺すということだけ。賭《か》けてもいいけど、彼はすでに――もう何年も前から――ローカン・ロークという名義の信用証明書を持ってるわね」

「いったいなんであんな父親がほしいのか、僕にはまったくわからない」

「わたしにはわかる。彼はパトリック・ロークの息子なの。実の息子じゃないけど、血のつながりだけで父親は作れないことは、あなたもわたしもよく知ってるでしょ」

「デニスも今夜そう言っていたな」ロークはつぶやいた。「そっくり同じことを言った」

「わたしたちはそれを知ってる。わたしたちはその証だから。サマーセットはあなたの父親よ。そうじゃなかったら、どうしてわたしがあんな骸骨《がいこつ》とひとつ屋根の下で暮らせると思う？」

　ロークがちょっぴり笑みを浮かべたので、イヴはまたマグを取り上げた。「彼は、コップはないものねだりをしてるの。あれはただの名前、だけどそれでも――」

「サマーセットはそれを自分のものにしろと教えてくれた。価値のあるものにして、自分のものにしろと」

「だからあなたはそうした。あなたはそれをヒッケンルーパーステインに変えることもできたけど、それでもコッブはあなたに死んでほしかったでしょう」

「ヒッケンルーパーステイン？」

イヴは肩をすくめた。「たぶん誰かの名前よ」

「きみの言うことはいちいちもっともだ――おそらくヒッケンルーパーステインというのはちがうかもしれないが、それ以外は全部正しい。僕が五里霧中の状態でも、きみがその霧を晴らしてくれるから、僕にもきみが正しいことがわかる」

イヴのコミュニケーターが着信を知らせた。

「セキュリティフィードだわ」

「どれどれ、見てみよう」

ロークは壁面スクリーンに表示するよう命じ、バクスターのメモに記されていた頭出しポ《キュー》イントまで早送りさせた。

玄関の防犯カメラにコッブが黒いリムジンから降りるところが写っている。運転手――四十歳前後の女性、混血人種でグレーの制服を着ている――が乗客側のドアをあける。彼女はコッブ――黒いパンツ、黒革のジャケット、薄いブルーのTシャツ、黒いサングラス――の荷物を出すのを手伝う。

黒い小型のローラーキャリーバッグ、黒いメッセンジャーバッグ、そしてメタル製ブリーフケース。それにはナイフ類がはいっているのだろう。

「あのメタル・ケースには彼の商売道具がはいってる。それを持ちこむためにはプライベート機で飛ばなければならない。そこまで教えてくれてありがとう。

リムジンに関しては、ナンバープレートは見えなかったけど、追跡することはできる。彼がどこから来たかがわかる。ほんと、杜撰よね」

コッブは由緒ある大邸宅の優雅さと広いホワイエを持つロビーに足を踏み入れた。

グレーに白い筋模様がはいった大理石の床は、三灯のシャンデリアの光を受けて輝いている。薄いグレーの壁に配された透明の筒には花が挿してある。ベルベットらしき布張りのハイバック・チェアは鮮やかな赤だった。

湾曲した脚を持つ磨き上げられたテーブルには、艶のあるブロンドヘアを後ろに流し、淡いピンクのスーツを着た女性がついていた。彼女は腰を上げ、ほほえみながら客を迎えて手を差し出した。

女性は手振りで客に向かい側の椅子を勧めてから、腰を下ろしてチェックインの手続きを始めた。

「彼はイギリスのパスポートと」イヴはロークに教えた。「ワン・ユニヴァースのクレジット・アカウントを使ってるの。名義はレジナルド・J・パトリック。きっとJはジャバーのJよ。パトリック・ロークが彼につけたあだ名。マイラの報告書に書いてあった」

「どうしても親父から離れられないんだな」ロークはつぶやいた。

黒いスーツ姿の浅黒い肌をした男性が現れ、客と握手を交わしてからキャリーバッグとメッセンジャーバッグを受け取る。コッブはメタル・ケースを運んでもらうのは断った。

「絶対ナイフがはいってるわね」イヴが断言する前で、スーツ姿の男はエレベーターのほうへ手をやった。

二人は歩きながら会話している。どうせ世間話だろう。カメラはエレベーターのものに切り替わり、二人はペントハウスまで上昇した。

ここにはスティールグレーの絨毯が敷かれている。クリーム色の壁は花や絵画が飾られ、ドアには絨毯と調和する色が使われている。どのドアにもセキュリティが完備されていた。

角のスイートルームは両開きドアだった。

スーツの男はドアを解錠してからコッブにスワイプキーを渡し、それから二人で室内にはいった。

「この部屋はもう掃除がはいってるけど、遺留物採取班に捜索してもらう。やってみなきゃわからないでしょ。わたしたちはリムジンを突き止める。バクスターとトゥルーハートはスタッフから事情を聴《き》いてる。ここでもミスだらけ――それもこれも、あなたに姿を見せたいという誘惑に勝てなかったから」

スーツの男は部屋を出て、エレベーターへ向かった。イヴはメモを確認して、次のキューポイントを命じた。

「二時間十分後に彼は外出する。ジーンズとちがうシャツに着替え、ジャケットははおらずに出かける。付近をぶらぶら歩く、それが彼の手順なの。被害者の家を通り過ぎ、夫から知らされた妻のよく行く場所を確認する。食事も取るかもね」

バクスターのキューポイントに沿って、イヴとロークは彼がホテルを出入りするのを眺め、夜のフロントスタッフ――こちらはブルネット――が彼を迎えるのを眺めた。

彼がふたたび部屋を出て、ホテルの玄関のカメラに映ったのは、モデストが殺された四十四分前だった。

何気ない身ごなしで歩き過ぎ、フロントのブルネットに片手をあげてホテルから出ていった。黒いパンツ、黒いパーカー――フードはかぶらず――黒いハイトップ型スニーカーという服装で。

「あの顔を見て」イヴは一時停止した。「なんの表情も浮かべてない。うつろよ。これから人を殺しにいくっていうのに。まるで会社に書類仕事を片づけにいくみたい」

「やつにとっては同じことなんだ。そういう連中を知っていたが、やつと大してちがわない」

「そうね、わたしも知ってる」イヴは再生を続けた。「やつはゆっくり時間をかけて公園まで歩いていく。それからフードをかぶり、まわりの様子をうかがい、そこに溶けこむ。次のキューは一時間二十四分後。殺した証拠の写真を撮るため、警官が駆けつけるのを待ちかねてる。その前に公園を出て、パーカーを裏返し、また戻ってきてまわりに溶けこんだ」

イヴはホテルに戻ってきたところを頭出しした。

「もう目はうつろじゃない。生き生きしてる。少し怒ってるけど、興奮してる。赤いパーカーのまま――もっと利口なら、裏返したことをブルネットに気づかれないようにまた黒に戻しておくけど、興奮してそこまで気がまわらなかった。足早にエレベーターへ向かう。拳を固めてる。彼女を見て」とイヴは言った。「彼女は気づいてる――それにとまどってる。さっきまでは馴《な》れ馴《な》れしくならない程度にフレンドリーだったのに、今は彼女には目もくれず猛然と通り過ぎていったから。彼女はそのことを覚えてるでしょう。またしても彼はつまらないミスを犯した」

イヴはメモに目を落とした。「キューポイントはあと二つある。コップは公認コンパニオン《LC》を呼んだ。バクスターとトゥルーハートは名前をつかんでるから、彼女にも事情聴取する。

さあ、ちょっと見てみましょう」

コップが猛然と部屋に戻ってから五十六分後、こちらもブルネットが――二十代後半、曲線美を覆う青いドレス――タクシーを降り、ロビーにはいってくる。フロントで短いやりとりがあったあと、フロントスタッフがイヤホンをタップし、そこでも短いやりとりがあってから、LCに部屋番号を伝えて通したようだ。

エレベーターのカメラで彼女を追う。最上階に着くと、きらきらした薄手の腕時計《リスト・ユニット》に目をやり、長いウェービーヘアを揺らす。廊下を進み、コップの部屋のブザーを鳴らした。

コップはにこりともせずドアをあけた。ホテルのローブをまとっている。

二十六分後、彼女が出てくる。苦笑しているようにも困惑しているようにも見える。

「持続力が大したことなかったのね」イヴは辛辣《しんらつ》な意見を述べた。

LCはエレベーター内でリンクを取り出し、誰かとしゃべりながら笑って肩をすくめた。もう一度リスト・ユニットに目をやり、エレベーターを降りると、ロビーを横切って去っていった。

12

チェックアウトするときには、コップの気分は少し上向いているようだった。彼はゆっくりとロビーから外に出ると、右に曲がってカメラの撮影範囲から消えた。

「防犯カメラのことを考えてるわね」イヴは言った。「カメラに写らずに車で去ろうとしてる。すでに隠れ家は用意してあるのよ。顔にはあの自信に満ちた薄ら笑いが戻ってきてる。わたしたちは彼をホテルまで送り届けたリムジンを突き止める。そこからそれ以外のこともう少しわかるでしょう。数ブロック圏内でタクシーを拾ったかどうかも調べるけど、それはやらないと思う。ひょっとしたら、リムジンと同じ送迎サービスを使うかもしれないけど、その可能性は低い」

ロークのほうをちらりと見ると、彼はうなずいていた。

「僕だったら、別のサービス会社に別の名前で予約しておき、別の場所で車を降り、少し歩いてからタクシーを拾って隠れ家まで行く。基本的な予防策だ」

「そうよね。でも、彼はそこまで予防策を講じないかもしれない。同じサービス会社を使ったとしたら、彼がそういう予防策を講じてたとしても、あのエリアで拾ったタクシーは見つけられる」

イヴは事件ボードの前まで行き、LCの名前とプリントアウトしたID写真を追加した。

「このLCからも情報を収集できる。仕事柄、自分のために注意を払うし、こまかいことにも気がつく。バクスターとトゥルーハートはそういったことを聞き出してくれるわよ」

戻ってきて、イヴは言った。「彼が隠れ家をそんなに早く借りるか買うかできたとはおよそ考えにくい。誰かに狙いをつけてその家を利用するために殺すこともできそうにない。となると伝手ね、彼の知り合いの誰か。悪党の隠れ家、そういうことよ」

「その方面にも情報源があるよ」ロークは言った。「その手の情報を得るには少々説得が必要かもしれないが、僕ならうんと言わせられる」

「ええ、あなたならできるでしょ。わたしはセキュリティフィードをもう一度見直して、別の線を推し進めてみる。彼はシャトル、リムジン、LCを予約し、どこかで猫を手に入れた。悪党の隠れ家は一世帯住宅。環境のいい高級住宅街にあって、セキュリティも万全」

「ニューヨークにはそんな物件が豊富にあると指摘しておきたいね」

「それはほんの出発点。わたしの考えてるとおりなら、借り手は次から次へと代わる。環境のいい高級住宅街の住人は、そういうことに敏感よ。だから口実が必要」

イヴはまた歩きだした。「所有者はビジネスを世界じゅうに展開してる実業家で、その家はニューヨーク拠点になってるから、幹部たちに短期の貸し出しをしてる、とかなんとか。裕福な独身者かカップル――子供はなし――愛想はいいけど、近所づきあいはしない。忙しいから」

「あるいは、その家は幽霊会社が所有しているかもしれない、きみの言う口実として。幹部社員や顧客が利用できる家だと」

「そっちのほうがいいかも」イヴはその考えを煮詰めてみた。「うん、そのほうがしっくりくる。使用人が必要になるけど、ドロイドを使ってると言えばいいわけだし、たぶんそう言うでしょう。つまり、わたしたちは法人が所有する一世帯住宅のなんやらかんやらを探せばいいということ」

「僕がやるよ。きみは別の線を推し進めたら?」

「助かるわ」

ロークが予備機の前につくと、イヴはセキュリティフィードの見直しに戻った。細部が大事、と頭のなかで唱える。

チェックイン——黒ずくめの服装。ほどよい親しみの示し方、だけど、目はうつろ。これも仕事のうちだから。

フロントに軽く手を振って外出。シャワーで旅の垢《あか》を落とし、カジュアルな服に着替えている。ブーツはホテルにはいってきたときと同じものだった。

一時停止して画面を拡大し、イヴはブーツをしげしげと眺めた。いくら注意してもロークが五分おきにブーツを買ってくれるので、イヴにもそれがオーダーメイドであることはわかった。たどるべき線がまた見つかり、それを自分用のノートに加えた。

コップは付近を探索し、おそらく食事もすませるのだろう。

殺しの夜。黒いパーカー、黒いランニングシューズ。一時停止し、拡大する。

「彼はあなたのところのランニングシューズを履いてる」

「えっ、なんだって?」

「きっと彼は、あなたが自分の履いてる靴を作ってる会社を所有してることは知らない。わかってるのは最高級品だということだけ。ランニングシューズにしたのは早足で歩かなくてはいけないから。走ることになるかもしれない。パーカーと合わせるとなおいい。公園でジョギングか散歩でもしようと思って出かけた男に見えるから」

イヴはシューズのブランドと推測したサイズを書き留めた。

赤いパーカー。これもオーダーメイドにちがいない。裏返せば黒いパーカーになる。個人の仕立屋だろうか。それを告げるエンブレムやブランド名はない。ラベルもない。遠写《ロングショット》しの画像では探りようがないが、これもノートにメモした。

チェックアウトの画像に戻る。ジャケットはアーバンブラック——パーカーではなく、チェックインしたときに着ていたのと同じジャケットだ。

「彼はもっと服がほしくなる」イヴはつぶやいた。「二、三日分の着替えしか持ってきてないけど、滞在を延ばしたんだから。彼は買い物に出かける。高級メンズウェア店に」

これもまた役立たずのロングショットだが、ノートに追加した。

セキュリティフィードの精査をいったん中断して、ホテルの部屋を調べた遺留物採取班の一次報告書に目を通した。

何もなかった。

けれど一時間もしないうちに届いた別の報告を見て、イヴは俄然《がぜん》やる気がわいてきた。

「輸送サービス会社が見つかった、車と運転手も。これでシャトルにもつながるわね」イヴはロークのほうを見やった。「チームが運転手の事情聴取に向かってる。別のチームは交通センターへ」

イヴは立ち上がって事件ボードを更新した。「そこでセキュリティフィードも入手できるだろうし、彼がどこから来たかもわかる。パトリック・R・ブレイドという名前で地上サービスを予約した者がいる。彼はトゥイーンとの交渉でブレイドという名前を使った。ホテルではちがう名前を使ったけど、シャトルの予約にはそのどちらかを使った可能性が高い」

ロークは椅子の背にもたれた。「やつの足跡をたどることはできる。あらゆる細部が大事なことも理解している。だけど、その細部がやつを見つけ出すことにどう役立つのかは理解しにくいな」

「彼の動きを追い、彼のパターンをなぞるの。彼は単発の仕事のためにそれ用の装備でやってきた。プライベート・シャトルを使ったのは、いつもそうやって移動してるしナイフ類を持ちこみたかったから。今では彼がどこから来たかがわかるし、パイロットに事情を聴くこともできる。シャトル内で食事や飲み物を取ったか。何を食べて何を飲んだか。プライベート・シャトルにもフライトアテンダントはつくでしょう。わたしたちは質問する。彼が機内で仕事をしたか、おしゃべりしたか、眠ったか」

イヴはパンツのポケットに両手を突っ込み、事件ボードをじっと見つめた。

「彼は予定を変更した。そのために服を買いそろえる羽目になった。個人の仕立屋に作らせる時間はない。だから高級な――なんて言えばいい？」

「既製服。レディメイド」

「それ。彼はあのリバーシブルのパーカーをいつから着てるの？　ファイルにはそのことが載ってない——裏返すと赤いパーカーになること。見逃されたか、無視された細部なのかもしれない。だけどニューヨークに来る前にいた場所で作らせたのかもしれない。わたしたちはそれを探す。それがわかれば、ここでもどんな店で買い物しそうかわかるかも。その可能性はある。それを突き止め、彼が目下滞在していそうなエリアを絞りこむ」

「そうは言ってもな」

イヴは戻ってきてロークと目を合わせた。「わたしたちは仕立屋を見つける。それは以前にも使ったことのある仕立屋なのか？　一度使ったところはまた使いたくなるわよね。もしくはそこに推薦してもらった店とか。とにかく仕立屋を見つけて、もっと情報を引き出す。もしその仕立屋はコップの仲間の注文にも応じてるのか？　もしそうなら、それも利用する。それが捜査手順よ」

「そうだね。それはわかる」

「いっぽうにはLCもいる。彼女には観察力があるはず。さっと一発やるか、ブロージョブをしたあと、彼女はシャワーを浴びる。そこで何を見たか？　浴室のカウンターには何が載っていたか？」

「本気かい？」

「ええ、本気よ。浴室には何があったか、使用した部屋ならどこでもいいけど。彼は何を言って、何を言わなかったか。そこにいるあいだ、客との意思の疎通はあったのか。彼は何か飲んだか――飲んだなら何を？　コップのような男にとって、ＬＣは目的を遂げるための道具と同じ――奉仕するためにそこにいる。ドロイドと同じようなものかもしれない。おまけに、彼は興奮し、腹を立てていた。彼にも注意が散漫になることがあるとしたら、そういうときでしょう」

「たしかにそれは言えてる」ロークはあいづちを打った。

「リムジンの女性運転手にも同じことが言える。だけどこれが仕事に向かう前だったら、きっと態度に気をつけてたと思う。でも、車に案内される途中でアホみたいな世間話くらいはしたかも。車内ではプライバシースクリーンを作動させただろうけど、それまでのあいだは。彼は何を言ったか。訛《なま》りはあったか。ホテルのそばにいいレストランがないか尋ねたか。彼の印象はどうだったか」

イヴは肩をすくめた。「塵《ちり》も積もれば山となる」着信を告げるリンクをつかんだ。「バクスターからだわ」と言ってから応答する。「ダラス。何かつかんだの？　スピーカーにつなぐわね」

「たった今、坊やと俺は刺激的な女性と会話を楽しんだところだ。イヴェット・コンロイ、とてもおいしいコーヒーをサーブしてくれた。〈ディスクレション〉を介して働いてる。あんたもペティグリュー事件でそのLC派遣会社のオーナーを事情聴取しただろ」

「ええ。彼女はとても協力的だった」

「今でも協力的だよ。承認を得るためにオーナーに連絡すると、イヴェットはとたんに協力的になった。彼女は終了間際の最後の仕事を引き受けたんだ。ホテルは自宅の高級アパートの近所で、ほかに予定もなかったから。会社は安全のためコップ、というか、レジナルド・J・パトリックについて標準検索をおこなった。四十二歳の独身男性で、犯罪歴はなく、料金──業務終了二時間以内の予約にかかる十パーセントの追加料金込み──を払える収入があることがわかった。彼はダブリンを拠点とする実業家で画廊をいくつも経営してる」

「素敵」イヴは言った。「大物ね」

「ああ、だから我らがお嬢さんは期待に胸をふくらませた、喜びも得られるんじゃないかと。彼はその期待を裏切り、ドアを閉じるなり寝室を指さす。イヴェットは失望したが、気を取り直して少しでも打ち解けようとした。素敵なスイートですね、とか、素敵な眺めですね、とか、ニューヨークを楽しんでますか、とか。

彼は裸になってベッドに上がれと指示した。彼は会話なんかしたくなかった。ただやりたいだけだった」

「喜ばせてもらうどころじゃなかったのね？」

バクスターは笑い声をあげた。「全然。意地悪そうな男だったからキャンセルしようかと彼女は考えたが、意地の悪い相手の扱いには慣れてた。だから客のあとについて寝室にはいった。彼はイヴェットが服を脱ぐところを見てたが、セクシーな動きなんかにはまったく興味を示さなかった。ローブを脱ぐと、すでにコンドームがつけてあった。結局のところ、それは二段階の行為だったと彼女は言った。乗って降りただけ。長く見積もっても十分ぐらいだった。見つめあうのも、キスもなし。荒っぽい愛撫《あいぶ》もあるにはあったが、女性の気持ちなど考えない自分本位のぞんざいなセックスだったそうだ。

自分もそれほど楽しんでなかったんじゃないかとイヴェットは言ってる。その最中、彼はずっとうなったり毒づいたりしてたから。引用するよ。『今度こそあのクソ野郎をやってやる。あの腹立たしい野郎め、運がいいだけのろくでもないアホ野郎め。あいつの濁った血を飲み干して終わりにしてやる』」

「やつが考えてることを完璧に説明してる」

「彼はだらだら汗を流してうなりつづけたそうだ。彼には解決しなければならない仕事上の問題、競合他社があるのではないかと彼女は思った。それから彼らはつながりあった。ところが彼は果てると、服を着て帰れとイヴェットに命じたが、どこかしぼんでるように見えたそうだ、いろんな意味でね。むっつりしてる、という言葉をイヴェットは使った。シャワーを浴びたいと言うと、彼は浴室のほうへ手を振った。彼女はシャワーを浴びながら、三十分足らずで九〇〇〇ドル稼いだと考えた。終了間際の予約は一〇〇〇ドル上乗せされるほか、一万ドルの料金の八十パーセントもらえるから。

浴室から出てくると、彼はもうローブを着て椅子に座っていて、物思いに沈んだ顔でグラスのウイスキーを見つめていた。おやすみなさいと挨拶《あいさつ》しても、彼はうなっただけだったので、彼女は部屋をあとにした。ロビーに降りるエレベーターのなかで会社に連絡を入れたら、もう一件終了間際の予約を打診され、断る理由もないので引き受けた。なんでみんなLCにならないんだろうって思いたくもなるよな」

「ほんと。彼女はどんなことに気づいた?」

「いろいろあるよ。ジムで鍛えたようながっしりした体つき、筋肉隆々。目に見える範囲では傷痕、タトゥー、ピアスはなし。爪は手入れされていて、陰毛も整えられていた。寝室にもリビングエリアにも電子機器や身の回り品は見当たらなかった。彼はイヴェットが訪ねていく直前にシャワーを浴びていた。浴室の床に濡れたタオルがあったから。カウンターには彼の洗面用具が置いてあった。トラベルサイズの高級品。俺たちが少しねばると、彼女はブランドを二つばかり思い出した。〈ザット・マン〉のスキンケア製品——俺も知ってるけど、超高いやつだ。〈アンダーワールド〉のヘアケア製品——抜け毛対策のデイリートリートメントもあったそうだ」

「抜け毛対策ね。面白い」

「その製品は公認サロンから直接購入しなければならず、通常サプリメント・サロンで扱われるもので、三か月ごとに来店することが推奨されてる。トゥルーハートが調べたんだ。俺たちは賢い警官だからダブリンの公認サロンを検索した。三十二軒あったよ」

「いいわね。すごくいい」

「俺たちもそう思った。この線を進めて、ニューヨークも検索してみるつもりだ」

「それはわたしがやる」

「それじゃ任せたよ、警部補《ルー》。彼はＬＣが来る前に少なくとも一杯やってた。彼女はウイスキーのにおいがしたと言ってる。酒や薬で酔った様子はなかったが、一杯やった。そして彼女が帰るときにもう一杯やってた」

「わかった。よくやったわね」

「イヴェットは彼のことに注意しておき、また予約したら俺たちに知らせてくれる。街中で彼を見かけても俺たちに知らせることに同意した」

「それで充分よ。今日はもう終わりにして」

「何か必要が生じたらやるから、連絡してくれればいい」

「ありがとう」

「僕は自分の誤りを認めるよ」イヴが通信を切ると、ロークは言った。「やつがLCと過ごした二十分間から、きみたちはそういった細部を、たどる線を見つけ出した。マンハッタンに〈アンダーワールド〉のヘアケア製品やトリートメントを扱う公認サロンが八十八軒あると聞いたらきみは喜ばないかもしれないが、きみたちなら絞りこむだろう」

「ええ、絞りこむ。まずは、彼の使ってるスキンケア製品も扱ってるサロンが――ダブリンに存在するものも含めて――何軒あるか調べる」

「ほう。もちろんそれもありだな」

「そういうところに行くときは、慣れた人や場所に執着するでしょ。相手がたとえトリーナでも」イヴはぼそっと付け加えた。

「ああ、そうだね。ちなみに、トリーナのサロンも公認だよ」

「彼のお気に入りのダブリンのサロンとトリーナ・タイプの人間を突き止めたら、もっと情報が手にはいる。彼が最後にそのサロンに行った日がわかれば、次はいつ頃行きたくなるかもわかる。旅に出てるときにも行けるような推奨サロンがあるかどうかも」

　さらにコーヒーを飲み、イヴは事件ボードに目を戻した。

「洗面用具を出しっぱなしにしておくのは杜撰だけど、彼はLCなんて性欲を放出するための手段としか考えてない。そもそもそんなことのためにLCを買うのも杜撰よね。自分の手を使って出せば、一万一〇〇〇ドル浮いたのに」

「自分の手でやっても放出できるが、美しい女になんでも好きなことを命じてやらせるというエゴは満たせない」

ふたたび腰を下ろし、イヴはロークに指を突きつけた。「まさにそれなのよ。彼は手段が必要だった。自分はほんの十分間のために法外な額の金を払える男だと知りたかった。そしてわたしたちの手元にある細部のメモは増えた」

イヴは予備機に手をやって訊《き》いた。「そっちの状況はどう？」

「いくつもの可能性が出た。それを絞りこむにはもう少し時間がかかるだろう」

「それは自動《オート》でできる？」

「初回はね」

「じゃあ、そうして。もう疲れちゃった。少し寝たいの」

ロークが何も言わず見つめると、イヴは息を吐き出した。「わかったわよ。二人とも少し睡眠が必要だと言い直す。それにどっちみち、わたしが必要としてることの大半は朝まで待たなきゃいけない。だから、わたしのお願いを聞いて」

「そういうことなら、オートにしよう」

「よかった。わたしもサロンの線はオートにする」

ロークの倍の時間がかかったもののオートに設定すると、イヴは立ち上がった。「明日はこの捜査方針や捜査結果を全部アバナシーにくれてやるわ」

ロークはイヴの手を取った。「それもエゴってやつかな?」

「そのとおりよ。アルファベット機関はどうしてコップが抜け毛を気にしてることを突き止めなかったのかしらね」オフィスを出ると、後ろからつけてきたギャラハッドが先駆けてベッドへ向かった。「金山なのに」

「コップも以前はきみの言葉を借りるなら〝杜撰〟ではなかったとも言えるね。とはいえ、きみがその警部より一歩先んじていることはたしかだ。きみも少しは気が晴れるだろう」

「まあね。でも、そのお返しとしてインターポールの資源を利用することもできる」

寝室に着くと、猫はベッドの上で能《あた》うかぎり四肢を伸ばしていた。イヴは端に腰かけてブーツを脱ぎ——目を凝らした。

「そうよ、ブーツもあった。あつらえたブーツ。彼が使ってる靴屋は誰か。ダブリンに行きつけの店があるのか。スーツもそう。彼にもスーツが必要になるときがあるから。あのリバーシブルのパーカーを作らせるには仕立屋が必要だった。彼は殺すための猫と、隠れるための家が必要だった。プライベート・シャトルと地上サービスも。掘りがいのある金山ね」

ベッドに潜りこむと、ロークが抱き寄せた。猫は場所を移動して、イヴの腰のくびれに沿って体を丸めた。

「金には洞穴とかそういうところを掘る価値があるって誰が決めたの?」イヴは考えた。

「その理由は? 輝いてるから?」

ロークはイヴの手を唇まで持っていき、キスした。「この世界は謎だらけだね」

まったくだわ、とイヴは思った。けれど、目下興味がある謎はひとつだけ。ローカン・コッブはどこにいるのか。


ロークがダブリンの夢を見ることはめったにない。その街は子供時代の最悪の記憶とともに最良の記憶も映し出すキャンバスだ。富の源はそこで築いた――窃盗と正当な手段の両方で。ビジネスの観点からの興味はまだあったが、ロークは光と闇をあとに残してダブリンを去った。

今ダブリンに旅しても故郷に帰ったような気はしない。もちろん記憶はよみがえるが、なかには鋭い歯で噛まれたような痛みを感じるものもある。

だが、自分は克服したのではなかったか。やろうと心に決めたことをやり遂げ、それ以上の成果もあげた。

それでも夢は抜け目なく光と闇を混ぜ合わせ、そうして作った影のなかに鋭い歯を隠し、ふいに喉元に襲いかかってくるのだ。

そしてロークは夢のなかに戻され、かつて少年だった自分を見つめることになる。痩《や》せっぽちの、すばしこくて、薄汚れた、どこの誰とも知れない少年が、雨模様のどんよりした日に通りを走っている。前髪は目にかかり、ズボンの膝には穴があいている。

少年は仲間と一緒だ――そのうちのひとりをのぞいて、今はもういない。美しいジェニーは髪を揺らし、ミックは野望に燃えて薄笑いを浮かべている。ショーンは冒険ならなんでも乗り気だ。

三人ともいなくなってしまった。復讐《ふくしゅう》の犠牲にされ、塵となって消えた。

そしてブライアンは――常に動じない利口な彼だけが残った――帽子を斜めに乗せ、ひさしが左目にかかるような粋なかぶり方をしている。

曇り空であろうとなかろうと、都市戦争《アーバンズ》の名残《なごり》をとどめるグラフトン・ストリートには観光客が押し寄せる。パブを訪れたり買い物をしたり、演奏する大道芸人を撮影したり。

手際のよさに惚《ほ》れ惚《ぼ》れせずにはいられない少年がいる。器用な指で財布をすったかと思うと、仲間の懐にさっと滑りこませる。ときにはわざと相手にぶつかって、ていねいに詫《わ》びながらリスト・ユニットを盗み、ほかの仲間に手渡す。

リンクだって鮮やかに盗む。ハンドバッグのひとつや二つも平気だ。

彼は仲間に戦利品を分け与える――チームワークの証《あかし》として。充分行き渡ったと判断したときは、自分の備蓄として隠しておくこともある。

彼は子犬を連れた天使の歌声を持つ少年の噂《うわさ》を耳にした。その少年のいるところには人が集まるから、彼は恰好のカモがいると思ってそちらへ歩いていった。

少年は――名前はとうとうわからずじまいだ――古い歌をうたっていた。聞く者の目に涙を誘い、少年の帽子に金を呼びこむ歌声だった。

彼はカモを見つけた。金のリスト・ユニットをはめ、カメラ――本物の美しいカメラ――を持っている男だった。男は少年と子犬を撮ることに夢中になっていたので、少年の姿の彼はそばに近寄っていった。

カメラを品定めする。おお、これは高く売れるぞ！　リスト・ユニットもだ。だが、この角度からすると――彼は絶好の角度を熟知していた――財布に狙いをつけたほうがいいだろう。

所定の位置に着き、少年が若くして死んだウィリー・マクブライドに語りかける歌をうたっていたとき、グラフトン・ストリートの向こう側にコップが――少年と大人の姿をしたコップが——いるのが見えた。

つかのま、夢のなかだからおかしな感覚だが、二人は見つめあった——おぼろげな過去の二人と、やがてまた出会う未来の二人は。

カメラを構えた男を見上げていた少年はロークだった。「やれやれ、するとあいつは僕を殺そうとしているんだな。だが、今日は望みどおりにはいかないぞ。未来でも絶対そんなことにならないようにするよ。それにしても、あのカメラは惜しかったなあ」ロークは心から残念に思った。

そして、逃げた。

少年のコップはナイフを取り出し、彼を追いかけた。

大人のコップはグラフトン・ストリートの向こう側でにやりと笑うと、反対の方向へ駆けていった。

彼はコップのあとを追った。群衆のあいだを擦り抜け、音楽とパブから漂うビールの泡のにおいのなかを通り抜けて。

彼は足が速かった、常にすばしっこい少年だった。だが、彼はコップを見失った。ちらっと姿が見えたかと思うと、また見失い、また姿を見かけた。

群衆や音楽から離れ、少年のロークがいやというほど知っているいくつもの路地を走り抜ける――ゴミの腐臭が漂い、腹をすかせた赤ん坊の泣き声が響き渡る路地を。

だしぬけに、ロークは路地に立ち、傷だらけで血まみれの自分を見下ろしていた。そのかたわらの汚い地面には少女のイヴが座っている。折れた腕をさすりながら、うつろな目で彼を見上げた。

「彼らはわたしたちを傷つけたいの、あの父親たちは」

ロークはしゃがみこみ、悲嘆にくれた。この少女と少年に何もしてやれないから。「そうだね。僕たちは大丈夫だ。僕たちは乗り越えられる」

「あいつはわたしの腕を折った。あなたも折られたんでしょ」

夢のなかでも、ロークは思わず手を伸ばしてイヴのもつれた髪を撫でていた。「だけど彼らは僕たちを壊すことはできなかった。そうだよね、ダーリン？」

「俺はおまえたちを壊さない」少年と大人のコップが、ほんの一メートル先にいた。「おまえたちを切り刻むだけだ。彼女から先にやる」

ナイフを手に、大人のコップがイヴの髪をつかんだ。少年のコップが襲いかかってくると、ロークはつかみかかった。

その手は空を切り、ロークは眠りから覚めた。

「悪い夢を見たのね」イヴはあたたかい腕で、しっかりとロークを抱き締めた。「わかるのよ。経験者だから。ライト・オン、十パーセントで。悪い夢でしょ？　ただの夢よ」

猫がロークの体に頭をこすりつけている横で、イヴはロークにしがみついていた。

「大丈夫だよ」

「悪い夢よ」イヴは繰り返した。「鎮静剤が必要だわ」

「いらないよ――」

「半分ずつにしましょ」イヴはロークの頬を撫《な》でてから、ベッドを降りた。「わたしは悪夢を見る側じゃないほうに慣れてないから、わたしも半分飲む」

それはおかしな理屈だと思ったが、ロークは逆らわなかった。

「話してみたい？」

「ダブリンで」とロークが話しはじめると、イヴは二人分の鎮静剤を用意した。

「じゃあ、過去と現在の出来事が入り乱れてたのね」イヴは自分の分を飲み、ロークにも否《いや》応《おう》なく飲ませるようにした。「そのうえ、あなたはわたしのことを気遣った。警官になったわたしを夢見ればよかったのに。一緒にあいつをやっつけてやれたわよ」

「次はそうなるように頑張ってみるよ」

イヴは空《から》のグラスを脇に置き、両手でロークの顔をはさんだ。「わたしたちはあいつをやっつける。あいつを檻に閉じこめる。約束するわ」

「そうしてくれると信じているよ」

「だったら、これも信じて」イヴは両手でロークの顔を包んだまま、琥珀《こはく》色の目でじっと見つめた。「わたしは彼がどんなやつか知ってる。彼はわたしを殺したくてうずうずしてる――あなたを苦しめ、あなたを壊したくてうずうずしてる。そんなことはさせない。わたしはそんな方法であなたを苦しめたりさせない。それも約束する」

ロークはイヴの額に自分の額を乗せた。「いいだろう。僕はきみならそんなことはさせないと知っているんだ、イヴ。僕も同じことを約束する。だけど、それでも不安なんだ」

「不安がらないで。わたしは毎日仕事から無事に帰ってくるとは約束できないし、約束しない。でも、これは約束する。あなたに誓う」

イヴはロークを押し戻し、彼の胸にもたれると、心臓に手を置いた。「夢のなかであなたはわたしに言った。彼らはわたしたちを壊すことはできなかったと。そしてあなたの言うとおりだった。あなたに言っておく、コップにもそれはできない」

それでロークは少しかもしれないけれど気持ちが鎮まった。そして、現在のこの静謐のなかで、愛する人を胸に抱きながら眠りにつこうとした。

13

いつものように、ロークは非常識な時間に目を覚ました。非常識な時間ではないと言い張る異国を相手に会議をするためだが、いつものようにイヴは身じろぎもせず眠っている。

だが、公園でコップが姿を見せつけてから〝いつものように〟は狂いはじめた。

だから暗闇のなかでベッドからそっと降りようとすると、イヴは身じろぎし、うなり声をあげて、目を開いた。「こんな夜中にどこの大陸を買うつもり？」

「ヨーロッパだが、ほんの一部だよ。もう少し眠ったほうがいい」

イヴは寝返りを打ち、そうしようと頑張った。

けれど、眠れなかった。

時刻を問うと、四時五十五分だった。

そんなことって、そもそも可能なの？

ロークがシャワーを浴びて着替えるあいだ、イヴは横になったまま考えた。ロークはほぼ毎朝わたしが寝ているときにこれをやっているのだ、それも猫のように忍びやかに。

ロークが寝室を出ていくのが聞こえ――というより、出ていくのを感じて、イヴはまた寝返りを打ち、照明を命じてベッドの真上にある天窓から暗い空を眺めた。

大陸、あるいはその一部を買う予定はないにしても、やらなければならないことは山ほどある。

そんなわけで眠っている猫をベッドに残し、イヴは起き出してコーヒーを飲んだ。それでもすっきりしないので、手早くトレーニングウェアを身につけた。まだ半分眠ったままエレベーターでジムまで下り、浜辺のランニングをプログラムして血のめぐりをよくしようとした。

五キロ走り、十五分筋トレをやると汗だくになり、頭が働きはじめた。

階上に戻り、シャワーの水圧を最強にして熱い湯を浴びながら、頭のなかで今日の予定を組んだ。

オート検索の結果を確認し、別の角度から考察する。届いた報告書を確認し、これにも考察を加える。

猫の死骸の件でモルグを訪ね、科研《ラボ》のハーヴォのところにも寄る。

アバナシー警部を迎える準備をする。

あつらえたブーツ。イヴは乾燥チューブに足を踏み入れた。あつらえたスーツ。リバーシブルのパーカー。高級サロン。

こまごまとした情報だ、と思いながらクローゼットへ向かう。断片だらけの情報。それをきちんとつなぎ合わせて、全体像を描かなくてはならない。

本日の服装という難問にぶつかったので――なんといっても数が多すぎる――最優先すべきことを決めた。いつ何時《なんどき》でもすばやく動けること。

手当たり次第に選ぶのではなく、じっくり探してトレーニングウェアとオフィスウェアの中間のようなパンツを見つけた。それにTシャツ、ジャケット、ブーツを合わせる。

身支度がすみ、猫が目を覚まし、起き上がってこちらを見つめる時間になってもロークが戻ってこなかったので、朝食の準備をすることにした。

ギャラハッドがサーモンにがっついている横で、イヴはコーヒーのお代わりをプログラムした。

パンケーキが頭に浮かんだが、ちょっと重すぎる気がしてオムレツで手を打った。決定権はこの手にあるのだから、自分のオムレツに妙な野菜は加えなかった。

それからパッとひらめいて、そのメニューを自分のオフィスのキッチンに送った。

朝日が暗闇を破るなか、イヴはオフィスへ向かい、テラスのドアを開け放した。ひんやりするけれど、寒いというほどではない。

保温蓋付きプレートをテーブルに置き、自分にコーヒーを注ぐと、隣の部屋のドアまで行った。ロークはビジネススーツに身を包んだ六人を相手にホロ会議をしていた。

撮影範囲にはいらないようにしながら、イヴはロークに手振りで自分のオフィスを示し、そのまま会議を続けさせた。

自分のコマンドセンターに行って、オート検索の結果を呼び出す。指定した条件を満たすサロンはダブリンに十六軒、ニューヨークにはなんと五十軒もあった。

やっぱり、トリーナのサロンも含まれている。

爪は手入れされていたと例のLCは語っていた。それと高級スキンケア製品。コップには何もかも揃《そろ》っている万能タイプのサロンが必要だろう。そこではみんな好んで、まったく理解に苦しむが、人生の貴重な一日を丸々費やすのだ。

イヴは条件を少し変更し、もう一度検索を命じた。

機械が作業をしているあいだに、更新情報を確認する。レンタカーの利用や、バン、トラック、全地形型車両《AT》の購入数の多さには怯《ひる》んだが、夜までにはその数も絞りこめるだろう。

失踪《しっそう》人のほうはあまり見込みがなさそうだった――これまでのところは。

しかしリムジンの運転手は大当たりだった。

顔を上げると、ロークがはいってきた。

「シャトルを見つけた。彼はブリュッセルからプライベート・シャトルでやってきたの。パイロットの名前と、シャトルのレンタル会社その他もろもろがわかった。今朝までにその情報を全部手に入れたのよ」

「よくやったね」

「リムジンの運転手から聞き出したあと、さらに事情聴取する時間はなかったけど、彼女はデータを持ってた。サロンのほうはあらゆる苦痛の種を備えてる店に条件を調整して再検索した。もうすぐ結果が出るはず。来た！　ダブリンは十一軒、ニューヨークは四十二軒に減らせたわ」

「朝早くから働いているんだね」

「そうなのよ、でも、大陸は買わなかったけど。そっちは？」

「取引はつまらないことで行き詰まっている」ロークはテーブルに目をやり、開け放したテラスドアと昇る朝日を眺めた。「これは素晴らしいアイデアだ」

「そう思ったのよ。さあ、食べましょう」

イヴが腰を上げると、ロークはそばに来るのを待ってから抱き締めた。「あれから眠らなかったんだね」

「その代わりワークアウトした。エンジンをあったためたの」

「だいぶあたたまったようだね」イヴの腕を撫で下ろして、ロークは首をひねり、目を細めた。

一歩下がって、イヴは手首をさっと振った。袖の下から刃が飛び出した。

「それと」ジャケットをめくり、通常の武器用ハーネスのほかに、腰に小型ブラスターを帯びているのを見せた。

ロークはほほえんだが、面白がっているのではなかった。ほっとした笑みだった。

「彼にはわたしを使ってあなたを苦しめることはできない」

「きみを信じているよ」

「よかった」イヴは刃を引っこめた。「さあ、食べましょう」

ロークは二人のカップにコーヒーを注ぎ、イヴの髪をさっと撫でてから座った。

「ありがとう」とお礼を言って、蓋を持ち上げる。「闘いにおいても朝食においても、身を守るすべを知っているね」

「どういたしまして。あなたはこの捜査に正式なコンサルタントとして参加してるから、報告書や更新情報のコピーをあなたにも送らせる」

「ありがたい。ダブリンのサロンは僕が引き受けようか？　向こうにはまだ知り合いがいるから」

「ダブリンの警官でも聞き込みはできるでしょ」

「たしかに」ロークはオムレツを味見した。「だが、公式な質問じゃないほうが答えやすいこともある。一時間かそこらくれないか。それで駄目だったら警察《ガルダ》にまわせばいい、あるいはそのアバナシーという警部に」

イヴは少し考えた。「アバナシーにダブリンのサロンをやらせるのも面白いわね。あら、あなたたちはこの線を見落としてたみたいね。そこにスパイを忍びこませておくぐらい簡単なことだったのに。コッブが抜け毛対策に店に現れたら、潜んでた警官たちで一気に取り押さえられるんじゃない？」

ロークは食事をしながらほほえんだ。「きみは対抗意識を燃やしているのかな？」

「まだ決めかねてるけど。でも、間違ってないと思う」イヴはベーコンを噛みちぎり、フォークに残った断片を振った。「どうして彼らはこれに考えが至らなかったの？」

「どうやら、仕事を終えたばかりのＬＣが彼の旅行セットに気づくかどうか確かめようとしなかったようだ」

「これは運じゃなくて実力だ、なんて言わないわよ、わたしたちは実際ツイてたんだから。

でも、彼らにもツキがまわってくる時間は何年もあったのよ」

「官僚主義だからな」ロークは肩をすくめた。「それに縄張り意識や対抗意識もあるんだろう。加えてこれはコップの個人的な恨みだから、彼の感情は——彼に感情があるとして——相手の判断力を鈍らせる。だが全体的に見れば、彼らはきみじゃないということだ。きみは優秀なだけじゃない、ただ特別なだけじゃない。きみは比類なき捜査官なんだ」

「それはちょっと——」

ロークは指を一本立ててさえぎった。「僕はもう何年もきみを見てきているんだよ、警部補。きみはほかの人間なら見逃してしまう糸くずの汚れのような細部も拾い上げる。それ自体は些細《ささい》なことでも、きみはそれを掘り下げ、引っ張り、そこから直感を得て、残りのパズルに当てはめるんだ」

ロークは食事を続けながらほほえみかけた。「かつての僕がきみの敵だったら、きみをうまく避けることはできたと思う。だが、きみは僕を不安にさせただろうから、僕も絶対きみの邪魔はしなかっただろう」

「不安にさせるどころじゃなかったでしょ」

ロークは顔をほころばせた。「知らないほうが幸せかな?」

イヴは食べながらうなずいた。「でも、あのコーヒーが飲めなくなるのだけはいや」だからコーヒーをもうひと口味わった。「それはともかく、サロンの件であなたに二時間あげる」

「任せてくれ。ほかにも僕にまわしたいものがあったら引き受けるよ。今日は予定をあまり入れないことにする――前もってそう決めていたんだ。今日はスクールに生徒の第一弾が来ることになっているから、ときおり様子を見にいきたいけどね」

「今日？」

「第一弾はね。ロシェルの提案で、全員いっぺんに迎えるのではなくグループに分けようということになった。三日間にわたってゆっくり受け入れ、簡単な授業やオリエンテーションなどをおこなう。ナディーンは時差開校の模様をビデオブログ《vlog》に残すことをクゥイラに命じた。じつは昨日も彼女に会ったんだ。あの子は優秀な戦力になるね」

「わたしも行ってもいい？」

それはきっと大事な意味を持つだろう、その何もかもが。

「もちろん歓迎するよ。いつでも来られるときに来てくれ。メディアは呼ばない。少し前にそう決めたんだ。堅苦しいことはなし、スピーチや記者会見もなし。それじゃ結局、子供たち中心ではなく、善行とかそういうことになってしまうからね。たまたまコッブがニューヨークにいるから、そうしておいて本当によかったよ。それまでにセキュリティを強化しておくが、やつがスクールに目をつけるとは思えない」

「意味ないものね」イヴは同意した。「メディアがあなたのことで騒がないなら。彼はあなた以外のことはすぐ頭から追い払っちゃうのよ」とロークに言い聞かせる。「どんな感じがする？　今日から子供たちが移ってきて、そこで食べて、そこで寝る。なかにはこれまでそういう安全な居場所がなかった子もいるでしょう」

ロークはテラスの窓からの景色を眺めた。緑なす芝生、咲きほこる花々。

「ゆうべの夢のことが思い浮かぶ。仲間と一緒にグラフトン・ストリートで稼いでいるところ。その暮らしに後悔はこれっぽっちもないが、サマーセットがいなかったら生き延びられなかったかもしれないことは、いやというほどわかる。彼は僕に安全な居場所を与えてくれた。なんていうか……場所もやり方もまともではないが、安全で清潔だった。どちらも僕が味わったことのないものだった。本、僕が読むことのできる本。食べ物、僕が空腹を覚えずにすむ食べ物があった。サマーセットは彼流の基準やルールを持っていたが、裏拳が飛んでくるようなことは一度もなかった」

ロークはイヴの手を取った。「リチャード・トロイが死んだあとも、きみにはそういう居場所がなかった、まったくなかった。安心できる日は一日もなかった。きみにそれを与えてくれたのは警察学校《アカデミー》だったね」

「ええ、そうよ」

「僕は〈アン・ジーザン〉を、サマーセットが僕に与えてくれたものと、アカデミーがきみに与えてくれたものの両方を与えられる場所にしたい。それを考えると、気分が爽快《そうかい》になる」

「それはいい組み合わせだと思う。セキュリティシステムを突破する方法を教える授業がないならね」

「どっちにしても、正式な授業はないよ」ロークはイヴの手をぎゅっと握った。「後片づけは僕がやろう」

「わたしがやる。それよりあなたには隠れ家の検索のほうを確認してほしい」

「いいとも」

イヴが後片づけをしているあいだに、ロークは予備機について検索結果を呼び出した。

「ふうむ、少しはましになったが、まだ削れるな」

「何軒？」

「二百以上あるけど、絞りこめる。伝手のひとりか二人から返事が来たらデータを精査しよう。それまでにも条件を少し調整すれば数は減らせるよ」

ロークは腰を上げた。「これとサロンの調整にはもう少し時間がかかる。午前中にはきみが使えるようなものを渡せるはずだ」

「わかった。わたしは出勤して報告書をまとめてからピーボディとモルグで落ち合う。連絡を絶やさないようにするわ」

「僕もそうしよう」ロークはイヴの肩に手を置き、軽くキスした。「やつにはきみのような人のことは決してわからない。僕には確信がある。僕にもまだわからないのだから」

ロークはもう一度キスした。「僕のお巡りさんのことを頼んだよ」

「あなたのお巡りさんは臨戦態勢が整ってるわよ」

階段の親柱には薄いグレーのトップコートが掛かっていた。今日の服装にはそれがいちばん合うとロークは判断したのだろう。かぶりを振ってコートに袖を通し、表に出ると、イヴの車が待っていた。

早朝出勤には常に利点がある。道路がすいているうえ、広告飛行船もまだ浮かんでいない。いつもとちがってスイスイと途中まで来たとき、リンクが着信を告げた。ハーヴォの名前が表示されているのを見て、ダッシュボードのリンクで受けた。

「ダラス」

萌黄《もえぎ》色の髪を突っ立てたハーヴォが言った。「よっ。いいものを手に入れてあげたよ」

「ずいぶん早いわね」

「うん、昨日はそっちまで手がまわらなかったから今朝は早く来たの。だって、子猫がかわいそうだし。それにあの子を殺したそのクズ野郎は、ロークにも同じことをしようとしてるんでしょ」

「ほんとにありがとう。何を手に入れてくれたの?」

「些細なことだけど、たしかな事実。ベレンスキーがもう血液検査をすませたから」

「もうやってくれたんだ」

ハーヴォは肩をすくめた。「ディック頭《ぐず》ヘッドは愚図《ず》だけど、ほら、家族サービスの日となると、ちゃんとやり遂げるの。だから。あの若い雌の虎猫は疥癬《かいせん》にかかったことがあって、まだ薬で治療してた」

「疥癬」

「そう、疥癬と蚤《のみ》取りの治療中だった。クズ野郎に切り殺されるまでは、見た目も体調もずっとよかったはず。体毛を調べたら健康そのものだったから。外用薬――ドライシャンプー――の医学名を送っておくね。血液検査では経口薬とサプリメントを摂《と》ってたことが確認された。猫の面倒を見た人物がいるのよ、ダラス。あとは認可された獣医から聞き出せばいいだけよ」

「これは役に立つわ、ハーヴォ」

「これぐらい、あたりまえだけど」ハーヴォは髪をふわっとさせ、それから真剣な目をして言った。「ほかに何か見つかったら、いつでも言って」

「ありがとう」

「報告書は五分後に届く――先に知らせておきたかったの。チャ」

「そう、えーと、チャ」それがどんな意味かは知らないけれど。

つまり、蚤と疥癬に悩まされていたということは野良猫だった？　保護施設に連れていかれたのか、猫好きに拾われたのか。重要なのは、記録する義務がある獣医のもとへ連れていったことだ。

ニューヨークに何人獣医と名乗る者がいるかは考えたくもなかった。そのデータに取り組めば掘り下げることはできるけれど。

時刻を確認し、少し考えてからこのままモルグに直行することにした。モリスが出勤してくるまでそこで作業すれば、いくらか時間が節約できる。

それにしてもおまえはどこにいるの、コップ？　血の報酬で支払ったなめらかな高級シーツの上で、まだ眠っているの？

できるだけ楽しむがいい、この人でなし、そうしていられるのも今のうちよ。

足音を響かせながら白いトンネルを進み、ピーボディにメッセージを送った。

〝モルグに着いた。あなたはセントラルに直行し、ハーヴォから届く報告書に目を通す。該当しそうな獣医の検索を始めてて〟

これでさらに時間が節約できた。

座る場所を探して、朝の報告書に取りかかろうと思っていたが、ドアの小窓からのぞくと、モリスはすでに仕事を始めていた。

イヴはドアを押しあけた。「早出、それとも徹夜?」

モリスは顔を上げた。「その両方を少しずつ。ゆうべ浮流死体が見つかった。結局事故死だったんだがね。飲みすぎていないことを証明してみせようとした者が、ウォッカトニックにエロティカを混ぜたやつをチェイサー代わりに飲み、月夜の舟遊びと洒落《しゃれ》こんだ」

「誤った選択がいつもあなたを悩ますのね」

「そのせいばかりじゃないだろう?　きみの子猫には選択の余地はなかった」

イヴは検死台に載った猫を眺めた。「そうよね。こんな朝早くからこの子に取りかかってくれるとは予想もしなかった」

モリスはまた作業台にかがみこみ、胃の内容物を調べだした。

「この猫をこんな目に遭わせたやつは、ロークにも同じことをしようとしているんだな?」

「ええ、そうよ」

「だったら、きみにも予想できただろう」モリスは背筋を伸ばした。

透明の防護衣の下はいつものものより高級スーツで決めている。鋼《はがね》のようなグレーのピンストライプ、鮮やかなブルーのシャツがスーツを引き立てている。黒い髪は一本に編み、シャツと揃いの鮮やかなブルーの細い紐《ひも》がブレイドのなかをくねくねと走っていた。

マイクロゴーグルを首元に下げ、モリスはイヴの目を見つめた。

「アマリリスを失ったとき、きみは私のためにそばにいてくれた。仕事としてではなく、友人として、ファミリーとして。ロークもそうだった」

「それはだって……」

「そういうものだし、そうあるべきだからだ。我々の誰かひとりの命が脅かされたら、我々は全員で事に当たる。このかわいそうな猫にはたしかに選択の余地はなかったが、死ぬ前には自分のことを心配してくれる人物とめぐりあっていた」

「ハーヴォの話では、疥癬と蚤の治療を受けてたって」

「私もそう思う。その名残が見えるが、マイクロゴーグルが必要だな。この猫はきちんと世話をされていた。死んだ日の朝も餌《えさ》を与えられたし、死亡時刻の二時間ほど前に治療を受けたこともたしかだ。胃の内容物を分析することはできる。

この子は三、四週間前に避妊手術を受けた。健康な雌のよくいる虎猫で、年は一歳くらい、栄養失調と疥癬にかかり、蚤に食われた。路上生活者と同じだと見なした者が保護施設に連れていき、体を洗い、薬と餌を与えてやり、ひと月くらい寝場所と世話を提供した。この子は面倒を見てくれる者がいたから回復した」

「わかったわ。それで捜査を進める」

「この猫は苦しんだよ」モリスは付け加えた。「殺害者はこの子を拷問した。サディスティック野郎にその報いを受けろと言ってやりたいところだが、鉤爪《かぎづめ》のあいだと歯の隙間から革の痕跡《こんせき》を発見した。皮膚や血痕はなかった」

「犯人は保護手袋をつけてたから、引っ掻いたり嚙んだりできなかったのね」

「そうだな。痕跡はハーヴォに送っておく。もっとも革はありふれたものだと判明するだろうがね。複数の刺し傷、切り傷、突き傷は、モデストを殺すのに使われたのと同一の武器で加えられたものだろう」

「スティレット」

「ああ。苦痛を与え、失血させ、弱らせて抵抗力を奪った」

「それから麻袋に押しこんだ。袋は血だらけだった。あいつはそういうやつなのよ」イヴはつぶやいた。「ロークが言ってたけど、あいつはダブリンにいた少年時代に、子犬にも同じことをしたの。あいつはすでに四百四十四人の人間を殺してる、わたしたちにわかってるかぎりではね。動物だってもっと殺してるんじゃないの」

モリスはイヴの手に触れようとして、自分の手が血だらけなことを思い出した。シンクまで行って、手を洗う。「我々はいつも人間を相手にする。そして何かを感じ取る。しかし、この種の虐待は次元がちがう」

モリスは手を洗い終えて戻ってきた。「私は客観的になって、命を奪う行動に走らせる病を頭で理解しようと試みている。だが、この場合は何も答えが出てこない」

「これはあいつの主張だったの。あいつはそれを楽しんだだけじゃなく、主張したがった。それが間違いのもとね。この猫はわたしたちがあいつを見つけ出すのに力を貸してくれる」

「プロとしてあるまじき提案だが、そいつを見つけたら玉を思いきり蹴りつけてやれ」

「ええ。わたしもプロとしてあるまじきことだけど、そうできることを願ってるわ」

「私はきみがこの子を世話した人物を見つけてくれることを願うよ」

「見つけるわ。そのときはこの子が今、安心できる人の手に渡ってると教えてあげる」

イヴは車をセントラルへ走らせながら考えた。ピーボディに猫のことを伝え、獣医に診てもらうようになったのは三、四週間前からであることを教える。

報告書にもその件を加え、それから……。

ロークはサロンまで調べるには時間が足りないだろうから、自分たちがやることにする。ところが殺人課にはいっていくと、全員がこちらを見た――まるでドーナツの箱でも抱えているかのように。

それなら今ここで状況を説明しておくのもいいかもしれない。

「みんなもう知ってるとおり、コッブは猫を惨殺し、うちの門の前に置いていった」

「クソッタレのクソ野郎」ジェンキンソンが小声でののしった。

「わたしはコッブを公園まで追いかけたけど、うまくまかれた。近くに車を停めておいた可能性がある、徹底した捜査の網にも引っかからなかったから。だけど、ハーヴォはその猫が疥癬の治療を受けてたことを突き止めた。血液検査では経口薬とサプリメントを摂ってたことが確認された」

「ハーヴォの報告書が届いてます」ピーボディの目はやや潤んでいたものの、声は震えていなかった。「目下、獣医のリストアップに取り組んでます」

「そこにモリスの判断も加えられる。その若い雌猫は三、四週間前に避妊手術を受けた。この子はおそらく野良猫で、その期間に獣医に連れていかれ、治療を施された。だからわれわれは猫に疥癬と栄養失調と蚤の薬を処方し、避妊手術を施した獣医を見つけ出す」

「時期がわかってるのはありがたい」カーマイケル捜査官が口をはさんだ。「だけどニューヨークには獣医がバカみたいにいっぱいいるわよ。わたしはピーボディに手を貸せるけど」

「貸してやって。われわれはその獣医を突き止め、保護した者か飼い主を突き止め、コップがどうやってその猫をさらったかを突き止める」

「警部補」トゥルーハートが自席から呼びかけた。「誰かが野良猫を拾っただけかもしれませんが、どうも保護したような気がします。猫や犬を保護して世話をするグループがあるんです。個人の場合もありますが、彼らは保護した子の里親を探したり、自分たちで飼ったりしています。里親はオンラインで募集します、ウェブサイトに猫や犬の写真を載せて」

「そのとおりだよ」ライネケがトゥルーハートを指さした。「俺の妹もそうやって犬を手に入れた。いい犬だよ」

「ウェブサイトはたくさんありますが」トゥルーハートは続けた。「条件に雌の猫や、年齢を入れて検索すれば選別できる。治療を開始した時期も加えたらかなり絞りこめます」

「いいわね。いける。それをやって」イヴはトゥルーハートに指示した。「ピーボディはとりあえず獣医に集中して。カーマイケル、あなたは保護施設を当たってみて」

イヴは続けた。「ほかの線があるの。バクスターとトゥルーハートはモデストが殺された夜にコップが買ったLCを聴取した。そのLCは彼の洗面用具のなかにヘアケアおよびスキンケア製品があるのを見た。そのヘアケア製品は公認サロンを通してしか買えない。あの悪党は抜け毛を気にしてたから、また別の手がかりを与えてくれた。ロークは今ダブリンのサロンを調べてる。わたしは買い置きや詰め替えが必要になる場合にそなえて、ニューヨークにあるサロンを絞りこんだ。

さらに、隠れ家を探す線もある。彼が即座にホテルを引き払ったタイミングを考えても、隠れ家を探す意味がある。ハイレベルの犯罪者に有料で貸す個人の邸宅。彼にはコネがある。それに貸し家に飛びつくより、コネを利用したほうが堅実な感じがする。一時間以内に隠れ家のリストが手にはいる予定。彼は服がもっと必要になる」イヴは付け加えた。「しかも高級品が好きなの。ライネケ、ジェンキンソン、その場で手直ししてくれる高級メンズストアから当たって、最高級のスポーツウェアも扱ってるところ」

「下着も必要になるんじゃないか」ジェンキンソンが言った。「個人の邸宅にはランドリーサービスがないだろう」

「そのためのドロイドを置いてるかもしれないけど、たしかに必要よね」

目の奥はズキズキしていたけれど、イヴはジェンキンソンのネクタイを眺めた――蛍光ブルーの夜空で天然色の星々が爆発している。「一時的な失明を起こさないネクタイを探したらどう？」

ジェンキンソンは答えず、とびきりの笑顔を見せた。

「彼は猫の件でミスを犯した。LCの件でミスを犯したことでミスを犯した。彼はミスを続ける。われわれはミスを犯さない。ミスを封じこめる」

オフィスにはいって報告書を仕上げようとする矢先に、トゥルーハートがまた手をあげた。

「あの、警部補。僕はその猫を見つけたと思います」

「わたしをからかってるの、捜査官?」

トゥルーハートは耳まで真っ赤になった。「とんでもないことです。一歳の雌の茶虎が、昨日もらわれました。そういうウェブサイトは里親が決まったあとでも写真や物語をしばらくアップしておくんです」

「スクリーンに表示して」イヴは鋭く命じた。

そのサイトが表示されると、イヴは並んだ写真をじっくり見た——四週間半前の日付の写真には、疥癬が進行しているらしいかさぶただらけの痩せ細った猫が写っている。やがてだんだん着実に回復していき、ついにはふわふわした毛に覆われ、澄んだ琥珀色の目をした健康そうな猫の写真になった。

どの写真にも短い説明書きがついていた。

「見てください、この子は五週間前に見つかったと書いてあります」トゥルーハートが言った。「里親センターに保護され、動物病院に連れていかれて診断を受け、注射、外用薬、抗生物質による治療を施され、二週間後、充分回復したところで避妊手術を受けさせられた」

「当てはまる。ぴったり当てはまる。そして、なんてことよ、昨日里親に引き取られたばかりだった。ソーホーの〈ケアリング・ハーツ・ペット・レスキュー〉。トゥルーハート、里親を突き止めて、名前と住所をわたしに送って。ピーボディ、行くわよ」

ピーボディが追いついたとき、イヴはすでにグライドで下降していた。

「大きな突破口になりますね」

「なるわよ」

「あのかわいそうな猫のことを思うと胸が悪くなります。あんな犯行現場写真なんか見なければよかった。残酷すぎます」

「あいつはその報いを受ける。あらゆる罪の報いを受ける」

「あれをギャラハッドだと思わせたかったんですね」

「ほんの一瞬、そう思ったわよ。その報いも受けさせてやる」イヴはコミュニケーターを引っ張りだした。「誰？　どこ？」

「タラ・アンドール、ワース・ストリート二十一番地です」

「ご苦労さん」

「近いですね」ピーボディはグライドを歩くイヴの速度に追いつこうとしながら言った。

「あいつの隠れ家も近くにあるはずよ。猫をさらうのにアップタウンや街の反対側まで行く意味がない。その種の保護センターはいくらでもあるってトゥルーハートが言ってた。だから、手近なところで探すわよ」

「抜け毛の話ですけど、警部補はコップがニューヨークのサロンに行くと、本気で思ってます？」

「あれは三週間置きにプロの処置を受けないといけないの。あいつが最後にサロンに行ったのがいつかによるわね。ブリュッセルもリストに加える必要がある。あいつはブリュッセルからニューヨークに来たから」

「受け取るデータの量に追いつくのが大変です」

「もっとはいってくるわよ。獣医の割り出しは必要なくなったから、カーマイケルとサンチャゴにはシャトルのパイロットや交通センターの人たちに事情聴取してもらう。何か事件が起こったら、バクスターとトゥルーハートに担当させる」

ピーボディがイヴの指示を伝えているあいだに、駐車場に到着した。

「わたしたちは十時にアバナシー警部と会う予定です」ピーボディが念を押した。

「彼には待ってるあいだに考え事でもしてもらいましょう」

タラ・アンドールは青いドアのついた白い二世帯住宅に住んでいた。イヴとピーボディが玄関にたどりつく前に、ドアが開いた。

なかから出てきたのは四十五歳前後の女性で、赤毛を軽やかなポニーテールにし、キラキラ輝くサングラスをかけ、引き締まった体をランニングタイツとゆったりしたTシャツに包んでいた。

リードでつないだ犬を二匹連れている——一匹はぶちのある小型犬で、もう一匹は薄茶色の大型犬だった。

「ミズ・アンドールですか」

「そうですけど。ごめんなさい、これから犬の散歩に出かけるところなの」

イヴはバッジを取り出した。「少しお話をうかがいたいことがあるのですが」

アンドールはサングラスを持ち上げ、バッジに目を凝らした。「検査証明書や資格証明書はちゃんと揃ってるわよ。あとにしてもらえないかしら」

「重要なことなんです」

アンドールがため息をついたとき、隣の家——こちらは緑色のドア——からやはり犬を連れた女性が出てきた。

「ドリー、ベイビーとマックスを一緒に連れてってもらえる？　すぐ追いかけるから」

「いいわよ」ドリー――ショートヘアに帽子、ピンクのスニーカー――はこちらに近づいてきた。「何か問題？」

「あとで教える。ほんとに、すぐ終わってほしいわ」アンドールは付け加え、玄関へ戻りはじめた。

「かわいい犬たちですね」ピーボディが話しかけた。「あの子たちの里親なんですか」

アンドールは表情をかすかになごませた。「ベイビーはうちの子。マックスは養子よ。あの子は走る場所が必要だし、子供が大好きなの。家族がたくさんいて広い庭のある家で暮らしたいのよ」

案内されて日ざしの降り注ぐホワイエにはいると、日ざしの降り注ぐリビングエリアが見渡せ、三匹の猫が布張りのタワーのそこここで丸くなっているのが見えた。

「里子に関心があるの？」

「最近もらわれた子に」

「そう、わたしでどんなお役に立てるのかしら。ほんとに急いでドリーに追いつかないと。マックスは手がかかるから」

イヴはリンクを取り出し、コップの写真を呼び出した。「この男性を知っていますか」

今度はサングラスを頭の上まで押し上げ、画面を見つめた。「あら、ええ、これはミスター・パトリックだわ。昨日スィーティーの里親になったばかりよ。うちで飼いたいという誘惑に駆られたのよ、あんなにかわいい子だから。でも、育ててくださるというかたがいたら、誘惑に耐えないと」

「彼の名前はパトリックではありません、ミズ・アンドール。コッブ、ローカン・コッブという指名手配中の人物です」

「なんの容疑で？」

「最近ワシントン・スクエア・パークで女性が殺された事件をご存じですか」

「もちろん。夫が逮捕されたと聞いたけど」

「ええ、妻を殺すためにコッブを雇った罪で」

アンドールは口をぽかんとあけ、それから閉じた。そしてよろめくように後ずさりした。

「まあ、なんですって。どうしてそんなことになるの。まったく理解できない。ちゃんと身元調査もしたのよ。あなたがたは誰かと混同してるにちがいないわ。ミスター・パトリックはやもめで、若いお嬢さんと二人暮らしなの。その子のためにスィーティーをもらってくれたのよ」

「その猫を引き取った男性はローカン・コッブといいます。報酬で仕事を請け負う殺し屋です。彼についての情報はどんなものでも必要なんです」

「お巡りさん――」

「警部補です」

「あら失礼、警部補。いったいどうして、報酬で仕事を請け負う殺し屋が猫の里親になりたがるの？」

これは死を告知する頃合だとイヴは思った。「誠に残念ですが、スィーティーは亡くなりました。コップが殺したのです。お悔やみ申し上げます」

「そんなの嘘《うそ》だわ」真っ白な肌が透きとおるように青ざめた。「そんなこと言わないで」

また後ろによろめくと、ピーボディがそっと腕を取った。「座りませんか、ミズ・アンドール？」

14

「信じられない」ピーボディに手を引かれて椅子へ向かいながら、アンドールの頬を涙が伝った。「そんなことができる人がいるなんて、わたしには信じられない」

「彼はどういうふうに連絡してきたんですか」

「ウェブサイトに。ああ、なんてかわいそうな子猫ちゃん。あの子はあんなつらい目に遭ってきたのに。彼はウェブサイトを通じてわたしたちの本部に連絡してきたの。ドリーとわたしは六年前に共同で〈ケアリング・ハーツ〉を興した。わたしの夫は獣医で保護した子たちの診断や治療を担当してます。ドリーの夫は弁護士で、わたしたちが非営利団体を立ち上げるのに力を貸してくれた」

少し待ってという合図にアンドールは両手を振り、その手で目元を押さえた。

つやつやの毛並みをしたハロウィーンの猫のような黒猫がタワーから飛び降り、まっすぐ向かってきてイヴの膝に飛び乗った。この子は輝く緑の瞳でイヴをじっと見つめ、イヴのにおいを嗅ぎ、足踏みで三周してから体を丸めた。

アンドールは思わず潤んだ目を細め、頬の涙をこすった。「その子はリーガル、高貴《リーガル》な感じだから。普段はものすごく人見知りするのよ。猫が苦手じゃないといいけど」

「大丈夫、素晴らしい猫ですね。わたしも飼っています」

ギャラハッドにはきっとこのことで責められるだろう、とイヴは思った。

「ああ、だからね。あなたと気が合うことがわかったのよ。彼女はスィーティーを恋しがってるの。リーガルはあの子のことがほんとに好きだったから」

「美しい猫ですね」ピーボディが言った。「ミズ・アンドール、コッブはここに、あなたの家に来ましたか」

「いいえ、ここには来なかったわ。うちのオフィスに来て、スィーティーについていろいろ尋ねて、必要な情報を教えてくれて、オンラインのフォームに記入していったのよ」

「いつですか」

「昨日の午後、三時頃だったかしら。マイケルが応対して――うちのオフィスを運営してる者よ――わたしはスィーティーを連れていって引き合わせることに同意したの。彼はとても礼儀正しくて、スィーティーにとても優しく接してくれた。話し方には魅力的なアクセントがあったわ。アイルランドのウェクスフォード出身で、一年前に奥さんを亡くされたあと、お嬢さんとこちらに移ってきたということよ――彼のご両親がこちらに住んでるから」

アンドールは目尻の涙をぬぐった。「彼の話によれば、幼い娘が――まだ九歳ですって――たまたまわたしたちのウェブサイトを見てスィーティーを見つけ、誕生日プレゼントにどうしてもスィーティーがほしいとねだったそうよ。今日が娘の誕生日だし、母親を亡くして初めて迎える誕生日でもあるから……。彼は娘と一緒に写ってるスィーティーの写真を送ると約束したのよ。わたしはあの子を彼に渡した。わたしは何をしてしまったの?」

「あなたは病気で飢え死にしそうだった猫を家に連れ帰ったんです」ピーボディは言った。「あなたはその猫の面倒を見てやった。そしてどこから見ても信頼できそうな人に猫を渡した。彼女があたたかい家でかわいがってもらえると思って」

「彼は現金で五〇〇ドルくれた。養子縁組の費用は医療費、餌代、事務手続き費用を含めても四〇〇ドルで充分足りるのに。彼は寄付をしたいと言い張った。これで母親のいない娘がどれほど幸せになれるかと言って、わたしを説得したのよ」

アンドールの注意を引き戻すため、イヴは身を乗り出した。「彼は嘘つきで、しかも嘘がうまいんです。あなたは彼がもくろんだとおりの人物を見た。彼が何をしようと、あなたにはなんの罪もありません。彼はどんな服装をしていましたか」

「服装？　そうね、ジーンズだったと思うけど」

「目を閉じてください」イヴはうながした。「彼の姿を思い浮かべて。あなたは彼と会っているあいだ、相手を見定めようとしたはずですよね」

アンドールは目を閉じた。「ジーンズ、高級品。わたしが寄付を有効利用しようとして受けつけたのは、彼にその余裕があると思ったから。カーベリ・ジーンズ、高級ブーツ、両方とも色は黒だった。琥珀色のシルクTシャツ、黒革のジャケット。本物の革。腕時計《リスト・ユニット》もはめてた――スポーツタイプの」

「彼は車でしたか、それとも徒歩？」

「それは……わからないわね。彼は猫用のキャリーバッグを買った――すっかり忘れてたわ。彼は持ってなくて、オフィスに在庫があったから。首輪はいらないと言った。娘に選ばせたいからって。わたしたちは縁組成立のお祝いにあげるバスケットを渡した。だから彼はそれとキャリーバッグを持ち帰った」

「ありがとう」イヴは膝の上で喉を鳴らす猫を無意識に撫でていた。「あなたたちは世間話をした。彼はアイルランドから来たと言った。その話は広がりました？」

「ええ。わたしは以前から行きたいと思ってたことを告げ、彼はぜひ訪れてほしいと言った。美しい国で、ときおり恋しくなると。相手の身元調査はしてあったけど、わたしはどんな仕事をしてるのか尋ね、彼は夫婦で小さなホテルを経営してたが——それは調査の内容と一致した——妻が死んでからは思い出がありすぎてつらいから売り払ったと答えた。現在は両親のレンタル会社の運営を手伝ってるとか——ビジネスマン用のレンタル会社」

「ビジネスマン用のレンタル会社？」

「ええ、出張でホテルを使いたくない人に、アパートメントやタウンハウスなんかを世話するんですって。調査結果にはホテルおよび飲食宿泊サービス業と載ってたから、彼の話と合ってる感じがしたわ。わたしは新しいペットを家庭に迎える際の注意事項をこまかく説明した。食事についても、まだ外用薬の手当てが、念のためあと二、三日は必要なことも。彼は熱心に耳を傾け、スィーティーの薬を受け取った——抗生物質はもう摂らなくてもよくなったけど、特定のビタミン剤が必要だったの。

　スィーティーは彼を気に入ったのよ、見てわかった。彼になついて、彼が座って残りの書類に記入してるときも、今のリーガルみたいに膝に乗って体を丸めてた。彼は書類のコピーとわたしたちが作った養子縁組証明書を受け取って、そこにお嬢さんのコリーンという名前を記入した。スィーティーは二週間後に再診を受けることになってて、彼はわたしの夫から必要な情報を受け取った」

「彼がサインした書類をお持ちですか」

「ええ」

「それが必要なのですが」

「うちのコンピュータからプリントアウトするわ」アンドールは腰を上げ、沈痛な目でイヴを見つめた。「あの子は苦しんだの？」

「いいえ」イヴは嘘をついた。「ほぼ即死でした。今は信頼できる検死官の手に委《ゆだ》ねられています。心優しいドクターです」

「ありがとう」

アンドールが部屋から出ていくと、ピーボディがイヴを見た。「彼の筋書きは申し分ないですね。母親を失った幼い娘への誕生日プレゼント。胸を打たれる話です」

「そう、よく考え抜かれてる」イヴは膝に乗っている猫を見下ろし、香水でも振りまけば侵略者のにおいをごまかせるだろうかと考えた。

ギャラハッドの機嫌のことなど、どうでもいい。

「あの男はバカではない」イヴは続けた。「人の心中を読む方法を知ってる。あいつはわたしの心も読んだ」と付け加える。「わたしが門の前で一瞬パニックになって、あの袋を引き裂くようにあけることがわかってた」

「ギャラハッドは家族です」

そのとおり。だから主人がほかの猫のにおいをさせて帰ってきたら怒るだろう。書類を手渡してから、アンドールはイヴたちと一緒に外に出た。「ドリーに伝えないと。マイケルにも、ほかの者たちにも。わたしは――」

アンドールは言葉をとぎらせ、息を吐き出した。「あなたがたが彼を捕まえてくれることを願うわ。彼を永久に閉じこめてくれることを願う。彼はモンスターだから」

「そのとおりよ」イヴはつぶやきながら車に乗りこんだ。「彼は猫を入れたキャリーバッグと、お祝いのバスケットと、薬と書類を持ってその場を去った。二ブロック以内でないかぎり、徒歩の線はないわね」

自分で聞き込みにまわろうかと思ったが、アバナシーとの対面の準備をしなければならない。「制服警官にコップの写真を持たせて聞き込みさせて」イヴはピーボディに指示した。「駐車場や駐車スペースも当たってもらう。ツキがあるかもしれない」

セントラルに戻ると、部下たちへの情報更新はピーボディに任せた。インターポールと打ち合わせをする前に、新しいデータと方針をまとめて書面にしておきたい。

ホイットニーはおそらく自分のオフィスで会合を開くつもりだろう。そこまで行って戻ってくるのは時間の無駄だから、イヴは部長に短いメッセージを送った。

〝部長、ご承諾いただけるようでしたら、アバナシー警部とは大部屋《ブルペン》でお会いしたいと思います。この捜査への傾倒と動員できる人手を見せつけるために。部下たちも捜査に参加させるべきであり、本件の人員に含まれているものと思っております〟

それを送信すると、メモやデータを報告書にまとめはじめた。手をつけたかつけないかのうちに、ホイットニーからの返信が届いた。

〝了承した。では十時に〟


そうそう、それでいいのよ。まったく。

「ピーボディ！」大声で呼びかけ、作業を続けた。

ピンクのブーツの足音を響かせ、ピーボディが駆けてきた。「お呼びですか！」

「方針変更。ホイットニーはアバナシーをブルペンに連れてくる。みんなに知らせておいて。この事件ボードをスクリーンに表示して――そっちで更新するから」

「了解しました」

報告書を仕上げて送信すると、イヴはコーヒーを飲もうと立ち上がった。ダブリンのサロンについての時間はまだまだある。とはいえ、そろそろそちらにも手をつけたい。

コーヒーを持ってデスクに戻り、検索を開始しようとしたとき、リンクに着信があった。コンピュータも着信を知らせている。

ロークの名前が表示されていた。「何をくれるの」とイヴはいきなり言った。

「〈スタイル・アンド・サブスタンス・サロン&スパ〉。やつのヘアスタイリストはマイロ・カミングズ。スキンケアはジェニータ・オブライアン。爪はブリーン・ケイシーだ。ほかの情報もまとめてきみに送っておいた。やつが最後に訪れて全部やってもらったのは、五週間前だ」

イヴは頭のなかで祝福のダンスを踊った。「あなたがこんなに早く引き出せるとは思ってもみなかった」

「心外だな」

「まじめな話、金メダル以上の働きよ、ローク。どれだけ代償を払ったの？」

ロークはさりげなくほほえんだ。「世の中には値段のつけようがないものがある。地元の警察に事情を聴いてもらうのかい？」

「わたしが先に聴く。アバナシーが来るまでに全員に当たる時間はないかもしれないけど、まずはヘアスタイリストを問いつめてみるわ。簡単に報告するけど、わたしたちはあの猫を見つけた——というか、あいつがどこで猫を手に入れたかを」

「仕事の早い者がもうひとりいた」

「更新した報告書を送っておいた。みんなそこに書いてある。もう切らなくちゃ。でも、わたしたちは木箱を組み立てつつある。あいつを閉じこめて蓋に釘を打つのももうすぐよ」

「そうなると信じているよ。少ししたら隠れ家候補のリストを送る。収穫を祈っているよ、警部補」

「あなたにも」

通信を切り、ロークが送ってくれた情報を呼び出した。必要なものは全部そこに載っていた。あの男には疎漏がない。イヴは最初の人物に連絡を取った。

イヴは五分前にブルペンにはいっていき、ピーボディにディスクを手渡した。「さらなる更新情報。あとで報告書にするけど、とりあえずこれを更新して。みんな聞いて！」と部屋にいる全員に呼びかけた。「何か食べてる者はそれを片づける。コーヒーがほしい者は今すぐ取りにいく。この捜査で自分が担当してる状況を説明できるようにしておいて、進捗《しんちょく》状況や遅滞状況について。この会合のあいだに殺人事件が発生したら、ライネケがサンチャゴと組んで担当すること。各チームのうち必ずひとりは常にこの部屋にいてほしい」

「すごいじゃないですか、ダラス」ピーボディが更新作業の手を止めた。「これはとんでもなく貴重なデータですよ」

「そのとおり。まったくそのとおりよ。NYPSDがどうやって悪党を捕まえるかインターポールに見せてやりましょう」

「そうだ、そうだ」バクスターが言った。「やあ、ドクター・マイラ」

そちらを見ると、マイラがはいってくるところだった。「誰かドクター・マイラに椅子を用意して」

「わたしは大丈夫よ」マイラは手を振って断り、事件ボードを眺めてつぶやいた。「素晴らしいわ」

おしゃれな蝶《ちょう》リボンのついたピンヒールで、長時間立っていられる者などいるはずがないから、イヴは手振りで椅子を勧めた。

続いてフィーニー、マクナブ、カレンダーがやってきた。フィーニーはクソ茶色のスーツのゆるんだポケットに両手を突っ込み、マイラの隣に立って事件ボードを眺めた。

イヴは人数や動線を考え、会議室のほうがよかったと認めないわけにはいかなかった。だが、そんなことはどうでもいい。ここは自分の課であり、自分の領分であるのだから、それを有効に利用すればいいだけだ。

事件ボードの更新を終えたピーボディが近づいてきて、イヴにレーザーポインターを手渡した。「これがいるかもしれないと思って」

「たしかに」イヴはそれをジャケットのポケットに滑りこませた。

ホイットニーが登場した。彼と並ぶと痩せ細って見える四十代後半の男性を連れている。身長は百七十五センチ、体重は六十三・五キロといったところだろう。混血人種で肌は浅黒く、頬骨が張り、大きな目をしている。あの殺された猫のような琥珀色だった。

黄褐色のスーツにはしわひとつなく、プレスのきいたシャツはこまかいチェック柄で、淡いブルーとマイラの蝶リボンとそっくりのバラ色の線が交差している。きっちり締めたネクタイもバラ色。胸ポケットのチーフもバラ色で揃えていた。

そして黒のブリーフケースを抱えている。

「ダラス警部補です」ホイットニーが紹介の労を取る。「こちらはインターポールのアバナシー警部」

「お会いできて光栄です、警部補」

その声にはイギリスの上流階級の朗々とした響きがあった。

「ニューヨークへようこそ、警部」イヴは握手を交わした。「わたしのパートナーのピーボディ捜査官です」イヴはあえて部屋にいる全捜査官の名前を挙げた。「制服警官はカーマイケル巡査をリーダーとしてサポート体制にあります」

さらにマイラとEDDチームを紹介した。

「あなたと仕事ができるのを心待ちにしていました。我々が集めたローカン・コップに関する確かな情報と不確かな情報に基づくデータが、拡大強化されることを望みます。コップがなおも二十四時間以上ニューヨークに留《とど》まるとすれば、彼の長期パターンが破られることになるでしょう。我々のチャンスはかなり小さい」

「彼はどこにも行きません」イヴはあっさり言った。「彼にはもっと長期にわたる目標があります。ロークを殺すことです」

「彼がロークに恨みを抱いていることは承知しています。コップのような志向や性質を持つ者ならロークを殺せば満足すると思われますが、コップはその目標を達成するために周到な計画と念入りなリサーチが必要なことはわかっています。我々の分析では、彼は明日も――あるいは明日の何時間かを使って――現地でのリサーチを続け、それからほかの場所でもリサーチを続けると出ています」

「その分析は誤りです。恨みではありません。これは使命なのです。ドクター・マイラ」

「はい」部屋を横切りながら、マイラはプロファイルをもとにコップの寸描を説明した。

アバナシーは全神経を集中して、最後まで説明に耳を傾けた。

「ドクター、あなたの能力と評判は存じあげておりますし、反論するつもりもありません。

しかし私はもう何年もコッブのことを調べてきました。彼は実践を積んだ腕利きのプロの殺し屋であり、あちこちにコネを持っています。彼は好機を待てる」

「待てるでしょう」マイラは言った。「そうすべきです。でも、彼はそうしたくない。ロークに対する執着、パトリック・ロークに対する執着は、いずれも実践的ではなく、プロらしくもない。あなたがおっしゃったパターンはもはや当てはまりません。彼は新しいパターンを形成しつつあり、それはどこまでも個人的で感情に支配されたものです。警部、わたしは彼のファイルを丹念に読みました。コッブがこの四十八時間で、それまでの二十年間より多くのミスを犯したことは明らかです。彼にとって、これは生得の権利です。彼のアイデンティティなのです」

「それが彼にとってなんであれ、パトリック・ロークがローカン・コッブの実の父親であるという証拠はありません」

「そうですが、コッブはそうだと思いこんでいます。それが彼を駆り立てている。彼は以前にもロークを殺そうとして失敗しました。エゴ、アイデンティティ、怒り――そして、成功裏に終わった最新の犯行の現場でロークを見かけたという事実――そのすべてが今、彼のプロとしての判断を曇らせているのです」

眉をひそめ、アバナシーは手をあげた。「我々には彼がロークを殺そうとしたというデータはないが」

「今、お渡しします。われわれはすべてを網羅したデータをお渡ししますが、まずは概略をご説明します」イヴは切りだし、コップがパトリック・ロークの前に現れた夜のことから語りはじめた。

「包括的な詳細はファイルをご覧いただくとして、情報源については彼のコネのひとりが目下勾留《こうりゅう》中ですし、金銭面については口座が判明しています」

「たしかに、どちらも大変役立つ情報だ。我々はそれらの口座の動きを見守っており、彼がニューヨークを去ったことが裏づけられれば口座を凍結します。口座取引が停止されれば、彼の足取りも鈍るでしょう。あの男は贅沢《ぜいたく》な暮らしを好むから」

「その贅沢のなかには〈パークヴュー・ホテル〉のペントハウススイートの短期滞在や、彼がモデストを殺したのちロークを見かけた夜に高級LCを買ったことも含まれます。バクスター？」

「はいよ」バクスターは椅子の背にもたれた。「警部補の指示により、俺はパートナーとともにコップが使ったホテルを探して突き止めた。スタッフから事情を聴き、セキュリティフィードを調べた。コピーはファイルのなかにある」

バクスターが説明を始めると、アバナシーはあたりを見まわし、空いている椅子に腰かけた。そしてノートブックを取り出し、要点を書きとめだした。

「彼がLCをよく使うことは我々にもわかっていました。だが、これまで身元が判明して事情聴取できたLCたちは、ホテルの部屋で会ったと証言している――いずれも平凡なビジネスホテルで、彼はいつものパターンどおり、その目的のためだけにチェックインした。自分の滞在先や住居にLCを呼ぶことは一度もなかった」

「彼は頭に血がのぼっていたんです」イヴは言った。「興奮していた。だからいつもの予防措置は取らなかった。続けて、バクスター」

アバナシーはふたたびメモを取りはじめ、やがてその手を止めて目を丸くした。「抜け毛用製品？　彼はそれを出しっぱなしにしていたのか。LCに使わせたバスルームに出しっぱなしにしていた？」

「頭に血がのぼっていたのよ」イヴは繰り返した。「それにホテルを引き払う準備はできていた。モデストを殺す仕事は完了した。もうそのことは頭にない。彼の頭にあるのは自分が追い求めている聖杯のことだけ」

「不用意だな」アバナシーはつぶやいた。「あまりに不用意だ。その製品は突き止められるだろう」

「もう突き止めた」イヴはレーザーポインターを取り出した。「事件ボードをご覧ください。〈スタイル・アンド・サブスタンス・サロン&スパ〉――彼がダブリンで定期的に利用しているサロンで、経営者はカーリーン・ディグビーとエイダン・ピアース。ディグビーと話をし、コップの写真を見せたところ、本人に間違いないと言いました。彼はそのサロン&スパではニール・パトリックソンという名前を使っています」

「その偽名は知らなかった」

「今や知ったわけです」やっぱり、インターポールの警部に積み上げたデータを叩きつけてやるのはいい気分だと認めないわけにはいかない。「わたしは三人の専門技術者――髪、肌、爪――と話をし、彼らの証言を得ました。かいつまんで言えば、彼は物腰が柔らかく、おしゃれで、要求がこまかく、チップをはずみ、無駄話を嫌う人物だとのことです。彼は免許を持つ技術者から三週間置きに抜け毛対策の治療を受けています――ここ一年近く」

「こりゃ驚いた」アバナシーはつぶやき、腰を上げて事件ボードに近づいた。「エステサロンだと？　定期的に通っていただと？」

「虚栄心」マイラが疑問に答える。「エゴ、不遜《ふそん》。自分は無敵だと彼は思っているのです」

「われわれはニューヨークで同じ製品とサービスを提供するサロンを突き止めようとしています」イヴは言い添えた。「彼にはサロンでの治療を受けるまでに数週間ありますが、旅行用キットの製品を補充したがるかもしれません。滞在を延ばすならば」

「滞在期間についてはわからないが、これは最重視すべき情報だ。じつに素晴らしい捜査能力というほかない。ダブリンの警察には知らせましたか」

「まだです」

「これを上司に報告して、私をニューヨークの捜査に加わらせてもらえないだろうか」

「どうぞご随意に」

「ありがたい。いやあ、すっかり感服した」アバナシーはイヴのほうを向いて笑いかけ、捜査を横取りする気がないことを示した。「恐れ入りました」

笑顔のまま事件ボードに目を戻し、ややあって首をかしげた。「猫？」

「そうなんです」イヴが説明すると、アバナシーは短く刈った頭を撫でた。

「彼らしくないな」歩きだしながら、アバナシーは首を振った。「動物を殺したことじゃない、それはいかにも彼らしい。だが、動物を殺すのはほかの殺しと関連がないときだ。たんに相手を挑発したいという理由で、わざわざ手間暇かけて、発覚されるリスクを冒すのは彼らしくない。私は少し……」アバナシーは手で宙に円を描いた。「考えたい。考えたり歩いたりできたら……自販機がありましたね。コーヒーを取ってこようかな」

「あのコーヒーはやめたほうがいいです。ピーボディ」

「お好みは？」ピーボディが訊いた。

「クリームとして通用しているものと、砂糖として通用しているものをひとつ入れてください。ありがとう。私はちょっと失礼して……」

アバナシーはふらふらと廊下に出ていった。

バクスターがコミュニケーターを掲げた。「事件だよ、ダラス」

「ここでのあなたの出番はすんだから担当して。サンチャゴ」

「一緒に行きます、バクスター」

「上出来だな、ダラス」ホイットニーが言った。「きみの最新の報告書はまだ読んでなかったんだ」

「猫の件がとんとん拍子に進んだのはトゥルーハートの手柄です――モリスとハーヴォとベレンスキーのおかげもあって。われわれの民間人はサロンを突き止めました」

「よくやった」

「ありがとうございます。フィーニー、EDDの担当分野について警部に簡単に説明してもらえる？　ジェンキンソンとカーマイケルもそれぞれの担当について。アバナシーに質問したいことが出てきたら、検討しましょう」

アバナシーが戻ってくると、ちょうどピーボディがコーヒーを持ってきたところだった。

「ありがとう、捜査官。すみませんでした、少し頭をすっきりさせて、今うかがったことをすべて浸透させたかったもので。私はかれこれ六年近くコップの件に携わってきた。あと一歩のところまで近づいたことも一再ならずあった。しかし、彼がこれほど致命的なミスや過失を露呈したのは初めてです」

「今回は個人的なことだからですよ」マイラがあらためて言った。「仕事ではないから」

「納得です。彼は仕事からも、パターンからもはずれている。まるで神経が破綻《はたん》したかのようだ」

「破綻しているのです」マイラはきっぱり言った。

アバナシーはうなずき、コーヒーを飲み、ひと息入れた。「私はアメリカに来るのもニューヨークに来るのも、これが初めてではない。それにしても、コーヒーの味は格段に進歩したと言わざるをえないな」

彼はふたたび腰を下ろした。「我々はコップの経歴についてダブリンの少年時代までさかのぼり、膨大な量の情報を集めたが、そのロークとの関係まではわからなかった。ここまで深くは、ここまで詳細には」

おもむろにイヴのほうを見やる。「あなたの夫君の経歴についてのデータは、鶏の歯のごとくです」

「どういうことですか」

「希少だということです。鶏に歯はないから。私がお話ししたいと言ったら、彼は応じてくれるだろうか」

「それは彼次第でしょう。いずれにしても、彼から得たコップに適用する情報はファイルにはいっています」イヴはフィーニーのほうを向いた。「警部、アバナシー警部にあなたの分野のことを説明してください」

アバナシーは説明を聞き、メモを取り、質問をした。彼はバカではない、とイヴは思った。それだけでなく、こちらの捜査の妨げになるような縄張り意識もないようだ。

最後に、アバナシーはもう一度腰を上げた。「ここにおられるみなさんに、最新の情報を何から何まで与えてくれたことにお礼を申し上げたい。ホイットニー部長、私はこの捜査に協力し、私が持つあらゆる資源を提供することをあらためて表明します」

「あなたにもそれをお約束しますよ」ホイットニーは請け合った。「この階にあなたのオフィスを準備しました。ダラス警部補はあなたの補佐役として制服警官をひとりつけてくれるでしょう」

「それは大変恐縮ですが、私は——もしお邪魔でなければ、ここに、あなたのブルペンに机をひとつ用意していただけたらと思います。いわゆるこのリズムのなかに身を置くのは、私のためになるでしょうから」

「そのほうがよければ」

「ダラス警部補が同意してくれるなら、私はそうしたいと思います」

「問題ありません」

「ならば、私が手配します」ホイットニーはアバナシーに言った。「ほかに必要なものがあったら、私に連絡してください。みんな、よくやった」ホイットニーは室内を見まわした。

「申し分ない働きだ。その調子で続けてくれ」

「堂々としたかたですね」ホイットニーが出ていくと、アバナシーはしみじみ言った。「フィーニー警部、私のほうが少し落ちついて自分のやるべきことがわかってきたら、EDDを訪ねてもいいでしょうか。どんなところか自分の目で確かめたいので」

「いつでもどうぞ」

「素晴らしい。警部補、もう少々あなたの時間を拝借してお話しできるでしょうか」

「もちろんです。フィーニー、隠れ家候補のリストが手にはいりしだい送る。熱画像の走査を開始したい」

「いつでも準備オーケイだよ」

「わたしのオフィスへ」とアバナシーに言い、イヴは先に立って案内した。

アバナシーは足を踏み入れると、室内を見まわした。「これは……居心地よさそうだ」

「いいえ、居心地はよくないです。わたしは気に入ってますけど。わたしにできることはありますか、警部？」

「我々にできることがたくさんあると願っているし、協力しあえればと思います。私はあなたの管轄にいます。警部補、ここではっきりさせておきたいのですが、指揮官はあなたであることを私はよくわかっています。これは共同捜査にはなるでしょうが、あなたの部隊なのです」

イヴは事件ボードに手をやった。「そこにすべての被害者を載せる余裕はありません。ニューヨークでは四人が殺され、その数は彼の手口や動機を捜査に活用できるという点から、彼が惨殺した猫を加えて五になります。ですが、NYPSDは、わたしの部隊は、四百四十五のすべての被害者のために闘います」

「ほかの被害者たちの顔を私は知っています。とりわけ私が捜査に加わってから彼が殺した人たちの顔は目に焼きついている。二年前、私はベルリンでもう少しのところで彼を捕まえ損なった。あと一時間早く着いていたら確保できたと思っています。彼は我々を出し抜き、二人の子を持つ三十六歳の女性の死体を彼女の車のトランクに詰めて、街から出ていった」

イヴは何も言わず、アバナシーがひとつきりの細い窓まで歩いていき、外の景色に目をやるのを見ていた。

「情報漏洩《ろうえい》があった。メディアは捜査当局が著名な実業家を殺した容疑者を追い詰めつつあると報じた。彼は予約していたプライベート・シャトルを利用する代わりに、四歳の娘の誕生日ケーキを受け取るために車を停《と》めたイングリッド・フレデリックを殺した。彼女のことは今でも頭を去らない」

「わたしの許可がないかぎり、うちでは情報を洩らすことはありません」

「私もそう思っていた。あなたにケチをつける気はありませんよ」と付け加える。「ただ、これは私にとって仕事というだけではないことを、たんなる任務ではないことを説明しているんです。おそらく、たんなる任務であるべきなのだろうが、それを言うならとっくの昔にそう割り切るべきだった。私は指揮下に置かれることは気にしない、自分の手柄などどうでもいい。私は彼を阻止したいんだ。彼に罰を受けさせたいんだ」

「だったら、われわれの考えは一緒ね」

「こちらへ向かう機内であなたのことを少し調べた。だから我々の考えは同じだと思う。あなたには私の立場を知っておいてほしかった。もうひとつ、よければロークと話したいという私の希望を彼に伝えてもらいたい。この数時間で、彼とのつながりや相互関係のおかげで、私が知らなかったコップの少年時代のことを知ることができた。もちろん、コップがパトリック・ロークに執着していた——その言葉は大げさだとは思わない——ことは知っていた。情報はつかんでいた――そのほとんどは憶測だが、裏づけが取れたものも少しあった。しかし、コッブとパトリック・ロークの息子がじかに接触していたことは知らなかった。

「そういった接触については全部文書にしてファイルに収めてあります。ロークに付け足すことがあるかどうかはわからないけど、ご要望は伝えます」

「ありがとう。私への質問が何かあったら、近くにいるから。我々のほうでサロンの件に進展があったら、あなたは、まあこれについては私の次に知ることになる。あなたのほうでそれらしい隠れ家を突き止めたら、私も知らせる人リストの上のほうにいたいと思う」

「そうします」

「さてと、もうあなたを仕事に戻してあげなくてはね」

「警部」イヴは歩きだしたアバナシーに声をかけた。「あなたはイングリッド・フレデリックやほかのすべての被害者に正義をもたらしたいのですよね。ロークを尋問するのは賢明ではないでしょう」

アバナシーはうなずいた。「心に留めておこう」

ブルペンに客がいることを考え、イヴはオフィスのドアを閉めてからリンクを取り出した。

応答したロークの背後で賑《にぎ》やかな話し声や、悲鳴のような声、走りまわる足音がしていたが、ロークもドアを閉じることに気づいた。

「どこにいるの?」イヴは訊いた。

「〈アン・ジーザン〉だよ。すべて順調に進んでいる」

「暴動が起こってるような賑やかさね」

「子供たちだ。グループになるとやかましくなるようだ。すっかり興奮している子もいれば、何もかも退屈だというふりをしている子もいる」

「楽しそうね」

「楽しくない顔をするのは難しい。きみも寄れるといいな。見ると聞くとは大違いだよ、最初の十人かそこらの生徒たちが移ってきたんだ。この違いは口では説明できない」

「うるさいでしょ」

ロークはほほえんだ。「ものすごく。それで? アバナシーと会ったんだろう?」

「ええ。しっかりした人だった。今はブルペンに設けた席にいるわ」

ロークはさっと眉を上げた。「きみのブルペンに?」

「そうしたいって言うから。どうなるかお楽しみだけど、目下のところは、今も言ったようにしっかりした人。彼はあなたと話したいって」

「インターポールの警部が僕と話したいと。驚いて言葉もないよ」

「そうでしょうね。要はコップとのつながりよ。見たところ、彼はパズルの新しいピースをはめようとしてる。どんなちがう絵が現れるか確かめたいの。興味がなかったら断ってあげる。ただ、あなたを厄介な状況に追いこむのが彼の目的じゃないことは言っておく。保証はできないけど、わたしはそう見た」

「その手のことについてのきみの見解は信じたくなる。もうひとつ教えてくれ。僕が彼と話すことによって、きみがコップに迫るのに役立つような何かが加わるかな?」

「それはどうかな」とはいえデータは多いほどいい、とイヴは思った。「たぶん、としか言えない」

「よし、わかった。僕に何ができるかやるだけやってみよう」

「それで充分よ。ところで、手持ちの隠れ家候補リストをわたしとフィーニーに送ってくれない? ＥＤＤならイメージング装置を使ってもう少し絞りこめるかもしれない」

「あれからさらに絞りこめていればいいんだが」

一度にあれこれ抱えこませていることは重々承知していた。ああ、彼を少し休ませてあげたい。

「あなたはそこでも用事があるでしょ。こっちで取りかかれるから」

「いいだろう」

「あとでスクールに寄るわ」人生は大事にしなければ、なんの意味があるの？「帰宅の途中になるかもしれないけど、それでも寄ってみる」

「そのときは知らせてくれ。きみと会えるようにする。愛してるよ、イヴ」

「うん、そうね。わたしも愛してる、とか、まあいろいろ」

ロークは笑みを浮かべ、ため息をついた。「愛してるって言っておきたかったんだ。僕は今、人生の交差点のようなところに立っている気がして。一方にはコップと親父とダブリンのつらい思い出があり、一方には子供たちとこのスクールと計り知れない可能性がある。そしてきみがいる、僕の大事なイヴが僕のそばにいる。だから愛してるよ」

やっぱり、彼には休息が必要だ。

「わたしはいつもあなたのそばにいるわ。子供たちとの楽しい世界に戻って」

通信を切ると、イヴはしばらく椅子の背にもたれ、アバナシーの評価を間違えていませんようにと祈った。

それから立ち上がり、オフィスのドアをあけた。コーヒーをもう一杯用意してからデスクに腰を落ちつけた。

そして狩りを続けた。

15

ロークはすぐにはドアを閉じた静かな収納クローゼットから出なかった。今はここが唯一の誰にも邪魔されない場所だった。

あと一時間はみっちり隠れ家候補リストの精査に取り組みたかったし、そうするつもりだったが、この貴重な日に〈アン・ジーザン〉にいると時間はどんどん流れ去ってしまった。だからそれは警官たちに任せることにしよう。とりあえずもう少し時間をやりくりできるまでは。そんなわけで、ロークは用命されたリストをイヴに送った。

通路に出ると、時間に追われる苛立《いらだ》ちはいつのまにか消え、スタッフの監督下で生徒たちが教室を探検し、スタッフに質問したり生徒同士で会話したりするのを見守る余裕が生まれていた。

第一弾は上級生から迎え入れたから、校内はティーンエイジャーだらけだった。おおかたの生徒は避難所やほかの学校や問題を抱えた家や里親の家から、あるいは児童サービスを通じてひとりでやってきた。しかしロークが見たところ、すでに小さなグループがいくつかできているようだ。

クスクス笑っている女子の三人組、それを無視しようとうつむき加減の男子の二人組。

彼らの大半は選択の余地がないに等しいからここに来たのだろう。その子たちがここで興味や想像力や才能を刺激することを見つけ、自意識や目的を身につけてほしいと、心から願わずにいられなかった。

時が経てば答えは出るだろう。

音楽室から音楽が聞こえたのでそちらへ歩いていきながら、音楽教師が子供たちを歓待しているのだろうと思った。

ところが、なかにいたのは十四歳くらいの少年で、ギターを抱えて生まれてきたかのような見事な演奏をしていた。

脚を開いて立つ少年は、黒いメッシュがはいった金髪の前髪が目にかかるのもかまわず、奇跡のような指さばきで難しいリフを奏でていた。

ロークに気づいたとたん、少年の顔から笑みが消え、指の動きが止まった。

「ギターは壊してないよ」

「それどころか」とロークは言って、部屋にはいった。「ギターに精彩を与えていた。素晴らしい演奏だったということだよ」少年がとまどった顔をするのを見て、ロークは言い直した。「どこで習ったんだい？」

少年は肩をすくめ、目にかかった前髪を後ろに払った。「ただ覚えただけだよ。場所さえよければ、地下鉄の駅で演奏するとそこそこ稼げるんだ。俺はかなりうまくやってた。やつらに捕まるまではね」

「そうだろうな」少年がギターをスタンドに戻すと、ロークはさりげなく体の位置を変えて出口をふさいだ。「〈アヴェニューA〉のことはどう思う？」

少年は鼻を鳴らし、また肩をすくめた。だが態度とは裏腹に、その目は輝いていた。「彼らは絶叫できる、年寄りにしてはね」

「ジェイク・キンケードはゲストとして、ときどきここに教えにくるだろう」

「へーえ。まるでロックスターがここのことを、俺たちのことを気にしてるみたいだ」

「ところがほんとに気にしてるんだよ。ここの音楽学科でときどき講師をして、作詞や作曲に興味がある生徒に話しかけるそうだ。バンドの仲間も来てくれるだろう」

「そいつはすごいな、たぶん」

「メイヴィス・フリーストーンはどう思う？」

少年の目は緑色で、ガラスの破片のように鋭かった。「彼女はファンを熱狂させる、女にしてはね」

「彼女にも会えるよ。きみが音楽講座を取るのは間違いなさそうだから」

少年は唇をゆがめた。「俺には講座なんか必要ない」

「向こうがきみを必要とするんじゃないかな。自分のギターは部屋にあるのかい？」

「もう持ってないよ」反抗的な物言いの底に悲哀があった。「里親のサイテー野郎が壊しやがった。やつらは俺をあのクソみたいな家に放りこみ、それからここに放りこんだんだ」

「なるほど。それじゃあ、きみはもうクソみたいな家にいるわけじゃないな。もっとも、ここにもサイテー野郎は何人かいるだろうけど。世界はサイテー野郎だらけだから」

少年は心ならずもクスッと笑った。

「ロークだ」と言って、ロークは手を差し出した。

いやいやではあるものの、少年はその手を取った。「ジー。ただのジーだ」

「では、ただのジー」ロークはスタンドからギターを持ち上げて、差し出した。「これを持っていくといい。音楽講座に申しこんだら、これはきみのものだ。公正な取引だよ」相手がためらっているのを見て付け加える。

「やつらは俺が盗んだと言ってここから追い出すよ」

「きみが本物のバカじゃないかぎり、僕が誰かは知っているよね。講座を取ると僕に約束してくれたら、そのギターはきみのものになる。きみが盗んだとは誰にも言わせない」

「どうしてだ？」あの鋭い目に黒い疑心を浮かべ、両手をズボンのポケットに突っ込んだ。

「ブロー《B》ジョブ《J》か何かしてほしいのか？」

「勘弁してくれよ、僕が未成年の少年にセックスを要求するような男に見えるか？」

ジーは目をそらさなかった。「そういう要求をするのはたいがいそうは見えないやつだ」

「いや、まったくそのとおりだ。講座に申しこんで、ギターを受け取る。弦は六本しかないけどね。取引しよう、ジー。悪くない話だよ」

まだ迷っているようなので、ロークはもうひと押しした。「僕にもそんな時代があった。素晴らしいものをくれるやつなんかどこにもいない、もらうのは拳骨《げんこつ》だけだった。そのギターをもらって、講座に参加してくれ、このスクールに機会を与えてくれ。きみの才能がどこまで伸びるか確かめたいんだ」

「このギターを俺がずっと持ってていいの？」

「そうだよ。ミズ・ピカリングにもほかのスタッフにも、それがきみのものだとわからせておくから」

「俺は……わかったよ」ジーはポケットから手を出し、ギターを受け取ってネックを撫でた。「俺がここから追い出されても持ってられる?」

「それはきみのものだ」ロークは繰り返した。「追い出されないでくれよ」去り際にそう付け足した。

ドアを出るか出ないかのうちに、ふたたび熱狂的な演奏が聞こえてきた。

ロークはロシェル・ピカリングを探しあて、ギターとあの生徒のことを伝えた。

「ジー」今日はくだけた服装を心がけたロシェルは、ジーンズにピーチ色のセーターという姿でPPCを操作した。「たぶんグレッグ・ハーディングだと思います――ここに簡単な説明が入れてあるんです」

ロークはほほえみかけた。「もちろん、きみならそうするだろう」

「十四歳。父親は不明、母親は……育児放棄や虐待で何度も呼び出されたあげく、彼が十一歳のときに親の権利を放棄しました。里親に引き取られては逃げ出し、四か月前に児童サービスに保護された。担当のソーシャルワーカーが彼のことに真摯《しんし》に取り組み、ここに入学させた。ファイルを調べれば、もっと詳しいことがわかりますが」

「僕には必要ない。彼が取引の交換条件を守れるようにしてくれればいいよ。あのギターの代わりを補充しておこう」

「それはこちらでやります――費用は予算から出しますから任せてください」ロシェルはP

PCを脇に置いた。「いい日ですね、ローク」

「じつにいい日だ」

「滑り出しが快調ですからいい週になりますよ。明日は中級生がやってきて、明後日は下級生。わたしはこのスクールに関われたことを誇りに思っています。ここで生徒たちの人生を変えられることに、そして誰かの人生を救うこともできると信じています」

ロークもそう信じている。

スクールをあとにする前に、屋上まで行ってみることにした。あの庭園と、あの行方不明になった少女たちの記念碑を見て、開放的な場所で深呼吸しようと。

するとそこには、ビデオカメラを手にしたクゥイラがいた。

クゥイラは聡《さと》い子だ。彼女ならジーの境遇や保護された事情を知っているかもしれない。この子も似たような境遇だったから。ロークが知るかぎり、音楽は得意分野ではない。だが、観察力はある――彼女はその特技を活かしてレポーターになろうとしているのだ。

ナディーン・ファーストの見習いとして働くことで、クゥイラは、こう言ってよければ、少し洗練されたようだ。タイトな花柄のパンツにハイトップ・スニーカー、ゆったりとした紫のTシャツは髪に入れたハイライトの色とマッチしている。

自信に満ちあふれた顔で――クゥイラが自信を喪失することはない――ビデオブログ《vlog》用に

ニューヨークの街並をパン撮りしている。

「そしてここからは」とクゥイラはナレーションを入れた。「自分たちがやってきた場所が、いつの日かそこへ戻っていく場所が見渡せるのです。わたしたちはもっと賢くなり、もっと強くなって、この街を、ひょっとしたらその先の世界を、今よりもよい場所にするでしょう。クゥイラが〈アン・ジーザン〉についてお伝えしました」

振り向くと、クゥイラは一瞬ギクッとしてからロークに笑いかけた。「ヘイ。足音が聞こえなかった」

「ヘイ。きみのレポートの邪魔をしたくなかったんだ」

「編集して、くだらない部分を削らなきゃ。やることがいっぱい！　第一部の幕切れはここにしようって決めてたの。ほら、大パノラマで視覚に訴える感じ？」

「きみは賢い子だね、クゥイラ」

「まあね。それはそれとして、ミズ・ピカリングはあたしに下品な言葉やなんかを使ってほしくないだろうけど、検閲っていうのがあるから大丈夫でしょ？　それでも、あたしはナディーンに生データを見てほしい。彼女には意見があるから」クゥイラは目を剝《む》いてみせ、それから笑った。「だいたいいつも鋭い意見よ。あなたが写ってるところもあるの。でも、みっともないとかそういうのは全然ないから」

「それを聞いて安心した」

「ダラスもちょっと撮りたい感じ」

「今日、できたら寄ってみると言っていたよ」

「そうなの、よかった。それはいいとして……ナディーンが言ってたんだけど、あたしのビデオブログ《vlog》を番組で――〈ナウ〉で少し使うかもしれないって。すごすぎない？　いい出来だったらだけど」

「僕にもちょっと見せて」

　クゥイラは目を丸くした。「ほんとに？」

「十分ぐらいのを選んで」ロークは言って、記念碑のそばのベンチに腰を下ろした。

　ビデオカメラを握り締め、自信を失ったことのないクゥイラが不安そうな顔をした。

「絶対正直に言ってくれる？　容赦しないでいいから。ナディーンが言うには、よくないのに褒めるのは誰のためにもならないって」

「ナディーンに反論できるやつなんているかい？　座って、見せてごらん。容赦ない感想を言うから」

　クゥイラが言われたとおりにして、喜色と納得の表情を浮かべてなかに戻ってからも、ロークはしばらく座ったままでいた。

リンクが鳴り、コッブの事情に詳しい伝手の名前が表示されると、前向きな見通しはここまでにして気持ちを引き締めた。

「ロークです」と彼は応答した。

受け取った脈絡のない情報をイヴに送信してから、ロークはせめて少しでも仕事を片づけようと本社へ向かった。一日じゅうコッブに心を占領されたくないし、させてはならない。

駐車場から専用エレベーターで執務室のある階まで行くと、業務補佐係《アドミン》のカーロがデスクについていた。

「今日はお戻りになられないのではと思っておりました」

「僕もだよ。だが、スクールのほうの用が意外にスムーズに進んだから、こちらの案件も少し片づける余裕が生まれた」

「案件と言えば」カーロは椅子を戻すと、いつものように手際よく記録《ログ》を呼び出した。「フィッツウォルターからモンロヴィアでの会議の報告書が届いています。ドリガーはお待ちかねの仕様書を送ってきました。午前中は〈アン・ジーザン〉のために予定をあけておきましたが、その二件には目を通されたいのではないかと。それから、コバックスの吸収合併について、向こうの弁護士団からまたもや対案《カウンターオファー》が届いています」

ロークはカーロのデスクに腰かけた。「またくだらないことをほざいているんだろう？」

カーロはほほえんだ。淡いグレーのスーツに鮮やかな赤のシャツという組み合わせが、真っ白なウェッジヘアを引き立てている。

「大部分はそのとおりで、読み飛ばしても差し支えないと思います。どうやら本意ではなく、上辺だけの提示のようです。おそらく、あなたがこのやりとりに飽き飽きして、無理のないところで手を打ってくれるのを期待しているのではないでしょうか」

「だとしたら、彼らはがっかりするな」

「ええ、わたしもそう思いました。もうひとつよろしいですか」カーロは手を持ち上げ、耳元の小粒の真珠のピアスをこすった。「この一時間に代表番号にあなた宛ての連絡が三度ありました。相手のリンク番号は三つともちがいますが、明らかに同一人物からのものです。いずれもビデオはブロックされていました」

コップだとロークは思い、身内がかっと熱くなるのを感じた。見越していたとおりだというので、胸が燃えているのだ。

「そうなんだ?」

「ええ。わたしは目下の事態を知っておりますので、最後の通信の追跡を開始しました」

さすがはカーロだ。「それで?」

「最後の通信があったのは一三〇六時、ハドソン・ストリートからで、アップタウンへ向かってクリストファー・ストリート、ウェスト・テンス・ストリートへと移動しています。グラフトンと名乗った発信者は、ハドソン・ストリートを徒歩か車のどちらかで進んでいましたが、車だとすればかなりノロノロ運転です」

「わかった。また連絡が来たら追跡を開始し、僕に知らせてくれ。よくやった、カーロ」

「ローク」長年の親愛の情から、カーロはロークの手に自分の手を重ねた。「くれぐれも気をつけてくださいね」

「大丈夫だよ」カーロの手をぎゅっと握ると、デスクから降りて執務室にはいった。

そして、イヴに連絡した。

「コップは十五分前にハドソン・ストリートを歩いていた」

「なんですって？　彼を見たの？」

「本社に連絡してきたそうだが、まれに見るマヌケだ。カーロが追跡を開始した」

「その場にいて、彼からまた連絡が来たら知らせて。あとはわたしがやる」

そう言うなり、イヴは通信を切った。

ロークはデスクの椅子に座り、壁一面のガラス越しにニューヨークの摩天楼を見つめた。

ということは、高い確率で彼の隠れ家はダウンタウンだろう。

すると、一ダースはあるアップタウンの隠れ家候補はリストの下位に下げられる。

まったく、まれに見るマヌケだ。イヴも同じ結論に達して、捜索の焦点をダウンタウンに絞るだろうから。

まれに見るマヌケではないなら、注意をそらすための策略か？　だが、それは考えにくい。彼は警察が隠れ家探しに重点を置いていることを知りようがないのだから。

もう一度連絡してこい、この最低のクズ野郎、昔話でもしようじゃないか。

とりあえずそのことは考えまいとして、たわごとだらけのカウンターオファーに目を通すことにした。

提案書を一行ずつチェックしながら、いったいどこにそんなバラ色の空をした惑星があると彼らは思うのだろうと呆《あき》れ果てた。あの怠け者で無能で欲の深い経営陣は、小さいながらも堅実な経営を続けていた会社を自分たちの不手際で操縦不能にしておきながら、自分たちに有利な黄金のパラシュートで軟着陸することを望むとはもってのほかだ。

こちらのオファー——けっこうすぎる提案だ——を承諾できないなら、泥沼にはまりこむだけだ。

ロークはその意図を伝えるメッセージをしたため、CC欄にこちらの弁護団とカーロを入れ、相手先に送信した。

これで気分が少し軽くなった。やはり仕事をするのはいいものだと思い、フィッツウォルターの詳細で勘所を押さえた報告書を読み、このプロジェクトの関係者にメッセージを送った。

　次は仕様書に取りかかり、大体において満足した。変更が必要な数箇所については、主任技師宛てのメッセージに詳述した。

　それを送信している最中に、カーロから知らせがはいった。

「今、彼を待たせています。あなたは通話中《コール》だけれどまもなく終わると伝えました。追跡は開始しています」

「よし、それでいい。続けてくれ。僕はその追跡とコールをここに呼び出す」

　ロークは個人リンクを使ってイヴに連絡した。「やつからまた連絡が来た。追跡中だ。きみもコールと追跡を共有できるようにする」

「ちょっと待って、少しだけ」

「あまり待たせたら切られてしまう。きみはミュートにするよ」と言うと、デスクのリンクに向かい、ビデオをブロックした。

「ロークだ」

「おお、やっと本人登場だ。おまえとずっと話がしたかったんだよ」

「グラフトンというのはあのストリートのことだな。話がしたいなら会いにくればいいじゃないか。薬缶《やかん》をコンロにかけておくよ」

「セキュリティが守ってくれるおまえのばかでかい黒いタワーでか？　おまえは壁と門の背後で暮らしてる。どうだい、世の中に出てきて、一対一で会わないか？」

「場所と時間は？」

「そんな簡単に決めていいのか？」

　セントラルを映したスクリーンでは、イヴが指示を飛ばしているらしく、部下たちがグライドへ一目散に走っていく。

「いけないかい？　僕は武装もせず夜の公園を歩いている女性でも、おまえに腸《はらわた》を裂かれるのを待っている子猫でもない」

「腑《ふ》抜《ぬ》け野郎に腸があるのかよ？　おまえは金さえあれば安全だと思ってるのか？　痩せっぽちの女警官の女房が守ってくれると思ってるのか？」

「もう一度言おう、場所と時間は？」

「そのうち知らせてやるよ、ろくでもないマヌケ野郎。その〝場所と時間〟がおまえの最期になるだろう。おまえにはその名前を使う権利はない、それは俺のものだ。おまえを片づけたら、俺が全部もらう。それからおまえと結婚したあの女を八つ裂きにしてやるよ」

　コップが通信を切ったとき、すでにドアの前にいたロークは部屋を飛び出していった。

「サー、彼はペリー・ストリートと――」

「大丈夫だ」

「ジェンソンに知らせておきましょうか」

「大丈夫だ」ロークは繰り返し、エレベーターに飛び乗った。

運転手は必要ない。自分で運転したいときのための車は駐車場にある。今はまさに自分で運転したかった。

ツー・シーターに乗りこむと、急発進して駐車場から飛び出した。エンジン音を轟《とどろ》かせ、弾丸のようにすばやく通りに乗り入れた。

垂直走行に切り換えて交差点を通過し、混雑するアップタウンの上空を進んでダウンタウンをめざした。

次の交差点も突っ切った。そのあまりの速さに歩行者はぽかんと見とれ、グライドカートの主《あるじ》は喝采《かっさい》するように上空に拳《こぶし》を突き上げた。

道がすいてくると地上に戻り、うなりを発するスピードでジグザグに一・五ブロック進んだところで、また垂直走行に切り換えた。

車列の隙間を見つけては下降し、道路が詰まってくるとまた上昇する。そしてダウンタウンをぎっしりふさぐ車両と歩行者の頭上を風を切って飛んでいった。

イヴの車とEDDのバンと二台のパトカーが目にはいると、ペリー・ストリートに面した三階建てビルの平らな屋上に目標を定め、おんぼろのラウンジチェアと壁のあいだに車を着地させた。

すぐさまドアからなかにはいり、階段を駆け下りる。

通りに飛び出したとき、イヴはほんの数歩先で怒鳴っていた。

イヴは指示を中断した。「驚いた、どうやってここに来たの？ まあいいわ。戸別聞き込みを開始して、ただちに！ カーマイケル、シェルビー、歩行者に片っ端から尋ねて、露天商にも。誰かあのゲス野郎を見てるはずよ」

イヴはコミュニケーターを引っ張りだし、付近にいる警官やパトカーにも指図した。

「ちょっと待ってて」とロークに言い、EDDのバンに駆け寄った。「地下鉄」

フィーニーはうなずいた。「マクナブ、カレンダー、そっちを頼む。二人とも離れるなよ。どっちかひとりが体に穴をあけて戻ってくるなんてごめんだ。僕には何をしてほしい？」

「半径五ブロック以内に隠れ家候補はある？」

フィーニーは自分の地図を調べた。「一軒、あともう一軒がその半径の端にある。まだ走査はしてない」

「それをやって。ほかに電子《e》マンが必要？」

「もうひとりいれば、それだけ早くできる」

イヴはロークを振り返った。「ちょうどここにいることだし、フィーニーを手伝ってあげて。幸運をつかんだら知らせてね、そこに乗りこむから。民間人をバンから出さないで」とフィーニーに言う。

「なんだと？　ロークを気絶させろっていうのか」

「外に出さないためならなんでもいい」ロークに向き直って、スーツの襟をつかんだ。「バンのなかにいてよ。それができないなら、わたしがあなたをスタナーで気絶させる。本気よ」

「間違いなく本気だろうな」ロークはイヴのジャケットの襟をつかんだ。「僕はあいつを撃つチャンスをきみにあげるよ、警部補。きみが撃てば、それは僕のためになる」

ロークはバンの後部に乗りこみ、イヴの鼻先でドアを閉めた。

「彼女はきみのことを心配してるんだよ」バンをゆっくりと車道に出しながらフィーニーが言った。「彼女はちょっとやそっとで心配するような人間じゃない。だからここにいて、少し安心させてやってくれ」

「そうするよ。僕も少し落ちつきたい。ここで標的を見守ろう。さて、あのドブネズミを隠れ穴からいぶり出せるかな」

フィーニーは垂れ下がった目を上げてバックミラーを見た。「僕たちはやつを捕まえるよ、ローク。僕は守れない約束はしないが、それは約束する。やつは二十年前に捕まえておくべきだった。僕とジャックで。だが、それを言っても始まらない。今度こそ捕まえてやる」

ロークは落ちついて仕事に取りかかった。そして仕事をしていると気分も落ちついてきた。「やつは僕を殺したくてたまらない。熱くなって、躍起になって、僕を葬ろうとしている。だから決してうまくいかない」

彼らは戸別聞き込みをし、地下鉄の画像データをチェックした。

コッブがペリー・ストリートとウェスト・トゥウェルフス・ストリートのあいだを歩いているところを見た——あるいは、見たと思う——という目撃者も何人か見つかった。

彼は地下鉄を使わなかった、ともかくそのエリアでは使わなかった。隠れ家候補の一軒には三人家族が——そのうちのひとりは、やっと歩けるかどうかの幼児だ——住んでいた。

フィーニーは彼らが買い物袋をいくつも持って家にはいっていくところをとらえた。

もう一軒では熱センサーに反応はなかった。

イヴは巡査たちに近隣の戸別聞き込みをさせ、私服捜査官たちに周囲の偵察をさせた。

だが、イヴの直感はコッブがすでに隠れ家に戻っていると告げていた。

イヴはアバナシーを連れていたので、ロークをEDDのバンでセントラルへ向かわせた。

「悪く取らないでほしいのですが」セントラルに戻る車中でアバナシーは言った。「あなたはステアリングを握ると獰猛《どうもう》になる——これは褒め言葉です。じきに捕えられるはずだ」

「今回コップを取り逃がしたのは事実だから、そんなの慰めにならないわ」

アバナシーは自分のメモを眺め、さらに付け足した。「彼はなぜあんな方法でロークに連絡したのだろう？　なぜ危険を冒したのか？」

「彼はロークを愚弄《ぐろう》し、脅したい。彼は自分を冷淡な人間だと思ってるけど、実際は熱くなりやすいのよ」

車がセントラルの駐車場にはいっていくなか、アバナシーはイヴを見てうなずいた。「まさしく。ロークは彼のアキレスの踵《かかと》だ。彼は抜かりなく、感情を交えず仕事に専念する術《すべ》を知っている。ところが今はそれを全部忘れている。彼が気をもみながら通りを歩いていたら、我々はその場で捕まえていたかもしれない」

「われわれは捕まえられなかった」イヴはそっけなく言った。

二人は車を降り、ピーボディも後部座席から降りてきた。

「あなたが苛立つ気持ちはわかりますよ、警部補、とてもよくわかる。私もすぐそばまで迫ったことが一度ならずあった、ほんのわずかの差だと感じたときが。しかし今回はちがう。

あのときは自分を立て直すことができた」エレベーターへ向かいながら、アバナシーは続けた。「彼はおのれを駆り立てている怒りを振り払って態勢を立て直し、ただちに消え去るかもしれない。だが、私はそうは思わない。今回、それができるとはとうてい思えない。あなたも彼がロークと話しているときの声を聞いたでしょう。あの逆上した声、底知れぬ恨みを」

「聞いたわ」

イヴはエレベーターに乗りこんだ。ロークとの時間が五分だけほしい――五分だけ二人きりになりたい。

「私が思うに……」

イヴはアバナシーの言葉を甘んじて受け入れようとした――イヴも自分を立て直したほうがいいと言うのかもしれない。彼以上にコッブのことを知っているのはロークしかいないだろう。ひょっとするとロークより知っているかもしれないのだから。

「なんでしょう?」

「私が思うに、彼はロークを殺すためなら命を賭ける価値があると肌で感じ、信じこんでいるのだろう。今までの私なら、彼が第一に考えるのは自己保全で、僅差《きんさ》の二位が殺しのスリル、そして殺しがもたらす富が続くと言うところだが、今は? ロークを殺し、あなたも殺すことが何より優先すると言おう」

イヴはアバナシーをじっと見つめた。「刑務所にはいることはどうです？　その価値があると？」

「あなたが言うように、死より恐ろしい刑務所が多く存在することはたしかだ。彼はそのリスクも負うと思う。だがそれより、彼はロークを道連れにできるなら自分も死んで、いわゆる華々《はなばな》しい幕切れを選ぶだろう」

「われわれの意見はすべて一致していますね」

「ダラス」ピーボディが口をはさんだ。「近隣住民の話だと、例の家は目下無人だそうです。ここ数日人が出入りした気配はないと」

「まだそこを使ってるのかもしれないけど、設定した半径の端にある家のほうの可能性が高い。チームをそっちに送りこんで、周辺のショップを当たらせて――高級メンズウェアとかそういうやつ。彼は当然その区域にいるはずなのよ。ビデオはブロックしてあった」イヴはつぶやいた。エレベーター内に警官たちがなだれこんできても、わざわざ押しのけることはないことぐらい頭ではわかっていた。「自分がどこにいるかロークに知られたくなかった。場所を突き止められたくなかった。なぜそうするのか？　その区域に滞在してるから、もしくはそこに用事があるから。レストラン。バー。どれも高級なもの。公認《L》コンパニオン《C》」殺人課の階に着き、イヴは警官たちを押しのけてエレベーターを降りた。

「コップのデータを市内の一流ＬＣ派遣会社に送って照会しましょう。彼はセックスを欲してるかもしれない」

イヴは大部屋《ブルペン》のほうへ向かった。「すぐ取りかかって、ピーボディ。お力添えいただくと助かるのですが」とアバナシーに言う。

五分でいいから、彼を遠ざけておきたかった。

「もちろん、お役に立つならなんでも」

「あなたがいちばん詳しいかもしれません。彼が好む女性のタイプ、料理、酒、あるいは靴とか。われわれは――」

ロークが近づいてくるのを見て、イヴは言葉を切った。

「ピーボディ、警部をお連れして――」

だが、アバナシーはすでに前に踏み出し、ロークに手を差して握手を求めていた。

「インターポールのアバナシー警部です。お会いできてよかった。少しお話ししてもいいですか」

「ロークには報告してもらうことがあるので」イヴは言いかけた。

「もちろんですとも」すっかり上機嫌で、アバナシーはうなずいた。「あなたのオフィスをお借りしてもいいかな？」

彼を遠ざけることはできない。仕方ない、彼の立場ならイヴもそばを離れないだろう。

「ラウンジにしましょう」

16

廊下を歩きながら、ロークにはイヴの考えていることが手に取るようにわかった。この事態に——具体的にはこの警部に——どう対応すればいいか。警察官にして同僚と、妻にして擁護者とのあいだの線のどちら側に沿って進めばいいか。

心配はいらないと言ってやることはできた。これまでにもアバナシーのような相手はうまくあしらってきたから。だが今は、状況がまったくちがう。

それはつまり、ローク自身にもそうしたぎりぎりの線があるということになる。自分は我が警部補を窮地に立たせるようなことをするつもりはない。絶対にしない。

アバナシーは終始上機嫌だった——イヴもきっと自分と同じように、その笑顔の仮面の裏側で警察官の計算が働いていることを見抜いているだろう。

イヴが言ったように、自分を厄介な状況に追いこむのはアバナシーの目的ではないかもしれない。だが、はたしてその誘惑に勝てる警察官がいるだろうか。

「あまりあなたを引き留めておくのは心苦しい」アバナシーは切りだした。「仕事の邪魔はしたくないんだ、特に今は大事なときだからね、警部補」

「これも仕事です」ラウンジのほうへ曲がりながらにべもなく言う。「ここのコーヒーは最悪です」イヴはテーブルに向かい、腰を下ろした。「何かほしいなら水かソフトドリンクをお勧めします」

「いりません」アバナシーも席につき、テーブルの上で両手を組み、ロークを見つめた。「まずはこの件についてご尽力いただいていることに、心から感謝いたします。あなたが提供されたコップに関する個人的かつ詳細な情報は、彼に裁きを受けさせるのに大いに役立つでしょう」

「我々のゴールはひとつです」ロークは言った。

「もちろんです。ここで明確にしておくために……」警部はノートブックを取り出した。「あなたがコップを見かけたというワシントン・スクエア・パークでミズ・モデストが殺された夜からさかのぼって、話をうかがいたいのですが。あなたは南フランスのとあるバーでコップと偶然出会ったということですね。その日時と場所についてもう少し詳しくわかりませんか。どういうご用件でそちらへ行かれたかを教えていただければ、日時と場所がはっきりしやすいかもしれません」

テーブルの下で、ロークはイヴの膝をぎゅっと握り、異議をはさむのをとどめた。

「ずいぶん前のことですからね」ロークは何気なく言った。「たしか、コートダジュールに手頃な別荘がないか探しにいったんだと思います。おそらく二〇四六年か四七年の春か夏だったはずだが、思い出せるのはそのくらいですね」

「もちろん、そうでしょう」アバナシーはあいづちを打った。「四六年、四六年というと、その年の五月にちょっとしたスキャンダルがありました――あなたが当時そこにいたなら、地元のニュースを耳にしたかもしれない。宝石盗難事件。かなり話題になりました」

アバナシーは笑みを絶やさずロークを見つめた。そのバラ色のネクタイとポケットチーフ、上流階級のアクセント。

「アメリカの資産家の娘で、宝石とパーティが好きな遺産相続人がカンヌの別荘に滞在中、そこに泥棒がはいり、金庫にしまっておいた米ドルにして一〇二五万相当の宝石を盗まれたのです。ダイヤモンドがいくつかと、エメラルド――〈緑の光線《グリーンフラッシュ》〉と呼ばれるネックレス。〈グリーンフラッシュ〉はそれだけで盗難総額の半分近くになるそうです。宝石はとうとう取り戻せませんでした」

「へえ、そうだったんですか」ロークも上機嫌でほほえみ返した。「僕はあいにく別荘の仲介業務に専念していました――当時の僕にとっては重要な取引だったので。その当時の僕はアメリカの資産家のお嬢さんとはあまり縁がなかった。というより、向こうが僕のことなど見向きもしなかった。コップとの出会いで僕が思い出したことは、彼のファイルに載っています」

「あなたはコップが殺人の合間を縫ってネックレスを盗んだと考えているの？」イヴは警部に尋ねた。

「いや、いや、彼にはそんな大それた盗みを働くようなスキルはありません。彼がパトリック・ロークの下で働いていた頃は、いわゆる用心棒のようなことをやっていました。いっぽうあなたは」とアバナシーはロークに目を戻した。

「だったらコップのことには関係ないですね」イヴは割りこんだ。「それに、彼が南フランスだかのバーでロークを殺そうとした正確な日付も関係ない」

アバナシーは繰り返しうなずいた。上機嫌で。「私はただ情報の精確さを求めようとしているだけです、それが可能なときはね」

「そんなくだらないことにこだわりつづけても、コップを追い詰める役には立たないわよ」

アバナシーの目が鋭く光り、表情が引き締まった。イヴはもうひと押しすることにした。

「わたしを甘く見ないで、警部。彼のことも。そんなことをしようものなら、あなたをロンドンに送り返す方法を見つけるから」

ロークは右手でイヴの手を取り、左手をあげた。「ちょっといいですか。彼女は僕のことを心配しているんです」手を振り払おうとするイヴにかまわず、アバナシーに言った。「この話を続ける前に、僕が何か話す前に、コップのことよりはるかに重要ではない昔のことで点数稼ぎをしようと望むあなたと一緒に時間を無駄にする前に、この警部補の誠実さと職務への献身について、あなたの意見を聞かせてもらいたい」

プライドを傷つけられた――と本人は思っているだろう――怒りを抑えようとしているらしく、アバナシーはひとつ息をついた。「ダラス警部補の誠実さ、評判、正義への献身に疑問の余地はありません」

「けっこう。だが、彼女は僕と結婚した」ロークは心持ち楽しそうに言った。「それがあなたのような男にとっては、目下の謎なのでしょう。この関係は僕にとって都合がいいのではないかとあなたは考えているはずだ」

アバナシーはその推察に軽い驚きを覚えたような表情を見せた。「私はあなたの個人的な関係や結婚についてとやかく言おうなどとは考えてもいません」

「あなたは礼節をわきまえた人だから」ロークはうなずいた。「しかし、口に出さなくても考えることはできる。はっきりさせてあげましょう。彼女の存在は僕にとっては不都合なことが多い。そして、彼女は僕のすべてだ」

「やめてよ」

イヴがまた手を振り払おうとすると、ロークはかまわずそれを自分の口元に持っていった。「僕のすべてだ。あなたに正確な日付と目的を教え、数多《あまた》の犯罪を告白することがコッブの確保につながるなら、いくらでもお話ししましょう。僕を挑発するために彼がイヴを殺すとわかっているから、その確信があるから。十五年前の宝石盗難事件を解決するのは、あなたの経歴に花を添えるかもしれない。だが警部、コッブの事件を解決する役には立ちませんよ。どちらをお望みですか」

ロークを見すえたまま、アバナシーはしばらく押し黙っていた。やがて、ぽつりと言った。「コッブ」

「これでまた、我々のゴールはひとつになった。すでに供述したこと以外に僕にお話しできることがあるなら訊いてください。今ここで、僕にとって何より重要なのは、コッブが死ぬか収監されるのを見届けることだ。僕はそのどちらでもかまわないが、警部補はそうはいかないのが不都合な点です」

アバナシーは息を吐き出した。「思いきってお茶を試してみよう。あなたがたにも何かお持ちしましょうか」

「けっこうよ」イヴはまだムッとしたまま言った。

アバナシーが腰を上げて自販機のほうへ向かうと、イヴはロークに嚙《か》みついた。「二度とあんなことしないで。インターポールの眼前で手にキスするなんて」

「きみがすべてだということを強調しなければならなかったんだ。相手には伝わったよ。彼にとってフランスの盗難事件は意味のないことだが、いちおう問い質《ただ》さないわけにはいかなかったんじゃないかな。それで僕が足をすくわれたら次のつまずきにつながるかもしれない。その失敗が――なんらかの形で――コップにつながるかもしれない、という可能性を排除できなかったんだろう。コップの逮捕は彼にとって大きな意味を持つから。そして今や、コップのことは僕にとっても、きわめて私的な面で、最優先事項であることが彼にもわかった」

「そうかもしれないし、ちがうかもしれない。とにかく、仕事中にわたしの拳に口を近づけないで。じゃないと、この拳があなたの口に飛ぶわよ」

「そんなきみが大好きだ」

「黙って」イヴは小声でたしなめた。「いいから、そういうことは言わないの」

「お茶は一種類しかなかった」困惑したような顔で、アバナシーは湯気の立つ使い捨てカップを手にして戻ってきた。「ブレンドがまずいらしく、馬の小便に似ている。まあいいだろう」

警部は腰を下ろし、ひと口飲んで顔をしかめた。そしてロークを見た。「コップとはフランスのバーで会って以来ずっと、連絡も接触も関わりもなかったのですね？」

「ええ。彼が僕の命を狙っていることは承知していたし、彼の殺しの腕は一流だから動向は追っていました。しかししばらくのあいだ、我々はそれぞれの道を行き、出くわさずにすんできたんです」

アバナシーは身を乗り出した。「コップがパトリック・ロークを実の父親だと信じているという考えには賛成ですか」

「彼はそう信じていると確信しています。信じなければならないんです。パトリック・ロークはまれに見る冷酷な乱暴者だったので、僕の人生は悲惨だった。だが、コップにとって、彼は東の空にきらめく明星だった。解釈はお好きなように」

「コップを誘《おび》き寄せるためなら囮《おとり》になりますか」

「ならないわよ」すかさずイヴは怒声をあげた。

「なるよ」ロークは落ちついた声で言った。「なるよ」と繰り返し、イヴのほうを向いた。

「きみは警官だ、バカではない。僕のすべてなんです」とアバナシーに向かって言う。「しかし、コップは完全にイカレているが、バカではないから、簡単には引っかからないと思います」

「私もそう思います。だが、はたしてそうだろうか。あなたはアイルランド西部にお身内がいらっしゃいますね」

ロークは一瞬にして凍りついた。アバナシーは〝恐るべきローク〟の氷の棘《とげ》を感じないのだろうか、とイヴは思った。「彼らはこの件には関係ない」

「私も心からそれを願っています。コッブは彼らのことを知っていますか」

「知っているかもしれない、あなたも知っていたんだから。予防措置は講じてあります」

「我々もです。それをお知らせしておきたかった」

ロークは少し穏やかになった。「だったら、そのことに感謝します」

「ずいぶんお時間を取らせてしまいました」アバナシーはお茶をテーブルに残したまま腰を上げた。「我々は彼に迫っていると感じます。私がこの長きにわたる年月に努力を重ね追い求めてきたあのゴールに、我々は到達できると感じています。犠牲になった死者たちの名前と顔は私のなかで生きている。あなたならわかりますね、警部補」

「わかります」

「私が歓迎されない、あるいは役に立たないところに踏みこんだとしたら、それは彼らのためなんです」今度はロークに親しみをこめてほほえみかけた。「〈グリーンフラッシュ〉盗難事件が伝説になったのにはそれだけの理由があります」

「今でも伝説ですか」

「ええ。間違いなく伝説です。私はブルペンにいます」

アバナシーがラウンジから去るまで、イヴは何も言わなかった。

「あんなこと言う必要はなかったのに、あんなふうに彼に話してあげるなんて。相手は踏みこんではいけないところに踏みこんだのよ」

「まあ、だが、彼を責めることはできないよ。あれは華麗な盗難事件だった」

イヴはため息をつき、両手で顔をこすった。「どこかのマヌケなアメリカ人から盗んだネックレスでわたしの首を飾ってないと言って」

「僕がそんなことをすると思うかい?」ロークはまたイヴの手にキスした。「約束どおり、遠い昔に売り払った。それでカンヌに頃合の別荘を買った。いつか二人で行ってみよう」

「そのことについては話したくない」イヴは体の位置を変え、正面からロークを見つめた。

「大丈夫?」

「大丈夫だよ。きみは?」

「彼を捕まえ損なった。それはわかってる。だから、大丈夫じゃない。さあ、コーヒーを飲みにいきましょう」意を決したように言った。「頭をはっきりさせないと」イヴは立ち上がった。「あなたがどうやってあんなに早くダウンタウンまで来られたのか教えて」

「それで思い出した。僕の車をあの屋上から取ってこないと」

「すごい、やっぱりね。もうどうでもいいわ」イヴは天井を仰いだ。「コーヒー」

まっすぐオフィスに戻ると、ドアを閉めてオートシェフに向かった。「コップとの差は十分もなかったはず。彼はわたしたちが集まってくるのを見たかもしれない」

イヴはコーヒーを飲みながら狭いオフィスを歩きまわった。「彼は徒歩で逃げだした。急ぎ足で数ブロック歩き、角を曲がり、また角を曲がる」

イヴは歩きながら声に出して考えている横で、ロークはおそるおそる客用の椅子に腰かけ、意外にも落ちつくのを感じた。

「やつはバカではない。今はたしかに杜撰《ずさん》だが、それは妄想に取りつかれクレイジータウンに足を踏み入れてしまったせいだ。僕たちを見かけたなら、やつはその場から逃げだして考えなければいけない。バカではない彼は何を考えるか――あのいけ好かない野郎は俺の位置を追跡し、あの女警官にその位置情報を共有させた。それは正しいだけでなく、基本的な論理だ」

イヴはさらにコーヒーを飲んだ。「よかった」

「よかった?」

「そう、彼がそんなふうに考えて――そのとおりに考えてるなら、彼には逃げる理由がないから。潜伏先をもう一度変える理由がない。あなたの情報源の誰かが彼に密告したなら別だけど――」

「僕の情報源にそんな者はいない。そんな者は使わない」ロークはコーヒーマグを持ち上げ、眉を上げた。「僕もバカではないからね」

「そうだと思った。現時点では、彼には場所を移動させる理由がない。潜伏してるかぎりは安全だと思ってる。だけど、そうじゃない。わたしたちはあいつの隠れ家を突き止める」

イヴは事件ボードに目をやり、じっとにらんでから、デスクの椅子に腰を下ろした。「じゃあ、説明して」

「僕が猛スピードで運転できた理由?」

笑ってもいいところだが、そんな気分ではなかった。「それじゃなくて。彼がどんなふうに連絡してきたかよ」

「ああ、そっちか。やつは異なるリンクと異なる名前を使い、カーロまでたどりついた。最後に使った偽名はグラフトン――ダブリンの通りの名だった。最初に連絡があったとき、僕はスクールにいた。いずれにしても僕の承認がないかぎりカーロは僕につながなかっただろうけどね。やつはまた連絡を寄こし、カーロはああいう傑物だから追跡を開始した。やがて、僕が本社に戻ってから四度目の連絡が来たから、僕はきみに連絡した。そのあとはもう知っているよね」

「二つにひとつね」イヴは断言した。「彼はここまで思惑どおり運んできたからあなたに連絡して、言うべきことを言ってあなたを揺さぶりたいという誘惑に負けたか、そろそろ連絡する頃合だと思ったか」

「ほう、驚いたな」ロークはあんなひどい椅子に背をもたせた。「二つ目のほうを考えつかなかったとは、僕もマヌケだ」

「危険よ、かなり危険を冒すことにはなるけど、情報を手に入れられるかもしれない。わたしたちがどれだけ見当違いのことをしてるか、どこまで正確に見極めてるか、どれだけの人員を割いてるかをつかめる」

「それもパターンだな。それは考えてもみなかった」不安のせいで、気が散っていたのだ、とロークは思った。不安はひとまず忘れなければ。「やつは殺しを終えたあと、現場で警官たちが働くのを見るのが好きだ。そのリスクを冒す緊張感がね。そうか、やつはやっぱり僕を手玉にとったんだな」

「たぶんね。でも、もし彼があなたに張りついてたとして、あなたがあのビルから出てくるのを見たら、絶対びっくりしたわね。そして今でも、どうしてあんなに早くそこへ行けたんだろうって首をひねってるわ」

イヴは指で目頭を押さえた。「どんな方法でもいいから、屋上から車を下ろしてきてよ」

「よしきた」ロークはリンクを取り出し、その手はずをつけた。

コップはその場にいたのだろうか。イヴは考えをめぐらせた。彼はアバナシーを見かけたのか。もしそうなら、彼は計画を変更するだろうか。

それはない、とイヴは判断した。コップはアバナシーを評価していない。この状況を面白がるか、インターポールがニューヨークの警察官に仲間入りしたことを知って満足さえ感じたかもしれない。

ニューヨークの警察官といえば……イヴはコミュニケーターをつかんだ。

「まだだよ、ダラス」フィーニーが応答した。「もう少し時間をくれ」

「コップはＥＤＤのバンを見たかもしれない。彼が接触してきたのがこっちの対応を見るためだったら、応答速度やタスクフォースを確認するためだったなら、彼はバンを見たはずなのよ」

「ええい、クソッ」

「交換できる？」

フィーニーはいじけた顔に嘆きの表情を浮かべ、ため息をついた。「ああ、わかったよ。

まったく面倒かけやがって。とはいえ……」フィーニーは頰をふくらませて考えこんだ。「目下のところは隠れ家候補の家も在宅してる者は少ない。陽気もいいし、みんな外に出かけてるからね。戻って車を交換するよ。もう少しあたりを流すこともできるが、真夜中過ぎのほうが、たぶん一時を過ぎたほうがうまくいくだろう」

イヴは待ちたくなかった、宙ぶらりんの時間は嫌いだけれど……「たしかにそうね。独り住まいの者を選び出して。その者たちを調べておけば、朝が来る前に出動できる」

さらにやりとりがあってからイヴが通信を切ると、ロークはうなずいた。

「時間と人手を有効に使う方法だ。だけどフィーニーが夜勤に誰をつけるにしろ、僕たちがそこに加わらない理由が僕にはわからない」

ロークをそこに加わらせない理由は思いつくが、どれも個人的なことだ。「フィーニーに確認してみる。まっすぐ家に戻る？」

「会社にやり残した仕事がある、慌てて飛び出したからね」

「車はヴィレッジの屋上でしょ」

「車ならほかにもある」ロークは立ち上がってイヴのそばまで行き、その眉間に刻まれた不安のしわを親指でこすった。「やつがずうずうしくもセントラルを見張っているとしても、僕がどんな車に乗って出ていくかはわからないだろう。だが、きみの車はもう知られている。だから僕が心配する理由がまた増えたんだ」

「あなたに約束したでしょ。約束は破らないわよ」

「だったら僕たちは大丈夫だね、二人とも」ロークはイヴを抱き寄せた。ドアは閉めてあったので、イヴはロークを抱き締めた。二人はしばらくそのままでいた。

「家で待っているよ」ロークはイヴの頭のてっぺんにキスした。「長い夜になりそうだから、二人とも少し休憩したほうがいいだろう」

　ロークが去っていくのを見送るのは、想像した以上につらかった。門と壁とセキュリティに守られた家に無事着いてほしい。そこなら彼は安全だとわかるから。

　ロークも同じことを感じているのだろうか。自分が仕事に出かけるたびに、ロークはぞわぞわとした不安を感じているの？

　警察官の配偶者を持つつらさはわかっているつもりでいたが、このとき初めてそれが身に染みて感じられた。

　それはどこかにしまって鍵をかけておかなければならない。ロークにとっては日常の出来事だとわかったのだから。

　イヴはデスクに戻って、報告書を作成し、事件簿を更新した。

　もう一杯コーヒーを淹《い》れ、デスクに足を載せてそれを飲み、事件ボードを眺めながら、捜査方針を考えた。

だが、何も浮かばなかった。

たしかに、通常の事件とは同じようにいかない。容疑者はニューヨークとの実際のつながりがなく、行きつけの場所も、家族も、友人も、仕事上のつきあいもない。

彼は人を殺すためにニューヨークに来て、ボーナスゲームのために滞在を延ばしている。

とはいえ、相手が動きだすまでじっとしているつもりはない。現場に戻って、狩りを続けなければ。

腰を上げようとしたとき、リンクが鳴った。

ジェンキンソンからだ。

「ダラス。何かつかんだ?」

「この〈アーベイン〉という高級ショップで当たりがあった。すかした店員が言うには、今朝開店と同時にコップが来たそうだ。パトリックと名乗って、キャッシュで支払いをした。四〇〇〇ドル少々」

イヴはすでにブルペンに来ていた。「ピーボディ、一緒に来て。所在地を教えて」とジェンキンソンに言う。「そっちに向かってる」

「彼が買ったものはライネケがリストを作ってる」ジェンキンソンが報告を続けようとす

る。

「そっちに向かってる」イヴは繰り返した。

「アバナシーも連れていきますか」ピーボディが小走りで追いつく。「今、休憩室にはいったところです」

「いらない」ジェンキンソンが所在地を読み上げるのを聞きながら、イヴはエレベーターのボタンを押した。「そこで待機してて」とジェンキンソンに命じ、通信を切った。「インターポールにはあとで伝える。目撃者が見つかった。今朝、コップに服を売ったの」

「突破口だわ。名案でしたね、ダラス」

「どこかにたどりつかないうちは突破口とは言えない」直感が当たったことに満足して、イヴはイライラするほど混み合うエレベーター内で地図を確認した。「その店はロークへのコールがあった地点から六ブロック——じゃなくて、七ブロック南にある。わたしたちはちがう区域で聞き込みをしてたのね」

イヴはひとりで納得してうなずいた。「やるじゃない。へーえ、計算してたのね。隠れ家はわたしたちが突き止めた地点のそばじゃなく、その店に近いところにある。教えてくれてありがとう」

駐車場がある階に着くなり、イヴはエレベーターから飛び出した。「制服組にはその店から離れた区域の聞き込みを続けさせる。わたしたちがちがう区域に目を向けてると思ったら、あいつは日和もいいことだし、ほかの買い物をしたり食事に出かけたりするかもしれない」

ピーボディは車に乗りこんだ。「彼はアップタウンに戻って、ダラスの家を見張ろうとするんじゃないかと思ってました」

「そう、それもありうる。でも、あいつは自宅でロークを襲わない。ロークを誘き出すチャンスをうかがうか、ロークが警戒をゆるめたと思えるまで待つでしょう」

「ロークが警戒をゆるめることはありませんよ」

「そのとおり」そのたったひとつの事実のおかげで、イヴは正気と平静を保っていられるのだ。「だけどコッブはロークのことを知らない。ダブリンの路地裏時代のロークしか知らない。やつは情報を入手することはできても、それが何を意味するのかわかってないの」

イヴが車を猛スピードで飛ばすと、ピーボディは関節が白くなるほどハンドブレーキを握り締めた。

「そしてあいつは間違いなくわたしのことを知らない」

「ロークは大丈夫ですか」

「ええ。ううん、大丈夫じゃない。わからないわ。このゲス野郎を檻《おり》に入れたら、気分も上向くでしょう」

イヴは前の車を押しのけるようにして、その店をめざして猛然と突き進んだ。二重駐車してやるつもりだったが、二層目に空きスペースがあるのを見つけて垂直走行に切り換えた。ピーボディは息もつけないような甲高い悲鳴をあげ、車がガタガタ震えながら着地すると低くうなった。

ピーボディがなんとかドアをあけるまでに、イヴは小走りで階段を半分まで下りていた。

〈アーベイン〉のショーウィンドウでは、いつ見ても気味の悪いマネキンたちが、高級品らしき服を着て気取ったポーズを取っていた。

ゼブラから皮を剝《は》がしてきたようなジャケットを着たいなんて、いったいどんなやつなのだろう。

イヴはライネケが待っているところへずかずか近づいていった。ジェンキンソンは反対側のネクタイを並べたケースのそばにいた。店内には皮をむいたばかりのオレンジのような香りが漂っている。

「店員は奥で客の相手をしてます」ライネケが言った。「彼は協力的です。コップが今朝買った商品のリストを手に入れました。詳細な説明つきで。Tシャツ二枚――黒とグレー――彼らの表現だとノワールとスレートだけど、わかりますよね。ジーンズ二本――両方とも黒。フードつきのジッパー式ジャケット一着、これも黒です」

「それだけ?」ライネケがリストから顔を上げると、イヴは尋ねた。

「はい」

「ジェンキンソンは四〇〇〇ドル支払ったと言ってたわよ」

「はい」

「もう、そんなのバカげてる」

「バカげてると思うか?」ジェンキンソンがネクタイを指さした。「こいつには豚が描かれてる――よく見なきゃわからないようなちっちゃなピンクの豚だ。これ一本の値段で、俺のネクタイが百本も買えるよ」

ジェンキンソンはかぶりを振った。「店員を呼んでくる」

彼は奥へ歩いていった。

「それはともかく」ライネケは頭を掻《か》きながら、店内を見まわした。「その店員の名はビルボー、トレント・ビルボーです。ここの副店長でもあって、六年前から勤めてます。俺たちがバッジを提示したときはちょっとムッとしてたけど、弟が喧嘩《けんか》をして、その件で警察が来たと思ったからだそうです。コップのことはすぐに思い出しました」

奥からビルボーが出てきた。痩《や》せぎすの男で、黒いぴっちりしたパンツに黒いぴっちりしたTシャツ、強烈な紫のジャケットとタイといういでたちだ。毛先を紫に染めた黒い髪は後ろに撫でつけている。

　アイラインをばっちり引いているにもかかわらず、その茶色の目は真摯だった。

「大変失礼いたしました。ミスター・キングは昔からのお得意さまなんですが、同僚が休憩中なものですから」

「いいのよ。ダラス警部補です」

「はい、存じあげております。そちらはピーボディ捜査官ですね。私はあの本を読みましたし、映画も観ました」ビルボーは悲鳴をこらえるかのように、両手で口元を押さえた。

　そんなことができるのなら、目は悲鳴をあげていた。

「お会いできて感激です、こんな状況であっても。私はどうやら今朝、犯罪者の応対をしたようですね」

「そのことを話して聞かせて」

「そうですね、ジェンキンソン捜査官とライネケ捜査官にもお話ししたのですが、そのかたは十時になってすぐ来られました。私が店をあけたばかりのときです。マーカスの出勤は十一時でしたので、私はひとりで店におりました。彼が犯罪者だと知っていたら、私はどうしていたかわかりません！」

その両手はまた口元に戻された。

そんなことができるのなら、目はあえいでいた。

「実際にはどうしたの?」

「いらっしゃいませと挨拶《あいさつ》して、ご用をうかがいました。彼はそれは魅力的なアクセント――アイルランドの響き――で、ダブリンから来たと言った。それはともかく、彼はショーウィンドウに飾られていたジャケットを所望されました」

「あのゼブラのジャケット?」

「いいえ、ちがいます。あれも素敵ですけどね。着古し加工を施したチャコールグレーの革のボマージャケット、デザインはヤンで、真っ黒《ブラックアウト》のジッパーとサファイアブルーのシルクの裏地がついたゴージャスな一点です。あいにく当店には彼に合うサイズがなかったんです。ショーウィンドウにあるものは小さすぎました――彼は肩幅がとても広かったので。在庫は一着あったのですが、こちらは大きすぎました」

店員の話を聞きながら、イヴはショーウィンドウに近づき、そのジャケットをしげしげと眺めた。

「残念でした。レオナルドのTシャツ、あなたがお召しになっているのもレオナルドですね、まさに天才の技。彼がお買い上げになったそのTシャツと、グランヴィルのアーバン・

ジーンズに、こちらのジャケットを合わせれば完璧でしょうから」

「支払いはキャッシュだった」

「はい。とても気さくなかたで、この界隈《かいわい》のことや、レストラン、バー、ほかのショップのことなどをお尋ねになりました。ニューヨークにも事業を展開したとおっしゃって。私が商品を包んでいるあいだ、天気の話もしました——素晴らしい天気だね！と」

「ミスター・ビルボーが彼に教えた店のリストはできてます」ライネケが口をはさんだ。

「わかった。ほかに何か言ったり訊いたりしなかった？」

「別にないですね。こちらからお尋ねしました。社交辞令で、ニューヨークを楽しんでいますかと。彼は楽しいからもう少し滞在を延ばすつもりだとおっしゃった。そうだ、私は彼に合うサイズのヤンのジャケットが手にはいるかどうか、確かめてみますと言ったんです。当店の仕立屋を呼んでぴったりフィットするようにお直しもできますし。よかったら連絡先を教えてくださいと。ですが、断られました。明日か明後日にでもまた寄ってみるかもしれないとおっしゃったけれど、連絡先を残すのは気が進まないようでした」

「彼は店を出てからどっちのほうへ行った」

「えーと……右のほうかと。右手でした。彼がもう一度あのジャケットに目をやって、そのまま歩いていったから」

「ご協力に感謝するわ。彼がまた来店したら、あなたの対応がとても重要になる。今日とまったく同じように応対してほしい」

「まあ」ビルボーはまたもや両手で口元を押さえた。

そんなことができるのなら、目ははっと息を呑《の》んだ。

「ジャケットが入荷すると伝えて、だけどほかにも見てもらいたいものが奥にあると言うの。奥に行ったら、わたしに連絡する。ピーボディ、ミスター・ビルボーに名刺を渡して。彼に似合いそうなものを持ってきて、彼の注意を引きつけておいてほしいのよ」

「はあ――それならできると思います。じつは、あのジャケットの彼に合うサイズがシカゴ店にあったんです。明日の朝いちばんで届くことになっています。それを奥にしまっておきます。だから、できます。彼はとても魅力的でした。何か違法なことをしたなんて信じられません」

「彼が来店したら、魅力のことだけ考えて、奥に行って、わたしに連絡すること」

イヴは二人の捜査官をざっと眺めまわした。「警官っぽく見える」

これに応《こた》えて、ジェンキンソンはにやりと笑って強烈なネクタイをひらひらさせた。

「その目の悪夢を首から下げてても。カジュアルな服に着替えて。彼がこのへんにいるかもしれないし、彼には二人組の警官がぶらついてるのを見られたくないの。買い物袋を持つとか……」イヴは男物のハンドバッグとおぼしきものを指さした。「あれはいくら?」とビルボーに尋ねる。

「あのジョゼフ・カリム・シティバッグですか? 八九〇〇ドルです」

「なんと。今のは忘れて。あの雑嚢《ざつのう》みたいなやつがね。ビルボー、空箱を入れた買い物袋はいくら?」

「おお、お金なんていりません。喜んでご用意します」

「よかった。ありがとう。お願いね」

今度はピーボディを眺めまわした。ピンクのコート、ピンクのカウガール・ブーツ、ピンクと紫の花が咲き乱れたスカーフという恰好《かっこう》だが、経験を積んだ目は警官と見破るだろう。

「わたしたちも警官っぽい。おまけに、彼はわたしがどんな恰好をしてるか知ってる。その少女趣味のスカーフを貸して」

渋い顔で、ピーボディはスカーフをはずした。「少女趣味じゃありません」とつぶやく。

「それからボタンを二つはずして」

「どうしていつもわたしはボタンをはずさなきゃいけないんですか」

「そのおっぱいがあるからよ」

イヴがスカーフを巻いている横で、ジェンキンソンは天井を見つめ、ライネケは靴下のケースを興味深そうに眺めた。

ビルボーはにこにこしている。「素敵なスカーフですね。ミランダ・ベスターですか?」

「ちがう。ピーボディ」

「ご自分で作られたんですか?」またしても両手を口元へ運んでから、ビルボーは手を伸ばし、スカーフを指先で撫でた。「見事な出来です。僭越《せんえつ》ながら、お二人にひとつアドバイスしてもよろしいでしょうか。お仕事中のように見せたくないなら、おしゃれなサングラスなどどうでしょう」

ピーボディはポケットからサングラスを取り出した――白いフレームの特大サイズで、レンズはもちろんピンクだ。

「完璧です!」そのサングラスをかけると、ビルボーは声を張り上げた。

「わたしは車に置いてあると思う」イヴは言った。

ビルボーは買い物袋の持ち手に紺と赤のストライプのリボンを加えた。「こう申してはなんですが、そのレオナルドの至高のトップコートは警官には見えませんけれど、あなたにはその――権威者のオーラのようなものがあります」

「そうよね」

ビルボーは嬉しそうにイヴに笑いかけた。「新聞売りの少年の帽子《ニユースボーイ・キヤツプ》――この春のトレンドです――をかぶったら、警察官にふさわしくない無頓着《むとんちゃく》さが加わるのでは？　この二、三軒先の〈ヴァニティ〉で今セールをしていますよ。あなたのファンのひとりとして言わせていただくなら、ニュースボーイ・キャップと花柄のスカーフ姿のダラス警部補なんて、誰も想像しません」

イヴはうなずいた。「まったくあなたの言うとおりだわ、ビルボー」

彼はピーボディのブーツの色に負けないほど頰をピンクに染めた。「まあ、どうしましょう、ありがとうございます！」

「彼がまた来店したらどうするんだっけ？」

「普段どおりに応対して、あのジャケットが見つかったと伝え、奥に引っこんで、あなたに連絡する」

「よくできました。ご協力ありがとう」

外に出ると、イヴは通りをざっと見渡した。「カジュアルな服にして」とジェンキンソンたちに指示を繰り返す。「これから手分けしてビルボーがくれたリストに当たる。ひょっとしたらビルボーみたいな協力者がまた見つかるかもね」

車まで行き、サングラス――無難な黒いフレームのやつ――を探し出すと、教えてもらった〈ヴァニティ〉に寄ってみた。

〈アーベイン〉とは何もかもちがう店だ。広さは三倍ほどあり、軽快な音楽がビートを刻み、ハイスクール生や大学生が群がって商品をさわりまくっている。

店内にはティーンエイジャーが使う安物のボディスプレーのにおいが充満していた。黒いキャップを手に取ると、ピーボディが横から奪い取った。「こんなのだめです。こっちがいいですよ」

イヴは小さなピンクの花を散らした紫のキャップをにらみつけた。「絶対いや」

「そのスカーフと合いますよ――ところで、スカーフ似合ってますね。それに、そんなキャップをかぶった警官がいるなんて誰も思いません」

そう言いながら、ピーボディはピンクと白の蝶がついた髪ゴムらしきものを容器からつかみ出した。「これはわたしの髪用。二人ともキャップをかぶってたらバカ・コンビみたいに見えますから」

イヴは負けを認めた。「この仕事はときには恥を忍ばなければならない」

しぶしぶキャップの代金を払ってかぶった。髪ゴムの代金も払い、ピーボディが器用にポニーテールにするのを眺めた。蝶はちょうど頭のてっぺんの真下で舞っていた。

「この恰好のまま彼を逮捕することになったら赤恥もいいところね」

そんな恥なら喜んで忍ぶけど、とイヴは思った。

17

二人はバー、レストラン、ショップに寄りながら周辺を歩きまわった。

そして、コッブが下着——黒のボクサーパンツ——を買った店を見つけた。彼はそこで薄手のカシミアのセーター——クルーネックで、色はスティールグレー——一枚とドレスシャツ二枚も購入していた。

やつは途中でマーケットにも立ち寄り、必要なものを揃えていた。

コッブはいずれそれらの店に戻ってくるだろう——少なくとも一軒か二軒かには。そのときに連絡してもらえるかどうかは良識ある市民の判断に委ねなくてはならない。

一般市民を当てにするのは避けたい。

二人が最後に立ち寄ったのは、洒落《しゃれ》た名前がついた高価なカクテルを信じられないほど美しいウェイトスタッフが運んでくるバーだった。

バーテンダーに話しかけ、コッブの写真を見せたとたん、彼女はうなずいた。

「ゆうべ来て、閉店までいました。来たのは十二時頃だったかな——昨日はダブルヘッダーだったから、あたしは閉店までカウンターにいたんです。ジン・ブロッサムズ——彼はそれを注文しました。伝票を調べることはできるけど、支払いはキャッシュだった。四杯分と、ケイリーにおごったシャンパン二杯分」

「ケイリー？」

「ケイリー・スカイ——うちのエンターテイナーです。十時から二時まで古いブルースを歌います。彼が十二時頃来たと言ったのは、ケイリーが二度目の休憩を取ってたときだったから。彼はあたしにも少し言い寄りました。気さくな感じだったけど、口説く気は満々でした」

「なるほど」イヴはバーテンダーを品定めした。この店は美貌《びぼう》の持ち主だらけだ。この女性は背が高く痩せぎすで、ブロンドヘアはシルバーに近く、頬骨は鋭くとがっていた。

「そのうちケイリーが現れて、二ステージ目の準備を始めたら、彼はあたしに言い寄ったことなんてころっと忘れました。ケイリーは目の覚めるような美人で、すごくいい声をしてるんです。セクシーなかすれ声、ステージ衣装は光沢のあるしなやかなロングドレスだし、古い映画で見るような。何か飲みます？」

「コーヒーはある？」

バーテンダーはほほえんだ。「あいにく置いてないんです」

「ペプシは？」

「コークなら」

「それでいいわ」

「わたしにはノーカロリーのものを」ピーボディが言った。「お名前をうかがってもいいですか」

「もちろん。ロンダ、ロンダ・スタンスキーです」

「それで、彼はそのタレントに関心を向けた」イヴは話の先をうながした。「ケイリー・スカイに」

「完全に。あたしに彼女の好きな飲み物を訊いて、そのシャンパンのグラスを運ばせた。極上のシャンパンだからお金持ちなんですね。彼がビビッと来てる音が聞こえそうでしたよ」

バーテンダーはレモンをひと搾り加えた水のグラスを店のコースターに載せた。

「彼女も関心を向けた？」

「ええ、でもそれはいつものことだから。お客といちゃつくのも仕事のうちなんです。とにかく、彼女は次の休憩のときにカウンターまで来て、彼にシャンパンのお礼を言った。それから二人はさらにいちゃつきました。彼にはあの夢のようなアクセントがあるし、接し方や話術も巧みだし」

ロンダはゾンビとウォッカマティーニの注文を受けた。

「ケイリーは彼と一緒に帰った?」イヴは手際よくカクテルを作るバーテンダーに尋ねた。

「ええ。でもそれはめったにないことなんです。だけどあの二人はビビッと来ちゃったから――それに彼女はしばらくつきあってた男と数週間前に別れたところだったから、自由だったし。彼女と話したいなら今夜は九時に来ますよ」

「彼女の住所を知りたい」

ここで初めて、バーテンダーは逃げ腰になった。「ねえ、あなたたちが警官だというのはわかってるけど、ほんとにそういうことはしたくないんです。あと数時間もすれば本人も来ることだし」

「二人組の警官がここに来て彼の写真を見せたのは、彼といちゃつきたいからだと思う?」

「それは思わないけど、でも――」

「彼は二日前の夜に女性を殺したの。彼は二十年も殺しを生業《なりわい》としてきた。彼女の住所を教えて」

「なんてこと。彼女はここからほんの数ブロックのところに住んでます」バーテンダーは住所を吐いた。「あたしたちは職場の仲間なんです、ケイリーとあたしは。四年間も。あたしに連絡するように伝えてください、ね?」

「わかったわ。もし彼が今夜来たら、わたしに連絡して」ピーボディにうなずいて合図し、名刺をカウンターに置かせた。「彼には何も漏らさないで。頼まれたものを作ってやり、わたしに連絡して」

「必ずそうするわ。ケイリーに連絡させてくださいね」

「そうするわ」

「これも突破口ですね」店を出ると、ピーボディが言った。

「かもね。二人は歩いたでしょう、ほんの二ブロックだもの。彼女はコップを部屋に上げたかもしれないし、上げなかったかもしれない。部屋に入れてくれなかったら、彼はどこまで押すかしら。彼はセックスを期待して酒をおごったのよね? 極上のシャンパンを。彼女は彼を誘ったのよね? どっちしても、彼は一緒に部屋にはいったでしょう」

イヴは建物の前で足を止めた。小綺麗な六階建ての設備の整ったアパート、防犯カメラをはじめセキュリティは完備されている。

「セキュリティフィードを提供してくれる管理人が常駐してるかどうか確認して。部屋は二階だから、そこで落ち合いましょう」

「了解です」

マスターキーでなかにはいると、小さなロビーがあり、床は古い木材の表面を丹念に再仕上げしたものだった。エレベーター——二基あるエレベーターのドアにはニューヨークの摩天楼が描かれていた——は無視し、階段を使った。

建物は手入れが行き届いている、とイヴは思った。やや凝りすぎの感はあるけれど。ケイリー・スカイはその声によってか、またはほかの収入によって、ここの家賃が払えるほどのよい暮らしをしていた。

イヴは2Aという部屋の前で立ち止まり、ブザーを鳴らした。もう一度鳴らしたが応答はなかった。

胸騒ぎを覚えながら後ろを向き、2Bのブザーを鳴らした。

インターコムから女性の声が聞こえてくる。「どなた?」

「NYPSDの者です」イヴはバッジを掲げた。「ミズ・ケイリー・スカイを探しているのですが」

ドアが開き、声の主が現れた。黒のレオタードに渦巻き模様の青いスカート、赤のメッシュがはいった黒髪はひっつめて頭のてっぺんで結んで、美しい顔をあらわにしている。「どうして?」

「お尋ねしたいことがあって」

「何について？」

「ミズ・スカイのことはご存じですか」

「うちの向かい側に住んでる」

警察に協力的な市民は今日はもう限度に達したらしい。

イヴはＰＰＣを引っ張りだし、コップの写真を呼び出した。「彼についてはどうですか」

「見たことないわね」

「ミズ・スカイはあるんです。この男は大量殺人で指名手配されています。彼女はゆうべ、彼と一緒に職場を出るところを目撃されました。彼を部屋に入れたかもしれません。彼に犯罪歴があることは知らないでしょう。そこでお尋ねしますが、彼女がどこにいるかわかりますか」

「わからないわ」答えはそっけないが、態度や口調からは辛辣《しんらつ》さが消えていた。まだ不審に思っているし、警官嫌いのせいで過剰反応しがちではあるものの、不安も覚えているようだ。「まだ眠ってるのかもしれない。遅くまで働くから。でも、あたしが次の授業に行くまでには会えるはずよ。パートナーとあたしはダンススクールをやってるの」

「この男は危険です」

エレベーターのドアが開き、ピーボディが降りてきた。

「セキュリティフィードを手に入れました――二人は〇二二三時にこの建物にはいってます。強要はされてません。彼は〇三〇一時に出ていきました。乱れた恰好で」と付け加え、ダンサーのほうへ目をやった。「ダラス、彼の指の関節は擦りむけていました」

ダンサーは廊下に飛び出し、ケイリーの部屋のドアを叩きだした。「ケイリー！　あたしよ、マルタよ！　あけて。目を覚まして、このドアをあけてよ」

「管理人から部屋にはいる許可をもらいました」ピーボディが言った。「弁護士には連絡するけど、なかにはいっていいと」

「彼女をお願い」イヴはダンサーを脇に押しやり、マスターキーを使った。

「NYPSD」と告げる。「部屋に立ち入ります」

警告するにはもう遅いことはわかっていたが、なかに足を踏み入れた。女性らしいきれいなリビングエリアは落ちついた色と豪華な織物で統一されていた。蹴って脱いだとおぼしきシルバーのピンヒールが転がり、白とシルバーのロングドレスが丸まってシルクのプールを作っている。

二人はこの部屋でまずはダンスを踊ったのだろう。興奮し、濃厚なキスを交わし、逸《はや》る手がドレスを脱がせ、寝室へ向かう。

そこで何か手違いが起こった。

乱暴すぎた？　もっとゆっくりしてほしかった？　やめて、待って。

そういうことなのかもしれない。

ケイリーは悲鳴をあげ、助けを呼んだだろうか。この手の部屋ならきっと防音が施されているだろう。

コッブは速度をゆるめなかった、待たなかった。彼女を黙らせるために拳を使った。殺すつもりはなかったのかもしれない。ナイフは使っていない。

コッブは両手でケイリーの喉を絞めて命を奪った。彼女が身につけていた下着はずたずたに裂かれ、顔は――今でも充分美しいが――痣《あざ》だらけで、抵抗の跡を物語るように寝具はもつれている。

あのダンサーがピーボディに怒鳴っている声が聞こえた。向きを変え、ドアのほうへ戻っていくと、捜査パートナーは体を張ってその女性を押しとどめていた。

「やめてください。さもないと、あなたを拘束することになります」

「ケイリーはいるの？　ケイリー！」

ダンサーはいきなり一歩下がり、水がこぼれるようにピーボディの両手から滑り落ちた。

「彼女のことは任せてください、ダラス。さあ、わたしと一緒に行きましょう。マルタですよね？　一緒に行きましょう、マルタ」

悲嘆やショックの対応はピーボディに任せ、イヴはドアを閉じた。

それからセントラルに事件発生を告げた。

遺体の目視確認が終わった頃、ピーボディがそっとはいってきた。「彼女を落ちつかせて、パートナーに連絡しました。こっちに向かってます。ケイリーは切り裂かれたんですか」

「ちがう。殴られて——ほとんどが顔だった——扼殺《やくさつ》された。車から捜査キットを取ってこないと。あのバーテンダーにも知らせて、正式な供述を取らないとね」

「わかりました、捜査キットを取ってきてからバーテンダーに知らせます。ここがすんだら供述をもらいにいけるようにします」

「それでいいわ」

待っているあいだに、イヴは被害者について検索した。

ケイリー・スカイ三十一歳。近親者——母親と継父と父親違いのきょうだいはオハイオ州デイトン在住、父親と継母と母親違いのきょうだいはオハイオ州コロンバス在住。母方の祖父母は信託財産を設けてあった。だからケイリーはここの家賃を支払えたのだろう。

イヴはほかのエリアを見てまわった。整頓されたギャレーキッチン、同じく整頓されたバスルームには洗いたてのふんわりしたタオルと、ずんぐりした白いキャンドルが置いてある。

キッチンのはずれにある小さなアルコーヴはオフィスとして使っていたらしく、小型コンピュータ、クリーム色のデスクと椅子があり、椅子にはロイヤルブルーのクッションが載っていた。

リビングエリアは落ちついた青とバラ色を基調に、歓談用の家具が配されている。いったん部屋にはいってしまえば、コップには会話を楽しむ気遣いがあったようには見えなかった。

ケイリーは彼を欲した――それはそうだろう、ハンサムでおしゃれで、相手を魅了するにちがいないアクセントを持つ男だ。

彼女と部屋にはいるまでは。

それからは性急にことを進めた。

最初はケイリーも興奮したかもしれない。無我夢中で唇を求め、体をまさぐりあう。奪われることのスリルも覚えたかもしれない。

けれど、どんどん荒々しくなっていく。

イヴはまた部屋を見まわした。女性らしい趣味、落ちついた色合い、美しいものに囲まれた部屋。

あなたは荒々しさを好むタイプじゃないわよね、ケイリー？　ロマンティックなムードのなかで、なめらかに進めたかった。けれども彼はただやりたかっただけ、荒々しくやりたかった。

イヴは寝室に戻り、入り口にたたずんだ。「あなたはゆっくりやってほしかっただけなのよね、少し優しくしてほしかっただけ。だけど彼はそうしない。彼にはできない。そういう男だから。やめて、待ってと頼んだら、彼はあなたを殴った。あなたはきっと誰にも殴られたことがなかったでしょう。そのショック、その痛み、その屈辱、その突然の恐怖。だからあなたは悲鳴をあげ、抵抗し、また殴られた」

何度も殴られた、とイヴは思った。何度も何度も。

「いいから黙ってろと言われたの？　娼婦《しょうふ》とかビッチと呼ばれたの？　たぶんそうでしょう。彼はあなたのきれいなブラとパンティを引き裂く、あなたは泣いて懇願する。あなたはそれでも悲鳴をあげたのね。だから彼はあなたの喉元を押さえて黙らせながら、あなたを激しく突いた。彼がうなりながら腰を前後させるたび、あなたの空気は絞り取られ、命は奪われた」

ことが終わり、自分がやらかしたことを目にしても、彼は何も感じない。脱ぎ捨てたものを身につけ、歩き去るだけ。

「コッブは自分のほしいものを手に入れた」

イヴはリンクを取り出し、アバナシーに連絡した。

「彼はまたやったわ」

「なんだと？　警部補？　誰を？　どこで？」

イヴは被害者の名前と住所を伝えた。「あなたの補佐係がここまでお連れします」振り返ると、ピーボディが捜査キットを持って戻ってきたので、うなずいて合図した。「わたしはやることがありますので」

犯行現場を遺留物採取班に、被害者をモルグチームに引き渡すと、みんな休憩が必要だとイヴは思った。とはいうものの。

「この報告書は自宅で作成する」イヴはピーボディに言った。

「私がやるよ。私の帰るところのほうが近い。仕上げたらコピーを送る。我々にはこれを防ぐことはできなかったんだ。コッブのファイルにはこれに類似するような記録は何ひとつなかった」――アバナシーは請け合った――「彼は報酬のために人を殺す、人を切り刻む。これは彼のパターンに当てはまらない」

「彼は今や仕事モードではありません。目下の目標は使命であり、今は休暇中とさえ言えるかもしれない。それに、仕事をしているときのようには抑制がききません。わたしが言いたいのは、ファイルが間違っている、アバナシー警部が間違っているということです」

ふつふつと沸く怒りが噴きだしそうで、それを押し戻さなくてはならなかった。

「ほかにもあったはずです。彼の過去をさかのぼれば、未解決のままか、誤った解決に至った事件があるはずです」

「きみの言うとおりなのだろう。コップにとっては造作ないことだ、これもありふれた夜なのだろう」

「セントラルか滞在先までお送りします、どこでも仕事をなさりたいところへ」

「いや、大丈夫だ。地下鉄のほうが早い。今夜また会おう。マクナブはバンに乗る――きみとロークも乗ると聞いている。だから私も参加する」

「わかりました。わたしはバーテンダーの供述を取ってから自宅で仕事します」

車に戻る頃には、気分はどん底だった。イヴは嘆き悲しむダンサーとバーテンダーと被害者の両親の話を聞いた。

彼らの悲嘆が体じゅうを駆けめぐる。

早く家に帰ってロークに会いたい、猫に会いたい。そして仕事をしたい。仕事に励めば、それだけあのクソッタレに近づくことができるから。

そしてスクールのことを思い出した。

もう時間が遅い、やらなくてはいけないこともたくさんある。別の機会にしよう。今はそんな気分ではない。

しかし悪態をつぶやきながら、イヴは行き先を変更した。

だってそれは重要なことだから。大事なことだから。

それなら十分だけ寄っていこう。急いでひとまわりすれば、あとでロークに見てきたよと報告できる。なかにはいって出てくるだけなのだから、ロークに連絡する必要はない。

もちろんそれには駐車スペースを見つける困難がともなうから、そっちにも少し時間を取られる。それからどうやら家に帰りたくないらしい者たちであふれる通りを歩いてスクールまで行く。

そしてたどりついてみれば、建物の外観はなかなか立派だった。堂々としていて、むやみに飾り立ててないし、それに……なんて言えばいいのだろう。取っつきにくい？　おかしな言い方だけれど、取っつきにくさもない。

セキュリティは思ったとおり十全だ。イヴはマスターキーは使わず、ブザーを鳴らして、誰が応対に出てくるか確かめた。

意外にもロシェルが出てきた。

「まあ、なんて嬉しいんでしょう。お時間が取れたんですね！」イヴが答えるのも待たず、ロシェルはイヴの手を引っ張ってなかに入れた。

「まだいるとは思わなかったわ」

「今日は大事な日だから、なかなか帰る気になれなくて。ウィルソンは今帰ったところです。一時間後にお祝いの食事をする約束をして」

「あなたを引き留めるつもりはないのよ」

「だめですよ、わたしに案内させてください。今日は数えきれないほど笑ったり叫んだりしました。またそんなところをお見せしても勘弁してくださいね。通学生たちはもう帰ったけど、寮生たちの大半はキッチンにいるか、部屋で荷ほどきしながらキャーキャー言ってるんです」

ロシェルはイヴを案内してまわった。各教室や自習エリア、レクリエーションエリア——明るく清潔で居心地よさそうな空間だ。

科学エリア、職業訓練エリア、音楽室、劇場。

「ロークはどんな小さなことも見逃さなかったのね」イヴはしみじみ言った。

「ええ、そうなんです。今日の子供たちの反応を、親や保護者たちの反応をお見せしたかったです。彼らの多くはこんな場所を、こんな機会をこれまで目にしたことはなかった。何もかもうまくいくとはわたしも思いませんが、うまくいくことは多いでしょう。たいがいのことはうまくいくと思います」

二人は引き返し、大食堂を抜けてメインキッチンにはいった。生徒の一群とスタッフが三人いて、大人たちが生徒を指導して料理を作らせていた。

驚くほどいいにおいがしている。

「邪魔するつもりはないのよ。シェフのカルロは本当にめっけものです。彼は生徒たちに料理の技と科学を同時に教えてくれるでしょう。ここでは栄養学を教えますが、料理を楽しむことも教えるんです」

「料理が楽しいの？」

「カルロによれば。このほかに、上達した生徒や本気で取り組みたい生徒のためのワークショップ・キッチンもあるんです」

上階にはさらなる教室や、生徒が集まったり勉強したり興味を究めたりするためのエリアが用意されていた。

ロシェルがビデオ&コミュニケーション・エリアと呼ぶエリアでは、ナディーンとクゥイラがこのスクールのビデオを観ていた。

「ごめんなさい」ロシェルは言った。「お邪魔しちゃって。まだいらっしゃるとは気づかなかったわ、ナディーン」

「もうすぐ終わるところ」ナディーンは記者の鋭い目でイヴをじっと見つめた。「クゥイラ、今話した線で編集を始めてて。すぐ戻るから」

「オーケイ、でも、ちょっとだけ……」クゥイラは腰を上げ、イヴに近づいてきて手を差し出した。

とまどいながら、イヴはその手を握った。

「あたしもハグはあまり好きじゃないの――なんか変な感じだから。ただあなたにお礼が言いたくて」

「オーケイ。どういたしまして。順調？」

「すっごく順調。ナディーンがあたしのビデオの一部を〈ナウ〉で流してくれるって」

「編集しておいて」ナディーンは催促した。「それから話し合いましょう」

「やっておきます」

「お二人でお話があるんでしょ」ロシェルは後ずさりした。「ごめんなさいね。あなたはハグがあまり好きじゃないのよね」と言って、イヴをぎゅっと抱き締めた。

イヴは背を向けていたので、クゥイラがその瞬間をカメラに収めたことには気づかなかった。

「わたしはもう少し笑ったり叫んだりしてから、ウィルソンとの食事に出かけます」

「クラック——じゃなくて、ウィルソンに、白人の姉ちゃんがよろしくと言ってたって伝えてね」

「伝えます。なんていい日でしょう。なんて素敵な日なの」

ロシェルが軽く鼻をすすりながら去っていくと、ナディーンはイヴの腕を取ってクゥイラに聞こえないところまで連れていった。

「まずは友人として教えて、ロークの様子はどう？　あなたはどうなの？」

「わたしたちは大丈夫よ。素敵な日だったとは言えないけど、大丈夫。二人ともちゃんと対処してる」

「コップについて、できるかぎりリサーチしてみた。あなたが知らないことはたぶんないと思うけど、参考までに送っておくわ。じゃあ教えて、わたしに何かできることはある？」

「わたしたちは対処してる」クゥイラがビデオに何か——編集とやらだろう——やっているのが見える。録音されたクゥイラの声、ほかの子供たちの声、活気に満ちた声が聞こえる。

「あと一歩なのよ。あと一歩まで迫ってるのがわかる。ロークはどこまで迫ってるか知らないの。わたしはそのままにしておきたい」

「あなたの許可が出るまでは何も電波に乗せない。わたしは常にそうだし常にそうありたいと思う捜査に協力するプロとして言ってるけど、あなたの友人でもある。それはわかって、ダラス」

「わかってるわ。あの子にもそれを教えてるの？」

ナディーンはクゥイラのほうを振り返った。「すっかり見抜かれてるわね。でも、あの子は言われるまでもなくわかってた。あの子には意気込みだけじゃなく節操もあるし、ものすごい才能を持ってる。でも、あまり褒めないようにしてるの、まだ訓練が必要だから。わたしはちょっとあの子に夢中なのよ」

「相思相愛みたいに見えるわよ」それから、イヴはため息をついた。「彼はまた女性を殺した。仕事としてじゃなく」

「誰を？　いつ？　どうやって？」

「殺人事件——ケイリー・スカイ——のことは報道していいけど、コップとの関連は伏せておいて。こっちが知ってることを彼に知られたくないの。今はまだね。合意のうえのセックスに狂いが生じて、レイプと殺人に発展した。彼女を扼殺したの」

眉間にしわを寄せて、ナディーンはかぶりを振った。「彼の凶器はナイフでしょ。本当に彼の仕業なの？」

「仕事ではなかった——リサーチしてみたい？　きっと以前にもこういうことをやってる。

未解決事件。コップは美人が好きで、手早く引っかける。公認《L》コンパニオン《C》を殺したこともあるかもしれないけど、大半は一般人だと思える。ＬＣだと簡単に自分までたどりつけるだろうから。彼は自分の偽名を捨てたくない、だからスカイのような一般人を狙う」

「わたしに何が見つけられるか試してみるわ」

「わたしも。もう行かなくちゃ、またあとで」そう言ったものの、イヴはしばらくその場から動かなかった。「いいところじゃない？　ここはいいところだって感じる」

「ロシェルがここを案内してくれたとき、涙ぐんでたのは彼女だけじゃなかった。クゥイラもよ、あんなにタフな子なのに。ここはいいところよ、ダラス。ここにいる者たちの人生はもう変わりはじめてる」

「そう。よかった。行かなくちゃ。コップとの関連を報じられるようになったら、すぐ知らせるわね」

「準備しておく。そうそう、ダラス？」歩きだしたイヴに、ナディーンは声をかけた。「素敵なスカーフね」

「なんですって？」自分の恰好を見下ろし、イヴは毒づいてスカーフをさっとはずした。

「ピーボディの」

「よく似合うわよ」

イヴはスカーフをポケットに押しこみ、また歩きだした。あのバカみたいな帽子を車に置いてくる良識があった自分に感謝したい気持ちだ。

一階に下りて外に出ると、清潔で明るい校内や、おいしそうな料理のにおいや、握手したときのクゥイラの目の輝きが頭に浮かんできた。

おかげで気分がかなり上向いたまま、イヴは自宅をめざした。

尾行を警戒しながらも、〈結婚生活のルール〉を思い出した。

「ロークにメッセージを送って」とダッシュボードのコンピュータに命じる。「今から家に帰る」

そう口に出すとほっとした。この大渋滞を切り抜けるのは、おそらく、明日の朝までに直面するなかで最悪のことだと思うと、気持ちが楽になる。

「メッセージを受信して」着信の合図を送っているコンピュータに命じた。

ロークの声を聞いて、また気持ちが軽くなる。〝僕もだよ。今、手前の道を曲がったところだ〟

「返信――ボトルをあけておいて、相棒。わたしたちには当然の権利よね」

一瞬のうちに返事が届いた。〝もうあけてあると思ってくれ〟

素晴らしい、とイヴは思った。結婚生活はいいものだと心から思えるときがたまにある。

ろくでもないことが二人に降りかかってくるときに、ひとりじゃないとわかるのはとりわけ素晴らしいかもしれない。

コミュニケーターにも着信の合図があると、願いはひとつになった。

どんな用件であれ、引き返さずにすむことでありますように。

イヴは腕時計《リスト・ユニット》で受けた。「ダラス」

「サンチャゴです。カーマイケルと一緒にいいニュースを知らせます」

「そういうのがほしかったの」

「ですよね。第二の事件が起こったとか。だけど、俺たちはコップが借りた車を突き止めました」

「確実なの？」

「百パーセント。彼が黒いATV、フル装備の61年型トスカーナ・リーガルを借りるときに使った運転免許証のコピーを含む書類から、ナンバープレートまで全部調べてますよ、警部《ル》補《ー》。彼はリーアム・オパトリックという名前で車を借り、同じ名義の惑星間《インターステラー》クレジットアカウントを使用しました。どちらもレンタル会社のセキュリティ検査を通過してます。担当者はすでに退社してますが、住所を教えてもらったので、これから話を聞きにいきます」

「その車両に広域手配をかけて――ナンバープレートの番号を使って、注意事項にナンバープレートを交換した可能性も加えること。指示は車両の追跡、ただし車を止めてはならない、車に近づいてもいけない」

「カーマイケルが今それをやってます」

「よくやったわ、サンチャゴ。二人ともよくやった。彼の画像が残っていたらセキュリティフィードを手に入れ、わたしに全部送って。担当者の話も知らせて」

「了解しました」

警察の捜査は優秀で、堅実で、粘り強い。警察の捜査とはそうあるべきだ。そしてここには結婚生活よりも多くのルールがあるので、イヴはメッセージを口述し、アバナシーに更新情報を送った。

そしてようやく、わが家の門をくぐり抜けた。

18

なかにはいると、サマーセットがひとりで待っていた。ということは、ギャラハッドは上でロークと一緒にいるのだろう。イヴもそこに参加したかったから、ただいまの挨拶代わりの悪口は勘弁してやることにし——その機会はいくらでもある——単刀直入に訊いた。

「わたしが知っておくべきことはある?」

「デザートはレモンメレンゲ・パイです」

「今日聞いたいちばんいいニュースじゃないけど、評価できる」イヴはトップコートを階段の親柱に放り投げた。「おかしな連絡や届けものはなかった?」

「はい。コッブはここではロークを襲いません」

「そうね、でも、あなたを狙うかもしれない」

笑みを浮かべるサマーセットを残し、イヴは階段を上りはじめた。今のは身の毛がよだつような凄《すご》みのある笑みだったと認めざるをえない。

「やつは失望することになるでしょう」

「とにかく、その骨だらけの背後に気をつけてよ。いざとなったら、その尻に突っ込んである棒を引き抜いて武器にできるでしょ」

言ってやった！　わたしには即興で悪口を思いつけないなんて言ったのは誰？

至極満足して、イヴはまっすぐ自分のオフィスへ向かった。

ロークはすでにワインの栓を抜き、二杯目を注《つ》いでいるところで、クリスタルのグラスのなかで赤が輝きを放っていた。

猫はロークの脚に体をこすりつけるのをやめ、勇んで向かってきてイヴの脚に体をこすりつけた。

そして凍りついた。二色の色違いの目でイヴに悪意あるまなざしを投げると、ゆうゆうとした足取りで去っていったが、その尻尾《しっぽ》はぴんと立っていた。

人間なら中指を立てているところだ。

自分の足元に座りこみ、凶暴な目でイヴをにらみつけている猫を見て、ロークは首をかしげた。「これはどういうことだろう？」

「猫がいたのよ。猫好きの女性に事情聴取してるあいだ、わたしの膝に乗ってたの。だから怒ってるんだわ」

イヴは凶暴な目でにらみ返した。「ツナをくれる人が誰かわかったら、機嫌を直さずにはいられないでしょ」

ロークに指を突きつけて言う。「それはサマーセットだって言わないでよ」

ロークはただ首を振るだけにした。「こんな一日だったのに、思ったほど疲れているように見えないね」近づいてきて、イヴの唇に軽くキスすると、グラスを差し出した。

いっぽう、ロークは思ったより疲れているように見える。そんな様子はめったに見せないのに。

「いいニュースがあったの」

「ぜひ聞きたいな」

「デザートはレモンメレンゲ・パイよ」

ロークはかすかに口元をゆるめた。「パイはいつでもいいニュースだ」

「コップの車を突き止めた。メーカー、モデル、色、ナンバー。広域手配をかけた」

「ほう、それはパイより喜ばしいニュースだ」

イヴはロークのことを誰よりもよく知っている。「ゆうべ彼に殺された女性のことを考えてるんでしょ」

「やつが予定どおりニューヨークから去っていたら、彼女は生きていた」ロークは何も言わず、イヴの手を取った。「僕のせいじゃないことはわかっている。僕には防ぎようのなかったことだ。それでも、やつがここにいるせいで、僕を始末したいと望むせいで、ひとりの女性が死んだ」

「彼にはあなたを始末することはできない。そういうことよ。ケイリー・スカイには彼にあんなことをされるいわれはなかった。殺されていい人間なんてめったにいない」

イヴはロークの胸に、彼の心臓に手を置いた。

「もし彼がニューヨークを去ってたら、そうね、彼女は生きてたでしょう。そしてほかの誰かが死ぬ。今じゃなくても、そのうちすぐに。それからまた誰かが死んで、また誰かが死ぬ。わたしたちが彼を阻止しないから。でも、彼はニューヨークにいるから、わたしたちは彼を阻止する」

ロークは顔を近づけて、もう一度イヴにキスした。「会社に戻らずにきみとずっと一緒にいるべきだった。きみはこんなときに僕を落ちつかせてくれる」

「わたしたちは互いにそういうことをしあってるんだなって、さっきまで考えてたの。何か食べましょう、パイもね。ギャラハッドにはすねるのをやめるまで何もあげない」

それに応えるかのように、ギャラハッドは肢をぴんと伸ばしてから、そんなこと少しも気にしないとでもいうように毛づくろいをはじめた。

そんな見え透いた演技には騙《だま》されないわよ。

「僕が準備するよ――憂鬱《ゆううつ》な気分を忘れさせてくれるだろう。きみは事件ボードを更新したら？」

イヴはそうすることにして、グラスを置いた。

「ほかにも手がかりを見つけたの――車がいちばん大きな突破口だけど」

「教えてくれ」ロークはキッチンから言った。

「コッブが利用したショップをジェンキンソンとライネケが見つけた。そこには警察に協力的な店員がいた。バカ高いメンズ商品を扱う店――だから彼は気に入ったんだと思う。〈アーベイン〉とかいう名前の店」

「ああ、僕も知っている」

イヴは仕事の手を止めた。「所有してるなんて言わないでしょうね？」

「言わないよ、そのビルを持っているだけだ」

「そのビルを持ってるだけ」イヴはつぶやいた。「まあいいわ。コッブはTシャツ二枚や何かに四〇〇〇ドル払ってから、ジャケットに目を留めた。彼のサイズはなかったけど、店員は入荷できるかどうか確認してみると言った。だから彼はまたその店に寄るかもしれない。

今夜わたしたちが彼を捕まえられなかったとして、店員は彼が来店したらどうすればいいか知ってる。わたしたちは二手に分かれて、その店員が彼に教えたショップやバーやレストランをまわり、もう二軒突き止めた。そして彼が被害者を引っかけたバーも」

事件ボードの更新を終えたとき、ロークが皿を手にして戻ってきたので、事件簿の更新は食事のあとでいいと、心のなかで自分に言い聞かせた。

ロークには何か普通のことが必要だ。

たぶん食事の席で殺人の話をするのは普通ではないだろうが、二人にとってはごく普通のことだ。

新野菜《プリマヴェラ》のパスタか、とイヴは思った。味の点では昔ながらのミートボール・スパゲティにはかなわないけれど、まずいというほどではない。ワインのグラスを取ってきて席につくと、ロークがこぢんまりしたテラスのドアを開け放った。

春が流れこんできた。

イヴはパスタをひと口食べた。

全然まずくない。

「スクールにも寄ったの」

驚いたように、ロークはグラスを持ち上げた。「そうだったの？　連絡をくれないから、時間が取れないんだとばかり思っていた」

「急いで見てまわっただけ。見たかったから。わたしもちょっと気がふさいでたんだけど、スクールがその気分を変えてくれた。ロシェルがまだいたの、なんだか輝いてた。彼女が少し――というか、あちこちいろいろ案内してくれた。何もかもがすごく……」

イヴは言葉を探した。「可能性に満ちてた」と断言した。「そこらじゅうに可能性が転がってるのが見えるし、感じられる。キッチンでは生徒たちが料理を作ってた。シェフをスタッフに雇ったとは知らなかった」

「言ったよ」

「わたしはてっきりコックだと思ってたの、あんな本物のシェフじゃなくて」

「生徒たちは豊かな食事を楽しむべきだ。そして僕たちより活躍する者が出てほしいし、本気で料理を学ぶ者もいてほしい」

「生徒たちは熱心そうに見えたわよ。ナディーンもそこにいた」

「ナディーンが？」

「クゥイラが撮ったビデオを一緒に検討してた」

「ああ、それか、僕も午前中に生データを少し見せてもらった。とてもよかったよ。生まれつきの才能がどんなものにしろ、ナディーンはすでにそれに磨きをかけはじめているね」

「へーえ、わたしもその言葉を思い浮かべた。磨きをかける。クゥイラは賢い子だから、自分の可能性を知ってるのよ、ローク、可能性があふれてる。そういうあの子を見て、気分がよくなった。自分の可能性を知ってて、それを広げようとしてるのはクゥイラだけじゃないでしょう」

確認のために、イヴは横目で猫を見た。寝椅子に体を伸ばしていたギャラハッドは、だらりと下げた尻尾をぴくりとさせ、薄目をあけて見つめていた。

「僕は今日そこである少年に出会った」ロークは語りだした。「まだ若くて、ギターを抱えて生まれてきたかのようにそれを弾きこなした。たしかにクゥイラだけじゃない。彼もそのひとりだ。彼は子犬を連れてグラフトン・ストリートで歌をうたっていた少年のことを思い出させた。あの少年は今どうしているだろう」

「あなたなら探せる」

「名前を思い出せないんだ、たとえ知っていたとしてもね。過去のことは忘れたから。というか、忘れたと思っていた。もうふさぎこんでないよ」ロークはイヴを安心させ、食事を続けた。「考えてみれば、僕たちがここに作ったようなスクールは、向こうでも歓迎されるかもしれない」

「大きなことを考えたわね」

「小さなことを考えてどうする?」ロークは心からそう言って笑顔になった。「今度向こうの家族を訪ねるとき、ダブリンまで足を伸ばしてちょっと見てみようかな」

手を伸ばし、ロークはイヴの手を握り締めた。「さあ、きみの知っていることを聞かせてくれ」

そんなわけで、二人はパスタとワインを味わいながら、普通に殺人の話をした。

「ショップとマーケットとバーか」ロークは考えこんだ。「やつの活動範囲は何ブロックにも及んでいる。きみの言うとおり、隠れ家はその地区にあると僕も思う。やつが利用する店まで歩いていけるところ——今日、僕たちを誘き寄せたあたりではない」

「彼は買い物をするたびにショッピングバッグを持ち帰る。タクシーや地下鉄を使うこともできるけど、潜伏場所の近くで買うのがまあ当たり前でしょうね。それに、彼にはわたしたちがロワーウェストサイドのその地区を調べると考える理由が、今のところはない」

「検索結果をいくらか精査することはできるよ。隠れ家をもっと調べようとするなら、彼のことを知っているか恐れている者たち、あるいは彼に借りがあると思える者たちにも踏みこまざるをえない。それによって、彼らのうちの誰かがやつに連絡することは避けられないだろう」

「リスクは冒さないで」イヴは即座に言った。「二十四時間以内に彼が見つかる公算は大きいんだから。無理はしないでおきましょう。彼が買い物をする場所も、女を漁《あさ》る場所も、どんな車に乗ってるかもわかってる。それどころか、どんな服装をしてそうかもわかってるのよ。そのうえ彼は例のジャケットを欲しがってる、今はそんなところ。情報はもっと増える。優秀で着実な捜査が実を結ぶから」

「僕がこれまでに目撃してきたようにね。アバナシーはなんて言っている?」

「コッブが車をレンタルしたことに驚いてた。そういうことは初めてじゃないけど、ニューヨークでうまくいくとは思ってなかったみたい。公共交通機関のほうがいいでしょ、彼はこの地理にうといんだから。アバナシーは広域手配に引っかかる可能性は万にひとつだと見てる」

ロークはうなずいた。「やつはガレージを持っているから——隠れ家にあるにしろ、屋内駐車スペースを借りているにしろ。その手の車は路上に駐《と》めておかないし、潜伏場所の近くで毎回駐車場が見つかる保証はないからね」

「そうよね、だけど、彼はいつかその車が必要になる。それはあなたをまんまとさらうときの道具になるから」

あのアイルランド人の野性的な目が、イヴの目をひたと見つめた。「あるいは、きみをさらうときの」

「あるいは、わたしをさらうときの。急いで逃げなければならないときの手段にもなる。彼はバカではないから、万一の場合、どうやってニューヨークから脱出すればいいかの計画も立ててるはず」

「僕たちの考えはまた一致したね。狩りは何時から始めるんだい？」

「セントラルに〇一〇〇時に集合する。彼はまた女漁りに出かけるかもしれないけど、今夜はおとなしくしてたほうがいいとわかるだけの頭はあるでしょ」

「じゃあ、コーヒーとパイをお供に、ここでできる仕事を終わらせておこう」

ロークは仕事のお供を自分のオフィスに運んだ。

ひとりになると、イヴはふてくされている猫には目もくれず、キッチンへはいっていった。

猫のごちそうをひとつかみ持って出てくると、コマンドセンターに戻った。サンチャゴの報告書に目を通しだして三十秒もしないうちに、ギャラハッドが太った体でカウンターに飛び乗った。目は報告書にやったまま、ごちそうを手につかんだままにして、猫にお預けを食わせた。

ギャラハッドはそっと近づいてきて、イヴの肩に頭突きを食らわせた。

「何かほしいの？」

猫はもう一度頭をぶつけてから、こすりつけた。

「あのね、仕事でほかの猫と出会うこともときにはあるのよ。思い出してごらんなさい、わたしがあなたを見つけたのも仕事中だったでしょ」

イヴはギャラハッドのほうを向いて、手のなかのごちそうを振ってみせた。

「部屋に連れて帰ったのはあなただけなのよ」

ごちそうをカウンターに置いた。すぐに飛びつくかと思いきや、ギャラハッドはもう一度イヴに頭をこすりつけた。

愛情からかもしれないし、ほかの猫のにおいを消すためかもしれない。たぶんその両方だろう。

イヴはゆっくりと猫を撫でてから、額を掻いてやった。「それに、あの猫のことなんて、なんとも思ってないわよ」

満足したらしく、ギャラハッドはごちそうに飛びついた。

イヴもすべて許せたことに満足して、サンチャゴの報告書に戻った。それを追加して事件簿を更新した。

ピーボディの報告書を読み、それも追加した。

椅子に背中を預けてパイを食べながら、事件ボードを眺める。ところでメレンゲとは一体なんなのだろう？　どうしてこんなにおいしいのか？

コミュニケーターが着信を告げたので、つかんだ。

「カーマイケル、何かわかった？」

「レンタル会社の担当者はなんと、夜はダンサーのアルバイトをしてました――腹筋がすごい。わたしたちは彼の居所を突き止めた。コップのことは覚えてたわ――高級車をレンタルしたし、アクセントがあったから。コップは仕事でニューヨークに二週間ほど滞在すると上機嫌で話したそうよ。セキュリティチェックはなんなく通過した。書類によれば、コップはモデストを殺すために宿泊してたホテルをニューヨークでの住所として提供し、運転免許証の住所は調べてみたらダブリンに実在するデパートのものだとわかった。つまり偽造なんだけど、よくできた偽造ＩＤだった」

「二週間か。つまりやつは近々実行するつもりね。ありがとう、いい働きだった。もう帰っていいわよ」

「もう一曲踊ってからにするかも。この店にはフード類もあるの」カーマイケルはまじめな顔になった。「解決が近づいてるわね、ダラス。あたしは二十四時間以内に逮捕できるほうに賭《か》けるってサンチャゴに言ったんだけど、彼は賭けに乗ろうとしないのよ。〝なんにでも賭ける捜査官〟が賭けに乗らないのは、彼も同じ意見だから。ロークにあの最低野郎を全力で捕まえるって伝えて」

「伝えるわ」

イヴは立ち上がってロークのオフィスに行った。彼はジャケットを脱ぎ、シャツの袖をまくりあげ、髪を後ろで束ねていた。

仕事モードだ。

「カーマイケルとサンチャゴを家に帰した。カーマイケルからあなたへの伝言、事件の解決は近い。サンチャゴが賭けに乗ろうとしないのは、彼もそう思ってるからで、二人ともあの最低野郎を全力で捕まえるって」

「ありがたい」

「精査のほうはうまくいってる?」

「いくらかはね。これは目下のトップ4だ」

ロークはスクリーンに地図を呼び出し、その四か所をハイライト表示した。ここは彼がよく出没する地帯から徒歩圏内のはずれにあって、いわゆるいかがわしい人物のために貸す家ではない。小さな倉庫を改造した家具付きの家で、週単位か月単位で貸し出している。今も荷物の搬出入口が残っているのは、やつにとっては便利だろう
「車を隠すにはね」

「そう。宣伝文句によれば最新式のセキュリティが完備され、いろいろ装備されたフィットネスエリアには室内プールもある。さっそく問い合わせてみたら、モデストが殺された翌朝に借り手が見つかってすぐに入居してきた——一か月の予定で」

「なるほど」イヴはうなずいた。「調べてみなきゃ」

「お次は見てわかるとおり圏内の少し外側にあるが、やはり条件を満たしている。ガレージのあるゲート付きの家。持ち主は悪辣《あくらつ》なロシア人で、アバナシーならその名前に聞き覚えがあると思う」

「あなたのお友達?」

「まさか、過去にもそんな関係はなかった。ほかの二軒はやつの買い物ルート的には便利だが、表通りではないところに車を駐めるスペースがない。それでも二軒とも好立地だし、僕の情報筋によれば、その手の者たちに高額で、あるいは好意で提供している」

「全部調べる」

「あと三か所あるが、さらに離れている」ロークはその三か所をハイライト表示してみせた。「長い散歩をしたいのじゃないかぎり、くだんの買い物エリアに行くには公共交通機関か車を使うだろう」

「最初の四か所をわたしとフィーニーに送って。まずはそこから始める」

「すぐできるよ」ロークはそう言って実行した。

「二時間ぐらい休憩しない？　長い夜になりそうだから。当たりがあればもっと長くなる」

ロークはイヴを見上げ、その手をつかみ、逃れる隙を与えずに引っ張って膝に乗せた。

「これが終わるまでは二人とも眠れないと思う」

「あなたは疲れてる」

「そうだよ」ロークはイヴの喉元に鼻をすりつけた。「体と精神を回復させるには別の方法がある」歯でイヴの顎《あご》のラインをなぞる。「今日は一日じゅうきみがほしかった。ただきみを愛したくてたまらなかった。そうさせてくれ」と言うと、それに飢えていた男のようにイヴの唇を貪《むさぼ》った。

これは疲れとストレスから来たものなのだろうか、とイヴは考えた。彼は身内から湧き上がるこの焼けつくような欲求をどこにしまっておいたのだろうか。

イヴは体の位置を変えてロークに抱きつき、愛を与え、愛を奪ってから、いきなり体を離した。「しまった、袖に飛び出しナイフを仕込んであるの」

「じゃあ気をつけないと」ロークはシャツの下に両手を差し入れ、イヴの胸をつかんだ。

「刺さないでくれよ」

イヴはすでに息が荒くなっていた、息をするのが苦しかった。「スイッチを切るわ」顔をのけぞらせ、何かに取りつかれたようなロークの口と手の攻撃に耐える。「取りはずすから――」

ロークは何も言わず、イヴを抱き上げてコマンドセンターに横たえると、ベルトを引っ張ってはずした。「ほしくてたまらなかった」そう繰り返し、肘で体を支えているイヴのズボンのボタンをはずした。

「わかった、わかったから、わたしまでうつっちゃう。ちょっと待って――」

ロークの手が体を這《は》いまわり、指がなかにはいってくる。

「いいわ、もう待たなくていい」オーガズムが体の中心を駆け抜けた。「もう、待たないで！」

ロークはこういうイヴを見たかった。夢中になって、なす術もなくなるイヴを。身もだえし、高みへ向かうイヴを。

イヴが昇りつめ、両手でさっと背後のコンソールの端をつかむと、ロークは体を下げて口を使いはじめた。

イヴが立てる音、強烈な喜びがもたらす悲鳴とあえぎは、稲妻のようにロークの血管を走り抜けた。イヴの長い脚をつかむと、それはロークの手のなかで震えていた。

太腿《ふともも》に歯を立て、体の中心を舌でなぞり、舌を這わせ、そこに舌を差し入れると、イヴは小刻みに体を震わせ、ふたたび昇りつめた。

まだ震えたまま、空気を求めているイヴのヒップをつかんだ。そして、あの狂おしく燃えた、熱く濡れた場所へ突き入れた。

「もっと奪って、わたしを奪って。わたしのすべてを奪って」

重たい目をあけて、ロークの目をのぞきこんで、イヴはこのどうしようもないほどの性急さの意味がわかった。あの記憶が、あの忌まわしい時代の思い出が、ロークの心を掻き乱しているのだと。彼に必要なのは今だ。今の自分、そして今一緒にいる相手。

「ずっとよ」快感と荒れ狂う喜びに圧倒されながらも、イヴは体を起こし、ロークに抱きついた。「あなたはわたしのもの。わたしはあなたのもの。ずっといつまでも」

それがロークの体を駆け抜けた、刃のように鋭い愛が。

みずからを解き放ったときも、その愛は残ったままだった。

ロークはイヴの喉元に唇を押しつけた。「きみなしでは、今の僕にはなれなかった」

イヴはそうじゃないと言おうとして思いとどまった。純然たる事実を知っていたから。

「わたしも、あなたなしでは今のわたしになれなかった。いつでも、あなたはそこにいた。後ずさりしたり、逃げていったりしなかった」

イヴはそちらを向いて、唇でロークの唇を撫でた。「わたしはここにいる」

「わかっているよ」

「よかった、あの最中にあなたの何かを切り落とさなくて」

「僕もほっとしたよ」ロークはズボンを引き上げ、足元にずり下がったままのイヴのズボンを引き上げると、イヴを抱き上げた。「シャワーを浴びるのはどう？」

「二人ともそうしたほうがいい感じ」

ロークはイヴを抱いたままエレベーターへ連れていった。「セックスとシャワー。眠れないのに無理に寝ようとするより回復の効果があるね」

「わたしは今、反論できる姿勢じゃないから」


イヴは着替えをすませた――セーター、ズボン、ブーツ――色はすべて黒だ。スティレットをまた装着し――チャンスに賭けないなんて法はない――武器用ハーネスを装着した。

ロークも黒ずくめの服装だが、どういうわけかセクシーな夜盗に見える。

というか、まさに彼は昔泥棒だったのだが。

「スタナーを使用する許可は下りてるわよ」とあらためて教えた。

「そうだった」と言いながら、ロークは自分のクローゼットに戻っていった。興味を引かれて、イヴはあとからついていった。

そこは優雅な森のようだった。衣装はグループごとに完璧な列を作ってぶら下がるか、きっちり折りたたんで棚に納まっていた。

ロークは中央のキャビネットまで行き、何やら機械を操作しているが、イヴがのぞいている細い隙間からは見えなかった。小さなコントロールパネルが現れた。ロークはコードを打ちこみ、親指をパッドに押しつけた。すると、扉の片側全体がなめらかに開き、整頓された小型の武器庫があらわになった。

「なんてことよ！　どうしてわたしは知らなかったの？」

「訊《き》かれなかったから」ロークはあっさり言うと、前かがみになってスタナーとハーネスを選び出した。

「あなたにはこんなものを所有しておく資格なんてないでしょ」

「ところがどうして、僕は収集家ライセンスを持っている」

「だけどそれは――」なぜこんなことで時間を無駄にしているのだろう。優先順位があるでしょう、とイヴは自分に言い聞かせた。「小型ブラスターとコンバットナイフも持って」

ロークは思わず、愛する妻にとびきりの笑顔を見せた。「それも許可が下りているのかな、警部補？」

「わたしが許可する。あなたの命を狙う危険なプロの殺し屋に立ち向かうことになりかねないから。あなたには完全武装してほしいの」

ロークが言われた武器を取り出すと、イヴは身をかがめてしげしげと眺めた。「あなたは長距離LX－25連発銃を持ってたのね」

「それで？」

「なんでもない」イヴは少しうらやましくなった。「すごいわね」

「きみもほしい？」

イヴは首をめぐらせ、ロークの目をのぞきこんだ。「もしほしくなったときは、どこで探せばいいか知ってる」

ロークは顔を近づけて、イヴにキスした。そして体を起こしてナイフを入れた鞘《さや》をベルトに引っかけ、ハーネスを装着してスタナーをしまった。

小型ブラスターはジャケットのポケットに入れた。

「きみはあのコートを着てくれ――僕がクリスマスにあげた魔法のコート」

「了解」

イヴはそのまましばらくロークの顔をじろじろ見た。「いいわ、こうしましょう。これは警察の捜査で、あなたは民間人である。あなたにとっては個人的な事柄だから、わたしにとっても個人的な事柄になる。そこがちょっと複雑だけど、そういうことなの。大事なのは、彼を生け捕りにすること」

「僕も了解した。その個人的な事柄なんだが。僕もきみに負けず、やつを生け捕りにしたい。やつに言ってやりたいことがある。どっちにしろ言うつもりだが、やつは生きて、それを聞かなくてはならない」

「なら問題ないわ。でも、彼をちょっと痛めつけるチャンスがあったら？　わたしは後ろからサポートする」

おお、それでこそ、我が愛《いと》しの妻だ。「そのチャンスは歓迎したいね」

「じゃあ、わたしたちに何ができるかやってみましょう。まずは彼を見つけないとね。さっそく始めるわよ」

「イヴ。きみと出会う前の僕の人生には——きみに出会えなかったことを思うと運命の苛酷《かこく》さを呪っただろうが——僕には何もなかった。このひとときに比べられるようなものさえなかった」

「武装してあなたのクローゼットに立ってるこのひとときに？」

ロークは笑って、イヴの顔を両手で包んだ。「そうだよ」

「さあ、あのクソッタレを見つけ出して、さらに実のあるひとときにするわよ」

二人は階段を下りていった。親柱にイヴの黒いロングコートとロークのコートがかかっているのを見ても、意外ではなかった。それが必要になることがあるかもしれないと、ロークがサマーセットに知らせておいたのだろう。

玄関前にはイヴの専用車がまわしてあった。

「運転はあなたがして」イヴは言った。「わたしはセントラルに向かってることをフィーニーとピーボディに知らせるから」

それが終わったとたん、リンクが着信を告げた。

「ナディーンよ」イヴはロークに言った。「何か有力な情報をつかんだのかも」そして応答した。「ダラス。今ちょっと忙しいのよ、ナディーン」

「忙しすぎて、今日ローカン・コッブの母親がダブリンにある家を売りに出した話は聞いていられない？」

「どうしてそれがわかったの？」

「情報源からよ、ダラス」ナディーンはメッシュのはいったブロンドヘアを振り、指先で唇を叩いた。「秘密。こう言っておこうかしら、わたしの友達の友達に、アイルランドで社交ニュースやゴシップを担当してる記者がいるの。モーナ・コッブは贅沢な暮らしをしてる。つまり彼女はニュースにする価値がある。その記者は特ダネがほしいからまだ報道してないけど、明日の、というか今日のニュース項目には載るでしょう」

「ちょっと待ってて」イヴはリンクを消音にした。「偶然なんて嘘《ボロックス》よね」

「ああ、そのとおりだ」

「やっぱり。モーナ・コッブが急に自分の家を売る理由を上から二つ挙げて」

「第二位は引っ越したくなったから――もっと小さい家か大きい家に、あるいはちがう地域に。だけど、それじゃ嘘みたいな偶然になってしまう」

「そうよ」

「第一位は、僕を殺したら警察が訪ねていく、と彼女の息子が判断した。やつは僕を殺す意図を宣伝しているも同然だったし、僕にダブリンとのつながりがあることで自分が追及され、母親に累《るい》が及ぶと思った。だから、やつは母親と一緒にもっと静かな土地に引っ越そうと決めた」

「それの勝ち。ナディーン？」

「はい、はい、まだいるわよ」

「今日ダブリンで売りに出たほかの不動産――住宅用不動産を見つけて」

「本気で言ってるの？」

「そのうちのひとつはコッブのダブリンでの隠れ家だから、それを突き止められたらいいなと思って」

ナディーンの狡猾《こうかつ》な記者の目が光った。「いいに決まってるじゃない。何ができるかやってみるわ。そこは車のなかなのね」とようやく気づいた。「どこへ向かってるの？　コッブの手がかりをつかんだの？　それはいったい――」

「警察の捜査よ」イヴはさえぎった。「秘密」

そして通信を切った。

ロークが横目で見ると、イヴは肩をすくめた。「彼を捕まえたら、連絡するわよ」

「それならいいだろう。ナディーンは遅くまで働いている。それに、どうやら彼女のダブリンの情報源は朝早くから働いているようだ」

「コッブが暗殺者の安眠を貪ってることを祈りましょう。暗殺者も夢を見ると思う？　最近の殺しとか、次の殺しの夢を。わたしはそう思わない。彼らは罪の苦しみさえ覚えず、暗く静かな眠りにつくのよ。命を終わらせることに意味があるときに――どんな意味でも、意味の程度がどうであっても――見る夢は暗く静かなんかじゃない」

自分の夢のことを思い出して、イヴはそれを振り払った。そして二人分のコーヒーをプログラムし、そのあとは自分のメモを読み返したり、地図をつぶさに眺めたり、作戦を練ったりした。

セントラルに到着すると、エレベーターで殺人課まで上がった。この時間はそれほど混んでいないのがせめてもの救いだった。たまに強盗——もしくは、その被害者——か、無許可のコンパニオンや違法麻薬の売人を連れた警官が乗ってくるくらいだ。

無精ひげをぼさぼさに生やし、染みがついた帽子からもじゃもじゃの髪を出し、破れたTシャツにぼろぼろのズボンという恰好で、ありえないにおいをさせた男が乗りこんできた。

「やだ、リグビー、下水道みたいなにおいがする」

「そこにずっといたからだよ。ドブネズミを捕まえにいったんだ」彼はにやりと笑った。

「シャワーを浴びてくるよ」

「燻蒸《くんじょう》チューブにはいったほうがいいわよ」

「かもな。だけどあれは大嫌いなんだ」

彼が降りると、イヴは止めていた息を吐き出した。

「すごく愉快な友達がいるんだね」ロークが言った。

「覆面捜査官、たいがい地下で働いてる」

「やっぱり」

殺人課の階でエレベーターを降り、大部屋《ブルペン》へ向かった。

フィーニーとマクナブ、おそらくカレンダー、ピーボディ、そしてもちろんアバナシーは来ているだろうと思っていた。ところが彼らばかりでなく、ほかの捜査官たちや、大勢の制服警官までが詰めかけ、警察のまずいコーヒーを飲みながらくだらない話をしていた。

「何これは？　勤務時間後の会議？」

ロークに劣らず、優雅に黒を着こなしたバクスターが振り返った。「よお、LT、ローク。何時だろうと、俺たちは仲間でこの捜査チームの一員だ」

「わたしはまだ許可して――」

「俺たちは超過勤務手当が目当てじゃない」ジェンキンソンが言って、しかめっ面をした。

「俺たち仲間のひとりを狙ってるやつがいるって？」彼はロークに指を突きつけた。「そいつは俺たち全員を狙ってるってことだ。そんなクソ野郎は俺たちがやっつけてやる」

「みんなそう言うのよ」カーマイケルが横から言った。「サンチャゴとわたしは誰かが死んだって連絡が来たら出動する。連絡がなければ、フィーニーとピーボディがわたしたちのために二台目のバンを用意してくれたの」

「我々はあなたたちを後方から支援します」トゥルーハートがイヴに言った。

イヴはフィーニーを見た。彼も黒を着ているが、だぶだぶでよれよれなところはいつものクソ茶色の服と変わらなかった。「あなたも知ってたの？」

「知ってたから彼らが収容できるバンを用意したんだ」

「わかった。みんな防具を身につけて、防護ベストを着用せずに歩きまわるのは禁止。ローク、ピーボディに地図を渡してスクリーンに表示できるようにして。わたしはこの一団をどう配置するか——部長」ホイットニーがやってくると、イヴは言葉を切り、態度を変えた。ホイットニーはいつものスーツとネクタイ姿ではなく、出動用の黒をまとい、防護ベストを抱えている。

「そのまま指揮はきみがとってくれ、警部補。私のことはチームの一員と考えていい」

イヴは心づもりや作戦を変更しなければならなかった。仮にあのクズ野郎を発見できるとして、その男を倒すため、今や警官から成る小隊を率いることになったのだから。

けれど彼らのどうしても参加したいという気持ちはわかる。ひとりが狙われるということは、全員が狙われているも同じなのだ。

「フィーニー、バン一号に乗って。同乗者は部長、アバナシー警部と彼の補佐係、ロークとマクナブ、わたし、バクスター、トゥルーハート。カレンダーは残りのメンバーと一緒にバン二号に。サンチャゴ、あなたは電子ワークも少しできるから、カレンダーが助けを必要としたときに力を貸してやって。カーマイケル巡査、制服組を統率してバン二号に」

イヴはスクリーンのほうを向いた。「これらの地点の優先順位を分析したから、上位から順に当たる。第一地点」と言って、作戦の説明に取りかかった。

19

駐車場に着いてバンまで行く途中で、アバナシーがイヴの腕に触れた。

「警部補、こう言ってよければ、あの忠誠心と専心の表明には感激しました。あなたの下で働く者たちは――」

「警官なんです」イヴは言った。「とびきり優秀な警官です」

「本当にそうだ」

イヴはバンに乗りこみ、あとから乗る者たちのために場所をあけた。

フィーニーは運転席につき、助手席のホイットニーがシートベルトを締めるのを待っている。「わかってるだろうが、あなたにもしものことがあったら、僕は奥さんに死ぬほど殺されて、仕上げにもう一回殺されてしまうからな」

ホイットニーはにこりともせずに、うなずいた。「そうなるのは、妻が私の命のない体を蹴飛ばして骨のない残骸《ざんがい》にしたあとだ」

「僕はそれでよしとするほかないだろう」フィーニーはホイットニーに袋入りの糖衣アーモンドを勧め、エンジンをかけた。

ホイットニーはアーモンドをかじり、にやりとした。「昔を思い出すな、ライアン」

「それに、僕たちにはまだ蹴られる尻がついてる」フィーニーは駐車場から車を出した。

「バン二号、あとに続け」

「ぴったりついてます」ジェンキンソンが応答した。「この野郎の居場所を嗅《か》ぎつけて檻にぶちこんだあと、朝の打ち上げビールに参加する人？」

手をあげない者はひとりもいなかった。バンは暗さを増す通りを進んでいく。明かりがついているのはバーかセックスクラブくらいだったが、やがてもっと気取った雰囲気のカフェ・バーやワイン・バー、洒落たロフトやフラットが建ち並ぶ地域にはいった。

くだんの倉庫を改造した家は、プライバシースクリーンを作動させた窓越しに弱い明かりがいくつか見えるくらいで、ひっそりとたたずんでいた。

イヴはバン二号に半ブロック手前で待機するよう命じた。

「スキャンして」とマクナブに指示する。

「一階の熱シグナルのスキャン開始。フィルターやブロックはかかってないから……うわあ！」

「何がうわあなの？」

「動きが多い、人がいっぱいいて——大勢が動いてる。かぞえたいから分けようとしてるんだけど、少なく見積もっても一階には十八人か十九人いるよ。座ったり立ったり寝転んだりしてる。彼らは……ああ、そういうことか」

隣で、ロークが鼻梁《びりょう》をつまんで笑い声をあげた。「ほかの階でも同じことがおこなわれていそうだよ」

「同じ何がよ？」スクリーンににじり寄ると、その場の状態がはっきりわかった。「まあ、何よこれ、とんだ乱痴気パーティね」

「性的冒険とも言う」マクナブがにやりと笑った。

「セックスのために大勢でこの家をひと月も借りたの？」

ロークはイヴを見た。「商魂たくましい者もしくはグループが、料金制のセックスパーティを開くためにひと月借りたんだろう。〝性の探検〟とかそういう触れ込みで。おそらく」ロークは言い添えた。「ワークショップやセミナーも開いているだろう。くじで賞品も当たるかもしれない」

トゥルーハートが顔を赤くして目をそらす横で、バクスターは身を乗り出してスクリーンに見入っている。

「南西の角部屋では三人プレーが続行中、こっちの部屋の真ん中では大勢が絡み合ってる。料金はいくらなんだろう」

「下がりなさい、この色魔」イヴは命じた。「残りもスキャンして。リストから除外したいから。それから、くすくす笑うのはやめなさい、バン二号」

スキャンの結果、全階にさまざまな小グループや大グループ、さまざまな体位の者たちが総勢五十人以上いることがわかったので、迷わずリストから消した。

イヴは着信を告げるリンクをつかんだ。「ナディーンだわ」メッセージを読んで返信し、その情報をアバナシーに送信した。

「今、コップのダブリンでの隠れ家候補を送信しました」

「なんだって？」

「つい先ほど、彼の母親の家が明日――じゃない、今日――売りに出されるという情報を得たんです。母親をどこかへ移したいのではないかと……使命を果たしたら、もっと静かなところへ。つまり、当然――」

「やつが実家を売りに出しただと？」

イヴはアバナシーの目がきらりと光るのを見た。警官がついに遠くに見えていた角を曲がったことを知ったときの光だ。

「不動産サーチをおこなったのか？」

「彼は隠れ蓑《みの》として〈パドリアック・オカレ・ファウンデーション〉を使い――並べ替えると〝ローク〟という名前が出てきます――書類上は一分《いちぶ》の隙もないようです。ダブリン郊外の一世帯住宅で、希望価格は、明日売りに出すとすれば三七五万ユーロ。誇大広告によれば、その値段の二倍の価値のあるお宝だそうです。詳しいことはご自分で読んでみてください」

「この件を伝えしだい読むよ」

アバナシーが報告するいっぽう、一行は倉庫を改造した家をあとにした。

「第二地点」イヴは指示した。

「アレクシ・ゴディノフの仮寓《バイドアテア》だ」アバナシーが言った。「それぞれの概要にちょうど目を通しおえたところなんだ。ゴディノフはロシア、ウクライナ、さらにはバルト諸国にまで展開するいかがわしい企業の経営者だ。ウォッカなどを扱う酒造業というのは表向きだが、実際に醸造販売の商売でも成功している。

裏でやっているのは、マネーロンダリング、身分証明書偽造――ちなみに、見事な出来ばえだ――インターネット詐欺、さまざまな密輸活動。暴力犯罪は避けており、政界にも重要なコネをいろいろ持っている」

アバナシーは自分のPPCを参照しながら話した。「彼はよくニューヨークを訪れる」フィーニーが車を飛ばすなか、アバナシーの話は続く。「妻や子供たちを連れてくることもあれば、愛人を連れてくることもある。たまに取引先を招いたりもする。この家を使っていないときには、料金を取って誰かに提供することもわかっている。だが、今も言ったように、彼は暴力犯罪は避けている、コップのような男もね」

「暴力犯罪を避けているということは、自分とのあいだに慎重に数人を介在させて、間接的に命じる場合もあるという意味ですね」

アバナシーはロークにうなずいてみせた。「まさにそのとおり。知り合いかな?」

「いいえ。しかし彼の評判は充分承知しています」

フィーニーが門の手前で車を停めた。

「ものすごい家だな」マクナブが言って、スキャンを開始した。

セキュリティライトと装飾照明の明かりの波が芝生を洗い、地面や木に咲く春の花々にしぶきを飛ばす。夜空に浮かび上がった家は古風な造りの三階建てで、ガレージがついていた。

「一階で電子シグナル探知――二体のドロイド――動きはなし。二階へ移動。二つのシグナル――人間――水平。寝ている。さらに二つのシグナル――水平、二つの部屋。さっきより小さい。子供が二人」

アバナシーが近くに寄ってスクリーンを眺めた。「ゴディノフ自身のようだ、彼には子供が二人いるから――八歳と十歳、息子と娘だ。彼がニューヨークに来ているかどうか確認することはできる」

「そうしてください。ほかもスキャンして、マクナブ。明確にしましょう」

「移動します。シグナルひとつ、三階、これも水平」

「ゴディノフ家にはナニーがいる」アバナシーが言い、リンクでの会話に戻った。

「ガレージを確認して」イヴは指示した。「付属の建物もあるでしょ。道具小屋か物置かもしれないけど、スキャンして」

「ゴディノフは家族とナニーを連れて、昨日の午後ニューヨークに到着していた。我々はダブリンの自宅を捜索する令状を要請している。必ず手に入れるよ」アバナシーはリンクをポケットにしまった。

「いずれにしてもスキャンは終了。ここはリストから消して、次へ向かうわよ」

イヴは次の家によい感触を持っていた――コンピュータは元倉庫を候補の第一位に挙げていたけれど。今はそれを忘れて、次に集中しなければ。

「コンピュータの分析によればこれから向かう二軒の可能性は低いものの、コッブが買い物をするにも、あの殺した女性を拾った店へ行くにも便利だ。レンタルした車を置くガレージはついてないが、あのあたりにはレンタルガレージもあります」

「どれどれ詳細を見てみよう」

アバナシーはその概要を呼び出した。「ほう、かの有名なミートパッキング・ディストリクトの入り口だ。三階建てで半地下がついている。なるほど、地図によれば彼が買い物するショップに近いな――あの不運な猫をもらった家からは少し距離があるが。家の所有者は〈アマゾニアン・グループ〉、用途はビジネスレンタルやイベントスペースとなっている」

アバナシーは眉をひそめてロークを見た。「あなたはレジナルド・プリヴェットが所有者だと思っている」

「そのとおり。〈アマゾニアン・グループ〉はダミー会社《シェル・カンパニー》で、彼のものです」

「そんな情報は知らない」

「僕は知っています」

「ちょっと待ってくれ」アバナシーはまたリンクを取り出し、二人から少し離れた。

「レジナルド・プリヴェットって誰？」イヴはロークに訊いた。

「檻に入れておきたいような人間だろう。武器とセックスを扱い、マネーロンダリングやギャンブルにも手を出している。ギャンブルは彼が個人的に抱えている問題だ。どうしてもやめられず、しょっちゅう損をしている。まあ、九割がた愚か者だ。妹のアリシアはもっと利口で、もっとずっとたちが悪いから実権を握っている。だが、無能な兄を心から愛し、彼の尻ぬぐいばかりしている」

アバナシーのほうを見やると、まだリンクに向かって小声でしゃべっている。

「スキャンして」

「スキャン開始、地階。ブロックがかかってる」マクナブが告げた。「すごくいいやつ」

ロークが手を貸そうとそばに寄り、フィーニーが様子を見るため、運転席から後部に移ってきた。

「嗅ぎつかれたくないやつがいるんだな。続けててくれ。僕はアラームとセキュリティをよく調べてみる。ここがその隠れ家なら、何を突破すればいいのか見てやろう」

ロークは自分のPPCをフィーニーに手渡した。「そこに手段がある。だが、ここのブロックのことは仕様書に載っていない。やつらは何かを無断でアップデートしたんだろう」

直感にしたがって、イヴはレオに連絡した。

くだんの地方検事補《APA》は映像をオフにしたまま、うめいた。「もう、勘弁してよ、ダラス！」

「令状がほしい、今すぐ。ただちに」イヴは住所を伝えた。「ローカン・コッブがなかにい

ばいいだけ」

るとにらんでる」

「五分待って。あなたたちの作戦については判事に知らせてあるの。あとは住所欄を埋めれ

「その忌々しいブロックを突破して」ピーボディがホイットニーに場所を譲るため、混み合う後部に移動するなか、イヴはチームに命じた。「バン二号、待機して。バクスター、トゥルーハート、ブロックを突破できたら裏口にまわって。サンチャゴとカーマイケルは南。ジェンキンソンとライネケは北。カーマイケル巡査は自分のチームを移動させて。われわれはあらゆる出口、ドア、窓、穴をふさぐ。フィーニー、カレンダー、令状が発行されしだい、セキュリティに取りかかって。われわれの間違いだったら、すべて元どおりに戻すこと。さあ開始」

だが、間違ってはいない、とイヴは思った。

「我々はプリヴェットを掌握している」アバナシーが宣言した。「つまり、三週間ほど前に転向させた——ギャンブルの借金や、ライバルとの揉《も》め事があってね。今、それを担当した警部と話をした。プリヴェットは窮地を脱するためにアマゾニアンの豊富な資源を利用したとはひとことも語っていないそうだ。我々もその情報はつかめていない」

「そんな資源など実際には存在しないのかもしれない」ホイットニーが口をはさんだ。

「いや、存在します」ロークは作業の手を止めた。「〈アマゾニアン・グループ〉は簡単には割れない優良シェル・カンパニーで、そこには大量の資金が出入りしている。本来の目的は密輸——人、もの、武器、違法麻薬——です。おや、しまった、彼のものじゃなく、彼女のものでした。アリシアの会社だが、社長には兄の名前を使っているんです」

アバナシーはうなずいた。「プリヴェットはこの会社の存在に気づいていないのかもしれない。知っていればきっと川の流れのように滔々《とうとう》としゃべっただろう」

「プリヴェットは弱い男です」ロークは言った。「妹はそれをよく知っており、兄を愛しているかどうかはともかく、賢明にもある種のビジネスには関与させないようにしている。彼女はコップを知っているかもしれない。似た者同士だと思いませんか？　プロとしても、人間としても」

「令状が届いた」イヴが言ったと同時に、マクナブが雄叫《おたけ》びをあげた。

「ブロックを破った。スキャンします」

「待て！」しかしロークの警告は一秒遅かった。

スキャンが開始されると、邸内の明かりがともった。すばやく三度点滅したあと、邸内は真っ暗になった。

「二重安全装置《フイエルセーフ》アラートだ。チキショー」

「突入するわよ！」イヴは叫んだ。「突入、突入！　彼を見つけて」とマクナブに言い置いて、イヴはバンの荷室のドアをあけた。「早く移動して。あの家からゴキブリ一匹逃げ出させたくないの。突撃！　セキュリティを停《と》めて。セキュリティ停止」

イヴは正面玄関の脇に潜み、武器を抜いた。ピーボディが慌ててやってきて、隣に立つ。

「二階だ！」マクナブが叫んだ。「熱シグナルがひとつ。動いてる。急いで移動してる」

「破壊槌《はかいづち》！」イヴは命じた。「カレンダー、このドアに爆発物が仕掛けられてないかスキャンして。ローク！　こっちに来て、わたしたちをなかに入れて。じゃないとこのドアを叩き壊すわよ」

ロークはバンから飛び降りた。

「爆発物はなかったわ、ダラス。でも、そのドアはベニヤ板をスティールで補強してある。爆破しないとだめね」

「一分だけ待ってくれ」ロークは作業しながらつぶやいた。「一分だけ」

「まだ移動してます、LT」マクナブが声を張りあげた。「今、一階にいる」

「目を離さないで」

「五層になってやがる」ロークは歯を食いしばった。「二つは突破した」

イヴはロークのポケットから小型ブラスターを取り出し、位置を変えて、窓のひとつに狙いをつけた。

窓は揺れただけだが、甲高いアラーム音が鳴りだし、邸内の明かりが点滅を繰り返した。

「まるで要塞《ようさい》ね。なかに入れてよ」

「三つ片づけて、四層目だ。急《せ》かせないでくれ」

「急いで地階に駆け下りた、南西の角」

「なんのために？」イヴは足のつま先と踵《かかと》に交互に体重を移動させ、いつでも動きだせるようにした。安全な部屋だから？　どっちにしても閉じこめられちゃうじゃない。そこから抜け出せないでしょ」

「やっと最後が終わった」ロークはドアを押しあけ、イヴより一歩先になかにはいった。

明かりが点滅している、白から黒へ、そしてまた白から黒へ。アラームは金切り声をあげている。

「安全を確認して」イヴはピーボディと制服組に命じた。「正面を押さえて。このうるさいアラームを止めてよ、フィーニー！」ほかの者たちにも鋭い声で指示を与え、南西の角まで走っていくと、そこにもスティールで補強されたドアがあった。

「まったく忌々しい野郎め！」

「僕がやろう」ロークはイヴを脇に押しのけた。「任せておいて」

「スキャンしてから。こんなところで吹き飛ばされたくない」

地階にもスティールドアか、とイヴは思った。立入禁止区域？　彼はなぜ外ではなく地下に逃げたのか？　なぜ――」

「密輸業者だっけ？」イヴはロークに確認した。

「ああ、とんでもなく抜け目ない。彼女なら抜け出す手立ても講じていただろう。なかにはいる方法、外に出る方法」

「ダラス！」イヤホンのなかでマクナブが叫んだ。「彼がいなくなった。急にいなくなったんだ。消えちゃった。どこにもいない。誓ってもいいけど、あいつはまるで壁をすり抜けたみたいだ」

ロークはドアを思いきり引っ張った。

アラームがやんだ。また明かりが消え、それから明かりがつくと、今度はついたままになった。

階段を半分下りたところで、壁にはまったドアが見えたが、その先に部屋があるはずはなかった。

「僕に任せて」ロークが言った。「おそらくこれは外に出るドアだ。地下にものを入れたりそこから出したりするための」

スティールドアのように動じず、彼はロックに取り組んだ。「この地点と、この家の目的を考えると、これは埠頭《ふとう》につながっているんだろう。その途中で枝分かれしてどこかに出られる。倉庫か、別の建物か、交通センターか」

イヴは追跡チームを編成するため、コミュニケーターを取り出した。

ホイットニーが階段を駆け下りてきたとき、ロークはロックを解除した。ドアをあけると、そこは漆喰《しっくい》塗りの乾いたトンネルで、小型トラックが通れるほどの高さと幅があった。エンジンのかすかな響きが聞こえてくる、すでに遠ざかっていくかすかな響きが。

「彼は自分の、もしくは誰かの車をここに置いておいた。クソッ、クソッ。どこへ行ったのか四人組の制服チームに追跡させたい。二手に分かれたほうがいいなら、三人組を二チーム。常に連絡を取って」

続けて「この家は封鎖します」と言ってアバナシーを見つめた。「この隠れ家を提供した女の動きを封じる。部下に命じて、なんとしてもその女の身柄を確保して。殺人の共犯です。彼女は逃亡犯をかくまっていた。なんとしても捕まえてください」

イヴはコミュニケーターを引っ張りだした。「すべての橋とトンネルを封鎖したい。コッブは逃げる必要があるのを知ってる。別の隠れ家を探して、チャンスが来るのを待たなければならないことを」

「そっちは私がやろう」ホイットニーが言った。「市長はとやかく言うだろう。そっちは私が対処する」

「わかりました。コップはおそらく緊急用荷物《ゴーバッグ》、キャッシュ、IDを持っています。パスポートも」イヴは冷静に考えてみた。「この家にはエレベーターがあってもおかしくありませんが、彼はそれを使わなかった。必要なものをまとめ、地下へ駆け下りた。彼は操縦もできます。グローバル・シャトルがある最寄りの交通センターは？」

「サウスサイド。埠頭のそばだ」ロークが答えた。

「行くわよ」

「ダラス、俺たちはやつを倒すためにここにいるんだ」ジェンキンソンが言った。

「じゃあ、バンに乗って。カーマイケル巡査」

「我々はこの現場を保存し、捜索を開始します、警部補」

「よろしい。何か見つけたら、必ずわたしに知らせること」

外に出てバンへ向かうと、イヴの班の全捜査官、EDDチーム、ホイットニーがそこに集合していた」

「なんと全員？」

「俺たちはやつを倒すためにここにいるんだ」バクスターが言った。

「サウスサイド交通センターへ移動して。ピーボディ、センターの警備に警告して、逃亡犯がそちらへ向かってると。この車はどれくらい速く走れる？」

「この子にはスピードは求められてないからな。だが、なだめすかして出させてみるよ」

そう言いながら、フィーニーは道端からバンを急発進させた。

「やつはセンターにはいる方法を見つけなければならない」ロークはイヴに言った。「やっぱり防犯カメラはできるだけ避けたいだろう。こんな時間に民間用の海外便はないから、最低でもあと一時間は待たなくてはならない。となるとプライベート・エリアを使うかな。そこなら毎日二十四時間営業しているから」

「プライベート・シャトルの発着所よ、フィーニー」

「シャトルに近づくためには誰かを買収しなければならない、それもすばやく」ロークは続けた。「あるいは盗むか。あるいは邪魔する者を殺すか」

「彼はわたしたちよりそんなに先へは行ってない。シャトルを手に入れたとしても、地上管制はそれを追跡できるでしょ」

「断続的にはね。だがそれを逃れる方法はある。低く飛ばなければならないが。やつは提出したフライトプランには従わないだろう」

「彼はどこへ行くつもり？」

「アイルランドはやつの本拠地だし、母親も住んでいる。だが、そこに帰るのは浅はかな考えだ」

「アバナシー警部？」

「すでに上官に連絡してある」警部はイヴに言った。「ダブリンの各交通センターにも部下を送りこむ。だがたしかに、コッブもそれは想定せざるをえないだろう。問題は――」フィーニーが猛スピードでカーブを切ると、アバナシーは手近なものをつかんだ。「問題は、彼が長距離シャトルをハイジャックすればどこへでも行けるということだ」

「だったら、ここで止めるべきね」コミュニケーターを引っ張りだし、イヴは警邏《けいら》チームに指示を飛ばした。

コッブの風体はわかっている、乗っている車もわかっている。あとは彼を見つけて身柄を拘束すればいいだけだ。

「コッブは脱出の達人だよ、警部補」アバナシーは言い、つかまったままリンクを操った。「長年やつを捕捉《ほそく》できずにいるのは我々の失態だと感じているのはわかるが、実際は彼が自分の仕事に長《た》けているんだ」

「彼はもうまもなく失業するわよ」

「やつは下調べをすませてあった」ロークが横から言った。「最寄りのプライベート・ターミナルへの道筋、そこにはいる方法、シャトルを手に入れる最良の方法。僕がやつの立場なら、僕か僕の会社がシャトルを買いたがっているというふりをして、一時間かそこら乗ってみるな」

「そうやってひと巡りして、レイアウトをつかむってわけね。チッ。ターミナルの警備に警戒態勢を取らせて。わたしたちがすぐ後ろに迫ってることは、彼も想定してないはずよ」

彼らはサイレンの音を響かせてターミナルへの道を突き進み、プライベート・エリアに進入した。フィーニーが完全に車を停止させる前に、イヴはドアをあけて飛び出していた。

ターミナルのエントランスへ駆けていくと、警備が走り出てきた。

「警備のハンドラーです。ここは完全に封鎖しました。各所の防犯カメラが作動していいます。進入してきたのはあなたがたの車が最初です」

「この施設には目下、何機のプライベート用シャトル、コプター、ジャンパーが格納されてるの？」

「シャトルは短距離と長距離が合わせて十四機、コプターは三機、ジャンパーは約一ダースです」

「部下たちに一機ずつ確認させたい。それから民間エリアにいるあなたの同僚にも警告しておいて。逃亡犯がここを通過できなかったら、そっちへ向かうはずだから。ネズミ狩りよ」

と部下に命じる。「二人ひと組で。部長、トンネルと橋の状況はどうですか」

「封鎖した。船に飛び乗る場合に備え、巡査たちに埠頭の警備と協力して監視させている」

「あらゆる交通ターミナルに通知したほうがいいですね。ほかのシャトルやバスの発着所、鉄道の駅にも」イヴは話しながらあたりを見まわした。「ロークはどこ?」

「なかにはいった」フィーニーが教えた。

「あのバカ――」

イヴは不意に言葉を切った。それが聞こえたから、シャトルが風を切って飛び立つ音がはっきりと聞こえたから。

「彼は離陸した。あのろくでなし野郎。そのシャトルを追跡して」

エントランスのほうへ走りながら、バクスターの声が耳に響いた。「倒れてる男を見つけた、ルー、格納庫五号だ。ひどく切られ、意識を失ってるが息はある。トゥルーハートが医療バスを呼んでくれと言ってる。手当てが必要だ」

「格納庫五号で医者が必要な者がいる」イヴは嚙みつくようにハンドラーに言った。「あなたの部下のひとりが倒れた。あいつはいったいどうやって突破できたの?」

「突き止めます」険しい顔のハンドラーは、鋼鉄のように堅い目つきで医師を要請した。

「必ず見つけ出します」と言い、イヤホンをタップする。「第三滑走路から無許可の離陸をおこなった機は、目下北東へ向かっています。我々は彼を捕まえます」

どれくらいで、とイヴは心のなかでつぶやいた。ターミナルは騒然となっている。それに、ロークはいったいどこにいるのよ？

「負傷者の容体が安定してるのを確認したら、みんなこっちに戻ってきて」

イヴはホイットニーのほうを向いた。「コップを追いかけます。許可をお願いします。シャトルはわれわれが要請して煩瑣《はんさ》な手続きを踏むより、ロークのほうが早く手に入れられます。彼は操縦もできます。アバナシー警部、わたし、フィーニー警部、ピーボディ捜査官がいれば、人手も電子《e》スキルも足ります」

「許可する、そして私も一緒に行く」

「部長――」

「二度もやつを取り逃がしてなるものか」

ホイットニーが向きを変えて許可の手続きをしていると、通用口からロークが出てくるのが見えた。

「シャトルが必要なの」イヴは切りだした。「彼を追う」

「手配はすんでいる。こんなこともあろうかと、用意しておいたんだ。格納庫一号にある」

最後尾に加わったジェンキンソンが状況を察した。「やつを追うんだろう。俺たちも全員行く」

「捜査官」イヴは説得しようとした。

「全員乗る余裕はあるよ」ロークがすかさず言った。「こんなときに仲間を残してはいけないからね」

ジェンキンソンは大きくうなずき、にやりと笑った。イヴは自分の髪を引っ張った。「わたしの班の捜査官を全員連れていくことはできないの。誰かがシフトの穴を埋めないといけないでしょ」

「シフトの穴埋めは私がなんとかしよう」ホイットニーが振り返ってイヴに言った。「彼らにはこれに参加する権利がある」

イヴは思った——まったく、やってられないわ。けれど、上司と多数派には逆らえない。

「じゃあ行きましょう。みんな急いでよ。フィーニー、マクナブ、カレンダー、お願いだから、必要なポータブル機器をさっさとバンから出して格納庫一号に運んで」

「俺たちはどこへ行くんだ?」あとからやってきたバクスターが訊いた。両手やジャケットの袖に血がついている。

「上」イヴはそれ以上説明しないことにした。「格納庫一号。急いで。負傷者の状態は?」

自分も急ぎ足で進みながらバクスターに訊いた。

「医師たちが手を尽くしてる。医療チームも現場に到着した。コップは腹に切りつけてから喉を狙おうとしたようだが、狙いが逸《そ》れて深手を負ったのは肩のほうだった。俺たちが駆けつけたとき、被害者は血だらけだったよ。コップはいったいどうやって警備を突破したんだ？」

「今にわかるわよ」

格納庫一号に駐機していたシャトルは、豪華でぴかぴかしているが、イヴの目にはとても小型に映った。

バクスターが言った。「やったー！　LR‐10に乗れるんだ」そして短い階段を軽快に駆け上がりキャビンに消えた。

かぶりを振りながらイヴもあとに続き、EDDチームがポータブル機器を運びこんだ。

「アルコール禁止」イヴはただちに言った。「これは遊覧飛行じゃないのよ。あくまでも職務で逃亡犯を追ってるんだから。部長、よろしければパイロットと一緒にコックピットに座ってください」

「それはきみに任せよう。私にはまだ政治的駆け引きがあるから」リンクを操作しながら、ホイットニーは通路を進み、キャビンの奥まで行った。

「ピーボディ、部長にコーヒーをお持ちして。ほかの者たちの分は自分でやらせるからいい。あなたはフライトアテンダントじゃないんだから」

「了解です。もちろん職務で逃亡犯追跡中ですが、やっぱりわくわくしますね。わたしは地上に残ったチームからの情報を中継します。まもなくはいってくるでしょう」

すでにコックピットにいたロークはシートベルト着用のボタンを押した。

「シートベルトを締めて！　わたしたちはすでに十分も遅れをとってるし、その差は開きつつあるのよ。フィーニー、地上チームが彼を見失った場合に、そのシャトルを追跡できる装置はある？」

コルク抜きのような赤毛を振り乱してうなずき、フィーニーは歯を剝《む》いた。「おかしなことを訊くね。僕たちは今それをやってるんだ」

「急いでやって」イヴはコックピットに――お気に入りとはとうてい呼べない場所にはいり、座ってシートベルトを締めた。「まったくもう、こんなの普通じゃない」

「そんなことないよ」ロークは異を唱え、格納庫からシャトルを出しはじめた。「こっちのほうがやつのシャトルより速い。やつの行き先が推定できれば、現地に警官を待機させておくだけじゃなく、僕たちのほうが先に着くこともできるんだ。やつが盗んだのはＬＲ－３で、しかも少々メンテナンスが必要だった」

「安全じゃないの？」

「安全面は大丈夫だが、操縦術が要求される。こっちはLR－10で、状態は最良だ」

「シャトルを準備してるって教えてくれてもよかったのに」

「事態は急を要したからね」と言い、滑走路へ向かってシャトルを地上走行させた。「ますます急を要しそうだ」ロークはイヴに笑いかけた。「離陸するよ」

シャトルがスピードをあげると、イヴは歯を食いしばり、大地をあとにするときのこの瞬間がいかに嫌いかをあらためて感じた。

20

ひとたびシャトルが宙に浮いて、暴れていた胃が静まると、イヴは椅子をまわしてコックピットのミニ・オートシェフで二人分のコーヒーをプログラムした。

「ありがとう」

「どういたしまして。わたしたちはパスポートも持ってないし、どこまで行くのか知らないけどコップを追跡する許可も持ってない」

「パスポートについては協力できるけど、正式とは言えない手段を使うかもしれないだろう。アバナシーに方策を立ててもらったらどうかな」

「わたしもそうしようと思った。わたしは追跡チームと交信を保たないといけないし」

ロークはもうひとつのイヤホンを手で示した。「彼らは目下のところコップを見失っている——しかしそれは想定ずみだから、ＰＯＳシステムを導入し、バウンスチームを用意している」

「どういう意味？」

ロークはイヴをちらっと見た。「僕に技術的な説明をしてほしい？」

「それはいらない。わたしが知っておいたほうがいいことだけ教えて」

「彼らはこの先コッブを断続的に捕捉するだろう――彼らから充分なシグナルが届いて、それを一定時間保っておければ、僕はいわゆるエコーとかバウンスと呼ばれるものを設定できる。それがあればたいていは、こちらの機の内蔵装置でやつを追跡できる」

「フィーニーが今シャトルを追跡できるものに取り組んでると言ってた」

「それはとても助かる」

「様子を見てくる」腰を上げる前に、コミュニケーターが鳴った。例のトンネルを担当していたチームが、枝分かれした道のひとつが直接あのシャトル・ターミナルに通じていたことを報告してきた。その道の出口にはコッブの車が乗り捨てられていた。

「密輸だよ」イヴが通信を切ると、ロークはあらためて言った。「そのトンネルを利用して、移送したいものを出したり入れたりする。海と空から、すべて秘密裡《ひみつり》に。あんなトンネルを作るにはかなり費用がかかっただろうが、きわめて堅実な投資だ」

「知るか、そんなもの」イヴは立ち上がり、チームにその情報を伝えにいった。

「そうやってコップはわれわれより先に、セキュリティを突破してシャトルを手に入れる余裕を持ってターミナルに着いていたというわけ。プリヴェットは逮捕されますね」とアバナシーに言った。

「ああ、喜ばしいことにね」

「われわれにはパスポートもなければ、所轄警察署の——どこになるかわかりませんが——許可もありません」

「今それに取り組んでいるところだ」アバナシーはかすかにほほえんだ。「どこの許可を得ればいいかわかれば、とても助かるんだがね」

「わかりしだいお知らせします。追跡装置のほうは進んでるの？」フィーニーに訊いた。

電子機器の中身や道具が載ったテーブルを囲んでいるフィーニー、マクナブ、カレンダーは眉間にしわを寄せた。「僕たちはバウンサーを使って応急のPOSボックスを作ってるところだ。うるさく訊くな」

「進んでないのね。ロークは一定時間持続するシグナルさえあればいいと言ってた。その時間がどれくらいかは言わなかった」

「ああ、わかってるよ」

「地上管制を中継するの」カレンダーが作業の手を止めずに言った。「この装置の組み立てが終わったら、彼らのレーダーシグナルを捕捉できるわよ」カレンダーは顔を上げてイヴを見た。「プライベート・シャトルって乗ったことがなかった。超豪華ね。このままヨーロッパに行くと思う?」

「わからないわ」

「行ったことないの」黒いサロペットパンツの下に着た黒いTシャツには、血のように赤い文字でこう書かれていた。手ごわいギーク。

「メキシコとジャマイカには遊びで行ったことがあるし、カナダは家族旅行で行ったけどあまり面白くなかった。でも、大海原は渡ったことがないのよ。最高。最高なことが転がりこんできたら受け取らなくちゃ。こっちは順調よ、警部《キャップ》」

「よし、その調子で続けてくれ」

彼らはせっせと働いている。フィーニーはしわの寄ったシャツ――すでにコーヒーの染みをつけている――姿で、カレンダーは手ごわいTシャツ姿で、マクナブは耳たぶをピアスで光らせて。

残りのメンバーは作戦用の黒装束――だが、ピーボディのピンクのコートが座席に掛けてあるのは見えた。

こういうのを雑多な一団と呼ぶのだろうか。

「なあ、ギャレーにあるやつを食べてもいいか?」バクスターが訊いた。

イヴは両手を放り上げた。「あなたを止められる人がいる?」

「ダラス、コップの隠れ家を捜索してるチームから報告が来ました。緊急避難用の隠し部屋が見つかったそうです。パニックルームみたいな。未登録の機器を含む通信機器が完備されてます。この四十八時間以内に使用されたことが確認され」と付け加える。「EDDが解析に取り組んでます」

「担当者は誰だ?」フィーニーが鋭い声をあげた。

「ウェイヴァー捜査官です」

「それなら大丈夫だろう。だが、インを呼んだほうがいい。ウェイヴァーは優秀だが、インはその上をいく」

「そう伝えます」

「おなかがすいてるなら何か食べて、少し休憩して」イヴは助言した。「コップのほぼ確実な目的地が判明したときには、全員感覚を研ぎ澄ませていてほしいから。市警推奨の活力剤《ブースター》を持ってるならいいけど、そうじゃない場合はコーヒーを飲んで」

フィーニーが雄叫びをあげた。「やったぞ、あの愛しのクソッタレ野郎を捕捉した。機内にトラッカーが装備されたとロークに伝えてくれ」

「自分で伝えて。あなたのほうが話が通じやすいから。よかったらコックピットの副操縦士席を使って」

フィーニーはマクナブを肘でつついた。「行ってくれ。糖分でもどう、カレンダー?」

「いいわね、いつでも大歓迎よ、キャップ」

「フィジーを持ってきてやるよ。きみは元どおり集中しててくれないか? 何かあるといけないから」

フィーニーは立ち上がって伸びをすると、オートシェフと冷蔵庫を襲う警官でいっぱいのギャレーに歩いていった。

マクナブと一緒にコックピットに戻るとe言語の嵐だったので、踵《きびす》を返して通路を行ったり来たりしながら、さまざまなシナリオを考えた。

すべては場所しだいだ。都市部なのか地方なのか。人口密度は高いのか低いのか。コップは潜伏するのか、また逃げ出さなければならないのか。

追っ手がすぐ背後に迫っていることに気づいているのだろうか。

漏れ聞こえるコックピットの会話は、どうやらまともな英語になったようだった。

「九十秒保持してくれたら、やつをとらえられる」

「丸々二分あげられると思うよ。彼が急に方向転換しなければね。俺たちは海の上を飛んでるでしょ？　彼は一定の高度と速度を維持するはずなんだ。最後にとらえたエコーは高度五千メートルだったから、低く飛行してる」

「僕たちは高度一万四千メートルだから、速度も向こうのほうが遅い。僕の計算ではあと十分以内でやつの真上に到達する」

「追いついたら、地上管制のPOSとつないで、バウンスを増幅させ、捕捉を保持する」

「針路を変えるかもしれない、やつにはそれができる」ロークのその口調から、隣の人物に話しかけているのではなく、自分に向かって言っていることがイヴにはわかった。「南へ傾ければ、イタリアかスペインかギリシアだ。あるいは西ヨーロッパを飛び越えれば、ポーランドかロシア。だが、下調べもせずに向かえるのか？　アイルランドが最有力候補だな」

「わが家がいちばん？」

「やつでさえ、里心がつくかもしれないよ」

イヴはアバナシーのもとへ戻って、腰を下ろした。「コップは母親に連絡するでしょう、まだ連絡してないなら。ちょっとだけ会おうとするかもしれない。彼女の身柄を確保してください」

「連行する理由がない」

「犯行幇助《ほうじょ》。さあ、アバナシー警部、腕の振るいどころですよ。もし策がないなら、母親に尾行をつけてください。母親は自宅を売る。コップも自宅を売る。息子は待ち合わせの場所を知らせるでしょう。彼女の動きを封じてください」

イヴはコックピットに戻った。ピーボディがあとからついてきた。

「食べるものを持ってきましたよ。あなたにはモカ・ラテよ、マクナブ」

「さすが、俺の恋人」

「ハムとチーズがはいった卵サンドがありますよ」ピーボディはイヴに言った。「食べますか？」

「わたしはいいわ」イヴは立ち上がろうとしたマクナブを手振りで制した。「そこに座ってて。わたしがそこにいるより役に立つから」

「二分以内にコップの真上に到達するはずだ。やつをしっかり捕捉するために高度を下げるよ」

イヴはシャトルが急降下するのを感じ、ただ目を閉じた。海から何千メートルも上空にいるなんて、意味がわからない。

常軌を逸している。人類はつくづくクレイジーだ。

「高度一万メートルを維持する。さあ、イアン、何か見つかるかな」

「ちょい待ち。警部、カレンダー、こっちは準備完了」

「了解」カレンダーが答えた。「キャップ?」

「もうすぐだ。秒読み開始」

ロークは二人に九十秒やり、六十秒やった。さらに三十秒経過したところで、マクナブが続けざまにポータブル機器のキーを操作した。「あのエコーをとらえるまで、テン、ナイン、エイト……」

「いたぞ」ロークはつぶやいた。「よくやった、上出来だ。さあ捕まえるぞ。あれを捕まえてやる」

ロークが操作している機器が閃光《せんこう》やビープ音を発した——イヴの胃はまたもんどり打った。

「それいけ!」マクナブが叫んだ。

イヴには自分が何を期待しているのかわからなかった。爆発かもしれない。何千メートルも上空を飛行しているこのイカレた人間は、このまま海に突っ込もうとしているのか?

それとも、あのエアポケットというやつにはいって、こんなにぐらぐら揺れるのだろうか。このまま振り落とされてしまうのかもしれない。

それとも——。

「あと十秒」ロークがつぶやいた。「頼むからあと十秒だけくれ」

「了解。捕まえてよ、ローク。あの野郎を捕まえてくれ」

「絶対捕まえる。もう少し……」

ロークがダイヤルをひねると、どういうわけかマクナブが快哉《かいさい》を叫んだ。

フィーニーとカレンダーも快哉を叫んだ。

「捕まえた。やつは閉じこめられた」ロークは言った。

イヴにもゆっくりと着実なビープ音が聞こえた。ロークが機器をタップすると、ゆっくりと着実に光る輝点が見えた。

「あれがコップ？」

「あれがコップだ。僕たちは確実なシグナルを手に入れた。この針路と、やつの緯度と経度からすると、目的地はアイルランドだろう。ほかの要素――やつの母親とコネ――を加えれば、アイルランドで間違いないはずだ」

「いきなりダブリンに着陸すると思う？」

ロークは首を振った。「ダブリン郊外にも知っている場所があるだろう。プライベート滑走路や、密輸業者の手段を利用できるところが。一度や二度は針路を変更するかもしれないが、それは目くらましだ――それによってスピードと燃料をロスする。やつがどこへ向かおうとこっちのほうが先に着けるだろう。僕はとにかく場所を特定しなければならない。それはアイルランドで、現時点ではダブリンが第一候補だ」

「まあ、どこだかわからないよりはましね。あとどのくらいで着く？」

「ダブリン近郊までなら二時間弱。このシャトルの高度を上げればもう少し早く着く」

「どうして？」

ロークはイヴを振り返った。「物理学だよ、ダーリン・イヴ。空気が薄くなればスピードが増す。僕は九十分まで縮められるだろう。やつのほうはシャトルのスピードが遅いし高度が低いから、どんなに頑張っても三時間かそこらはかかる」

「それはかなり有利ね」

イヴはロークの肩をぎゅっと握った。「みんなに知らせてくる」

振り向くと、ピーボディが顎をしゃくって合図してギャレーへ歩いていった。警官たちは食べ終わったり仮眠を取ったりしているので、なかはがら空きだった。

「どうしたの？」

「EDDが彼のコンピュータを調べて、発見した暗号を解読したんです。ラニガン家、ブロディ家、クレア州トゥラについて検索してました」

「しまった」イヴは慌ててコックピットに戻った。「行き先はダブリンじゃない」

「だが、その可能性は――」

「コッブはあなたの身内を狙ってる。あの農場へ向かってるのよ」

ロークはそれがわかった理由も尋ねず、高度とスピードを上げた。「イアン、そのシグナルから目を離さないでくれ。僕は連絡したいところがある」

「到着予定時間《ETA》を教えて」イヴは鋭く言った。

「クレアまで――五十五分」

「彼らを農場から安全な場所に移す時間はたっぷりある」

「僕に任せて」ロークは言った。「今すぐ手配したい」

イヴは耳鳴りが増し、胃がむかむかしだすのを感じた。それでも、コックピットのドアから顔を出し、声を張りあげた。

「みんな聞いて、コッブはアイルランド西部へ向かってる。具体的には、ブロディの農場にできるだけ近づこうとしてる」

フィーニーの眠たげな目が鋭くなった。「ロークの親戚のところか?」

「コッブはわたしたちより二時間は遅れて到着する。その間にブロディ一家を別の場所に移す。あのろくでなし野郎がその農場に着いたときには、ブロディ一家ではなくニューヨーク市警の警官たちが待ち構えてるというわけ」

「そこに警官隊を派遣しよう」アバナシーが言った。「私が動員する」

「目立たないように、それにまだ待ってください。コッブが怖気《おじけ》づいて逃げ出すことが目的ではなく、彼を逮捕することが目的なんです。ピーボディ、所轄に連絡して。ロークの身内を移送するのに手を貸してくれるでしょう。でも、彼らには迅速に動いてもらいたい。コッブが農場にはいろうとしたとき、そこに警官らしき人間にいてほしくないの。

カレンダー、トゥラ近辺の地図がほしい。農場はその町——村かもしれないけど——から三キロくらい離れたところにある。そっちはいろいろ勝手がちがうでしょ。地図をスクリーンに表示して」

カレンダーがそれに取りかかっている横で、トゥルーハートがおずおずと手をあげた。

「そこには滑走路のようなものはあるのでしょうか」

「ないわ。ロークが着陸する方法を考える。コッブもね」

イヴは初めてそこに着陸したときのことを思い出した——ジェット・コプターを飛び降りると、牛たちがいた。牛だらけだった。

「コッブはあまり近くには着陸しないだろうから、そこでもこっちの時間が増える。彼はシャトルを乗り捨てて、なんらかの車を盗むか、あるいは歩いて農場まで行く必要がある。彼はできるだけ速く移動したい。着陸地点を知られて、そこから自分の狙いを悟られるリスクを冒すことはできない。今のところは、自分には時間の余裕があると思ってる」

「地図を手に入れた。農場がその町からどっちのほうにあるか教えてくれたら、衛星画像を呼び出すわよ」

「東に三キロくらい行ったところ。狭い道――ヘビみたいに曲がりくねった細道があって、両脇には灌木《かんぼく》が茂ってる。森みたいな感じ。コップが身を隠すのにちょうどよさそう。車はあまり通らないし、かなり辺鄙《へんぴ》なところ。彼らはドアに鍵をかけないのよ」イヴは小声でぶつぶつ言った。

「アバナシー警部、インターポールが同道してくれるのは心強いけど、人目につかないようにして。コップは差し上げます」相手が反論する隙を与えず、ぴしゃりと言った。「手柄はあなたのものよ、どうぞご立派な経歴に加えて。でも、指揮を執るのはわたしです。これは身内の問題で、支配権はわたしにある、おわかりですか？」

「ああ、よくわかっている。だが、手柄など私にはこれっぽっちの意味もない」

「それならけっこうです」スクリーンに向き直ると、目の端にホイットニーが映った。彼がいることをすっかり忘れていた。「部長――」

「続けてくれ、警部補。支配権はきみにある」

「ありがとうございます」

「衛星画像を呼び出します。ちょっと待って」カレンダーが言った。「そのエリアが見つかったと思う。農場っぽい家はひとつじゃないから——」

「そこよ、それ。もう少し拡大して。母屋は三階建てで、部屋は一ダースくらいある。家の正面は細い道に面してる。付属の建物もいろいろある。納屋に、サイロに、小屋」

「納屋と小屋はちがうのかい?」ジェンキンソンが訊いた。

「そうみたい。物置小屋、鶏小屋、豚小屋、広々とした野原。牛だらけ。あなたたちが思ってるよりずっと広い。羊もいて、低い石垣があって、木も並んでる。大きな木が二本あって、小川が流れてる」

「きっと美しいところでしょうね。所轄警察署に連絡しました、ダラス」ピーボディが言った。「ブロディ農場へ向かってます」

「了解。少し西へ行くともう一軒家があって、少し北にも一軒ある。母屋はシニード・ラニガンと夫のロビー——ロバートが住んでる。末の息子はダブリンにいるはず、大学に、というか大学院みたいなやつ。長男一家——妻とたしか子供が三人——は西側の家に住んでる。シニードの娘とその夫と子供二人は北側の家。シニードの両親、兄弟たち——すごい大家族——の家もそのあたりに点在してる。でもコッブが狙うのは農場、その母屋ね。そこが中心だから、コッブはそれを知ってるでしょう」

「彼らのことは誰にも手を触れさせない」サンチャゴはスクリーンをじっと見つめた。「コップは近くにも寄れないでしょう」

「ええ、近寄らせないわ」さっきより落ちつき、冷徹になって、農場を訪れたときの記憶を頭に思い描きながら段取りを決めた。「作戦を説明します」

コックピットに戻ると、イヴは腰を下ろした。「どこまで聞こえたか知らないけど、所轄の警官たちにあなたの身内を町まで運んでもらう。アバナシーは応援にインターポールを動員する。あなたが農場に見張りを置いたことはわかってるし、彼らにはわたしが命じたことをやってもらいたい」

「彼らはそこから去らないよ。僕の身内のことだ」

「去ってもらわないと」

ロークはイヴをちらりと見た。渋い顔で目には不安を浮かべている。「僕は二十分近くもシニードやおじたちや大勢のいとこたちを説得しようとしたんだ。彼らは去らないよ」

「それは現地に着いてからなんとかしましょう。あなたに言っておく、コップはわたしたちを突破して彼らに近づくことはない、彼らがどこにいようと。あなたは運に恵まれた男でしょ？　今はそれを信じる。このシャトルには優秀で切れ者の警官がどっさりいる。それを幸運と呼ばずしてなんと呼ぶの？」

ロークは息を吐き出した。「彼らには感謝している」

「今はあなたもそのひとりなんだから、ぐずぐず言わずにやって。これはどこに着陸させるつもり？」

「北の牧草地、いとこのエイダンの家のそばだ。目下のところ牛たちはいない。落下着陸させたいから頼んでおいた」

「落下？」急に口のなかがからからに渇いた。「その響きは気に入らないわね」

ロークはイヴを見た。「まったく気に入らないだろうけど、そのほうが速い」

「速いと落下が着陸と一緒になるのは気に入らない」

「シートベルトを締めておけば大丈夫だよ。コップは滑空着陸するだろう。やつは家畜であれなんであれそんなものを殺すことなどなんとも思わないが、目立ちたくはないはずだから。やつがいっぱしの操縦士なら、エンジンを停止し、ひっそりとしたほうへ滑空し、ブロディ農場の南側の森にひそかに着陸する。やつのシャトルは小型だから、技術さえあればそれは可能だ」

「操縦技術はあることになってる。ということは、彼は南側から来ると思ってればいいわけね。どんなルートを取りそうか教えてくれる？」

「今は無理だ、まもなく降下態勢にはいるから。地上に落ちたら教えてあげるよ」

「着陸よ。〝落ちる〟って言わないで」

イヴが願ったとおり、ロークはかすかにほほえんだ。「座席に戻って、シートベルトを締めて」

「ここでいい」あなたの隣にいる、と心のなかでつぶやき、イヴはシートベルトをつかんだ。

ロークはインターコムのボタンを押した。「これからこの機は少々揺れます」とアナウンスを始める。「あらかじめお詫《わ》びします。雨もいくらか降っていますが、なんといってもアイルランドですから。降下中、突風にも多少見舞われると思います。着陸時は衝撃がありますから、シートベルトをしっかり締めて、手荷物なども投げ出されないように固定してください。みなさまのご尽力には心から感謝しています。あのクソッタレ野郎を片づけたら、みんなにビールをおごります」

突風ね、とイヴは思った。降下、落下。速い落下。

それを全部乗り切ることができるなら、コップを相手にするなんて海辺を散歩するようなものだわ。

やがて突風に襲われた。

「これが多少？」イヴは歯をガタガタさせながら言った。

「ただの雲だよ。性悪な雲と、多少の横風だ。心配いらない」

雲――灰色のやつら――は風防ガラスに雨粒を吹きつけ、その細い隙間から下界の陸地が垣間見える。

緑、緑、豊かな緑が、茶色の地面と鮮やかなコントラストをなしている。

そして、イヴにはあまりにも速すぎると思えるスピードで、どんどん近づいてくる。

そんなものを見ても無駄だ。

カレンダーが大笑いする声が聞こえる。「サイコー！　見てよ、あれ！　きれいな緑」

あなたはその緑に墜落するのよ。衝撃はコンクリートに墜落するのと変わらない、もしくは海に墜落するのと、もしくは山腹に墜落するのと、もしくは――。

シャトルは石ころのように落下していく。

イヴはやっぱり目をあけた。死から目をそらすくらいなら、死を直視したほうがましだ。いずれにしても死はやってくるのだから。いきなり耳が詰まり、やがてあの緑が迫ってくるなか、風船が割れるようにポンと耳が通った。

シャトルはドスンという音とともに着陸し、一回はずんでからまたドスンと音を立てた。イヴは自分の骨が折れた音が聞こえたような気がした。

「ようこそアイルランドへ」ロークが言った。

イヴはすばやくシャトルから降りた――膝が少しがくがくしていたが、すばやく降りた。

草地に立つ男たちには見覚えがあった。みんな両手を腰に当てたりポケットに突っ込んだりしている。

「ほら、我々のイヴが来たぞ」シニードの夫が大股でまっすぐ近づいてきて、歓迎の力強いハグをした。「それで、調子はどうだい？」

「地面に足がついてる」低い石垣の向こうから牛たちに見張られながら、霧雨に打たれて立っている。

彼らはこの状況を乗り越えられるだろう、とイヴは思った。いつだって彼らは自分たちで乗り越えたいのだから。

「ロビー、わたしたちがコップを連行するまで、家族のみんなをトゥラに避難させておいてくれると仕事がしやすくなるんだけど」

ロビーは屈託のない笑みを浮かべ、イヴの肩を軽く叩いた。「子供たちは警察《ガルダ》と一緒に町へやった。女たちも子供たちが行儀よくしてるように何人かついていった。残った者たちは、まあ、ここは俺たちの土地だ、俺たちの家だろう？　だからここにいる。それにこれはロークのことだからね」

イヴのそばを離れ、ロビーはロークに近寄って抱き締めた。

「警備のポドックです」フィットネスの広告塔のような体つきをした黒ずくめの男が手を差

し出した。「トレースを母屋に、アンドーをナンの家に配置してあります」ポドックはかすかに笑った。「ナンと呼ばないならうちのキッチンにはいるなと言われまして」

アバナシーが近づいてきた。「インターポールのアバナシー警部です。まもなく四名の職員が到着する予定だ」

「母屋に二人、ほかの家にひとりずつ配することができる」イヴは言った。「コップはおそらく南側から農場にはいると思われる。われわれはあと二時間以内に守備を固めなければならない。常に連絡を絶やさないようにしましょう。もし彼がやってくる方角がちがってたら、もし彼がほかの家を狙うつもりだったら、いったん集合する。ポドック、あなたはすでにここの地理に明るいから、インターポールの職員が到着したら案内してあげて」

イヴは振り向いた。「エイダン」

エイダンはロークのいとこである。麦わら色のふさふさした髪に、使い古した帽子を載せた大柄の男は、腰をかがめてイヴの頬にキスした。

「おかえり、我が家に」

「ええ、まあね。うちのメンバーに服がほしい。農夫に見えるような恰好をさせたいの。あなたたちが普段やってることをやってるように見せたいのよ」

「ああ、なるほど。そりゃ簡単だ」

「シニードは農場にいる？　あの大きな家に」

「いるよ。メアリー・ケイトとケヴィンとローリー、それにシェイマスも一緒だ。ナンを避難させるのは容易じゃなかったが、なんとか説得したよ。俺はうちのロージーを避難させたよ、赤ん坊とおなかにいる子を理由にして。だが、それ以外はみんなここにいる」

「みなさん、ちょっといいですか、わたしの援軍はこれで全部だから。ここがあなたたちの場所であること、あなたたちの家であることはわかるけど、問題の男はプロの殺し屋です。われわれは警官だけど、あなたたちはちがう。われわれはその男の犯行を阻止し、彼を逮捕し、あなたたちとあなたたちの家を守るためにここにいる。あなたたちは何百人もの人間を殺したプロの殺し屋からどうやって身を守るつもりなの？　武器は持ってるの？」

「そうだな、俺たちにはこれがある」エイダンが言って、拳を固めた。「武器っていうなら、斧《おの》とつるはしとシャベルとナイフ、おお、それに俺たちがニューヨークにあんたたちを訪ねたとき、ライアンが買った野球バットもある。見てのとおり、俺たちはアイルランド人だ。自分たちの土地を守るためにずっと闘ってきた」

「斧とシャベルね」イヴはつぶやいた。「まずは母屋に行かないと。バクスター、トゥルーハート、エイダンと行動をともにして。カレンダー、あなたは彼らの専属ギーク」

「草がぐしょぐしょ」カレンダーが感想を言った。

「まあ、雨が降ったからな」

笑いながら、カレンダーは空を仰いだ。「雨って大好き」

「こっちだよ。立派なブーツだね」エイダンはバクスターに言った。「すぐにだいなしになっちゃうな。あんたに合うやつを探してやろう」

「サンチャゴ、カーマイケルはマクナブと一緒に離れに行って。ライネケ、ピーボディ、フィーニー、ロークはわたしと来て。アバナシー警部、どこでも選んでください」

「私は母屋に張りつこう」

「部長は？」

「私もだ。ホイットニー部長です」ホイットニーはロビーに手を差し出した。「美しいところですね」

「それがすべてです。では、アイルランドは初めてですか？」

「そうなんです」

「それなら、休日にぜひまた来るべきだ」歩きだしながら、ロビーは言った。

「彼らはこれをゲームみたいに考えてる」イヴはロークに言った。

ロークは首を振った。「そうじゃない。きみのやり方とはちがうけど、あれが彼らのやり方なんだ。複雑で理解しにくいが、頼りになる人たちだよ」

「フィーニーは目をキラキラさせてた」

「彼も心はアイルランド人だからね？　きみに必要とされたときには、岩のようにどっしりと構えるのを知っているだろう」

彼らは小雨が降るなかを歩いていった。歩くことはあたりを観察し、予想される攻撃地点や逃走ルートに見当をつけるいい機会になった。

その間もずっと、イヴの耳には親戚のひとりがフィーニーに話しかける声が聞こえていた――出身はどこかとか、クレアに親戚はいないかとか。

次の草原を突っ切りながら、牛たちのことは無視した――ほかにどうすればいい？　けれど、万一の場合に備えて牛たちから目を離さないようにした。

石造りの大きな家の煙突から煙が空に立ち昇っていく――灰色の空に昇る灰色の煙。

二頭の馬が目に留まった。「馬をなかに入れてもらいたい。コップが乗るかもしれないし、奪おうとするかもしれない。あるいは殺してしまうかも」

「俺がやっておくよ」ロビーが振り返って言った。「心配するな」

心配するなですって？　それがこんな日に口にする言葉だろうか？

鶏小屋では鶏がコッコッと鳴き、豚小屋では豚がブーブー鳴いている。

そして裏口からシニードが出てきた。

穏やかな金色がかった赤毛を後ろで結び、丈夫そうな黒いズボンと、あの煙のように柔らかな灰色のセーターを着ている。美しい緑の目に笑みをたたえ、両腕を広げてイヴを迎え、ロークを抱き締めた。

「すみません」ロークは口を開いた。「こんな面倒事を持ちこんで本当にすまない」

シニードの目から笑みが消え、半眼でにらむとロークの横っ面を張った。

イヴは自分の口がぽかんとあいているのを感じたが、ロークの表情からすると彼の驚きにはかなわないだろう。

「そんな無礼な口前《くちまえ》は二度と許しませんよ。わたしたちはあなたの身内でしょ？」

「はい、しかし――」

「はい、だけでよろしい。そんなバカげたこと、あなたの口から二度と聞かせないでちょうだい。さあさ」シニードはロークの顔を両手で包み、両方の頬にキスした。「なかにはいって、濡れたでしょ。この事態にどう対処すればいいか、みんなで考えましょうね。お友達のブライアンも着いたところよ」

イヴはさっとロークを見た。「ブライアン？」

「来てもらうように頼んで、彼のために乗り物《ジャンパー》を手配したんだ」

ロークとイヴに続いて、一同はキッチンにはいった。暖炉では火が燃え、室内には焼きたてのパンのにおいが漂っていた。

「また横っ面をはたかれるかもしれないけど、愛しているからお願いするんです。メアリー・ケイトを連れて安全な町へ行ってくれませんか」

「わたしはやらないけど、メアリー・ケイトはやるかも――あなたの横っ面をはたくことよ。あなたが愛情から本気でそう言うのはわかるけど、わたしはわが家から追い出されたりしないわ」

「追い出すわけじゃありません」イヴは口をはさんだ。「二、三時間だけ、ほんの数時間だけでいいんです」

「ここにやってくる人物は、わたしの双子の姉を殺した男を自分の父親だと信じてるそうね。彼は姉がその残忍な男のために産んだ子供を、今はわたしのものになった子供を殺そうとしてるそうね。だったらあなたに訊きたい。あなたはここを離れて、じっと待つ？　わたしの夫や、甥《おい》っ子たちや、兄弟たちがそうすると思う？」

「わたしは警官です」

「わたしたちはちがう。でも、ここはわたしの家よ、ロークはあなたのものでもあるけど、わたしのものでもあるの。さてと、あなたのお仲間も全員ではないけどここにいるわね。みなさん歓迎するわ。薬缶《やかん》をかけてあるの。みんなでお茶を飲みながら、何をしてほしいのか聞かせてもらいましょう」

「お茶を飲んでる暇なんてないんです」イヴは言った。

「俺は一杯もらいたいな」ブライアンがはいってきた。ダブリンのパブの主人で、ロークの古なじみである男は、まっすぐイヴに近づいてきた。そしてイヴを抱き上げ、唇に口を押しつけた。「おお、麗しの警部補、どんなに会いたかったか」

「来てくれてありがとう」ロークが代わりに答えた。

「来るに決まってるじゃないか」ブライアンはイヴを下ろした。「またあのコップの野郎か？あいつはいつでもトラブルのもとだが、それもこれで終わりにしてやろう。それにしても驚いたな、警官だらけじゃないか！」

ブライアンは愉快そうにロークに笑いかけた。「時代は変わる、だな？」

「ああ、まったくだ」

「みんな警官みたいに見える、そこが問題なのよ。全員、農夫のように見せたいの。アイルランドの農夫のように」イヴは言い添えた。「外で畑仕事をしてるような感じに」

「まあ、ほんと。アイ、よくわかったわ」シニードはにっこりと一同を見まわした。「ちゃんとした身なりにしてあげる。メアリー・ケイト！」と大声で呼んだ。「ダーリン」と今度は夫に言う。「ゴム長やら帽子やらが土間にあるわ。それで用が足りるはずよ」

ロビーはうなずき、シニードにキスした。「きみはじつに気転が利くね、誇らしいよ」

「あら、じゃあお願い」

「ライネケ、ジェンキンソン、農夫らしく見えるようになったら持ち場について。連絡を絶やさずにね」イヴは付け加えた。「フィーニー、この家は窓が多すぎる。コッブは双眼鏡を持ってるかもしれない。あなたが電子作業してるところを見られたくないの。リビングエリアの端に小部屋があったと思う」

「次の間を使いたいの。案内するわよ。フィーニー、でしたかしら？ 学校時代にブリジット・フィーニーという子がいたわ」シニードはそう言いながらフィーニーを連れていった。

21

「チームを確認します」イヴはメンバー全員に告げながら、茶色の帽子をかぶったホイットニーを見て、少しとまどった。「ライネケはロビーのグループと、ジェンキンソンはエイダンのグループと一緒に。アバナシー警部、あなたには部長と一緒に納屋をお願いします。納屋には二階があって、そこからなら南側が一望できます」

「きみはコップが母屋を狙うとにらんでおり、そこで彼を取り押さえたいのだろう」アバナシーはタン皮色の作業コートをはおった。「私は母屋の近くにいるつもりだ」

「第一に、ここの家族の肌の色はアイルランド人の白か、赤みがかった色をしています。サンチャゴはラテンアメリカ系、ライネケは混血人種ですが、彼らの肌の色はすぐに目を引くほど濃くありません。あなたと、部長と、ポドックは浅黒い肌をしているので、コップの注意を引くかもしれない。だからあなたと部長には納屋で、ポドックには離れで見張っていてほしいんです」

イヴはアバナシーが渋い顔で考えこむのを見守った。

「第二に、部長が自分の身は自分で守れることは知っていますが、接近戦になったとき、あなたが身を守れるかどうかはわかっていません。インターポールの職員についても、ここの家族のように見えない者は、われわれがコップを逮捕するまでは人目につかない場所に隠れていてもらいます。コップが母屋を狙うのは、なかにロークの叔母がいると、もしかしたら子供たちもいるかもしれないと思っているから。たぶん道を尋ねるふりをして外で作業している誰かに近づいていくかもしれないけど、本命は母屋でしょう。いずれにしても、彼は接近して殺す」

「やつは殺せる者を殺し、そのビデオを僕に送りつける」ロークがあとを引き取った。「やつは僕を殺さないかもしれないが、その代償を僕に払わせるだろう」

「それがコップというやつだ」ブライアンが同意した。

「それについては反論はない。私は全面的に賛成する。納屋なんかにすごすごと引き下がるのは癪《しゃく》だが」

「われわれはコップを捕まえます。彼はあなたのものです」

「わかった。すまない。ただ――」

「わたしがあなただったら、まったく同じ気持ちになったでしょう」イヴは取りなすように言った。

「私は部長と一緒に納屋から見張る」アバナシーは背筋をしゃんと伸ばした。「それから、自分の身は自分で守れる」

「安心しました。三か所にはひとりずつ電子《e》マンがいます。各自、連絡を絶やさないように。eマンたちはスキャナーを設置して動きを見張るけど……このへんの人が散歩するかもしれない」

「雨はまだ降ってるよ」ジェンキンソンは黒い長靴に足を入れた。

「でもね、あたしたちは多少の雨なんて気にしない」メアリー・ケイトがすかさず切り返し、ジェンキンソンに帽子を手渡した。

「外でコップを捕まえようとして取り逃がしたら、彼がそのまま姿をくらませる場所はいくらでもある。走っていける範囲には民家もある。関係のない人たちを巻き添えにするわけにはいかないから、コップは屋内で取り押さえるのがもっとも望ましい。コップが外にいる人間に近づこうとしたら、尻を狙ってスタナーを撃って。ナイフを使える距離には絶対近づけないで、彼が機敏に動くことも忘れないで。みんな今夜は家に帰るわよ、コップ以外はね。時間はあとどのくらいある?」イヴはロークに訊いた。

「もう動きだしたほうがいい」

「じゃあ、そうしましょう。シニード、あなたとメアリー・ケイトは二階にいてほしい。ドアに鍵をかけて、ずっとなかにいて」

「あなたはわたしやメアリー・ケイトのようには見えない」シニードが核心を突いた。「さっき聞いたようにその男が双眼鏡を持ってるなら、窓越しになかをのぞいて、あなたは家族じゃないと見破るでしょう」

「あれを身につけます」イヴは柱の釘に掛かっているエプロンを指さした。「あとは帽子をかぶって、窓に背を向けつづけるようにします」

「キッチンにいる人には見えないわね、わたしが見ても場違いな感じがする」シニードはイヴにほほえみかけた。「重要なのはその男を誘《おび》き寄せて、捕まえることでしょ。あっちの土間に行けば窓がないし、わたしはここで普段どおりのことができる。もし彼がやってきても、あなたは仲間がそこらじゅうにいることを知ってる。彼は表玄関からはいってこなければならないでしょ、じゃないと外で働いてる男たちと出くわしてしまうから。彼がはいってきたら、わたしはただちに裏階段から二階に上がって、あなたに言われたとおり部屋に閉じこもるわ」

「無理です」

「彼が地下貯蔵室からはいろうとしても同じことでしょ。彼ははいるところを見つかるし、そうなるだろうこともわかってる。だから表玄関から来るしかないの。ドアをノックするかもしれない。わたしが応対に出てきたら殺せるから。だけどドアをあけるのがあなたなら、あなたを殺すでしょう。針に餌をつけなければ魚は釣れない」

「あなたは餌じゃない」ロークが反対した。

「今回はなんとか逃げたとしても、彼はまた戻ってくるでしょ？　わたしたちはいつ安全になるの？」

「シニードの言うとおりだわ。申し訳ありません」

ロークに見つめられ、イヴは言った。「わたしもそれを危惧《きぐ》してるの」

「音楽をかけたらどうかしら」シニードが言い足した。「キッチンで働くときはよくそうしてるの」

「物音もごまかせますね。そうしましょう」

「台所まわりの仕事ならわかりますよ」ピーボディが口をはさんだ。

「あなたも顔を知られてるはず。コップはもうあなたの顔を知ってる」音楽が流れだすなか、イヴは歩きまわった。「あのエプロンをつけて、窓に背を向けてて。さりげなくシニードにぴったりくっついてるのよ。武器やハーネスはちゃんと隠れてるようにしておくこと。

配置について」

イヴはロークを土間のほうへ引っ張っていった。「コップには彼女に指一本だって触れさせない。誓うわ」

「僕たちもそうさせない」ロークは髪を後ろで結んでキャップの穴から毛先を垂らし、借り物の作業衣をはおった。「農夫みたいに見える？」

「いいえ、全然」

「それでも、これでいくしかないな」

「動きがあったぞ」フィーニーが告げた。「南西からやってくる。ゆっくりと。犬や家畜にしてはガタイが大きい」

「全員ただちに配置につけ。部長？」イヴはそっと土間にはいった。「彼が見えますか」

「まだだ」

「動きが止まった」フィーニーはほかのｅチームのために座標を読みあげた。「ここからおよそ四百メートル地点、また動きだした」

「確認できたわよ、キャップ」カレンダーが言った。

「こっちも。間違いなく歩いてる」

「自分の位置を確認してるのよ」イヴは言った。「土地勘がないから、行き帰りする最良の方法を知りたいの。小雨のなかを散歩するふりをしてね」

「彼はこちらに向きを転じるポイントを通過しました」サンチャゴが言った。「俺たちは隣の家に移動できます」

「まだいい。そこで待機して」

「やつが見える。黒いシャツとパンツとブーツ。ジャケットはなし。かなり濡れている」ホイットニーの声から抑えた喜びが聞き取れた。「双眼鏡を取り出した。やつの位置からだと、母屋の東端が見えるだろう。そちらの外には人の動きがない」

「みんな冷静に。ローク、彼に顔を見られないで」

「見せないよ」

「ピーボディ、玄関からちょっとだけ出てみて——えーと、理由は?」

「ラグの埃《ほこり》を払うために」シニードが案を出した。「玄関先でラグの埃を払う」

「そうそう、いいわね。ちょっと外に出て、東側に背を向けて、ラグを揺すってから戻ってくる。コップはあなたを見る、玄関のドアに鍵がかかってないことを知る。だから玄関を狙う」

「正面玄関に行ってきます」ピーボディは裏口の前から小ぶりのキッチンラグを手に取ると、玄関まで行き、外に出てドアを閉めた。

ラグの埃を振り落とし、家のなかに戻ってきた。

「やつの足取りが速くなってるが、まだ歩いてる」フィーニーが告げる。

「ピーボディが見えたのね。恰好の餌食《えじき》。家事に励んでる無防備な女性」

「足が止まった」

「また双眼鏡をのぞいている」フィーニーに続いて、ホイットニーが告げた。「そばの草地にいる男たちを観察している。鶏小屋の前に伸びている草地だ」

コップには信じてもらうしかない、とイヴは思った。たとえスタナーを使っても、彼を百パーセントの確率で倒すにはまだ遠すぎる。彼が疑いを抱かず、もっと近づいてくるのを待つしかない。

「また動きだした」

「自分が目にしたことを気に入ったようだ」ホイットニーが付け加えた。「双眼鏡をポケットに戻し、歩きはじめた。カーブをまわっている。我々は一階に下りる」

「まだ出てこないでください、部長、まだ納屋から出ないで。彼を家に入れたいんです」

「一階に下りるが、まだここにいる。私は新入りじゃないんだぞ、警部補」

「ここから彼が見える」ジェンキンソンは牧草地でくつろいでいるふうを装っていた。「彼の位置からなら母屋がはっきり見える。正面に咲いてる花に見とれて足を止めたようなふりをして。首を右にまわせば、キッチンの東向きの窓が見えるはずだ」

「シニード、忙しそうにして。気はゆるんでるけど、忙しい感じ。彼が玄関まで来たら、二階に上がって。そっとね」

「足取りが速まってるぞ、ほら、正面の門まで来た」

「上がって、シニード。急いで」

「まだ玄関には来てないわ」

「もうすぐ来る。ピーボディ、念のため、窓から見えるところにいて」

イヴは低い姿勢で土間を出ると、そのまま玄関ホールまで行った。窓から見えないところに着くと、体を起こして駆けだし、またしゃがみこんだ。

「やつは何かに気を取られた。後ずさりした」

「何よ、見られたはずないのに」

「ちがう、ちがう。車がやってきたんだ。やつは通り過ぎるまで待ってる」

イヴはその機に乗じて玄関まで行き、ドアの内側に立った。

「ドアまで来たわ」

「やつはまた足取りを速めた。門を通り抜けた」

「待って、待って、彼をなかに入れてからよ。わたしの合図で動きだして」

フィーニーはささやき声になった。「今、ドアの前にいる」

イヴはドアノブがゆっくりとまわされるのを見つめた。左手で武器を握ったまま、右手で全メンバーに待機姿勢を保つよう合図を送る。

はいってこい、とイヴは念じた。なかにはいれ。完全になかに。

ドアがわずかに開いた。

キッチンから陽気な音楽が流れてくる。ピーボディが笑い声をあげた。

いいわよ。その調子。コップを誘いこんで。

ドアの隙間が広がり、イヴは待った。

コップはいきなり飛びこんできた。イヴの動きはそれより速かった。左腕を敵の首に巻きつけ、スタナーを喉元に突きつけた。

「ナイフを捨てなさい」

ところがコップは体を回転させ、ナイフを突き刺した。ナイフがイヴのコートにはじき返されると、肘鉄を食らわせてきた。

それは顎に命中したが、イヴはその強烈な痛みを歓迎した。

格闘になるのは本望だった——この男をどうしても痛めつけてやりたかった。だが、イヴはその暗い欲求を抑えつけ、スタナーで弱い衝撃を与えるにとどめた。そしてコップは体を痙攣《けいれん》させた。

ナイフが床に落ちる前に、武器を構えたフィーニーとピーボディが飛びこんできた。「伏せなさい！」イヴはコップの足を払って膝をつかせた。正面と裏口から援軍が駆けこんでくる足音が聞こえた。

「コップは動きを封じられた」フィーニーが仲間に知らせた。「やつは阻止された」

コップは抗《あらが》おうとした。自分の満足だけのために、イヴは手首をひねってスティレットの先端を彼の目の前に突きつけた。

「そんなことすると、自分の血を味わうことになるわよ」

コップの両手を引っ張って背中にまわし、拘束具をつなぐと、軽く押して倒した。片方のポケットから折り畳み式ナイフを取り出し、もう片方からバネ仕掛けのスティレットを取り出す。腰のくびれにつけた鞘からはノコギリの歯状のコンバットナイフを押収した。

「ブーツも調べたほうがいい」とロークが言うと、コップが声のしたほうに首をめぐらせた。

「今やるところ。誰かこのとんでもない武器を証拠品袋に入れて。ローカン・コップ」イヴは両方のブーツからそれぞれナイフを取り出しながら告げた。「あなたを複数の容疑で逮捕します——殺人罪、契約による殺人罪、殺人の共謀罪、違法武器の所持および運搬罪、航空機強取罪、等々。これらの容疑はニューヨーク州を含む世界じゅうのさまざまな管轄区から提起されています。あなたには黙秘権があります」

イヴはコップを伏せさせておいたまま、改訂版ミランダ準則を読みあげた。

「あなたの身柄はこちらの国際刑事警察機構のアバナシー警部に引き渡され、収監されることになります」

「おまえらみたいなドジ野郎なんかクソくらえだ」

ロークが近づいて、コップを立たせるのに手を貸した。「ほう、ドジを踏んだのはおまえのほうじゃないのか？」

「俺に立ち向かうこともできないこの根性なし野郎が。女を盾にしやがって」

ロークはにやりと笑った。「彼女は大した女なんだよ」

コップに唾を吐きかけられても、ロークは微動だにしなかった。まばたきひとつせず、ただコップの目を見つめ、唾の飛んだ口元を袖口でぬぐった。

イヴは室内に怒りが湧きあがるのを感じた。警官たちの怒り、身内の怒り。だが、その強さは自分自身の怒りに匹敵するほどではない。イヴの体内ではあらゆる細胞が炎をあげて燃えていた。

相手をこてんぱんにやっつけてやりたい、その欲求が渦を巻いていた。

それでも、自分が結婚した相手のことは知りつくしている。

イヴはロークを見た。「やりたい？」

ロークはさっとイヴを見て、その意味を読み取った。「もちろん《アイ》、言葉にはできないほど」

「なら、どうぞ」

「それでこそ僕の愛する人だ。ここではやらない」ロークは付け加えた。「僕はこの家族をとても大事にしているから、家のなかではこのぶざまな野郎をやっつけたくない」

「表に出ましょ。行くわよ」

コップを引き立てていこうとすると、アバナシーが跳び上がるようにしてイヴの前に立ちはだかった。「何を考えているんだ？　ロークに囚人を殴らせることはできない。相手は拘束されているんだぞ」

「わたしが何を考えてると思う？　拘束を解こうとしてるの」

「とんでもない！　この男の身柄は私が預かっているんだ」

猛烈に腹が立って、イヴはアバナシーに食ってかかった。「まだこの男を引き渡したわけじゃないんだから、下がって。引っこんでてよ。これは身内の問題なんです」

イヴは上司に止められても引き下がらないつもりで、ホイットニーのほうを向いた。「これは身内の問題なんです」と繰り返した。

コップを引っ張っていくと、部下たちは道をあけ、イヴの背後からついていった。

裏口にはブライアンがいて、にやにや笑っていた。ドアをあけ、芝居がかった調子でどうぞと腕を振る。

「ほかのときなら、この勝負の胴元になるところだ。俺は今でもおまえに賭けるよ、相棒」ブライアンはロークに言った。「喧嘩《けんか》ならいつだっておまえに賭ける、フェアだろうとなかろうと」

「フェアだと？　俺がやつをやっつけたら、ろくでもない警官どもが俺を撃とうと待ち構えてるのがフェアか？」

イヴは小雨のなかにコップを引きずりだし、ぐっしょり濡れた草地へ連れていった。「これはあなたとロークの勝負よ、コップ。ロークにはそうする権利があるから。あなたが逃げ出そうとしないかぎり、誰も武器は使わない。これは命令よ」イヴは顔を近づけ、耳元でささやいた。「彼にはわたしたちは必要ないのよ、この情けない蛆虫《うじむし》野郎」

イヴはスティレットを使って囚人の拘束を解いた。「この二人に場所をあけてやって」と命じ、後ろに下がった。

「僕の女に傷をつけてくれたな」ロークは軽い調子で言った。

「これが終わるまでには、あのあばずれを縦に真っ二つにしてやるよ」

コッブは飛びかかった――それは怒りだ、やみくもな激しい怒りだ、とイヴは思った。ロークも怒りをたぎらせているが、彼はそれを抑える術《すべ》を知っている。

だからダンサーのようにしなやかな動きで身をかわすと、コッブの尻を蹴飛ばした。

見物人たちから歓声があがる。

コッブは雨のせいで石鹸《せっけん》のようにつるつる滑る草地に足を取られ、前向きに倒れた。怒りに屈辱が加わった。さっと立ち上がると、ふたたびロークに向かっていく。

ロークは今度は身をかわさず、正面から受け止めた。拳《こぶし》が顔面をとらえ、コッブの口から血がしたたり、歯も血まみれになる。すかさずみぞおちに一発入れ、続けざまに顎を殴った。

イヴはよく一緒にスパーリングをするから、ロークの流儀《スタイル》や動きは熟知している。コッブは彼より筋肉質で喧嘩向きの体つきをしているが、スタイルなどはなく力まかせに暴れるだけだった。

コッブが殴り返してきたとき、ロークは彼をもてあそんでいるのだとイヴは気づいた。

その一撃は鮮やかに決まり、ロークは自分の血を味わった。

ロークは血を味わいたかった、それが必要だった。

血を味わうことで、この喧嘩に価値が生まれる。長いあいだ待っていたそのときがようやく訪れたのだ。

まわりで叫ぶ声が聞こえる。その声はどこか音楽のよう、アイルランド西部とニューヨークのアクセントが混ざった音楽のようだった。イヴの声は聞こえない、彼女は黙ったままだ。けれど、頭のなかではイヴの声が響いている。

あなたに必要なことをやって、と。

だから僕はやろう、とロークは決意した。

「我らが坊やはパンチを食らってもへっちゃらだ」ロビーがイヴの肩を叩いた。「一発お見舞いしてやれ。クレアの男がどんなものか、そのいけ好かないダブリン野郎《ジャキーン》に見せてやれ！」ロビーは声を張りあげた。「我らが坊やはダブリン市民というよりクレアの男だ。間違いない」

「ニューヨークもたっぷりはいってるけどな」ジェンキンソンが言った。「そんなクソ野郎なんかクソくらえだ！　すみません下品で」とシニードに謝る。

シニードはほほえんだ。「どういたしまして」

目には血がはいり、肋骨《ろっこつ》はズキズキ痛むが、ロークはコップの喉元に拳を繰り出し、股間を狙った相手のキックをかろうじてよけた。

そのコップの攻撃に見物人たちは鼻を鳴らし、カラフルな野次を飛ばした。

「それがおまえのやり方か？」ロークはステップを踏んで下がり、顔の血をぬぐった。「なんでもありだな」

すばやく回転し、コッブの背中に回し蹴りを入れた。

決まった、とイヴは心のなかでつぶやいた。その調子よ。

バランスを崩したコッブが、腕を振りまわしながらブライアンとサンチャゴのほうへ倒れかかると、二人は仮設リングに押し戻した。そこではロークが身を低くしてファイティングポーズを取っている。

ロークは跳ね起き、相手の右クロスを腕で防ぐと、短くジャブを食らわせた。すると、コッブの鼻から血が噴き出した。

ロークも痛めているみぞおちにパンチを食らったが、痛みは感じなかった。そういうことはもう超越していた。冷静かつ着実に肘のジャブ、裏拳を見舞っていく。聞こえるのはコッブの苦しそうな呼吸と、関節が骨をとらえる音だけだった。

コッブが目を引っ掻こうとすると、ロークは相手の足を払って倒し、自分も折り重なるように倒れこんだ。

コッブがみぞおちにジャブを入れようとするのにはかまわず、寝返りを打った。

そして、冷静かつ着実にコッブの顔面を三度殴りつけた。

四度目も殴りたかった。永遠に殴りつづけたかったが、ロークは自分の下にいる相手の血まみれの顔を、そのどんよりした目をのぞきこんだ。

「長い道のりだったな、このろくでなし野郎。ずいぶん昔の話だ、ダブリンの通りや路地裏時代、僕のみじめな人生を自分の気晴らしのためにさらにひどいものにしてくれたな」

ロークはまた顔の血をぬぐった。「おまえはもう終わりだ。僕も終わりにしてやるよ」

立ち上がると、まわりから歓声があがった。

「あなたの囚人には少々手当てが必要ですね、警部」イヴは言った。

「これは普通のやり方じゃない」

「ここではこれが普通なんだよ」エイダンが言い返した。「俺がアイリッシュに連絡しよう――彼女は医者で、俺の妻の妹だ。今日、俺の母親を殺す気だったこの虫けら野郎の手当てをしにくるよ。やり方がちがうなんて言わないでくれよ、イギリスの旦那《だんな》」

「すぐ連絡してくれない、エイダン？　わたしたちのロークにもウイスキーとアイスパックを用意してあげましょう。お茶でもいかがですか、警部？」

アバナシーはため息をつき、かろうじて意識があるコップに拘束具をつけにいった。「それより、ウイスキーをもらおうかな。この囚人の状態を上司にどう説明したものか、まったく頭が痛いよ」

「囚人が逃亡をはかり民間人に危害を加えようとした」ホイットニーが真顔で言った。冷静な目をしたまま近づいていき、コップを見下ろす。「囚人はロークを攻撃し、殺してやると息巻いた。二人は腕力沙汰におよび、争いの最中にNYPSD付随の民間の専門コンサルタントであるロークが囚人を取り押さえ、そののちあなたに引き渡した」

アバナシーが何も言わずただ見つめると、ホイットニーは見つめ返した。「何か異論はありますか。ニューヨーク市警治安本部の部長、その部下である警部補と捜査官たち、民間人の証人たち――二十年以上も法の裁きを免れてきたプロの殺し屋を逮捕するため、あなたに力を貸したこの者たちの発言を否定しますか？」

「いいえ。それどころか、今の説明は妥当だと思います。屋内に彼が落ちついて手当てを受けられる場所があるといいのですが。私は護送手段を手配します」

ホイットニーはうなずいた。「久しぶりだな、コップ。ライアン」とフィーニーに声をかける。「エレン・ソロメンには妹がいたな」

「アーニャ・グリーンスパン。彼女に知らせてやるよ、ジャック」フィーニーはホイットニーの肩をポンと叩いた。「これであの事件も解決だな」

イヴはロークが今の格闘をめぐって話に花を咲かせている男たちから解放されるのを待った。自分のもとへ近づいてくるまで待った。

「さっきはありがとう。僕があれを必要としているのをわかってくれて」

「わたしのためでも、あなたはやってくれたでしょ」

「やっただろうね」

「ええ、わたしもそう思う。そのあげくさんざん殴られて、血だらけで、びしょ濡れ。肋骨はどう？」

「やたらに痛む」

「でしょうね。冷やさないと。ジャキーンってなんのこと？」母屋へ向かいながらイヴは訊いた。

「ダブリンっ子のことだ――軽蔑《けいべつ》をこめてそう呼ぶ」

「ふうん、それじゃあなたはジャキーンじゃなくてクレアの男のようね。クレアの男については訊かなくてもわかりそう」

「このへんではすごい褒め言葉だよ」

「彼らはあなたを愛してる」イヴはロークのためにドアをあけた。「わたしもあなたを愛してる」

なかではシニードが、ウイスキーとアイスパックと救急キットを用意して待っていた。

「コップの手当てはアイリッシュがしてくれるわ。彼はこてんぱんにやられたから。でも、あなたの手当てはわたしで大丈夫よ。こういうことには慣れてるから。あなたにもやってあげる」とイヴに言う。「さっき殴られたでしょ」

「大したことありません」

「さあ座って、二人とも。ウイスキーはあまり好きじゃないのよね、イヴ。すごくおいしいワインがあるの」

「仕事中ですから」イヴはそう言って腰を下ろし、ため息をついた。「そんなのどうでもいいわね、正確に言えば仕事じゃないし。ありがとう、ワインを一杯お願いします」

「じゃあ、これをその痣《あざ》に当てて。今持ってくるわね」イヴにアイスパックを手渡すと、シニードはロークのほうを向いた。「こんな美しい顔を」と言って手のひらで顎を持ち上げる。「こんなになっても美しいわ。あなたの母親はきっと誇りに思うでしょう。わたしの母も。わたしがそう思うようにね」

シニードはロークをそっと引き寄せ、頭のてっぺんにキスした。「二人ともよ」とイヴに言う。「後ろに下がって、自分の手でやりたいことを愛する男がやるのをじっと見守るのは、強い女にしかできない。わたしがそれを見てないなんて、それを理解してないなんて思わないで。さあ」シニードはワインのほうへ歩きだした。「わたしたちのイヴのグラスを持ってきて、その美しい顔をきれいにしましょうね」

そのときちょうど、エイダンが裏口のドアをあけた。「あのろくでなし野郎を手当てして護送するまで、やつをきっちり閉じ込めておける場所が必要だってさ」

「地下貯蔵室に連れていって。キッチンには入れたくないの」

イヴはワインを味わい、ため息をついた。「警官たちが束になって避難させようとしても一歩も引かないのは、強い女にしかできませんね。あなたは動じないかたですね、シニード。ロークがどこからそれを身につけたかわかるわ」

ほほえみながら、シニードはテーブル上のボウルに入れてあった布巾《ふきん》を絞った。「何より嬉しい言葉よ」

アバナシーが顔をのぞかせた。「よろしいですか」

「ええ、どうぞ。よろしければカウンターにウイスキーとグラスがあるから、ご自分で注いでください。わたしはこの子をきれいにしないといけないので」

「ありがとうございます」アバナシーはたっぷり三フィンガー分をグラスに注ぎ、ひと息に半分飲んだ。「囚人は地下貯蔵室に監禁されるところです。あなたの姪《めい》――いや、いとこだったか、どうも紛らわしい。とにかく、彼女が到着したのでこれからコップの手当てをします。うちの職員とあなたの部下のジェンキンソン捜査官とミスター・ポドック――彼はどうしてもと言ってきかないもので――が見張りにつく」

今度はゆっくり味わうようにウイスキーを飲んだ。「警部補、あなたには感謝の言葉もありません」

「自分の仕事をしただけです」

「そう、あなたとNYPSDの立派な警察官たち、民間のコンサルタント、そしてマダムとそのご家族、みなさんのおかげでコップを捕まえることができた。ガーラ・モデスト殺害事件の捜査を命じられてから数日のうちに。それを考慮に入れて」とアバナシーは続けた。「ここで容疑者を最初に――限られた時間ですが――尋問する役目をあなたに譲りたいと思います」

「冗談でしょ？」

「本気です。もちろん尋問は記録され、あなたには被疑者と身体的接触をしないことを約束してもらわなければならないが」

イヴは座り直した。「彼の自白がほしいの？」

「そうとはかぎらないが、やはり、あるに越したことはないでしょう」

「わたしのコンサルタントも同席させて」

「それはどうかな――」

「自白がほしいんでしょ？」イヴはロークを親指で示した。「彼はその鍵を握ってるわよ」

アバナシーはウイスキーを飲み干した。「くそっ、かまうもんか。ようやくここまで来たんだ。手当てがすみしだい、三十分あげましょう」

イヴは凄《すご》みのある笑みを浮かべてロークを見た。「それだけあれば足りるわね」

エピローグ

湿った空気のなか、イヴは地下貯蔵室の手前に立っていた。

「主導権はわたしが握る」イヴはロークに言った。「あなたにボールを渡したら、うまく運んで。でも主導権はわたしにある」

「きみが尋問するところは何度も見ているから、どういうふうにやるかは知っている」ロークは自分の服に着替えていた。目のまわりには黒い痣、顎には太陽光線《サンバースト》のような放射状に広がる痣を作っている。

肋骨はひどく痛む。ロークはその痛みにねじれた喜びを覚えていた。

「僕はもう自分に必要なものは手に入れたと言ってもいい。だからピーボディのほうがよければ、もしくは——」

「コップを締めあげるのはわたしじゃありませんよ」エプロンをつけたままのピーボディは

首を振った。「それはあなたです。さっきの格闘ですけど、彼はたぶん本当はもっと強いでしょう。だけど冷静になれなかった。なる気もなかった」

「まったくそのとおりだ」

「わたしはキッチンに戻ってます。残念ですね、あの料理を食べられないなんて。あの人たちはそれはもうすごいごちそうを、しかもあっという間に並べたんですよ。さあ、あのろくでなし野郎を締めあげて泥を吐かせてください」

「よし、それじゃ」ロークは肩をぐるぐるまわした。「あいつを締めあげてやるか」

二人はじめじめした地下室に下りていった。明かりは薄暗いものの、コッブの顔がきれいとはとても呼べない状態なのは見て取れる。

折れた鼻。イヴはリストに印《しるし》をつけていった。切れた唇、両方の目のまわりの痣。黒と青と紫に彩られたその顔と比べたら、ロークのサンバーストのような痣など今にも消えそうな星だ。

医者はきちんと処置していた——報告書によれば、三本骨折した肋骨はコルセットで固定し、無数の傷口も閉じてあるという。

ロークと同様、コッブの関節も擦りむけて腫《は》れている。それでも、ロークが彼を打ち負かしたことにイヴは満足を覚えていた。

命中した数はロークのほうが多かった。

「記録開始。ダラス、警部補イヴならびに、NYPSDの依頼を受けた民間コンサルタントのロークはこれより、主としてしかしこれに限らず、事件番号H-6981、H-6989、H-32108に関して、コップ、ローカンの尋問をおこないます」

土のにおいとおそらくはジャガイモのにおいのする窓のない部屋で、イヴは傷だらけの木のテーブルに向かい、傷だらけの木の椅子に腰を下ろした。

そして、居心地のよさを感じた。

「インターポールからはアバナシー、警部ジョージ、NYPSDからはホイットニー、部長ジャックならびにフィーニー、警部ライアンが臨席します。さらに、公認警備員のポドック、マーシャルも同席します」

「俺ひとりを地下室に閉じこめるのにご大層なことだ」

「あなたは自分の権利を読んでもらいましたね、最初はわたしから、次にアバナシー警部から。この件について、自分の権利と義務を理解しましたか」

「女警官め」

「イエスという意味に受け取ります」イヴはピーボディがまとめてくれたファイルを開いた。

「われわれの手の内にはジョージ・トゥイーン——あなたの最新の依頼人です——の身柄と、彼が一〇〇万ユーロプラス経費の一五万ユーロで、自分の妻であるガーラ・モデストを殺害するためにあなたを雇ったという自白があります。さらにはあなたがその殺害現場にいたことを証明するセキュリティ画像記録《フィード》と目撃者も見つかっています。何か弁明したいことはありますか」

コッブはせせら笑った。「でたらめだ」

「言いたいことはそれだけ？」

コッブは身を乗り出した。「俺がなんで弁護士を要求しないかわかるか？」

「わからないわ。よかったら教えてくれない？」

「こんなでたらめに弁護士は必要ないからだよ。おまえの言う証拠——目撃者——ってのは、保身のためにどこかの女にナイフを突き刺してくれと俺に持ちかけたとかいう、どこかのアホンダラだけだろう？」

「そのアホンダラがあなたに報酬を支払った証拠があるの」

「でたらめもいいとこだ。俺はそんなつまらない殺しは知らない。俺はロークと話し合うためにニューヨークに行ったんだ。法律は違反してないだろ？」

イヴはファイルから書類を取り出し、テーブルに置いた。「あなたのアンドラにある口座よ。偽名を使ってるけどあなたの口座、そこにトゥイーンからの入金がある」

コッブは肩をすくめた。だが、書類にはちらっと目をやった。「俺の名前じゃない、俺の口座じゃない」

「それが本当なら、その口座が凍結されて、預金はすべて没収されると知っても怒らないわよね」イヴは金額を確認するかのように首を突き出した。「わお。これは普通、大金と呼ぶ額ね。残念だけどこれは、法廷会計士《フオレンジツク》が添付した証拠書類にあるように、あなたの口座なの。あとね、リバーシブルのパーカーもあるわよ。ちなみに趣味はいいじゃない」

「何が言いたいのかさっぱりわからない」

「われわれが入手したセキュリティフィードには、あなたが黒いパーカーを着てるところが写ってる。もちろん、裏返すと赤になるやつ。そういえば、あなたはニューヨークのセントラルパークにそれを残していったわよね、惨殺した猫をわたしの家の門前に捨てたあとで」

「死んだ猫のことなんて全然知らないな」言葉とは裏腹に、コッブはにやついていた。「それに、そのパーカーとやらも俺のじゃない」

「バカね、わたしはあなたを見たの」顔にも声にも嫌悪感をにじませて、イヴは椅子に背を預けた。「てっきりプロなんだと思ってたけど、あなたのやることは救いようのないアマチュアよ。モデスト殺しの証拠を握られてるのはわかってるでしょ。こっちはケイリー・スカイ殺しの証拠も握ってる――そんな女は知らないなんて言わなくていい。彼女の名前は覚えてないかもしれないけど、彼女と知り合ったバーにあなたがいたことを覚えてる者がいるの。あきれたことに、あなたは彼女のアパートメントにDNAを残してるのよ」

「俺のDNAなんかつかんでないくせに」コップは鼻で笑った。「俺は自分の権利として、おまえらにDNAを提供しなくてもいいんだ」

「こっちにはあなたの血があるでしょ」イヴは思い出させるように言った。「ケイリー・スカイの遺体から採取した血。今日もロークがあなたの血をたっぷり提供してくれたから鑑定にまわせる。あなたはスカイを殺したときミスをいくつも犯した。報酬目当ての殺人じゃなかったから。あなたは怒りにまかせて彼女を殺した。たぶん少し酔ってたのかもしれない」

「俺がおまえの男の目に黒痣を作ったから、俺をはめようとしてるんだな」

イヴは椅子を少し後ろに倒して笑った。「笑わせるわね、コップ。両方の目のまわりは黒ずみ、鼻は折れ、左の頬は腐った肉みたいに腫れてるその顔で、ロークが二、三発殴られたぐらいのことをわたしが気にするとでも言うの？　わたしの街で二人の女性が殺された、あなたが切り刻んだから。あなたは猫にも同じことをした。ひねくれた子供がする程度の低い卑劣で残忍なおこないよ」

コップは下唇の傷が開くほどにやりとした。「だったら動物虐待で俺を訴えろよ。たかがメッセージを送っただけのことで」

「それも容疑に加えるわ。ウェイン・ゴダード殺人未遂も。あなたがシャトルを盗んだときに刺した警備員よ。瀕死《ひんし》の重傷だから、もし彼が死んだらあなたの殺人件数がもうひとつ増える。そのシャトルは見つかった——あなたにしては荒っぽい着陸だったわね。緊急用荷物《ゴーバッグ》は回収した。中身は大量の偽造IDとキャッシュ。タブレットとPPCも、きっと面白いデータが見つかるでしょうね。あと、鉛で裏打ちしたケースにはナイフがどっさりしまわれてた。処置は全部インターポールに任せるつもり。

そうそう、サルヴァドーレ・ベラコアはすっかり吐いてるわよ、モデストとのつながりがまた増えた。われらがインターポールの友人たちはプリヴェット兄妹を連行した。アリシアがどれほど怒るか——そして復讐《ふくしゅう》心に燃えるか想像してみて。あなたが彼女を裏切って組織の内幕を詳しく語ったと知ったら」

「そんなことはありえない！　俺は何も言ってないし、何も言わないぞ」

「ほんとに？」イヴはファイルを見直し、ほほえんだ。「翻訳する途中で意味がズレちゃうことってあるわよね？　アリシアは投獄される、彼女の兄も、あなたも。その少しズレた翻訳の助けを借りて、彼女はどんな結論に達するかしらね」

コップの切れた唇から細い血が滴り、噴き出した汗と混じっている。

さてと、このくらいにしておこう、とイヴは思った。

その合図を読み取って、ロークが初めて口を開いた。「警察はきみの母親も捕まえたよ、コップ。気の毒にな。母親はかけがえのないものだから」

「俺の母親のことはそっとしとけ」

「そうできればいいが、僕の一存ではどうにもならないだろう？　しかし、親父は僕の母親をそっとしておくどころか、彼女をさんざん殴り、殺してリフィ河に投げこんだ。その昔きみにその話をしたとき、親父は自慢したか？」

「べつにいいだろ？　あの女はただの娼婦で、彼におまえを押しつけたんだ。俺は彼の長男だ。その名前を継ぐ権利がある」

「僕はあやうくその名前を捨てそうになったが、恩人に止められた。その名前を使いつづけ、自分のものにしろと。僕の知ったことではないが、きみだってそうできたはずだ。きみはパトリック・ロークの実の息子ではないものの、その残酷さや、流血を好むことや何かは彼にそっくりだから」

「俺は実の息子だ！」

「それが本当なら――そんなはずはないが――親父は今頃きみを恥さらしだと思っているだろうな。こんなふうに逮捕されて――それもきみたちが蔑《さげす》んでいる女に捕まり、仕事がミスだらけだの、鼻のきかない犬でさえ嗅ぎつけるような手がかりを残したただのと言われるなんて。きみは仕事に誇りも持たず、弁明しようともしない。あの警官どもに立ち向かってクソくらえと言ってやればいいだろう。彼らはきみを捕まえるまでに二十年の歳月と四百人以上の犠牲者を出したのだから。大記録だよ」ロークの声には称賛の響きがあった。「まさに輝かしい記録だ。きみはひとつ、この世で誰にもできなかったことをやってのけた。親父にも成しえなかったことをした。なのに、きみはそれを誇りに思おうとしない。富と名声を築いた仕事を否定する。きみはその富で母親に豪邸を買ってやり、贅沢な暮らしをさせてやることができた。僕には自分の母親にそんなことはしてやれなかった、母親を知らなかったから。その点では完全に僕の負けだね。母が僕のために喜び、僕を誇りに思い、目を輝かせるところを見たことはなかったから」

「あの女はただの田舎者だった」

ロークはしばらく何も言わなかった。火も凍るような冷たい空気が流れた。

「彼女は立派なクレアの女だった。だが、きみはどうだ？　めそめそ泣いてる臆病者か？　警官を恐れるあまり、きみが父親と呼ぶ男からただひとつ引き継いだ本物の遺産を否定するのか。そうして彼の名前を汚すのか」

「警官なんか恐れるもんか」コッブは手錠のかかった両手でテーブルを叩いた。「あいつらにはずっと無駄な努力をさせてきた。俺のことを知ってる者たちが俺を恐れてるんだ。彼らは俺のほしいものを寄こし、俺のほしい金額を支払う。俺のことは小声で話す、俺に聞かれて機嫌を損なわせるといけないからな」

「それはどうだか、血まみれで殴り倒された男、カブやジャガイモと一緒に地下室に閉じ込められてる男の言うことだからね。きみは真の自分を守ろうとしない男だ」

「俺はパトリック・ロークの実の息子だ。おまえは婚外子のひとりじゃないか」

「ところがきみは、まともにロックを解除することも財布をすることもできなかった。だから彼は僕を通りや路地に送りこんだんだ」ロークは指をくねらせた。「僕にはその才能があった。きみは子犬を切り裂くのが得意だったな」

「練習だ。おまえが身のほど知らずの警官を呼ばなけりゃ、俺はあの少年を殺してたよ」

「子犬や子猫を殺す。たちの悪いガキがやることで、大人はそんなことはしない。ロークという名の男がやることじゃない」

血だらけの唇に嘲笑《ちょうしょう》が戻り、黒痣に囲まれた目に怒りがよみがえった。

「おまえはああいうのを好まなかった。刃が肉に滑りこんでいくときの――枕のように柔らかな肉もあった――あの安らぎとパワーをおまえは求めなかった。彼は俺にその才能があるのを見抜き、それを誇りに思った」

「そして彼の誇りが、きみをその富と名声への道に進ませた」

「父親なら誰でも息子にそうさせるだろう。実の息子に。俺は刃を滑りこませるたびに彼の誇りを感じるんだ。四百人と言ったな。いや、そんなもんじゃない、もっとだ。俺が記録をつけてないと思うか？　その二倍だ。ニューヨークの公園で殺したあの浮気女は仕事だった。だが、美しい声で歌うあの娼婦は？　あれは自分の楽しみのためだった。俺は父親が羨《うらや》むような富を築いた。そして、その気になれば楽しみのために殺しをするゆとりもあるんだよ」

コッブは椅子にふんぞり返り、黒ずんだ目をギラギラと光らせた。「彼はあの日、おまえを殺しておけばよかったんだ。おまえがどこかのお坊ちゃんみたいに、くだらない本を片手にのらくらしてたあの路地裏で。俺がそれを告げ口して顔をぶん殴られたとき、彼はおまえを殺す気だと思った」

「もう少しで死ぬところだったよ」ロークはつぶやいた。

「俺が代わりに終わらせてやる。俺は誓ったんだ。その誓いを守るためにずっと機会をうかがってきた。俺はまだ待てる。俺がこんなことを気にすると思うか？　こんな警官どもを。俺には必要な弁護士たちを雇う金がある。必要な役目を引き受けてくれる友人もいる。俺は釈放され、おまえを狙いにいく。おまえと、おまえが警官どもの目を欺くために寝てるその娼婦をな」

「きみは一文無しなんだよ、コッブ」ロークは諭した。「凍結されたのはその口座だけじゃない、全部なんだ。僕が調べたらひとつ残らず凍結されていた。差し押さえられるのはきみの母親の家だけじゃない――血の報酬で得た贅沢な暮らしはもう終わりだな――オカレ名義で所有し、今日売りに出されたきみの家もだ。ほかにも所有しているなら、彼らはそれも見つけ出すだろう。きみはもう終わりだから」

「わたしならそんな友人も当てにしない」イヴは割りこんだ。「友人というか仕事仲間、この世にあなたの友人がいるとは思えないもの。あなたが取引をせがんでプリヴェット帝国の解体に手を貸したという噂《うわさ》が広まるでしょうね。嘘つきって呼んでいいわよ」イヴは肩をすくめた。「娼婦でもなんでもいいわ。地球から何千キロも離れた惑星のコンクリート製の檻にはいるのはわたしじゃないから。アリシア・プリヴェットはそっち方面にも仲間がいるのかしら」

「彼女は俺のことを承知してる」

「彼女が承知してるのは、あなたに使わせた家からあなたが脱出し、われわれがあのトンネルや、彼女の未登録の機器にはいってた面白いデータも発見したってことよ。あなたのことを承知してるですって？　あなたが立ってる足場はかなりぐらついてるわね。わたしが聞いたところでは、彼女は寛大なタイプじゃなさそうよ」

イヴは身を乗り出した。「よく考えることね、檻にはいってるあいだによく考えなさい。あなたはロークの目のまわりに痣を作った。ロークはあなたが殺したすべての人のために正義を手に入れ、あなたの自由を奪った。彼の勝ち」

イヴはアバナシーを見た。「これで充分ですか」

「ああ、もちろん」

「それでは。ダラスとロークは尋問を終了します」

「必ずおまえらを殺《や》ってやるぞ！」コッブは叫んだ。「覚悟しておけ。俺はおまえらより腕が上のやつらを殺してきたんだ」

「おまえは大勢殺してきた」イヴとロークが歩きだすかたわらで、フィーニーが言った。「だが、あの二人より上手《うわて》の者はいない。ひとりもいない」椅子に腰を下ろすと、ホイットニーがその隣に座った。「ソロメン一家の話から始めようか」

イヴたちは一階のキッチンまで行った。そこからあふれた警官と家族は、たっぷりの料理を持って食堂へと広がっていた。

「さあ、ここに座って食べて」シニードが二人に言った。

「部長とフィーニーの尋問が終わりしだい、帰らないとなりません。アバナシー警部はできるかぎり早くコップを地下室から出して、本物の檻に入れたいだろうと思います」

「じゃあ、今食べられない人たちのために料理を詰めておくわ」

「僕は今は料理より空気がほしいな」ロークが言った。「それはともかく……僕はコップに必ずしも真実ではないことを言ってしまった」

シニードはそっと息を吐いた。「どんなことと？　彼はあんな目に遭わされて当然でしょ」

「ええ、個人的なことなんだ。母が僕のために喜び、僕を誇りに思い、目を輝かせるところを見たことはなかった、と僕はあいつに言った。だけど、それは必ずしも真実じゃない。あなたの目にそれが見えるから」

「まあ、なんてことをしてくれたの、わたしを泣かせるなんて」

ロークはシニードを抱き寄せ、アイルランド語でささやいた。シニードは涙に濡れた頬をロークの肩に押しつけ、ささやき返した。

「ほら行って、外に出て空気を吸ってきなさい。料理は詰めておくから。帰る前に戻ってきて、わたしにキスするのよ。だめよ、ショーン、今は二人だけにしてあげなさい」

子供たちは戻ってきていて——イヴはとっくに気づいていた——この少年のことはよく覚えているが、ショーンはこちらに突進してきた途中で止まり、しょんぼりとした。

「僕はただ訊こうとしてるだけなんだ。もしかして——」

「いいと言われるまで座ってなさい、ショーン・ラニガン」

ロークが少年にウィンクして裏口のドアをあけると、イヴはショーンのほうを向いた。

「彼に洗いざらい白状させた。詳しいことはあとでね」

ショーンはにこっと笑うと食堂に戻っていった。

「ずいぶん親切だね」ロークが感想を漏らした。

「子供っていうのは法と秩序に興味があるの。好奇心を満たしてあげてもいいでしょ？」

「やれやれ、あの子を警官にしないでくれよ」ロークはイヴの手を取った。「少し散歩したほうがいいな。体じゅうが板みたいにこわばってる」

イヴは口に出しては言わなかったものの、ロークはここにいると、家族のそばにいると、アイルランド気質が濃くなると思った。

「長くはいられないわ」

「もちろんわかってるよ。一時間以内には出発してニューヨークに帰ろう。そうだな……」ロークは時刻を確認した。「二時半までには」

「そんなの意味ないわ。面倒くさい時差だの地球の自転だのの話は聞きたくない。さっきはコップをうまく追い詰めたわね。聞きたくないだろうけど、あなたは警官の素質がある」

「聞きたくない。もう一度言ったら、きみは地球の自転に関するすべてを聞くことになる」

とはいいながら、ロークはイヴの手にキスした。「さっきは尋問に同席しなくてもいいと言ったよね。ここに来たら、自分なりのやり方で必要なものをすべて手に入れたと実感した」

灰色の雲の切れ目から薄い青空がのぞき、雲を押しのけて真珠のような淡い日の光が射すなか、ロークはイヴを連れて野菜が育ちつつある家庭菜園の向こうまで歩いていった。

「さっきの僕は間違っていた。僕にはあれが必要だった。地下での尋問はきみのやり方だった、警官のやり方だったけど、僕はそれに参加することが必要だったんだ。あのろくでなし野郎を打ち負かすのは、そりゃ気持ちがよかったし、あいつが姿を現すまで忘れていた何かにけりをつけることもできた」

ロークはイヴを草原のほうへ、その先にある丘のほうへ、緑のなかへ、灰色と希望に満ちた青が散らばる空の下の緑へと連れていった。

イヴは牛のいるところまで彼が行きませんようにと心から願った。

「ここで、この屋外でやったことは、期限をとっくに過ぎた債務の清算だ――コップと僕とのあいだのね。しかし地下でやったこと、あれは正義だった。きみと出会う前には、清算だけで充分だと思える時期があった。だが、僕の心には正義が芽生えた。正義はより大きな意味を持ち――清算の条件を設定する」

ロークは大きな木の前で立ち止まった。ピンクの花が咲き乱れている木――イヴにはそこで足を止めた理由がわかる。ロークの家族が彼の母親のために植えた木だ。あのとき、ロークがわたしを必要としていたとき、彼はここにいて、近づいていくわたしをじっと見つめていたのだった。

「あなたは借りを返してもらった。正義を手に入れる場面で重要な役割を果たした。コップは自分が殺した数はその二倍だと自供した。被害者たちを突き止めるには長い時間がかかるし、遺体がすべて見つかることはないでしょう。それでも、その名前のない人たちにさえも正義をもたらすことにあなたは力を貸したのよ」

「真の自分を守ることを不安がるコップを、親父は恥さらしだと思っているだろうと言ったけど、あれは本音だった」

「不安がるじゃなくて、あなたは〝恐れる〟と言ったの——アイルランド気質が濃厚だった。ともかく、それは真実のように聞こえた。だからコップも自供したのよ」

「もし彼女に——アリシア・プリヴェットにその力があったら、監獄でコップを殺す方法を見つけるだろう。コップにもそれがわかっている」

「それはわたしたちの問題じゃないわ」

「僕はやつに生きていてほしい、せいぜい長生きしてほしい」そのままロークはイヴの肩に腕をまわし、丘陵のほうを眺めた。「これもきみから学んだことだ。昔の僕なら、あんなやつとっとと死んでしまえと願っただろう。だが、正義の裁きのもとで長く生きることが本当だとわかるようになった」

「あら、ねえ見える？　虹よ」

草原の向こうにそびえる丘陵のかなたの青空に、ちらちら光る弧が見えた。

「虹のなかにはお金の詰まった袋があるって言わない？」

「虹のふもとには黄金の壺がある、だよ」笑いながら、ロークはイヴを抱き寄せた。「こういったことは僕のほうがよく知っているね」

ロークはじっとイヴを抱いたままでいた。肋骨はズキズキ言い、目には鈍い痛みがあるが、人生でいちばん満ち足りた気分を感じていた。

闇より来たる使者
イヴ&ローク 52

著者　J・D・ロブ

訳者　小林浩子《こばやしひろこ》

2021年10月29日　初版第1刷発行

発行人　三嶋 隆

発行所　ヴィレッジブックス
〒150-0032 東京都渋谷区鶯谷町2-3 COMSビル
電話 03-6452-5479
https://villagebooks.net

印刷所　中央精版印刷株式会社

ブックデザイン　鈴木成一デザイン室

DTP　アーティザンカンパニー株式会社

ISBN978-4-86491-521-2 Printed in Japan